Waldemar Bonsels

Der Grieche Dositos

Waldemar Bonsels

Der Grieche Dositos

Roman aus der Zeit Christi

Deutsche Verlags-Anstalt
Stuttgart

Die erste Ausgabe erschien 1949 in der
französischen Besatzungszone unter dem Titel
»Dositos – Ein mythischer Bericht aus der Zeitwende«
(Corona Verlag, Neustadt a. d. Haardt).
1951 erschien der Roman unter dem Titel
»Das vergessene Licht – Roman des Griechen Dositos
zur Zeit Christi«
bei der Deutschen Verlags-Anstalt.

Die Deutsche Bibliothek – CIP-Einheitsaufnahme

Bonsels, Waldemar:
Der Grieche Dositos : Roman aus
der Zeit Christi / Waldemar Bonsels. –
Stuttgart : Deutsche Verlags-Anstalt, 1991
ISBN 3-421-06622-1

© 1951 und 1991
by Deutsche Verlags-Anstalt GmbH, Stuttgart
Druck und Binden:
Offizin Andersen Nexö Leipzig GmbH

Erstes Kapitel
Dositos

Gegen das zarte Blau des Morgenhimmels hob sich das Laub der Ölbäume vom Horizont wie ein dunkelgrünes Netz ab; der lichtgraue Weg zwischen ihnen, der vom Meer nach Jerusalem führte, lag noch leer und still, als hätten nicht Menschenhände ihn gebahnt, sondern als hätte die Natur ihn erschaffen, wie sie Bäche und Flüsse und Täler bildet. Er war vielfach gewunden und hier und da sanft überschattet.
Die weißen Wände einzelner Bauernhöfe schimmerten in der Landschaft hochrot angestrahlt vom Licht der Morgensonne in der gewellten Hochebene. Eine Reiherschar zog von fern heran, ganz von Gold übergossen, und ließ sich in ein grünes Saatfeld fallen, worin sie jählings erlosch. Es klang eine singende Männerstimme auf, deren Träger der Blick nicht fand. Vielleicht war es ein Hirte. Sein aramäisches Lied klang traurig und fromm und schwebte durch die Kühle dahin, durch die Frische der Pflanzen, den Morgengeruch des Bodens und den Odem des Taus.
Das Haus an der Wegbiegung auf sanfter Höhe, von wo aus man die Zinnen von Jerusalem erblickte, schien eine Herberge zu sein, Bänke vor der Tür unter Rebgewinden und niedrige Stallungen zur Seite wiesen darauf hin sowie auch ockerfarbene Weinkrüge, die an der seitlichen Hauswand standen und lagen, als wären sie dort, in schräger Haltung, an Stelle ihrer Trinker eingeschlafen oder umgesunken. Die Fenster des Hauses zeigten sich mit eisenbeschlagenen Brettern verbarrikadiert, so daß es den Anschein erweckte, als sei der Bau leer oder verlassen; jedoch in einem Feigenbaum des üppigen und verwilderten Gartens raschelte das Gezweig. Ein dunkeläugiger und schwarzgelockter Knabe plünderte den Baum und verzehrte die reifen Früchte auf seinem luftigen Sitz, sorglos an den frühen und frischen Genuß hingegeben,

wie ein Tier. Bis die Tür zum Hof klang und eine Frauenstimme ihn anrief und er behende vom Baum glitt und auf nackten Sohlen über den gepflasterten Hof, an den Ställen vorüber, zur Mutter ins Haus lief.
Ein wenig später, als schon der Rauch von der Feuerstätte träge und blau in die stille Morgenluft zog und Hühner und Enten sich im Garten und Weideland verstreuten, ließ die gleiche Tür über die Schwelle eine Männergestalt, die sich im Morgensonnenschein reckte und in gebrochenem Aramäisch nach Wasser und einem Morgenimbiß rief.
Die Wirtin, ein jüdisches Weib von hohem Wuchs und ruhigfreundlichem Betragen, schien bereitwillig, ja mit deutlichem Ausdruck von Ehrerbietung, zu Diensten zu sein. Sie ging dem Gast in die Weinlaube voran, die dichtbewachsen und beblüht wie ein Versteck wirkte, und nötigte ihn auf die Holzbank, die von einem Sonnenblick gestreift wurde.
»Möge unser Herr und Gast im Frieden warten«, sagte sie auf griechisch und lächelte schüchtern, »es wird ihm im Hause heute wie immer an nichts fehlen.«
Ihr Lächeln schien die Höflichkeit ihrer Rede ein wenig ins Vertrauliche und Fragwürdige hinüber zu mildern, als nähme sie ihre Haltung nicht ganz ernst und spräche jetzt halb scherzhaft auf die gleiche Art, wie sie es sonst nur in Gegenwart anderer zu tun pflegte. Er hob den schönen Kopf mit dem harten, reinen Profil und sah sie voll und ruhig an, aber seine Augen antworteten ihr nicht, seine Gedanken weilten abseits. Er nickte dann, ohne zu sprechen, und die junge Frau ging, um ihn zu bedienen.
Wer sich auf Land und Leute verstand, hätte wohl darauf geschlossen, daß es sich hier um einen Zugereisten handelte, obgleich es auch für gut Bewanderte schwer sein mußte, Stand und Beruf des Fremden zu erraten. Er trug ein wohlgefügtes, wertvolles Reisegewand, jedoch nicht kostbar, und bei seinem Alter von etwa dreißig Jahren hätte man auf einen Schüler oder Lehrer der Hochschule von Jerusalem schließen können, vielleicht auch auf einen Gelehrten oder Forscher, wie sie zwischen Transjordanien und dem Osten, und andrerseits zwischen Hellas und Rom, jetzt

vielfach auftauchten, teils lehrend, teils lernend, die unruhige Zeit der politischen Wirren und Kämpfe mit ihren seelischen Anforderungen oder geistigen Sendungen mischend, sie dämpfend oder sie aufstachelnd. Jedoch der hochmütige Zug dieses Gesichtes, eine fast freche Kälte, die von Stirn und Mund ausging, ließ Zweifel darüber aufkommen, daß diese Körperlichkeit einzig den Gesetzen der Innerlichkeit gehorchte.

Als Ziegenmilch, Früchte und Brot vor ihm aufgetischt wurden, fragte er: »Ist die römische Wache schon vorübergegangen?«

»Nein«, lautete die Antwort. Und dann, fast warnend: »Dositos, Herr, in der letzten Zeit ist sie zuweilen bei mir eingekehrt und hat einen Morgenimbiß verlangt.«

»Ich habe sie auf meinem Weg nach Jerusalem lieber vor als hinter mir«, antwortete Dositos lächelnd. Man merkte, daß diese Worte nicht Besorgnis kundtaten, sondern seinen Wunsch, freundlich auf die Anrede einzugehen. »Wer hat außer meinen Leuten noch im Hause geschlafen?« fragte er dann.

»In dieser Nacht außer deinen Freunden nur zwei Anhänger des Joannes, die aus Jerusalem geflohen sind.«

»Meine Leute sind fort?«

»Ja, Herr, schon vor Sonnenaufgang, noch im Dunklen.«

»Ist es wahr, daß Herodes Antipas den Propheten Joannes hat enthaupten lassen?«

»Nicht er, sondern Herodias und die Prinzessin Salome.«

»Ist es wahr?«

»Die Flüchtlinge erfuhren es durch einen Palasthüter des Fürsten, der Zeuge war. Es trug sich am Ende eines wilden Festes zu, alle sollen berauscht gewesen sein. Der Tetrarch soll es bitter bereuen. Am anderen Tage ...«

»Propheten gibt es genug. – Laß mich ins Haus, bis die römische Streife vorüber ist. Ich gehe lieber, wenn die Straße sich belebt hat. Du hast alles wohl verborgen, was wir in der Nacht gebracht haben?«

»Sie finden eher das Haupt des gemordeten Wüstenpredigers bei mir als dein Gut.«

»Du bist mit deinem Anteil zufrieden?«

»Ich segne die Freigebigkeit meines Herrn.«
»Gieß den Wein um, die Schläuche könnten uns verraten; vernichte sie. Laß den Wein in Krüge ein und schenke ihn an niemanden aus. Aber sei behutsam bei der Arbeit, ich vermute einen wohltuenden Trank, denn die Sendung war für das Landhaus des römischen Statthalters im Kidrontal bestimmt.«
»Herr ...«, sagte die junge Frau leise. Es klang bang vor Sorge. Sie sah ihn dringlich und blaß an. »Du wagst viel. Bedenke recht, daß der Erfolg leichtsinnig machen kann und das Glück unvorsichtig.«
»Allzu Gierigen und Unbegabten mag es so ergehen. – Vergiß nicht, daß ich, falls Fragen aufgeworfen werden, die ganze Nacht in diesem Hause verbracht habe. Geh nun, öffne das Haustor. Wenn die Legionäre Einlaß begehren, ist es besser, wenn sie nicht in den Hof kommen; ich bleibe doch lieber eine Weile noch hier im Garten.«
Das Weib gehorchte nach einem langen und ergebenen Blick der Zustimmung und Bewunderung, und Dositos blieb in der Laube allein. Er entnahm seinem Gewand ein schmales Pergament, eine Rolle, und glättete sie auf der rauhen Steinplatte des Tisches, so gut es ging. Der schwarzlockige Knabe näherte sich im Gebüsch und schaute neugierig durch die Gitterwerke der Reben. Eine Vogelstimme rief im Myrtenhain, das Licht war grell und hart geworden, der Tag erwacht.
Draußen auf der Straße stampfte nach einer Weile die römische Wache gemächlich vorüber. Die beiden Legionäre, die der Kohorte angehörten, die in der unteren Stadt Quartier bezogen hatte, waren voll armiert und nicht den Hilfstruppen angehörig, sondern Römer. Sie trugen Helm und Brustharnisch und zu beiden Seiten eine Schneidwaffe, das lange Schwert zur Linken, und an der rechten Seite einen Dolch. Der Grieche schaute kurz und gelassen auf und vertiefte sich wieder in die Schriftzeichen.
Es folgten nun auf der Straße bald Karren mit Früchten und Gemüse; gedämpftes Gerede, noch nicht laut, sondern morgenbedächtig, klang auf. Der Garten hauchte seine süßen und langsam vom Sonnenschein erwärmten Düfte in die Laube, und das erste

Insektengesumm ward vernehmbar. Ein großer Falter schwebte heran, als wäre die erwärmte Luft ein Meer von Lockung; er gaukelte wie beseligt dahin und ließ sich doch treiben, forschend, ohne Hast und friedlich wie ein freundlicher Gedanke ohne Ziel. Der junge Grieche, deutlich zögernd von Entschluß, blieb in seinem umblühten und schattigen Laubversteck, als hielten ihn dort die bezaubernden Wahrzeichen des heraufsteigenden östlichen Tages. So wurden Tun und Getriebe der anderen ihm zum Wohlstand, dem müßig und beschaulich Verharrenden. Blick und Haltung, in die er versank, standen ihm gut an, und ein neuer Zug seines Wesens wurde offenbar und bezeichnete ihn in einem seltsam erregenden Gegensatz zu der Kälte und dem Gleichmut, in denen er eben noch sein dunkles Nachtgewerbe betont hatte.
Seine Gedanken weilten in der Heimat an der Meerbucht von Korinth, vor sich die lichtbraunen Inseln im blauen Meer und um sich den heimatlichen Wind aus den Weingärten, Olivenhainen und Blumengehegen. Vielleicht war es der Vogellaut im Myrtendickicht gewesen oder ein Dufthauch von Frucht und Tau, die ihn entführt hatten. Er vernahm im Geiste Stille und Laut der fernen Landschaft, wie einst vor Jahren den Gesang der Mädchen, die Hirtenflöten und den Glanz der lichten Tempelsäulen auf sanfter, begrünter Höhe. Dann tauchte Rom vor ihm auf, die stürmisch und glücklich verbrachten Jahre in der strahlenden und großmächtigen Metropole des Weltreiches, seine Reise über das Meer nach Alexandria, wo er sich nach Jahren des Studiums von Völkern, Kunst und Literatur als Sprachkundiger und Schreiber dem Unterfeldherrn Cassius angeschlossen hatte, der die römischen Legionen des Kaisers Tiberius nach Syrien und Judäa führte.
Unwillkürlich wandte er den Kopf, und sein Blick schien ihm über die Hindernisse fort das gewaltige Massiv des Tempels von Jerusalem zu eröffnen, weiß und gold. Wie eine Himmelsburg irdischer Macht und Größe erhob sich der gewaltige Bau aus der von Palmenhainen begrünten Hügelkette, ein leuchtendes Juwel im Meer der braunen Wüste, hoch erhöht über die Gebirgszüge, aufragend wie sie und zugleich darin eingebettet, ein ewiges

Sinnbild alter Kultur und trotzigen Bestandes, der Gegenwart die Stirn bietend und die Zukunft herausfordernd.
Seine Gedanken verweilten nun bei Jerusalem, diesem so weiträumig und farbig entfalteten geistigen Brennpunkt der Kulturen aller Welt, hoch überstrahlt und noch bestimmt vom hellenischen Geisteshimmel, dessen versinkende Kultur immer noch, auch in Bildung und Sprache, in der neuen und alten Welt herrschte.
Die Hochschule von Jerusalem war durch den Zustrom, den sie aus aller Herren Länder empfing, aufnahm und wiedergab, einer der lebendigsten und vielgestaltigsten Mittelpunkte der geistigen und geistlichen Welt, selbst Alexandria, die zweitgrößte Stadt des Imperiums, stand, was ihr geistiges Leben betraf, hinter Jerusalem zurück. Auch Rom, das in seinem Übermaß von politischer Macht, von Reichtum, Handel und Verkehr prangte, erstickte langsam im weltlichen Fortgang und Aufschwung die heiligen Feuer und den tieferen Gang religiöser Inbrunst.
In Jerusalem brannten noch die geheimnisvollen Gluten asiatischer Einsicht, indischer und babylonischer Gelehrsamkeit und griechischer Philosophie und Lebensschau in nie ruhenden Geisteskämpfen und leidenschaftlichem Religionsstreit. Es funkelte und knisterte um die steile und eigensinnige Hochburg der mosaischen Gesetzgebung, die die Juden, wie kein anderes Volk der bewohnten Erde, mit einem Fanatismus behaupteten, der bis in alle Gebiete der staatlichen Fügungen drang. Dumpf, bedrohend und immer deutlicher hallte darüber der Marschtritt der römischen Legionen in Tempel- und Palasthallen wider. –
Dositos wurde aus den bunten Bilderfluten seiner Gedanken gerissen, weil drei Männer den Garten betraten; nach Tracht und Gehabe mochten es Einheimische sein, sie trugen die galiläisch gegürtete Gewandung aus einem Tuchstück, darüber leichte Mäntel, niedrige offene Schuhe und keine Kopfbedeckung. Sie suchten, sichtbar ermüdet, nach einem Ruheplatz und fanden ihn bald, nach Anweisung des Jüngeren unter ihnen, an einem Tisch nahe der Hauswand im Schatten.
Dositos betrachtete die Ankömmlinge mit Aufmerksamkeit,

nicht nur aus der ihm eigentümlichen Anteilnahme an menschlichem Gehabe überhaupt, sondern aus jener Wachsamkeit heraus, zu der sein Leben voller Gefahren ihn bestimmte. Freilich für den jüngst betonten, dunklen und nächtigen Hang seiner Natur boten die Gäste geringe Aufmunterung, sie sahen nicht wie begüterte Reisende aus, auch nicht wie solche, die sich für eine Fahrt durch Wüste und Gebirge arm und bescheiden getarnt hatten, um den Wegelagerern oder irgendeinem Zug verwilderter Kriegsknechte zu entgehen.
Der Älteste unter ihnen, nicht groß von Gestalt und im Alter von etwa vierzig Jahren, schien von den anderen begleitet und betreut zu sein, sie nahmen ihn auf der Bank in ihre Mitte und erweckten den Anschein, als bedürfe er ihres Beistandes und ihrer Hilfe. Einer von ihnen, ein einfacher Mann, der Weinbauer, Fischer oder Handwerker hätte sein können, erhob sich dann und suchte die Wirtin, mit Anstand und ohne Anmaßung; er rief nicht nach ihr, sondern machte sich selbst auf den Weg ins Haus.
Es wurde eine einfache Mahlzeit aufgetragen: Brot, Fische und Wein. Aber Dositos beachtete es nicht mehr, denn der Mann in der Mitte der beiden fesselte ihn unmittelbar so stark, daß er kein Auge mehr für etwas anderes hatte, kaum noch für die Begleiter. Es war sehr merkwürdig und geheimnisvoll, was von diesem Menschen ausging, ein feiner verhaltener Strom von Eigenwilligkeit und Selbstbescheidung. Die äußeren Merkmale für diesen Kräftestrom, ihm eigentümlicher Art, waren nicht festzuhalten oder zu bestimmen, denn seine Erscheinung wirkte für Augen ohne beleuchtende Fähigkeit arm, abgekehrt und wie vom Gemüt her befangen, jedenfalls deutlich unbeteiligt an allem, was um ihn her vorging. Dabei erschien er doch auf eine innerliche Art aufmerksam und freundlich dem Geschehen zugetan, seine abwartende Art hatte etwas Entschuldigendes, als sei er bereit und willens, sich überall auszuschalten, wenn nicht ...
Die Gedanken des Beschauenden stockten hier über einen dunklen Einwand seiner Empfindung, er kam nicht gleich darauf, was ihn hinderte, das Geschaute und Festgestellte nun einfach so hinzunehmen, wie es sich ihm bot, und die Schlüsse daraus zu zie-

hen, die nahelagen oder seine Gedanken weiterführten. Er wunderte sich und ließ den Blick erneut und in leichter Beunruhigung aufmerksam über die Gestalt gleiten. Das bärtige Gesicht war braun von Sonne und Luft und seine Züge eher rauh als zart und alles andere als schön oder dem raschen Blick wohlgefällig. Jedoch warnte etwas in diesem Angesicht den allzu voreilig Urteilenden und wies ihn ab, ein Zug von echter und fast einschüchternder Leidenschaftlichkeit, die aber, wie entsinnlicht, dem Leid in ihr ein wunderbares neues Recht verlieh, als habe es Geltung ohne Trübung durch Begierden und sei jeglicher Wehmut und Schwäche enthoben.

Dositos ernüchterte sich und lächelte nun über den ungewohnten Grad von Anteilnahme, die er so rasch einem Fremden entgegenbrachte. Er sah fort. Es war Zeit für ihn, aufzubrechen. Er wollte nach der Wirtin rufen und ließ es. Ein Gefühl von Pflichtversäumnis und Zeitmangel bedrängte ihn plötzlich auf eine bisher unbekannte Art, so daß er versuchte, sich darüber klar zu werden, was alles er verpaßte, wenn er hier länger ohne Grund verweilte. Mühsam reihte er seine Vorhaben aneinander: Da war zuerst ein Besuch beim Juwelenhändler Tebäus im Tempelbazar, welcher ihn um die Mittagsstunde erwartete. Er sollte am frühen Nachmittag die Pferde des Statthalters auf der großen Rennbahn einfahren, und endlich gegen Abend erwartete ihn wie immer Rodeh, die junge Syrerin aus Antiochia, in seinem entlegenen Landhaus im Kidrontal ...

Der Pfad seines Sinnens brach ab. Ein feines, sanftes Schwingen des Mißtrauens gegen sich selbst befiel ihn, etwas von Bannung flog ihn wie ein Schatten an. Er weckte sich mächtig und hob wieder entschlossen den Blick, dem Fremden zugewandt, dessen Gegenwart ihn nach Wert und Unwert seiner Lebensdinge zu befragen schien.

Enttäuscht verzog er den Mund und lächelte nachsichtig, auch über sich selbst. Was er nun sah, erbitterte ihn beinahe, denn die Erscheinung des Mannes vor ihm, gleichwohl dieselbe, verdrängte das ganz andere Bild, das er eben zuvor noch von ihr im Geiste erlebt hatte. Unscheinbar und spärlich wurde da mit Brot

und Wein hantiert, und der Nachbar zur Rechten sprach über die Ermordung des Täufers und über den Tetrarchen Herodes Antipas.
Dositos erhob sich und schritt rasch ins Haus, durch das er die Straße nach Jerusalem erreichte.
Er unterhielt im Südosten Jerusalems ein kleines einstöckiges Haus in der unteren Stadt, nahe den Befestigungen, die zwischen den Abhängen der Grundmauern des alten Davidpalastes und dem Brunnentor hinführten. Es lag unscheinbar und unauffällig in die niedere Straßenflucht eingefügt und eingebaut und hatte einen geräumigen, übersichtlichen Hof mit Zisterne, Stallungen und Vorratsräumen. Die Bewohner dieses Stadtteils setzten sich in der Hauptsache aus Handelsleuten und Handwerkern zusammen. Die Bevölkerung war zum größten Teil kananitischer oder phönikischer Herkunft, nicht reich, aber bunt und vielgestaltig zusammengewürfelt. Tagsüber ging es lebhaft zu in den engen Gassen, die zum Teil überwölbt waren, wie auch auf den kleinen freien Plätzen.
Der Grieche benutzte dieses Haus, das ihm gehörte und dessen innere Einrichtung, soweit er sie für sich selbst in Anspruch nahm, in überraschendem Gegensatz zum unscheinbaren Äußeren des Gebäudes stand, zu Zusammenkünften mit seinen politischen Parteigängern, Freunden und Spießgesellen, die innerhalb oder außerhalb der Stadt oder im Norden Galiläas verstreut hausten. Es war ein Treffpunkt für kleine Versammlungen, Verabredungen oder neue Bekanntschaften, soweit sie sich in der Stadt selbst als erforderlich oder unvermeidlich erwiesen.
Die ausgedehnten Felskeller dienten als Vorratskammern und für den Fall einer Gefahr oder Überraschung als Unterschlupfe, als Verstecke für Beute und Verliese für Waffen. Es führte ein verborgener und schwer zu entdeckender Ausgang nach Osten auf die zum Teil zerstörte Stadtmauer zu. Dieser Durchbruch eröffnete einen geheimen Weg in die Felsentrümmer des wilden und verödeten Gebirgskammes, der zwischen der Stadt, hart am Gefüge der Mauer beginnend, in die Schluchten des Kidrontals niederfiel. Zu Zeiten der Belagerung der Stadt durch die Syrer

und Römer waren diese verborgenen Ausschlupfe nächtlicherweile dazu benutzt worden, um die Stadt von den umliegenden Flecken und Siedlungen her zu verproviantieren.
Dositos überließ dies Haus in der Hauptsache einem Verwalter und den Sklaven, die es betreuten und bedienten. Selbst betrat er es am Tage selten und in den Augen der Umgebung nur in seiner Eigenschaft als Freund aller Dinge, die mit seinem Beruf als Rennfahrer oder Handelsherr zusammenhingen. Darüber hinaus wußten Liebhaber der Wissenschaften und der schönen Künste, daß in diesen Räumen unter anderem alte wertvolle Schriften, Statuen und griechische Vasen, seltener Schmuck und kostbare Juwelen zu finden und zu erstehen waren. Der Grieche galt als erprobter und begehrter Berater bei Prüfungen oder Ankäufen sonderbarer und ausgefallener Dinge von wissenschaftlichem oder künstlerischem Wert. Hierbei fiel niemandem sonderlich auf, daß gelegentliche oder ungeladene Besucher den Herrn des Hauses fast niemals antrafen, und sie fanden sich in den meisten Fällen mit seinem Sachwalter Idomed ab, einem Perser.
Jedenfalls erregte das bescheidene Ein und Aus in dieser Behausung nirgends Aufsehen oder Mißtrauen, zumal bekannt war, daß der Grieche einen prachtvollen Landsitz im Kidrontal sein eigen nannte und daß sein Umgang und seine Lebensführung ihr eigentliches Gepräge weit ab von dieser kleinen Stadtsiedlung erhielten. Seine Beziehungen oder gar Freundschaften zu den einflußreichen und mächtigen Männern der herrschenden Stände und Parteien waren bekannt. Zudem führte er die Quadriga des Statthalters bei den Wettkämpfen auf der Rennbahn.
Wie mochte darüber hinaus sonderlich ins Gewicht fallen, daß sich zuweilen an dieser vom Ablauf des großen Lebens weit entlegenen Stätte unbekannte und unvertraute Erscheinungen einfanden. Man brachte sie mit seinen wirtschaftlichen Beziehungen in Zusammenhang oder vermutete Vertreter des Handwerks in ihnen, Pferde- und Fouragehändler oder Botengänger. –
Als der junge Grieche in seinem Hause in Jerusalem anlangte, erfuhr er, daß Irenäus, der Hohe Diener und Sachwalter am Hofe des Tetrarchen Herodes Antipas, Weinberge, Ölbaumgärten

und Palmenhaine zum Verkauf angeboten hatte, vornehmlich in Arbela, einem Dorf am See Genezareth, in der Nähe der Stadt Magdala. Dieser Umstand war dazu angetan, mancherlei Liebhaber und Kauflustige aus Jerusalem, Jericho und Cäsarea am Meer in die schöne und fruchtbare Gegend des Sees zu führen. Das Angebot war verlockend; der Entschluß des Vierfürsten, sich vom Besitz der wertvollen Landstriche zu trennen, erklärte sich aus seinem Wunsch heraus, seine Güter in Transjordanien zu vergrößeren und sich mit persönlichem Hab und Gut mehr und mehr aus Galiläa, einer Provinz seines Fürstentums, zurückzuziehen. Die herausfordernde Kontrolle der Römer, die von Monat zu Monat zunahm, obgleich Galiläa allein der Herrschaft des Tetrarchen unterstand, bedrängte ihn; sein Verhältnis zu dem römischen Statthalter Pontius Pilatus in Judäa war unfreundlich und gereizt. Die wachsenden Unruhen und Revolten in Galiläa selbst und an den Grenzen schreckten ihn. Möglich auch, daß er für seine kostspieligen Bauten und für die verschwenderische Ausgestaltung seiner Residenz in Sepphoris Mittel brauchte oder daß die Fürstin Herodias für ihre ehrgeizigen Pläne Talente zusammenraffte.

Der Erwerb solcher Landstriche, wie der aller erreichbaren Siedlungen in Galiläa, lag sowohl den Pharisäern mit ihrem Anhang als auch der weltlichen Staatsmacht in Judäa sehr am Herzen. Galiläa war überfremdet und seit langem zum größten Teil im Besitz andersgläubiger und fremdrassiger Völkerschaften. Es hatte sich, einst während der babylonischen Gefangenschaft der Juden, in Palästina ein zäher und unaufhaltsamer Zuzug der benachbarten Völkerschaften aus Nord und West, aus Phönikien und Syrien begeben, und besonders Galiäa, wie auch Samaria, hatten sich niemals mehr von diesem Zustrom der »Heiden« erholt, wie die Juden kurzerhand alle Andersgläubigen nannten. Die Neubesiedlung dieser Provinzen mit jüdischen Bauern, Landgärtnern und Winzern war in den zurückliegenden Jahrhunderten bis zu diesen Tagen immer wieder das leidenschaftliche Bemühen der einflußreichen, altgläubigen Priesterschaft gewesen, aber die fremden Einwanderer ließen sich nicht mehr verdrängen. So gab es nur wenig rein jüdische Siedlungen in diesen wertvollsten und schönsten Landstrichen Palästinas, zumal der Idumäer Herodes Antipas die Bestrebungen der jüdischen Priesterschaft, die ihm verhaßt war, nicht unterstützte.

Die Hügel und Hänge um den lieblichen See Genezareth waren von großer Fruchtbarkeit, das Klima mild und gesund. Diese Gefilde galten in ihrer Fülle und ihrem Reichtum jetzt noch als das »Gelobte Land«, wie es einst im uralten Traum und in der Sehnsucht der schweifenden israelitischen Stämme benannt und gesucht worden war.

Zum Leidwesen der jüdischen Machthaber und Tempelherren in Jerusalem beteiligten sich bei den Aufkäufen der Ländereien in eifrigem Mitbewerb auch die reichen römischen und griechischen Herren des Landes. Sie trachteten neben ihren städtischen Besitzungen, Amtsstellungen und Handelsniederlassungen nach ländlichen Gütern und Baugründen zu Erholung und Vergnügen.

Dositos beschloß, die willkommene Gelegenheit dieser Ausschreibung und dieses Aufbruchs vieler zu nutzen, um nach Kapernaum und von dort nach Damaksus zu gelangen. In der Eigenschaft eines Mitbewerbers konnte er, ohne Argwohn zu erregen, seinen Aufenthalt für eine Weile ins nördliche Galiläa und seine Grenzgebiete verlegen, wo er mit seinen Parteigängern und Gesinnungsgenossen zusammentraf. Es galt ihm, die Unzufriedenen und Aufständischen zu sammeln, um sie mehr und mehr, nach wohldurchdachtem Plan, unter die Führung einer politischen Idee zu bringen.

Das Raubwesen war nach dem Verfall des Königreichs des großen Herodes in den palästinäischen Gebirgs- und Wüstengegenden an der Tagesordnung. Die Handelswege, die das Meer mit Transjordanien verbanden, und die Straßen von Damaskus nach Jaffa und Sydon galten als unsicher und gefährdet, und es gab kaum noch Karawanen, die die Durchzüge ohne bewaffnete Begleitschaft wagten.

Dositos befürchtete, daß die jugendlichen und leidenschaftlichen

Elemente der Empörer und Revolutionäre sich mehr und mehr im niedrigsten Raubwesen verzetteln und erschöpfen könnten. Wohl flammten Aufstände hier und da empor, durch Neid, Haß und Mißgunst der Grenzstämme geschürt, aber sie vermochten sich nirgends zu einer einheitlichen und geschlossenen Gemeinschaft des Widerstands zu erheben. So blieb, bei gemeinem Raub, das Trachten nach Beute das einzige Mittel der Freien der Berge, um bestehen zu können, aber es artete mehr und mehr in planlose Zerstörungswut und rohe Mordgier aus.

Der junge Grieche hatte den Führer der Zeltlosen, Barabbas und seine Anhänger, einst bei einem Aufruhr an der samarischen Grenze kennengelernt, als dort blutige Streitigkeiten zwischen den Griechen und Juden ausgebrochen waren und die Banden der Aufständischen unter Barabbas sich auf die Seite der Griechen geschlagen hatten. Bei den Kämpfen waren viele Juden ums Leben gekommen, ihre Siedlungen und Ortschaften niedergebrannt, und der Kleinkrieg hatte nur mit Roms Eingriff und bewaffneter Hilfe ein Ende gefunden.

Barabbas bemächtigte sich bei dieser Gelegenheit sogleich des klugen, vielgewandten und einflußreichen Griechen mit einer Inbrunst, die einen fanatischen Glauben an dessen Führereigenschaften kundtat. Dositos ließ sich bedächtig und zögernd, aber mit brennender Teilnahme ein, nicht nur, weil ihm der wilde, hochherzige und kühne Barabbas gefiel, sondern vor allem deshalb, weil er der Sache der Griechen in Palästina in solcher Kampfgemeinschaft zu nützen hoffte. Alles schien ihm darauf anzukommen, daß es mehr und mehr gelang, die Freien der Berge von dem Gesindel abzusondern, das in habgierigem Mitläufertum gemeinsame Sache mit ihnen machte. Es galt ihm, die hergelaufenen Rotten zu geschlossenen und disziplinierten Banden zusammenzuschließen und die vornehmen und einflußreichen Griechen in Palästina heimlich für die Sache der Aufständischen zu gewinnen.

Das Unterfangen war ein gefährliches Wagnis, da es der ordnenden Macht Roms zuwiderlief, aber Dositos sah in den Römern zuerst und vor allem die Feinde Griechenlands und die Widersa-

cher und Zerstörer der hellenischen Kultur im kleinasiatischen Bereich. Jede Revolte im Lande, die dazu angetan war, den Widerstand Jerusalems zu schüren und Rom in kriegerische Konflikte zu verwickeln, hieß er willkommen.
Dositos liebte das gewagte Spiel und den Kampf um des Kampfes willen, ohne daß Preis, Nutzen oder Gewinn ihn sonderlich bewegten. Ihn trieb die anfeuernde Unrast seiner reichen Natur zur Erprobung seiner Kräfte weit mehr als der Wille zu persönlicher Geltung. Der suchenden Unruhe seiner Seele entstammte die Freude an kühner Bewährung und die Lust an der Gefahr.
Der alte persische Sterndeuter und Wahrsager Adonaï, der einst am Hofe des großen Königs Herodes eine gewichtige Rolle gespielt hatte, war ihm einmal bei einem Gelage in Jericho mit seinen Künsten in die Seele gefahren: »Du könntest die Welt erobern, Dositos, wenn dir nicht die Liebe zu schönen Geistern, zu schönen Frauen und schönen Dingen wieder und wieder ein Hindernis bereitete.«
Er hatte geantwortet: »Gibt es denn sonst noch etwas in der Welt, Adonaï, mein Sterndeuter, das der Eroberung wert wäre?«

Zweites Kapitel

Die gewaltigen Kinder

Dositos nahm für seine geplante Reise nach Galiäa Urlaub von den römischen Herren und Freunden in Jerusalem, was leicht für ihn in die Wege geleitet werden konnte, weil der Prokurator Pontius Pilatus in Cäsaräa am Meer weilte und seiner nicht bedurfte. Zudem waren alle Leistungen des Griechen für Rom freiwilliger Natur. Der Statthalter hatte ihm, kurz nach ihrer Bekanntschaft, den Vorschlag gemacht, ganz in seinen Verwaltungsbereich und in seine Dienste zu treten, da ihm an den Erfahrungen mit Land und Leuten sowie an den Sprachkenntnissen des Griechen viel gelegen war, aber Dositos hatte das Angebot abgelehnt.

Nur die Quadriga des römischen Landesherrn, die prachtvollen arabischen Pferde, die Wettkämpfe und die Gelegenheit zu sportlichem Rangstreit hatten es ihm angetan, und Pontius Pilatus gab sich zufrieden, denn er liebte den kühnen und klugen Mann, obgleich er nie ganz von der heimlichen Sorge loskam, daß der junge Grieche seine hohen Gaben durchaus nicht ungeteilt in den Dienst der römischen Sache stellte. Wenn aber sein Viergespann, von diesen leichten, starken Händen geführt, die große Rennbahn mit sanftem Gedröhne durchbrauste, als flöge es, gelenkt wie durch Zauber, und die helle, halbnackte Herrengestalt des Korinthers wie eine Statue, frei wie ein junger Gott, die Locken im Wind, vor ihm auftauchte, befiel den Römer ein Rausch von Neid und Glück, und er fragte sich nicht, wie weit er seine prachtvollen Tiere in diesem Griechen liebte oder den Fahrer im Triumph seines Gespanns. –
Dositos hatte mit seinen Begleitern, als sie die Grenze von Samaria überschritten, den Weg gewählt, der durch das Gebirge über Nain und Kana zum Gestade des Sees Genezareth niederführte. Der letzte Blick von den Höhen, nach Westen gerichtet, eröffnete noch die Weite des fernen Meeres hinter ödem und wüstem Steingefälle und baumlosen Hügelzügen; nun erschloß sich gegen Osten das fruchtbare und liebliche Gelände des Sees.
Die Seele des Mannes weitete sich in jener Erhobenheit, die Menschen beseligen kann, wenn sie sich aufgeschlossen, glücklich und jung auf der Reise befinden. Die Sorglosigkeit der Natur öffnete ihm die Brust, und der Zauber der östlichen Fremde entzückte ihn immer wieder aufs neue, wenn er diese gesegneten Landstriche erreichte. Als die kleine Schar in der Morgensonne durch die Weinberge und Obstgärten niederritt, dehnte sich die Welt weithin in bunter Fülle und Schönheit vor ihr aus. Die bebauten Terrassen schimmerten an ihren Rändern blau von Lupinen, die Maulbeerbäume blühten. Dornbüsche im Wildland, groß wie Bäume, erhoben sich aus Teppichen von roten Anemonen, als würfen sie weithin farbige Schatten.
Am südlichen Horizont in der Ebene über dem See verdampfte das leichte Gewölk der heißen Quellen von Tiberias, und die

weißen Häuser von Kapernaum leuchteten. Es begegneten ihnen Frauen und Kinder, die Wasserkrüge auf dem Kopf trugen; sie schritten weit aus, ruhig und feierlich, als sei ihr Tagwerk ein Fest. Die dunklen Augen wichen den Blicken der Fremden aus. In den Granatgärten, die die Villen der vornehmen Griechen und Römer, nun schon in den Niederungen des Sees und dicht an seinen Ufern, umgaben, sangen Vögel, deren Stimmen fremd und zauberhaft die kurzen Lieder in den Morgen flöteten. Der Sonnenschein verwandelte alle Farbflecken in Blüten, die Schatten unter Felsen und Buschwerk waren schwarz und tief, als habe die Nacht sich dort, beim jähen Überfall des Sonnensterns, geborgen. Dicht am Stadttor, im Halbschatten eines Palmenhains, mußten die Reiter haltmachen, da ein Volksauflauf ihnen den Weg versperrte. Dositos erkannte vom Sattel aus, daß ein Mann zur Volksmenge sprach, und wunderte sich über die Stille, die herrschte, da sich in der Regel alle Ansammlungen und Zusammenrottungen in diesem Lande laut und aufgeregt vollzogen.

Er starrte den Redner an, noch im Ungewissen, besann sich bei diesem Anblick beinahe erschrocken und erkannte nun den Fremden, den er vor wenigen Tagen in der Taverne am Wege nach Joppe in Begleitung von zwei Freunden angetroffen und dessen Erscheinung ihn so tief und sonderbar berührt hatte. Er sprang vom Pferd und schickte es mit seinen Reisegefährten auf einem Umweg voraus in die Herberge. Dann mischte er sich ohne bewußten Willensentschluß unter die lauschende Menge, die ihm zögernd, jedoch ehrerbietig Platz machte, als er bis in die Nähe des Redners vordrang.

Es unterlag keinem Zweifel, der Sprechende war der gleiche Mann, der ihn im wechselnden Bilde vom Blick der Augen und der Schau der Seele so zwiespältig bewegt und in jäher Aufgestörtheit der Sinne unter den Reben des Weingartens vor Jerusalem berührt hatte. Er trug das gleiche, einfache Gewand aus einem Stück, dessen Wurf die Schulter frei ließ und durch einen Gürtel geschlossen wurde. Der kurzgehaltene Kinn- und Backenbart hob sich dunkel von der hellbraunen Farbe des Angesichts ab. Dositos schloß auf ein Alter von etwa vierzig Jahren.

Der Redner bediente sich des syrischen Volksdialektes, des Aramäischen, seine Stimme klang eindringlich und ohne Pathos, aber leidenschaftlich bewegt. Der Grieche hatte Mühe, alles genau zu verstehen, da er die Landessprache nicht vollständig beherrschte, aber es lag ihm anfänglich wenig am Sinn der Worte, vielmehr nahm ihn der Wortlaut selbst unmittelbar gefangen wie auch die ruhige Zuversicht der Aufklänge. Ihm war, als hörte er zum ersten Male im Leben einen Menschen sprechen, dem deshalb ohne Rückhalt und unmittelbar Bedeutsames zu glauben sei, weil er nichts Erdachtes vortrug, sondern das Gesagte selbst erst in dem Augenblick zu erleben schien, in dem er es aussprach und darbrachte. Die Stille umher war groß.
Mit einem befangenen Lächeln des Erstaunens, ganz ohne Spott, lauschte und schaute Dositos, nun auch dem Inhalt der Worte besser aufgeschlossen. Es ging scheinbar nicht um Lehre, Predigt oder Mahnung zur Buße, wie es bei den Heilspropheten der Gasse und der Wüste zu erwarten stand, sondern um die Geschichte eines Gärtners, der Arbeiter für seinen Weinberg anwarb. Die Wortbilder waren sichtbar und einfach gewählt, offenbar setzte der Verkünder voraus, daß Menschen ohne Wissen und Gelehrsamkeit ihm zuhörten, vielleicht auch, daß ihm selbst solche Gaben versagt geblieben waren.
Dem Zuhörenden entglitten Sinn und Fortgang der gleichnishaften Darlegung wieder für eine Weile über dem Anblick des Sprechenden. Noch niemals war ihm ein Mensch vor Augen gekommen, der so unmittelbar Wirkung tat, ohne daß die gewohnten Anzeichen von Absichtlichkeit erkennbar wurden. Kein Eifer verführte zu falschem Pathos, keins der gewohnten Mittel zu überzeugen entstellte das Bild, kein Aufwand an Gedanken verdarb die Einfalt der Schau. Unter der Unscheinbarkeit des Ganzen, wie auch der Erscheinung des Mannes selbst, erhob sich ein Glanz, ohne Namen und unbenennbar, ein Aufleuchten innerer Wirklichkeit, und Dositos suchte entzückt nach dem Wesen der drohenden Wohltat, die ihm entgegenbrach. Und plötzlich wurde ihm offenbar, in Gründen der Seele, die bei echten Menschen im ersten Augenblick niemals von verständlichen Zwei-

feln beschattet werden, daß es Wahrheit war, die vor ihm aufleuchtete.

Er stellte sich aufs neue darauf ein, Sinn und Ablauf des Erzählten zu verstehen, als wäre damit, gestützt und bestätigt durch seine Gedanken, der Erweis zu finden, daß es sich wirklich um Wahrheit handelte. Aber das Vorhaben gelang ihm nicht, und er verwarf seine Mühe, als zerstörten die forschenden Gedanken das Bild der Einheit von Mensch und Wort, jener Geschlossenheit, die er nicht nur mit seinen Augen erblickte, sondern mit seinem ganzen Wesen wahrnahm. Auch wurde der Sprechende durch einen herandrängenden Menschenhaufen unterbrochen, der sich bemühte, einen laut schreienden Menschen in die Nähe des Redners zu schaffen.

Einige der Zuhörer versuchten die zudringlichen Störer abzuhalten und zurückzudrängen, aber es gelang ihnen nicht, weil der Herbeigeführte, schwankend im Dahinschreiten, mit vorgestreckten Armen und weit zurückgeworfenem Kopf, die leeren Blicke im Himmel, seinen Schrei so eindringlich wiederholte, daß nun alle abgelenkt wurden und, der herannahenden Gruppe zugewandt, einen Weg zwischen sich freigaben. Schauerlich und sonderbar hell und hoch ertönten die immer gleichen Worte des Schreienden: »Erbarme dich meiner! Erbarme dich meiner!«

Es erhoben sich mit der gellenden Klage die ganze Not und alles Elend der Armen dieses Landes, der Aussätzigen und Bettler, der Erniedrigten und Verstoßenen. Sie drang um so erschütternder in die Seelen ein, als sie nicht nur den dumpfen Aufstand von Angst und Not enthielt, sondern eine gierige Hoffnung auf Gewährung und eine furchtbare Dringlichkeit zwischen Leben und Tod.

Die Spannung des jungen Griechen, der fast ohne seinen Willen zum Zeugen des Begebnisses gemacht worden war, stieg aufs höchste, als sich der Volksredner nun dem Hilfesuchenden zuwandte, der blind war. Er gebot mit einer Bewegung der Hand den Nächststehenden, offenbar seinen Freunden und Gefährten, daß der Flehende vor ihn geführt werde. Es trat Stille ein, auch die Stimme des Blinden verstummte, nun, da er empfand, daß ihm Gehör und Beachtung geschenkt wurden. Es entstand eine

Weile atemloser Erwartung, ein allgemeiner Zustand so bedrängender und herzlähmender, innerlichster Bereitschaft, wie nur die Kluft zwischen Zweifel und Glauben, zwischen kalter Vernunft und hingebendem Vertrauen sie in den Seelen herbeizuführen vermag.
Der Angegangene, auf dessen Gestalt und Angesicht alle Blicke ruhten, erschien jetzt befangen und ratlos, sein Körper sank ihm mit den Schultern zu einer Gebärde großer Hilflosigkeit zusammen. Arm und in sich gekehrt, aus der Tiefe heraus suchend, stand er da, als bedrückte ihn in seiner Vorstellung schon jetzt eine Enttäuschung, die er allen bereiten müßte. Aber dann hob sich langsam das Haupt, und sein Blick, klar und ruhig unter der reinen Stirn, ging den Kreis der Menschen ab, die ihn umstanden und auf ihn warteten. Das Licht seiner Augen streifte, blicklos und mächtig zugleich, auch den jungen Griechen und fuhr ihm mit großer Gewalt ins Herz, so daß sich stumm und klanglos ein Wort auf seine Lippen drängte, ein ungewolltes Wort, das er nicht sagte, das in ihm lautete und hieß: »Tue es.«
Er fühlte, daß er von einer übersinnlichen Kraft in einen Glaubenswillen gezogen wurde, und meinte zu empfinden, daß dieser Beschwörer der Seelen auch ihn zu seiner Tat brauchte. – Ging es allen wie ihm, kannten diese Menschen den Propheten, wußten sie schon von Heilstaten, die er vollbracht hatte? Er sah umher, ohne daß der Bann ihn freigab, der alle einschloß. Es war so still, daß man das leise Sirren des Morgenwindes in den Palmen vernahm. Aber es gab keine Stätte mehr hier oder dort, er befand sich an einem Weltort im All. Alles Seelenwesen strömte dem lichten Magier in diesem Augenblick zu und stärkte ihn.
Da hob der Herr der Stunde die Hand, strich über die toten, leeren Augen des Menschen, der vor ihm stand, und fragte nach einer Weile: »Siehst du etwas?«
Seine Stimme klang arm und wertlos. Gab es denn eine Einstellung, die in diesem Augenblick mehr gelten konnte als Selbstvertrauen? Dieser Heilende tat nichts, sondern er ließ etwas geschehen. Dositos hatte den zuversichtlichen, unbestürmbaren klaren Eindruck, als schaltete dieser Mensch sich völlig aus, als ließe er

etwas zu, als überkäme und durchströmte ihn eine Kraft, der er sich in einem freien Gehorsam unterstellte und kindlich ergab.

Der Blinde hob langsam seine Hände und antwortete stammelnd, zitternd am ganzen Leibe: »Ich sehe Menschen, als sähe ich Bäume ... o Herr.«

Der Heilende ließ hierauf seine Hand noch einmal über die Lider und Augen des ihm gierig, totenbleich und starr zugewandten Angesichts gleiten. Er sprach kein ermutigendes Wort, keine beschwörende Formel, sondern fragte nur nach einer Weile wieder: »Was siehst du nun?«

Es bedurfte keiner Antwort. Mit den weit geöffneten Augen brach ein seliges Erstaunen, ein solches Entzücken aus dem Angesicht des Geheilten, als seien das Licht, die Welt und das Leben in diesem Augenblick erschaffen worden, ihm und allen, die um ihn waren. Er schaute umher, als sähen die anderen nun erst auch ihn. Aus seinen Zügen sprach es wie Worte: »Hier bin ich.« Ohne daß seine Lippen sich regten, hauchte er, als klänge sein Menschenodem über die im Licht erstandene Erde dahin: »Mein Herr und mein Gott.« –

Dositos hörte jetzt wie aus einer Traumwelt erwachend das Aufraunen vieler Stimmen um sich herum, die Menge zerstreute sich, die Erregung schwoll ab. Viele betrachteten den jungen Griechen, dessen reiche Gewandung auffiel, mit Ehrfurcht und Staunen. Auf manchen Angesichtern erschien etwas wie Genugtuung darüber, daß ein vornehmer Fremder, griechischer Herkunft und offenbar hohen Standes, zum Zeugen der Wundertat geworden war, die einer der Ihren unter ihnen vollbracht hatte. Sie gewahrten seine Ergriffenheit und waren ihm dankbar dafür.

Als Dositos langsam davonschritt, seine Herberge zu erreichen, begleitete ihn im Unterbewußtsein die Vorstellung, es müßte der Meister diesen Galiläern längst bekannt und seine Kräfte ihnen vertraut sein. Er ernüchterte sich gewaltsam, ein Gefühl von Fremde und Einsamkeit verbannend, in das seine Erschütterung ihn gestoßen hatte. Der Stundenschritt des Tages klang wieder, die laute Stadt nahm ihn auf, seine Gedanken gingen den Plänen und Geschäften entgegen, die ihn hergeführt hatten.

Als der Perser Idomed, sein Sachwalter, ihn am Hoftor der Herberge empfing und er sein Pferd an der Krippe erkannte, das ein Sklave abgesattelt hatte und wusch, trat er dicht an das schöne Tier heran, das ihm entgegenwitterte, und ließ seine Hände wieder und wieder über das warme, blanke Fell gleiten. Er tat es gegen seine Gewohnheit, er wußte nicht, daß das Tier ihn beruhigte und wunderbar zu sich zurückführte, daß es ihm sein Gleichmaß zurückgab und sein einfaches Recht, ein Mensch zu sein.

Am Abend des nächsten Tages saß Dositos in einer kleinen Straßentaverne zwischen Magdala und Kapernaum dem Führer der Zeltlosen, dem Banditenhauptmann Barabbas, gegenüber. Der Tag sank rasch. Im Innenhof des Gasthauses, auf den die Türen der Kammern zu ebener Erde führten, bewegten sich noch Gestalten, über dem Brunnen hing die Krone eines Feigenbaums. Seine großen Blätter standen im Rot der Himmelskuppel wie schwarze Ornamente und schimmerten noch grün an der weißen Hauswand. Aus dem Schankraum, der sich zur Gasse hin öffnete, erklangen das Geklimper einer Ghittit, eine schrille Flöte und singende Stimmen.
Der Gastwirt, ein Vertrauter und Freund des Barabbas, hatte den beiden einen besonderen Raum zugewiesen, der nur vom Innenhof her erreichbar war, gut eingerichtet und gelegentlichen Gästen nicht zugänglich.
Der Blick des Griechen ruhte während ihres Beisammenseins oft mit herzlichem Wohlgefallen auf der Gestalt des kräftigen, ungefügen Mannes, der syro-phönizischer Herkunft war, ein Kind des Landes und das wilde Geschöpf seiner gefährlichen, von Kühnheit und einfältigem Verstand wundervoll aufgehellten Getriebenheit.
Man kannte ihn im Lande nicht nur seinem Namen und seinen Taten nach, sondern auch von Erscheinung, so daß es nicht klug für ihn gewesen wäre, sich am Tage in den Städten zu zeigen; dagegen in den kleineren Orten und Siedlungen konnte er sicher sein, denn das Landvolk hielt zu ihm, liebte oder fürchtete ihn. Niemand hätte ihn dort verraten, denn die Leute wehrten

sich mit der gleichen Ablehnung gegen die Herrschaft der idumäischen Landesfürsten wie gegen die der Priesterschaft von Jerusalem, und jeder wußte, daß Barabbas und die Seinen den Ansässigen in Galiläa und Samaria, dem arbeitenden Volk und den Unvermögenden und Unterdrückten niemals ein Ungemach bereiteten. Dadurch entstanden die Schwierigkeiten für die Truppen des Tetrarchen wie auch für die römischen Streifen bei ihrem hartnäckigen Bemühen, seiner habhaft zu werden. Die Masse des Volkes stand zu Barabbas, zumal er aus der Großmut der Gewissenlosen heraus freigebig war und aus dem Hochmut der erfolgreichen Gewalttäter anständig.
Er hätte Dositos bei seiner Begrüßung beinahe in seiner Umarmung erdrückt und lachte vor Freude und Glück darüber, daß der Grieche gekommen war und ihn zu sich bestellt hatte.
»Du bist das Auge über meinen Augen, die Hand über meinen Fäusten und die Stimme meiner Gedanken«, rief er ungestüm, und der Wirt, der kein Wort Griechisch verstand, stolperte aufgeschreckt und entsetzt nach Speisen, Weinkrügen und Bechern. Barabbas hob die Sklavin, die den Tisch säuberte und Lampen brachte, aufs Knie, lachte dröhnend über ihre angstbebende Bereitschaft und setzte sie wieder zu Boden, als habe sie ihren Dienst damit getan, ihm durch ihren Aufschrei zu beweisen, daß er da sei auf der Welt und bei dem langerwarteten Freunde.
Dann wurde er ernst, schien sich zu schämen, als stünden ihm Ausbrüche solcher Art angesichts des Verehrten nicht zu, und sein dunkles, wildes Herz verzagte fast unter der Abstand heischenden Kühle des Griechen. Er schaute böse und trotzig wie ein gescholtener Knabe auf Dositos, sein bärtiges Faunsgesicht verriet Sorge, Lust und Aufstand seiner Seele: Ich bin stärker als du, du bist in meiner Hand, ich könnte dich auf einen Wink hin in Fesseln schlagen lassen und zermalmen, aber wo ich Stärke habe, ist dir Kraft gegeben, und dein Lächeln, mir bestimmt, weckt meine Hoffnungen. Du gibst meinem Fleisch Feuer und meiner Seele Zuversicht. Ohne dich bin ich ein Raubgeselle im Dunklen, mit dir zusammen ein König der Freien der Berge im Licht: Ich weiß es, Dositos ...

Der Grieche sagte: »Ich weiß es Barabbas.«
Der Hauptmann hatte nicht gesprochen; in solcher und manch ähnlicher Antwort auf seine unausgesagten Gefühle und Gedanken verriet sich die Macht, die der Grieche über ihn besaß; es erwies sich darin, daß er den Ungefügen auf jene bändigende Art kannte und durchschaute, die das wahre Verständnis mit sich bringt, zugleich fesselnd und befreiend, sonderlich im Bunde mit rücksichtslosem Freimut und echter Zuneigung.
»Brauchst du Gold?« fragte Barabbas verlegen und derb, deutlich nur darauf erpicht, etwas zu bieten, das dem Freund gefallen könnte. Im Grunde war er selbst es, der Anrecht auf den Erlös erbeuteten und verkauften Guts hatte.
Dositos antwortete nicht.
»Noch sind wir die Zeltlosen, aber bald die Freien der Berge«, begann Barabbas von neuem. »Wir haben Baka überfallen, ausgeraubt und niedergebrannt, hast du es gehört?« berichtete er stolz und düster. »Ich habe die Kriegsknechte des Tetrarchen, die sich uns in den Weg stellten und die uns zu vertreiben suchten, in unsere Reihen herübergebrüllt; sie sind beinahe alle gekommen, denn nicht nur der Sold, den ich ihnen gebe, ist höher, sondern auch wollen sie einem freien Herrn dienen und nicht einem Knecht Roms, der ein Verräter des Volks und ein Tyrann ist. – Er hat seine Besitzungen in Magdala zum Kauf ausgeboten.«
»Das hat mich hergeführt.«
»Ich hasse dieses holde und sanfte, weiche Land im Seetal. Der Wohlstand macht seine Menschen erbärmlich und feige. Die Nahrung quillt ihnen ins Maul, und sie verschachern einen Dolch für ein Lamm.«
»Mit ihnen, dem Tetrarchen und den Juden, würden wir in Galiläa fertig«, antwortete Dositos, »aber Rom herrscht über sie und uns. Unterschätze Rom nicht.«
»Galiläa untersteht nicht dem römischen Statthalter von Judäa.«
»Aber Herodes Antipas untersteht ihm. Täusche dich nicht. Seine Herrschaft ist nur ein Trug und Schein. Wie Rom Judäa zu seiner Provinz gemacht hat, so wird es bald mit allen Tetrarchien in Palästina verfahren.«

Es entstand eine Pause, dann sagte Barabbas unbeherrscht und rauh: »Wir müssen Beute machen. Ich will Gold; Gold und Silberlinge.«
»Es gibt keine klügere Antwort. Du hast deine Gedanken in der räuberischen Faust. Solange die Welt durch Kämpfe erschüttert worden ist – und aller Krieg geht um Besitz –, haben die Überlegenen gewußt, daß das Gold das zuverlässigste Kriegswerkzeug ist. Aber Pack kann es nicht handhaben.«
Barabbas sah böse auf, jedoch Dositos fuhr in unbeirrbarer Gleichmütigkeit fort, als wünsche er Widerspruch zu wecken und zu spüren: »Es läuft dir zuviel Gesindel nach.«
»Kann ich wählen, wie ich will? Ich muß mich zunächst an die Leute halten, die sich zu mir gestellt haben oder die ich zwinge, mir zu dienen.«
»Ja. Zunächst.«
»Und dann?«
»An Griechenland.«
»Tu ich es nicht?« Er sah Dositos wild und schmerzlich entflammt an. Der zustimmende Aufruhr seiner Seele hinderte ihn jedoch nicht daran, das Fleisch eines großen Fisches, aus der Hand, von der Rückengräte zu nagen, die andere hielt den Weinbecher, und sein Augenpaar funkelte gierig und wissens- und fressensgeil in die Blicke des Freundes heinein: »Man sollte die Römer dahin bringen, im griechischen Willensgeist zu schwimmen, wie ich diesen Stachelflosser vom Wasser her an das Weinbad meines Bauchs gewöhne. O Dositos, du mein Wahrzeichen des Vogelflugs, du Herr der Befugnis, mein Rat. Will ich denn mehr, als deine Weisung glauben? Meine Stärke ist ein Gestürme, deine Einsicht ist seine Bahn. Befiehl! – Aber erst laß die Becher füllen.«
Er wischte sich mit einer einzigen Durchfahrt der Hand das Öl aus dem Bart. Dositos lachte und rief nach neuem Wein.
»Für die Griechen in Cäsaräa und in den Küstenstädten leiste ich Gewähr«, erklärte er sodann. »Ihr Haß gegen die Juden wächst von Tag zu Tag, und ihre Macht auch, denn der Statthalter hält es für richtig, die Verfeindeten gegeneinander auszuspielen. Da-

bei unterschätzt er den Eigensinn der Juden und die Geduld und die Beweglichkeit der Griechen. Es wird nicht mehr lange dauern, daß dort der Aufruhr durch die Gassen heult. Jede Art von Unruhe gereicht Rom zum Schaden. Wir müssen uns mit jedem Mittel in Palästina der Juden bedienen, um das Joch Roms von Asien abzuschütteln.«
»Was will ich denn anderes«, entgegnete Barabbas, schon im Kampf mit dem Wein, aber klaren Wortes, »als die Kräfte emporreißen, die den Eigenen dieser Gefilde das Recht auf ihr Land zurückgeben. Wie jetzt Sterne, Zeit und Zustände zu deuten sind, gibt es nur ein fressendes Gift, das Wandlung und Umgestaltung mit sich bringt, das ist der Terror, das lähmende Entsetzen. Auf Treu und Glauben hält hier kein Mauerwerk mehr stand. Der Erdgrund schaukelt, die Redlichen faulen, die Priester rauben und die Fürsten wollen nichts mehr als Gold und Weiber für ihre schändliche taube Lust, die nichts als Verwesung ist.«
Dositos hob beschwichtigend die Hand: »Der Terror wirkt zuletzt immer nur als Mittel zur Macht bei den Nichtigen und Feigen. Wer dagegen die Besten gewinnt, wird Herr aller Gnaden sein für sein Land und Volk. Ein Vertrauen auf die Denkungsart des Feindes muß in jedem Kampf bleiben, sonst arten die Feindseligkeiten in einen Vernichtungskrieg aus. Die Griechen waren die Herren dieser Länder und werden es zuletzt, zum Segen aller, wieder sein.«
»Nein!« brüllte Barabbas. »Der Terror scheidet das Gesindel von den Starken! Verwirf ihn mir nicht! Laß mich stark und gefürchtet bleiben und die Starken rufen, die sich nicht fürchten. Der Schrei nach friedlicher Menschlichkeit ist in den Zeiten der Kampfespflicht nichts als das Angstgewimmer der Krämer. Wenn ich töte, bin ich so menschlich, als wenn ich liebe! Sonst würde kein Krieger zum Helden und kein Gott zum Erlöser werden.«
Dositos ließ den Becher sinken, den er zum Trunk erhoben hatte, und sah Barabbas an. Staunen fuhr ihm wie Frost und Hitze in die Seele. Nichts erschien ihm unenträtselbarer an diesem knabenhaften Gewaltigen, als daß in ihm, plötzlich aufgeschreckt,

Einsichten aufbrannten, wie kein Besinnen sie aufkommen läßt. Auch waren es hier nicht Wort und Gedanke allein, die Dositos hinrissen und überzeugten, sondern dieses Wort in diesem Augenblick durch diesen Menschen hervorgestoßen, als wäre es neu in ihm geboren, als hätte es das Gepräge seiner uralten Wahrheit mit diesem Aufbruch aus der dunklen Erlebniskraft neu und lebendig gewonnen. In unergründbarer Tiefe seiner Seele war ihm, als wären solche Worte schon einmal vor ihm aufgetaucht, nicht ihr Sinn und ihre Bedeutung, sondern das dunkle Mutterland ihrer Entstehung.

»Höre«, sagte er nach einer Weile in anderem Ton, bewegt und zugleich entfesselt. »Gestern vernahm ich die sonderbare Weisheit eines Volksredners oder Propheten, wie man sie hier nennt, in Kapernaum, am Seeufer. Er erzählte von einem Weingärtner, der Knechte zur Arbeit aufrief, und sie kamen nacheinander, die ersten früh, die anderen am Mittag, die letzten erst vor Abend. Als das Tagewerk im Weinberg beendet war, gab er allen den gleichen Lohn. Was hältst du von dieser Einteilung und Verfügung, du Ordner der verwilderten Weinberge?«

»Nichts«, sagte Barabbas, erstaunt über solche Frage.

»Mir hat die Mär als Vorschlag wohl gefallen«, sagte Dositos nachdenklich. »Die Götter mögen wissen, woher der Mann die alte Geschichte hat, er berichtete sie überzeugt und wuchtig, so deutlich und treu, daß man die Gärtner wandern sah, so als verkündete am nächtlichen Hirtenfeuer der arabische Märchenerzähler aus der tausendmal geglaubten Liebes- und Wunderwelt des Fernen Ostens. Es ist aber auch sehr gut möglich, daß ihm das Geschaute aus eigenen Seelengründen gebrochen ist wie dir deine Worte von den Kriegern und Erlösern. – Ist es nicht der Erwägung wert«, fuhr er, sich auf das Gehörte besinnend, fort, »die Zugehörigkeit und Gesinnung seiner Arbeits- und Kampfgenossen wichtiger einzuschätzen als die Dauer ihrer Arbeit? Das meinte er, so gut ich ihn verstanden habe.«

Barabbas erwog den Sinn des Gehörten und gleichzeitig Dositos' Gründe, aus denen er dieses Erlebnis vorbrachte. Er fühlte sich durch solche Zugezogenheit geehrt, sowie auch dadurch, daß der

Grieche seine Gedanken mit ihm teilte. Zugleich war er betroffen und verwundert und ermaß das Abwegige des Vorgebrachten und seine Bedeutung im Zusammenhang mit dem Vorhergegangenen.
Der Hang des Freundes, sich mit solch fernliegenden Dingen zu befassen, gefiel Barabbas wenig, er weckte seine Besorgnis und Zweifel an der Ausschließlichkeit und Spannkraft des Griechen, seine Kräfte und Gaben in den Dienst der gemeinsamen Sache zu stellen. Die hohe Hoffnung, die er auf Dositos setzte, geriet darüber ins Wanken, denn er mißtraute, wie alle Tatmenschen, dem Geist, soweit dessen Strahlen nicht die Gegenstände und Tatsachen auf der Erde anlichteten. Wie bei allen wirklich kühnen Menschen gab es wenig Raum für Mißtrauen in seiner Seele, wurde es aber einmal geweckt oder hineingetragen, so brachte es ihm keine größere Vorsicht bei, sondern machte ihn zornig. Er hätte ein krankes Auge eher herausgerissen und eine verdorrte Hand eher abgehackt, als sich mit Heilung oder Pflege abzugeben. Ein ganzer Rest war ihm lieber als eine sieche Ganzheit.
Ein wenig schwerfällig, aber bereitwillig ging er jetzt auf die Gedanken des Freundes ein: »Was der Prophet behauptet hat, mag in den Wolken zutreffen, aber auf dem Erdboden nicht. Den Freien mag eine solche Einschätzung willkommen sein, aber die Unfreien wird sie zum Widerspruch reizen und erbosen. Die Knechte wollen den Lohn nach Mühe und Schweiß bemessen sehen, und nur die Freien fragen nach der Gesinnung und haben genug daran, wenn sie als zugehörig anerkannt werden. So habe ich es verstanden.«
»Besser als ich«, sagte Dositos und sah den Dunklen suchend an. Barabbas erbebte vor Freude, Ratlosigkeit und vom Wein. »Das sagst du mir?«
»Erschlage mich, wenn ich lüge, aber du hast recht.«
Barabbas starrte vor sich hin. Die Narbe an seinem Hals brannte wie Feuer. Er überdachte noch einmal angestrengt, was gesprochen worden war und was er selbst vorgebracht hatte. Dann polterte er heraus, jetzt deutlich verächtlich: »Ich halte nichts von den Gottesgesandten unserer Tage und Zeiten, nichts von denen

vom Osten und nichts von denen vom Westen. Es laufen und plärren ihrer so viele daher, daß man über den Vorrat an Göttern erstaunt. Alle wollen das Volk aus seiner Not erretten, aber keiner kann es führen. Ich habe schon herausgebracht, daß diese Verkünder klüger als die Fische sind, nur nicht beim Schwimmen.«

Er goß den Wein hinunter, rückte die Holzbank, in die der Spitzkrug eingelassen war, näher heran und prüfte das Siegel des Weinhändlers aus Samos.

Dositos sagte: »Du hast recht, Barabbas. Jetzt besinne ich mich auch; er meinte ein Gottesreich, ihm verglich er den Weinberg. Von welchem Reich und welchem Gott er sprach, habe ich nicht herausgebracht.«

»Besseren Wein als diesen hier werden sie in seinem Gottesreich in allen Weinbergen nicht keltern – auch dieser Wein ist aus Griechenland.«

»Er scheint mir aus Galiäa zu sein«, fuhr Dositos in Gedanken versunken fort, ohne den Einwurf recht zu beachten, »nein, ein Grieche ist er nicht. Weißt du, an wen er mich erinnert hat und an wen ich denken mußte, als ich ihn sah und hörte?«

»An den enthaupteten Joannes vielleicht, der im Jordan taufte?«

»Nein, an dich«, antwortete Dositos.

Drittes Kapitel

Der Ruf aus dem Dunkeln

In diesem galiläischen Weisen war Dositos zum ersten Male ein vom Geist geführter Leidenschaftlicher begegnet, der keinen Zweifel darüber aufkommen ließ, daß sein Wirkungswille völlig frei von Eigenliebe und Selbstbehauptung waltete. Seine alte Annahme, daß eine edle Selbstsucht die Voraussetzung zu Entwicklung, Bildung und Bestand eines wirkenden Charakters sein müßte, war in diesem Manne durch eine Beschaffenheit aufgehoben, die bei völliger Ausschaltung seiner Person ehrfurchtgebietende, gewaltige, ja übermenschliche Kräfte zur Geltung brachte; es strahlte in dieser Seele eine Macht wider, wie die Sonne im Gold.

Dositos zweifelte kraft seiner großartigen Einfalt keinen Augenblick daran, daß diese widerstrahlenden Kräfte nur göttlichen Ursprungs sein könnten, und blieb sich treu darin, diesem Aufleuchten, wie auch den Sternen, keine Absichten beizumessen, sondern nur ihr Licht zu bewundern.

Er erkundigte sich eingehend bei den Ansässigen in Kapernaum nach dem Wohnort und der Lebensweise des Propheten und erfuhr, daß der Volkslehrer, der Jesus hieße, keine feste Heimstätte besäße. Am liebsten hielt er sich anscheinend in Galiläa auf, in der Nähe Kapernaums oder in der Stadt selbst, in Arbela und Magdala, an den Ufern des Sees Genezareth. Wollte man jedoch seine Aussagen und sein Wirken ernsthaft verfolgen, so hatte man es nicht leicht. Seine Fahrten und Wege schienen ganz willkürlich gewählt zu sein, bald sprach er in der Synagoge einer Stadt, bald in der Schule eines Dorfes, wohl auch mitten im Straßengetriebe des Bazars oder auf öffentlichen Plätzen, völlig unbekümmert um Spruch oder Widerspruch, just wann und wo sich der Anlaß bot, wo er gefragt wurde, oder wo man ihn anging, um ihn zu erforschen oder zu bedrängen. Dann wieder entzog er sich allen und verbarg sich in der Wüste oder im Gebirge, ähnlich wie sein Vorläufer Joannes.

Er ging mit den Fischern und Weinbauern der schönen Gegend um und lebte mit ihnen auf freundschaftlichem Fuße. Wenn man auch kaum annehmen konnte, daß sie seine Worte verstanden oder gar befolgten, so wurde doch erkennbar, daß sie ihn gern in ihrer Mitte duldeten, ihm aus ihren einfachen Forderungen heraus, um seines rechtlichen Lebens willen, Achtung erwiesen und ihn beherbergten, wo immer er sie um eine Ruhestatt, um Brot oder Wein bat. Er heilte ihre Kranken, ohne von ihnen oder den Angehörigen jemals etwas anzunehmen, das über seine natürlichen Bedürfnisse hinausging, und saß gern mit ihnen beim Wein, wobei er niemals nach Wert oder Unwert, Stand oder Beruf der

Tischgenossen fragte. Besonders dieser letzte Umstand brachte ihn bei den Vornehmen und Reichen und bei den Priestern des Landes in Ächtung und Verruf.

Es hörten ihm auch viele bei seinen Reden zu, weil er sie weder bedrängte noch zu überreden versuchte. Sie verstanden seine Worte dem Sinn und Gehalt nach offenbar nur selten, denn alle Berichte hierüber widersprachen sich, aber sie schienen seinen Glauben an alles zu empfinden, was er vorbrachte. Wenn er ihnen durch sein Verhalten ein Lächeln des Erstaunens abnötigte oder Furcht und Schrecken vor der Kühnheit seiner Behauptungen, Versprechungen und Prophezeiungen, erfüllte es sie dennoch mit Genugtuung, daß er die Jerusalemer Priesterschaft, ihre Lehren und ihr Verhalten angriff, die in Galiläa wenig beliebt waren und nur erzwungenes Ansehen genossen. Kam es zuweilen zu einem Streit zwischen ihm und den Herren der Synagogen, so bewunderten sie seinen Mut, seine Härte und seine Schlagfertigkeit und nicht zuletzt seine Klugheit.

Bei solchen Gelegenheiten flammte oft ein harter Angriffsgeist im Meister auf, er fürchtete sich vor niemandem, und es erschien manchen, als müßte er einen mächtigen Rückhalt haben, einen Freipaß sowohl für seine gewagten Worte als auch für das Recht der Seele und des Geistes, sich nach seiner Weise zu behaupten. Viele glaubten ihm, wenn er sagte, er habe dies Recht von Gott, dem Vater. Hierbei ging es sie als völlig neu an, daß er Gott als den Vater der Menschen bezeichnete und anrief, das verband seine Einwirkung auf die Zuhörer mit Beruhigung und Vertrauen, denn er befreite sie von der Furcht vor den Rachegöttern, den Dämonen und Feldgeistern.

Niemand sah ihn jemals arbeiten, auch nicht gelegentlich oder um andern behilflich zu sein. Dies wunderte sie anfänglich, bis sie über seinen Heilkräften und Wundertaten begriffen, daß wohl andere und höhere Dinge seine Pflicht sein müßten, zumal er die Arbeit ihrer Hände deshalb nicht mißachtete. Was ihr Zutrauen jedoch, ohne daß sie es wußten, am tiefsten bekräftigte, war sein oft beinahe ängstliches Bemühen, seine Reden und wunderbaren Heilungen zu verheimlichen. Er verbot ihnen,

darüber zu sprechen. Seine segenstiftende Kraft schien ihn zu überkommen, als wäre sie nicht zu jeder Stunde ein Teil seiner Natur und seines Geistes, sondern als würde sie im entscheidenden Augenblick von ihm heraufbeschworen, keinem anderen Gebot gehorsam als nur seinem Glauben an eine höhere Macht.
Es wunderte die Leute, daß sich trotz dieser Zurückhaltung sein Ruf und Name rasch über das ganze Land verbreitete. Er schien dies nicht zu wünschen, und oft wurden Zweifel an sich selbst in ihm wach. Und sonderbar, gerade die Niedergeschlagenheit und die Trauer in solchen Stunden der Verzagtheit erhöhte den Glauben der Menschen an seinen Wert. Er wies die meisten aus seiner Nähe und heilte nicht alle, die ihn darum baten, wie denn auch sein Wesen alles andere als erbötig oder entgegenkommend war. Seine Güte zeigte sich hart und wortkarg, er warb nicht um Gunst.
So und ähnlich lautete, was Dositos über Jesus durch die Leute von Kapernaum und Magdala in Erfahrung brachte. Nichts an diesen Berichten mutete ihn ungewöhnlich an, die Anhänger und Mitglieder der Essäer, einer religiösen Sekte im Lande, die in hohem Ansehen stand und die er viel beachtet hatte, vollbrachten Ähnliches und führten oft ein Leben, das sich wenig von dem des Galiläers unterschied. Das alles bot geringe Gewähr für die Ursprünge der geheimnisvollen Kräfte, die der Grieche im Wesen dieses Mannes zu erkennen glaubte, und gab nur unbedeutende Aufschlüsse für die übersinnliche Wirkung, die ihn berührt hatte, und die sich weder ausgleichen noch vergessen ließ. Über alles Vernehmbare und Erforschbare hinaus war der Grieche von einem noch fernen Anruf betroffen worden. Hinter einem ratlosen und ein wenig spöttischen Lächeln, mehr über sich selbst als über den Bewunderten, erwachte die heilige Neugier der Seele, jene Aufmerksamkeit des Herzens, die im menschlichen Gemüt aller praktischen Erfahrung und den skeptischen Anläufen der Gedankenwelt trotzt.
Auf diese Aufmerksamkeit des Herzens kam es Dositos an, nicht erst seit dieser Begegnung. Er wußte keine bessere Benennung für die Lebensgewähr und Lebensbereitschaft der Seele. Der äußere

Ablauf seines gefährlichen Daseins war ihm, an Vorteil oder
Nachteil gemessen, gleichgültig. Sein Hohn gegen die heuchlerischen Sittenvorschriften der menschlichen Gesellschaft kannte
keine Grenzen. Er durchschaute die Brüchigkeit aller Stützen der
von Furcht und Strafe eingeschüchterten Moralität der Mittelmäßigen. Aber hoch darüber schimmerte in die Welt ein unbenennbares Geisteslicht. –
Der Rest war Genuß des Geistes, der Seele und des Leibes in aller
Wohltat, die die irdischen Güter verhießen und gewährten,
Macht und Reichtum, Kampf und Triumph, die Gunst der
Frauen und die hohe Lust an der Schönheit sowie an den verschwenderischen und beseligenden Gaben der Natur, wo immer
sie die Sinne aufriefen und ihre Sehnsüchte weckten und stillten.
Kein Gott und kein Prophet würde ihm jemals diese Freude an
·der Schönheit und Herrlichkeit der irdischen Güter rauben, das
wußte er zuversichtlich.
Er sah auf einem Gang durch den Morgen einen alten Fischer,
der am Seeufer seine Netze reinigte. Halbnackt und rüstig bewegte sich die noch ungebeugte Gestalt in rotem Schurz zwischen den grauen Netzen. Dahinter blaute der See im warmen
Wind. Auf einer fernen grünen Schilfinsel fischten Kraniche, und
Seemöwen schwebten weithin und mit ruhigen Flügelschlägen
über den sanft wandernden Wellen. Der Grieche ließ sich auf den
Rand eines Kahns nieder, der halb im Wasser lag, sah eine Weile
zu und begann dann ein Gespräch mit ihm, das er auf den galiläischen Volksredner und Wundertäter brachte.
Der Prophet sage ein neues Reich voraus und verkünde dessen
Kommen, berichtete der Fischer bereitwillig und unbefangen. Etliche vermuteten, er meine ein Gottesreich, wieder andere glaubten zu wissen, er spräche von einem irdischen Königreich, wie es
einst das des großen Salomo gewesen sei, von dem die Sage und
die Schriften der Juden berichteten.
Was die Leute darüber dächten, fragte Dositos.
Der Fischer blieb neben ihm stehen: »Die jungen Menschen unter uns glauben an das weltliche Königreich«, meinte er und lächelte zwiespältig und ein wenig spöttisch, jedoch wohlmeinen-

den Sinns. »Die Alten dagegen, die keine weiten Wege mehr vor Augen haben, wollen seinen Reden entnehmen, daß er ein Himmelreich jenseits des Todes verkünde.«
»Und was glaubst du selbst?«
»Es geht bei mir noch immer an mit Arbeit und Erwerb«, antwortete der Alte listig, »auch gefallen mir die jungen Weiber noch, der Klang der Kornmühlen und ein guter Fang auf dem See. Da gedulde ich mich noch eine Weile mit der Entscheidung.«
Dositos lachte, aber der Fischer blieb ernst und sah den vornehmen Griechen an, als wäre das Lachen nicht erklungen; vielleicht wagte er auch nicht, mit einzustimmen, weil er nicht erkannte, worauf es sich bezog. Der Seewasser- und Fischgeruch aus den trocknenden Netzen wehte die beiden an.
»Da lebt eine alte Netzflickerin bei Gadara im Kidrontal«, erzählte er nun und ließ sich neben Dositos auf dem Bootsrand nieder, »sie holt und bringt uns auf einem Esel das Gerät. Ihr ist die Gabe verliehen, in die Zukunft zu schauen und die Toten zu befragen. Geh und sprich mit ihr! Sie wird dir erzählen, daß in diesem Manne ein Messias erstanden sei, der langersehnte Befreier der Seelen und Leiber. Ein altes Weib kocht viel zugleich in einem Topf. Fragst du dagegen die Priesterschaft der Juden oder die Frommen im Lande, so wirst du erfahren, daß dieser Mensch vom Teufel gesandt und von ihm besessen sei.«
»Du bist kananäischer Herkunft?« fragte Dositos.
»Ich weiß es nicht, Herr. Meine Eltern lebten bei Sidon am Meer.«
»Also die jüdischen Priester glauben, der Teufel gebe ihm Kraft für seine Wundertaten? – Jüngst sah ich, daß er einen Blinden heilte.«
»Das würden sie ihm noch nachsehen«, meinte der Alte, »aber sie dulden nicht, daß er den Menschen ihre Sünden vergibt.«
»Was für Sünden?« fragte Dositos erstaunt.
»Ich weiß es nicht. Wahrscheinlich diejenigen, mit denen die Leute das mosaische Gesetz übertreten. Aber er vergibt auch andere; mir ist es gleichgültig – die wenigen, die ich noch begehen kann, möchte ich behalten.«

Dositos unterdrückte sein Lächeln. Der Alte gefiel ihm. Er hob die Augen und sah in die Weite. – In sein Blickfeld geriet eine Palme am Ufer, die sich im See spiegelte. Das Bild hielt ihn fest, er wußte nicht weshalb und weshalb gerade nun.

Das entscheidende Ereignis jedoch und das tiefste Erlebnis standen ihm noch bevor. Es war am Tage vor seinem Aufbruch nach Jerusalem, als ihm am Morgen zu Ohren kam, der Mann, mit dem er sich über Erwarten inständig in seinen Gedanken beschäftigen mußte, habe die Absicht, über den See zu fahren, um einem Besessenen zu begegnen, der am anderen Ufer sein Unwesen trieb.

Was über den Unhold im Volke umging, war sonderbar und erregend genug. Er dulde kein Dach über seinem Haupt und es treibe ihn bei Tag und Nacht in die Bergschluchten, in denen er nackt umherirre. Er suche Zuflucht und Obdach in den Felsgräbern bei den Toten. Man hätte ihn schon mit Ketten und Seilen gefesselt, um ihn von seinem unheimlichen Treiben abzuhalten und zur Vernunft zu bringen, aber er sei gewaltig stark, zerrisse die Fesseln und zerreibe die Ketten am Gestein. Es suche ihn ein grausamer Feldgeist heim, peinige seinen Leib, schüttle und stoße ihn und schleudere ihn zu Boden, bis der Geplagte mit wildem Geheul, mit Stöhnen und röchelndem Geschluchze unter der Untat des Teuflischen sein eigenes Wesen preisgeben müsse und oft stundenlang im Tod der Seele daniederliege.

Obgleich die meisten voller Begierde waren, zu erfahren, was der Prophet von dem Unseligen erwarte und wie weit seine Macht über ihn reichen möchte, warnten ihn doch etliche eindringlich. Zuweilen gebärde sich der Besessene wie ein rasendes Tier, und der böse Geist in ihm triebe ihn zu niedrigen Gewalttaten. Später dann hocke er trüb und blöde in einem Felswinkel, wie ein von aller Welt Abgekehrter, starre ohne Blick vor sich nieder und ließe alles in großer Hilflosigkeit und Armut der Sinne mit sich geschehen. Dann sei er guten Willens und dulde sogar, daß man ihn bekleide, geselle sich wohl auch den Hirten zu und tue niemandem ein Leid, bis wieder der schaurige Ungeist der Finsternis in ihn führe.

Der Meister hörte die Leute an, und zu ihrem Erstaunen gewahrten sie, daß sich über allen Berichten nur sein Wille zu festigen schien, den Unseligen aufzusuchen. Er sprach die Absicht nicht aus, aber man erkannte an seiner Haltung und im Ausdruck seines Gesichts, daß er über der Vorstellung von diesem Getriebenen schmerzlich und versunken außer sich selbst geriet oder stumm und gedankenvoll verharrte. Es erweckte den Anschein, als fühle er sich gerufen.

Da er es dann so befahl, machte man ein großes Boot bereit und setzte ihn mit seinen Freunden und anderen, die sich neugierig hinzugesellt hatten, über die Seebucht, das Gestade zum Ziel, an dem der Verdammte sich umhertrieb.

In Dositos war der lebhafte Wunsch erwacht, sich dem kleinen Menschentrupp anzuschließen, und er hatte mit ihm das Boot bestiegen. Es ging ein suchendes Ahnen voller Begierde durch sein Gemüt. Nach der Heilung des Blinden, die er miterlebt hatte, trieben ihn weder Zweifel noch Neugierde, sondern eine zuversichtliche Erwartung von hoher Spannung.

Man hatte ein Segel gesetzt, da der Wind günstig ging, und ruderte zugleich. Vom Steuer her erklang Lachen, aber es hallte nicht leicht und heiter auf, sondern verriet eine Erregung, die ihren Weg ins Freie suchte und keine rechte Art dafür fand.

Die Verwunderung des Griechen darüber wuchs, daß der Meister diesem Besessenen von sich aus zu begegnen trachtete, denn er ließ sich, wie erzählt worden war, oft nur widerwillig herbei, die Menschen anzuhören oder zu heilen, ja, er wich ihnen aus. Einmal sollte es sich begeben haben, daß eine Menschenschar das Dach des Hauses aufgebrochen hatte, in dem er sich aufhielt, und das dicht von der Menge umlagert wurde. Sie taten es, um einen Aussätzigen, den er heilen sollte, auf einer Bahre an Seilen vor ihm niederlassen zu können. An manchem Ort war die Bedrängnis, die ihm widerfuhr, so stürmisch gewesen, daß er hatte flüchten und sich verbergen müssen. Oft wurden seine Reden in Schulen und auf Märkten durch Zudringliche unterbrochen, oder es warfen sich Menschen vor ihm auf den Weg zur Erde nieder. Man hörte, daß seine Begleiter zuweilen mehr Mühe auf-

wenden mußten, die Bedränger von ihm abzuhalten, als daß sie Muße fanden, seine Reden mit anzuhören.
Der Grieche sah zum galiläischen Meister hinüber, der am Mast saß und vor sich niederschaute. Es fiel ihm auf, daß der Betrachtete den Blick nicht hob, als sei die Schönheit und die südliche Sonnenherrlichkeit von Land und See und Himmel, von Flut und begrüntem Gestade ihm gleichgültig, als sei ihm unwichtig, ob Tag oder Nacht herrschten, Blühen oder Welken. Und doch war der Ernst, der fast leidende Ausdruck seines Gesichts voller Stete und ohne Gram. Seine Züge wiesen nicht Unrast noch Sorge auf, vielmehr eine Beständigkeit der Seele, die ruhig ergriff. Ausgesetzt wie keiner und doch heimlich bewahrt, schimmerte das Angesicht frei von jeder Besorgnis um seine Wirkung oder sein Ergehen, als träfe ihn kein prüfender Blick bedrängend, als berühre ihn kein Urteil, als vermöchten ihn weder Zustimmung noch Wohltat zu erheben.
Dositos fragte sich, ob er diesen Menschen, der ihn so leidenschaftlich beschäftigte, lieben könne. Die Antwort ergab sich ihm klar und ohne Zweifel: Er liebte diesen Menschen nicht. Er würde ihn niemals lieben, so wenig, wie ein Schreitender den Boden seines Pfads liebte oder ein Vogel die Luft, die ihn trug. Es wurde ihm auch langsam erkennbar, daß die Menschen, die diesen Mann umgaben und sein Leben zu teilen schienen, ihn nicht liebten, eher bewunderten oder fürchteten sie ihn. Es herrschte kein Verlaß auf seine Anhänger; der Grieche war der festen Überzeugung, daß sich im Augenblick einer Gefahr alle von ihm trennen und ihn im Stich lassen würden. Er ermaß nachdenklich die Gefahr, die ihm aus dem Neid und jenem Widerstand der jüdischen Priesterschaft erwachsen könnte, von dem der alte Fischer gesprochen hatte. Er betrachtete aufmerksam Art und Charakter der Begleiter und Mitläufer dieses Weisen und Wundertäters, die das Boot füllten, und sein Lächeln wurde spöttisch.
Nein, es erstreckte sich ein unmeßbarer und unüberwindlicher Abgrund zwischen diesem Manne und seinen Mitmenschen, ohne Ausnahme. Etwas großartig und stetig Fortführendes wal-

tete in dieser Natur und in diesem Geiste, kein Verweilen noch
Verzögern, kein Genügen am Zurückgelegten und Errungenen
zeigte seine Spuren. Seine Person bedeutete ihm selbst nichts.
In diesem Augenblick erhob der Galiläer den Blick und sah den
Griechen an. Das dunkle Augenpaar drüben unter der ungeschützten Stirn musterte ihn nicht, noch schien der Sinn des
Schauenden sein Gegenüber zu bedenken oder zu prüfen, er
nahm nur auf, was sich ihm darbot. Ein Gewähren ohne Mahnung oder Ermessen, ein überweltliches Zulassen lagen in diesem
Blick, neben der traurig wirkenden Freiheit einer Seele, die von
Wunsch und Zweck genesen war.
Als sich am andern Ufer, nach der Landung, bei den Fischern und
Hirten die Nachricht verbreitete, daß der wohlbekannte Heilende und der Herr über Krankheit und Gebrechen dem gefürchteten Besessenen zu begegnen trachtete, schloß sich dem kleinen
Zug viel Volk an. Es fehlte auch hier nicht an warnenden Stimmen, und manche Gesichter drückten ernstliche Besorgnis und
Furcht aus.
Der Weg führte in der heißen Sonne über einen steinigen Pfad
durch wildbewachsene Felsenklüfte empor. Mehr und mehr verstummten die Stimmen, etliche Begleiter wandten sich ab und
blieben zurück. Ein alter kananäischer Hirte machte den Führer,
er schritt forsch und zuversichtlich voran, so daß der langsame
und zögernde Gang des Meisters auffiel, obgleich er nicht mutlos
oder unentschlossen wirkte, sondern müde. Sein Geist weilte
nicht bei Leib und Gliedern und seine nicht großen Körperkräfte
hielten nur mühsam stand. Dositos gedachte für einen Augenblick seiner Waffe im Gurt unter dem Staubmantel, lächelte dann
aber, seine Erwägungen verwerfend, denn er kam sich dabei so
vor wie ein Knabe, der einem bedrängten Krieger sein Holzschwertlein anbietet. Sein Herz zitterte. Die Grillen feilten ihr
schillerndes Sommerlied über Dornbusch und Myrtengesträuch
dahin im blütenarmen Bodengekräut. In blauer Höhe kreisten
Seeadler und schrien ihre einsame Kampfklage.
Dann sah Dositos, wie sie den Besessenen aus einer Felshöhle
zerrten. Er wehrte sich nicht und schien kaum zu wissen, was mit

ihm geschah. Er trug einen hemdartigen Kittel von rauhem Wollstoff, der durch ein Seil, das sich um seine Hüften schlang, notdürftig zusammengehalten wurde, denn er hing ihm in Fetzen um die Lenden. Kopf und Füße zeigten sich unbedeckt, und das Haar hing ihm lang und verzottelt auf die von der Sonne fast schwarz gebrannten Schultern. Seine Blicke wechselten zwischen boshafter Entflammung und völliger Erloschenheit. Fügung und Ausdruck seines Gesichts wiesen die brutal-großartigen Merkmale einer leidenschaftlichen Sinnesgier auf und erinnerten Dositos an ein grobgeschnitztes altes Götterbild aus dem Baalskult der Phöniker. Er schien von ungewöhnlicher Körperkraft zu sein und war noch jung.

Nun wurde er des herannahenden Mannes ansichtig, riß sich mit einem jähen Aufstand aller Glieder aus den Händen der Hirten, die ihn vergeblich zu halten suchten, und lief der Gestalt entgegen, die sich vor ihm erhob. Die Menschen erstarrten vor Angst um den Meister, der ruhig haltgemacht hatte und von allen abgeschieden allein dastand und dem Ungebärdigen, der heranwankte, entgegensah. Jetzt stockte der Besessene wie ein erschrockenes Tier, ergriff mit lautem Geschrei einen Stein und begann sich damit grausam zu schlagen. Der Ungeist der Finsternis war über ihn geraten und in ihn gefahren und riß ihn schaurig, von höllischer Qual der Seele empfangen, nieder. Der Befallene brach machtlos in die Knie, und das Blut, das ihm von der Stirn über die Augen niedertroff, entstellte sein hartes Leidensgesicht zu einer Maske des Grauens. Er reckte die von Blut rotgefleckten Hände empor und stierte auf den Unbeweglichen vor sich wie auf eine nicht menschliche Erscheinung.

Sein Beschwörer ohne Wort und Tat war dicht an ihn herangetreten, und seine Hände warfen sich mit einem harten Zugriff klammernd auf die fliegenden Schultern des Knieenden, wobei er sich tief und furchtlos ganz nah zu ihm niederbeugte. Kein Anzeichen von Hilfsbereitschaft, kein Zug von Erbarmen oder Mitleid kam in seinem Angesicht auf, sondern es entflammte in einem furchtbaren Zorn. Es wurde deutlich erkennbar, daß er Leib und Seele des Gemarterten nicht mehr erblickte, sondern daß sein Trachten die dunkle Gewalt herausforderte, in deren Machtbereich der Gequälte stöhnte. Es ward offenbar, den Augen unsichtbar, daß er sich in völliger Entselbstung und unter Preisgabe aller Stärke ins Herz der Finsternis niederwagte, ins Schattenreich, in die Abgründe des Höllischen. Die Mächte der Verdammnis schienen ihn zu überwältigen und mit sich in die Tiefe zu reißen. Niemand glaubte mehr daran, daß er noch der heilende Retter zu werden vermöchte, sondern alle erachteten ihn als verloren.

Da erhob sich plötzlich aus der Brust des Besessenen ein dumpfes, gurgelndes Gebrüll, so furchterregend, daß die Schar der in weitem Abstand um die Stätte Versammelten entsetzt zurückwich. Dositos glaubte seinen Ohren nicht zu trauen, als er aus diesem tierischen Geheul heraus die Worte verstand: »Jesus, du Sohn Gottes, wollest mich nicht quälen!«

Kaum war der Aufschrei einer nie gehörten Stimme verhallt, als das Unerwartete, ja Unverständliche geschah, daß der Helfer und Streiter gegen die Finsternis unheimlich erbleichte. Man erkannte kein Erschrecken, wie es die unbewachten Sinne bei einem jähen Überfall erleben, sondern es war der Lichtschlag einer auffahrenden Erkenntnis, ein sinnsetzender Offenbarungsblitz, noch zwischen Zweifel und Gewißheit in das Zwielicht der Erdgeburt gebannt. Niemand wagte zu entscheiden, ob der also Benannte und bei seiner Herkunft Angerufene seinen ihm bewußten Wesensnamen zu seiner Erschütterung enthüllt preisgegeben sah oder ob er ihn zum ersten Male hörte. Es hallte durch die Seelen und wie im Weltenraum nach: »Du Sohn Gottes.«

Der Besessene hing nun leblos in den klammernden Händen seines Bedrängers und Befreiers. Sein Kopf lag weit zurückgeworfen im Nacken, und die erloschenen Augen starrten leer und wie tot auf das Angesicht über ihm.

Da wurde der Stimme eine Antwort, ein Befehl, der leise und wie zögernd aufklang, aber in seiner beinahe klagenden Gewißheit eine unantastbar gewordene Machtvollkommenheit verriet: »Fahre aus dieser Seele, du unreiner Geist.«

Der Körper des Gehaltenen erschlaffte völlig und sank aus den

Händen seines Erretters langsam nieder. Sein blutiges Leidensgesicht glättete sich von den Runen der überstandenen Qual. Die noch eben zuvor verkrallten Hände taten sich auf und betteten sich, wie auch sein Kopf, schwer und ruhig auf den Boden der Erde. Es klang der Rat auf, daß man den Geheilten, der schlief, in den Schatten der Felshöhle brächte, daß man ihn wasche und bekleide.

Der Galiläer schritt allein davon. Niemand wagte ihm zu folgen.

Viertes Kapitel

Im Vorhof des Tempels

Immer wieder entzückte Dositos der Anblick des gewaltigen Tempelbaus von Jerusalem, den der große Herodes zu Zeiten des Kaisers Augustus neu hatte errichten lassen. Er war ein Werk griechischer und östlicher Baumeister von nie gesehener Pracht. Fremden, die nach Jerusalem pilgerten, erschien er von fern wie ein schneebedeckter Hügel. Die Außenwände des Tempels waren auf allen Seiten mit schweren goldenen Platten verkleidet; wo er nicht vergoldet war, leuchtete er in blendender Weiße. Die Hallen, die zum Herzbau des Allerheiligsten führten, ruhten auf fünfundzwanzig Ellen hohen Säulen, die aus lichtem Marmor bestanden und ein Gebälk von Zedernholz trugen. Der Boden aller ihm vorgelagerten, in Terrassen emporgeführten und nicht überdachten Plätze zeigte den Schmuck prächtigen, vielfarbigen Mosaiks.

Durchschritt man diese Vorhöfe, so gelangte man vor den eigentlichen Tempelbau, dessen vordere Säulen in griechischer und römischer Sprache durch eine Inschrift verkündeten, daß kein Fremder dies Heiligtum betreten dürfe.

Die Tore dieses Tempels waren, einschließlich ihrer Pfosten und Säulen, über und über mit Silber bekleidet. Das größte Tor führte ins Heiligtum, zum Tempelhaus selbst, das sich inmitten der ge-

weihten Stätte erhob; man schritt über zwölf Stufen zu ihm empor. Dieser innere Tempelbau bestand aus zwei Abteilungen, offen war aber nur die vordere, hinter ihr wallte ein babylonischer Vorhang herab, bunt gestickt, Hyazinth, Byssus, Scharlach und Purpur, wunderschön gewoben in vielerlei Mischung der Stoffe. Er stellte ein Sinnbild des Weltalls dar, der Scharlach sollte das Feuer, der Byssus die Erde, der Hyazinth die Luft und der Purpur das Meer andeuten. Die prachtvolle Stickerei zeigte den Anblick des ganzen Himmels mit Ausnahme der Bilder des Tierkreises, denn es war den Juden nach dem mosaischen Gesetz verboten, die Bildnisse von Menschen und Tieren darzustellen.
Die vordere Abteilung, das Heilige, deren Breite vierzig Ellen betrug und die kein Andersgläubiger je betreten hatte, bewahrte den Leuchter, die Brote und das Rauchfaß. Die sieben Lampen, die das strahlende Leuchtgerät bildeten, bedeuteten die sieben Planeten. Die zwölf Brote auf dem Tisch stellten den Tierkreis, die Himmelsräume des ablaufenden Sonnenjahrs dar. Das Räucherfaß, das mit verschiedenen Arten von edlen Harzen aus Meer und Land angefüllt wurde, verkündete, daß alles von Gott komme und daß alles für Gott da sei. Die innerste Abteilung des Tempels endlich hatte zwanzig Ellen im Geviert und war von dem vorderen Raum wieder durch einen Vorhang getrennt. Dieser letzte Raum war das Allerheiligste, er durfte von niemandem betreten werden, und er war leer.
Die weiten Plätze und Vorhallen, die zum Heiligsten und Allerheiligsten emporführten, waren seit den Zeiten des großen Königs Herodes zu einem über die ganze östliche und westliche Kulturwelt weithin bekannten Sammel- und Treffpunkt der weltlichen und geistlichen Lehrer und Gelehrten der Völker geworden. Aus allen Rüstkammern religiöser Erfahrung wurden die Waffen herbeigeholt; jedoch das Vorgetragene oder Angepriesene war mehr oder weniger Symbolik, Weihe oder Spekulation, eine weit eher schöngeistige als religiöse Gefühlsbannung, die kaum noch ursprünglichen persönlichen Kräften entstammte. Die Gottverehrung, die aus den Kulten in Sprüchen und Gesängen aufklang, der Lobpreis von alters her geheiligter Quellen der Erkenntnis

und der Offenbarung verbanden sich nirgends mit befreiender Macht über die Herzen. Wohl zeichnete die berührten Seelen der Redner und Hörer eine tiefe Heilsbegierde und die Sehnsucht nach einem echten religiösen Erlebnis aus, und die Schönheit der alten Mysterien warf hier und da ihr abendliches Licht verklärend durch die Nebel von Aberglauben und Selbstbetrug.
Es riefen dort die Beter und Büßer die Mächte und Herrlichkeiten der Gewesenen in den Preisliedern ihrer Verkünder in Rede und Versen an. Sie berauschten sich an Glanz und Größe der Versunkenen und nannten sie die Ewigen, obgleich ihnen schon die Wehmut des Abschieds im Herzen brannte. Sie beteten um die Gnade des Glaubens, aber sie glaubten nicht an die Götter, zu denen sie flehten. Sie erkannten nicht mehr, daß die Gedanken dem Geist keine Stätte anzuweisen vermögen, sondern nur der Geist dem Herzen Licht zu spenden vermag, das an rechter Stelle pocht. –
Diese Sehnsüchtigen oder Frommen muteten Dositos, der ein oft gesehener Gast in den Vorhöfen des Tempels war, wie Beschwörer des Geistes an, wobei sie ohne Aufhör miteinander um die Riten und Formeln stritten, als wäre er dadurch herbeizulocken. Sie erlebten den Taumel der Seele im Ablauf solcher Formeln bis zum Rausch und bis zur Betäubung der Sinne und nannten ihre Benommenheit Hingabe und ihre Abgesunkenheit Empfängnisbereitschaft. Aber keinem von ihnen entstand durch die Einheit von Beschaffenheit und Begnadung ein wahres religiöses Gut.
Erstaunlich war, auf tieferer Ebene, die Verführbarkeit mittelmäßiger und schwacher Seelen. Die Anspruchslosigkeit, mit der solche Leute allerhand Lehren aufnahmen und daran festhielten, führte zumeist zu hochmütiger Selbstüberschätzung, die in vielerlei Gewändern einherstolzierte, am häufigsten in dem der Demut. Man zeigte sich überzeugt, allein und für immer, den Rechts- und Sittenweg allen Heils gefunden und beschritten zu haben, und lebte beinahe ausschließlich von der Genugtuung, damit andern gegenüber bevorzugt zu sein. Die Haltung dieser Geweihten stellte in der Regel einen mit sehr viel Pathos und Selbstgerechtigkeit betonten Verzicht dar, der sich gewöhnlich

auf diejenigen irdischen Güter bezog, die den Auserwählten solcher Heilserkenntnisse ohnehin im Leben versagt waren. Die Hoffnung, die sich mit ihrem Streben verband, wandte sich an eine leicht berührbare Gottheit, die sich zuletzt, durch soviel Anstand im Benehmen der Gläubigen und durch deren Enthaltsamkeit in der Ernährung, bereit erklären sollte, erträgliche Maßstäbe bei der Erlösung der Seelen in Gebrauch zu nehmen. –
Die galiläischen Tage und ihre Erlebnisse lagen für Dositos zurück. Jerusalem und die sportlichen, politischen und geschäftlichen Angänge nahmen in der Stadt den jungen Griechen in ihren vielgestaltigen Reigen von Kampf, Gefahr und Vergnügen; aber die Gestalt des galiläischen Wundertäters lebte geheimnisvoll in ihm fort. Sie verband sich für ihn mit einer Erwartung, die, ohne Rang und Namen, Besitz von ihm ergriffen hatte und die ihn heiter stimmte und ermutigte. Ihm war oft, als geschähe in lichter Ferne durch diesen Mann eine Wesenstat im geistigen Lebensbereich, die erleichterte und stärkte und Herz und Sinn mit dem beglückenden Bewußtsein einer ganz neuartigen Zugehörigkeit erfüllte.
Es trieb ihn in diesen Zeiten häufiger als früher in die Vorhöfe des Jerusalemer Tempels, in einem Verlangen, das sich aus Neugierde, Spottsucht und echtem Wissensdurst oder reinem Bildungsdrang sonderbar genug zusammenfügte. Das bunte Geistesfeuerwerk aus den Lichtwelten aller religiösen Kulte der alten und neuen Welt und ihrer Völker zog ihn gewaltig an.
Er erstaunte über die Massen und glaubte seinen Augen nicht trauen zu dürfen, als er zu einer Morgenstunde in einer großen Menschengruppe auf dem Vorplatz des Tempels den Galiläer Jesus aus Kapernaum erblickte und sprechen hörte. Der Redner war schon von weitem her auf seinem leicht erhöhten Standort zu erkennen, und das Menschenvolk aller Stände und Klassen ließ ihn wie über den Wogen eines bunten Meeres erscheinen. Das farbige Bild, wie auch die Säulenhallen hinter ihm, und die herrlich gegen den Himmel strebenden, funkelnden Wände des Tempelhauses waren wie mit Sonne bekleidet. Er stand inmitten dieser blendenden Pracht und Helligkeit einfach und arm, wie

einst unter dem Volk am See seiner Heimat, und sprach so klar, ruhig und selbstvergessen, als gäbe es in der Welt nur menschliche Herzen, Himmelslichter und Gräber und sein vom Vater befohlenes Wort.

Einfältig und so wahr wie der Tag vernahm Dositos über die Menge dahin als erstes die Aussage, daß alle, die reinen Herzens seien, Gott zu schauen vermöchten. Man schien eine Erklärung dieser ungeheuerlichen Einfalt der Behauptung zu erwarten, jedoch nicht Regel noch Vorschrift verfinsterten diesen Herzblick in die Freiheit, und niemand fragte sich mehr, was er zu tun habe, sondern nur noch, wer er sei. In diese gewaltig in das Weltwesen und in die Gemüter eingebrochene Frage erklang es als eine unantastbare und ewige Antwort: »Wer hat, dem wird gegeben, wer nicht hat, dem wird auch das genommen, was er hat.«

Wieder waren es nicht Wort und Sinn allein, die Wirkung taten, sondern das Wesensbild dieses Menschen, das nicht von Aussage und Überzeugung getrennt werden konnte, sowenig wie der Strahl von seinem Stern. Dositos vermeinte später, er habe nur diese beiden Worte von der Rede aufgenommen und verstanden. Er sah noch, daß gleich darauf die Zuhörenden in Unruhe gerieten und durch einen Andrang von Widersachern zerstreut wurden. Eine bewaffnete Abteilung der Tempelwache stieß gegen den Redner vor, wagte aber nicht, Hand an ihn zu legen, offenkundig aus Furcht vor der Volksmenge. Die allgemeine Verwirrung war groß und ebbte erst ab, als der Redner sich aus dem Tempelgebiet zurückzog und entwich. Er tat es freiwillig und unter Verzicht auf eine Gegenwehr, die ihm, gemessen an der Teilnahme und Empörung seiner Anhängerschaft, wohl leicht hätte gelingen können.

In einem Rätselgefühl von Ergriffenheit und Selbstbesinnung stand der junge Grieche gegen den Unterbau einer Säule gelehnt. Ihm war zumute, als habe sich die Darbietung der inneren Schau dieses Mannes auf einer ganz anderen Ebene vollzogen als alles bisher von Vernunft und Einsicht Festgestellte und Erkannte. Als gäbe es eine Sphäre, einen Kräftestrom der Übertragung, der sich in einem feineren und lichteren Weltenäther begab. Der Sprechende erhob die Seelen in diese Region, solange seine Stimme aufklang; und sobald er schwieg, sanken sie in die Bahn ihres gewohnten Wandels zurück und verwirrten sich bis zur Verstörtheit. Nur die Erinnerung an eine Ergriffenheit sondergleichen blieb zurück.

Es war ihm willkommen und beinahe eine Erlösung, als er eine Hand auf seiner Schulter fühlte und den alten ägyptischen Lehrer und Weisen Simrun von der alexandrinischen Hochschule neben sich erblickte, der ihm halb mahnend, halb zustimmend mit großer Freundlichkeit in die Augen sah. Es war deutlich, daß er den inneren Zustand des jungen Griechen erkannte. Dositos liebte den Ehrwürdigen seit langem wie einen Vater und erwiderte den Gruß mit Wärme.

»Ihr Griechen seid unsere gern erblickten Kinder«, sagte Simrun von Alexandria, »ihr habt das Heilsgut unserer ältesten Erkenntnis aufstrahlen lassen, in Religion und Kunst. Die Juden haben den all-einen Sonnengott des königlichen Knaben von uns übernommen in ihre Gedankenwelt von Vorteil und Nachteil. Echnaton in seiner Aufschau zur Sonne erlebte, daß Gott als der Eine in allem ist. Die Israeliten jedoch wollten, daß alles in einem Gott vereint sei, was ihnen Nutzen bringt. Dieser Galiläer Jesus dagegen ist von einer tiefen Ahnung dessen erfüllt, was einst Echnaton erschaute und in hohem Lied gestaltet hat, aber der Galiläer ist durch Erziehung und Belehrung derart in den Religionskult der Juden verwirkt, daß er in ihm ersticken und umkommen wird. Ich habe manches über ihn vernommen und ihn zuweilen selbst angehört, und versage ihm meine Bewunderung nicht. Es brennt ein göttliches Feuer in seiner Seele, aber er zwingt es zu oft auf die Altäre Jahves und die Opferstätten der mosaischen Propheten.«

»Man sollte beim Feuer nicht fragen noch prüfen, was es verzehrt, wenn seine Flamme leuchtet«, antwortete Dositos.

Der Ägypter sah den jungen Griechen mit der Geduld und Ruhe seiner klaren alten Augen an. Ihr letztes Lebenslicht darin sank still nach innen, jedoch blieb der Ausdruck seines Gesichts über der Abkehr seines Geistes dem Partner der Rede freundlich zugewandt, in einem großartigen Freimut und schön. Er sagte, und es klang auf, als gäbe es einen gütigen Hohn: »Es ist immer wieder die gleiche Freude, einem klugen Griechen zu begegnen, um aufs neue die Erfahrung zu machen, daß selbst in der Geschmeidigkeit und Geschicklichkeit der Sophisten noch etliches vom edlen Geist des großen Pythagoras und der reinen Seele des Sokrates erhalten geblieben ist. So leichte Wege der Betrachtungsart jedoch, wie sie mir dein rascher Geist eröffnet, vermag meine unbehende Seele nicht zu beschreiben, obgleich ich wohl verstehe, was dein Gemüt in Wallung versetzt hat. Jedoch der Weise von Kapernaum hat nicht verstanden, was Pythagoras meinte, als er gebot, nicht auf offenen Landstraßen zu gehen. – Mein griechischer Freund möge mir meine eigene, abgelegene Bahn der Einsicht nicht verargen, die ich zu Ende schreiten möchte. Ich glaube vom Feuer des Geistes nicht, daß es nach dem gleichen Gesetz leuchtet wie das verzehrende Feuer der Erde. Du dagegen wirst auf vielen Wegen noch erfahren, daß ein Pfeil nicht schwirren soll, sondern treffen muß.«

Dositos verfiel ganz ohne Groll in ein befreiendes Lachen. Er achtete nur nebenhin auf die Absage in diesen Worten, und sie verletzte ihn nicht, denn er wußte, daß seine Dolche schnitten, wenn sie sollten; vielmehr entzückten ihn der Abstand, die Klugheit und der Anstand dieser Rede. »Deine Worte bedeuten eine Scheidung von mir, mein Vater«, antwortete er dann ehrerbietig, »ich bin dessen gewiß, daß ich bei dieser Trennung der verlierende Teil sein werde.«

Simrun von Alexandria antwortete: »Du mußt schon lange in Jerusalem leben, Dositos, wenn du sogar einen Abschied unter Vorteil und Nachteil stellst.«

Er schritt gelassen davon; wie alle Weisen dem vertrauend, daß eine Aussage nach dem Gesetz der ihr innewohnenden Wahrheit wirkt und nicht nach der Absicht und Hoffnung der Eiferer.

»Eine unhöfliche Bemerkung«, klang eine tiefe Stimme neben Dositos auf, und er erkannte Archiap, einen jüdischen Priester der dritten Reihe.

Für einen Augenblick glaubte der Grieche sich zu erinnern, daß dies kalte und schöne Angesicht damals in Kapernaum aus der Menge vor ihm aufgetaucht war, als die Heilung des Blinden geschah. Vielleicht irrte er sich hierin, jedenfalls kannte er den Priester und lächelte nun, nicht ohne ein wenig Schadenfreude darüber, daß der Ehrgeizige und Glaubenseifrige die letzten Worte des Ägypters hatte hinnehmen müssen. Aber Archiap schien nicht über das zuletzt Erlauschte verletzt zu sein, vielmehr zeigte er sich weit angeregter durch die Worte, die er von Dositos über den Galiläer gehört hatte.

»Ist deine Zustimmung nicht etwas gar zu bereitwillig diesem gewißlich ungewöhnlichen Fanatiker Jesus gegenüber, dem auch wir zugestehen, daß er ein betörender, wenn auch verwirrender Redner ist und daß es ihm gelingt, die Massen oder, wenn du willst, das Volk, auf seine Seite zu bringen? Aber blendet deine für das Vielfarbige und Überraschende allzu dankbaren Augen und deinen empfänglichen Sinn hier nicht die Mischung von Gutherzigkeit und Anmaßung in Verbindung mit beachtlichen Heilkräften? Wir wissen, daß du wohlgesinnt und aufgeschlossen bist, aber es ist uns neu, daß du dich unter Preisgabe deiner nüchternen Prüfkraft von diesem Redner einfangen läßt. Das wenigste von dem, was dieser Mann vorbringt, ist neu – vielleicht dir, verzeih --, aber nicht allein dafür blieb uns der Sinn geschärft. Es entgeht uns nicht, wie planlos und untätig er dahinlebt, was er zuläßt und mit wem er sich umgibt.
Sieh dir einmal seine Tischgenossen an. Du wirst wissen, daß die Zöllner bei uns nicht nur als Raubgesindel gelten, sondern daß sie es wirklich sind, und wenn die Straßendirnen sich in seine Nähe wagen, so wird dies seinen Grund darin haben, daß er den Wollüstigen sein verkündetes Himmelreich nicht verschließt. Ich bediene mich dieser Bezeichnung, um durch die seine dein Ohr nicht zu verletzen. Verständlich, daß seine Wundertaten dich überraschen; wenn er aber Wasser in Wein verwandelt, wie man in Galiläa erzählt, so wird es kaum um der Frömmigkeit und des Glaubens, sondern wahrscheinlich um des Durstes willen geschehen sein. Seine Begleiter haben von den Zöllnern gelernt, wenn sie sich an fremdem Gut vergreifen und Ähren auf den Fel-

dern ausraufen, was von ihm nicht nur geduldet, sondern gerechtfertigt wird. Wie endlich reihst du seine Nachsicht gegen die Ehebrecherinnen in das sittliche Gesetz ein, das er anderenorts mit viel Nachdruck für gültig erklärt?«

Dositos antwortete nicht. Er war gewohnt, daß auf diesem Kampfplatz der großen und kleinen Geister die überhebliche Belehrung meist mit Schmeichelei begonnen wurde. Zu Anfang der Rede des Priesters war ihm nichts anderes in den Sinn gekommen, als nur, wie kühn und furchtlos die Worte des Galiläers aufgeklungen waren, wie tönende Lebens- und Todesrufe über das Getuschel der Weisheitshändler und über das Münzengeklirr der Bekenntniswechsler dahin, die die Eintagsware der Einsicht und die Scheidemünze der Halbgötter selbstsüchtig und ehrbegierig ausboten und an sich rafften.

Jetzt sah er mit Neugier in das schöne, durch Eifer erregte Gesicht des Priesters. Der schwarze Bart, glatt und blank wie aus Ebenholz geschnitzt, lag um das gelbblasse, faltenlose Angesicht wie ein sorgfältig gefügter Rahmen. Seine wohlgepflegte Hand hielt das Tuch des Überwurfs über der Brust gerafft, als gelte es, das Herz gegen die Überfälle des Lichts zu schützen. Die Abzeichen seiner priesterlichen Würde traten in seiner Kleidung nicht betont hervor, als waltete das Verlangen, den Weltmann und Gelehrten nicht ganz durch die Merkmale zu verdrängen, die einen Diener der Kirche im Chor der Gebildeten einseitig erscheinen lassen. Seine Aussprache des Griechischen erweckte in Dositos ein schmerzliches Heimweh.

Der Priester bekämpfte unter dem beharrlichen Schweigen des Griechen mit etlichem Erfolg ein leise heranschleichendes Gefühl von Bangnis. Das abwartende Verharren seines Partners gefiel ihm so wenig wie die gelassene Prüfung der ruhigen Augen in ihrer beinahe heiteren Aufmerksamkeit. So beging Archiap den Fehler, seine Überzeugung zu verteidigen, und er glitt vom Festland der Behauptung in die Sumpfgebiete der Ermahnung ab: »Man muß vorsichtig sein und achtsam bleiben«, brachte er vor, »und die Aussagen dieses Mannes genau prüfen, bevor man ihnen Glauben entgegenbringt. Es geht nicht an und läßt sich nicht

miteinander vereinen, daß heute die Barmherzigkeit an erster Stelle genannt und über jedes Opfer erhoben wird, und daß morgen die Bedürftigen, die Hilfe suchen, Hunde genannt werden, um derer willen man den Kindern das Brot nicht nehmen solle. Wie willst du mir erklären, daß dein Nächster zu lieben sei, aber dein Vater, deine Mutter oder deine Schwester zu hassen, wenn sie sich deiner Lehre nicht unterstellen? Es wird dir das höllische Feuer angedroht, wenn du deinen Bruder einen Narren nennst, aber die Väter des Volks, die Priester und Obwalter des Heiligtums darfst du selbst als ein unreines Schlangengezücht beschimpfen.«
Jetzt sah Dositos heiter auf den gereizt und böse Anklagenden: »Was die von dir verpönte Beachtung dieses Menschen betrifft, so scheinst du sie eifrig geübt zu haben«, antwortete er in dem etwas bekümmerten Tonfall des Spötters wider Willen. »Hinter dem Zaun eures Gesetzes muß euch die Welt erscheinen, als sei sie durch Pfähle in lauter übersehbare Bezirke geordnet. Wage dich doch einmal aus der Hürde heraus, Priester, dann siehst du die Fluren als Weite und euren Zaun als Schranke. Freilich, wenn ihr hinter den Erkenntnissen und Feststellungen dieses Mannes, die sich unter bestimmten Voraussetzungen und vor besonderen Seelen erhoben haben, allgemeine Vorschriften für alle vermutet, verlieren sie Heimat und Glanz. Rückt nur die Bretter eurer eigenen Lehre mit Verstandeskunst so weit wie möglich an das Licht heran, damit es nicht beleuchtet und offenbar macht, was euer Kopfgemächte für Gerümpel ist.«
»Ich bitte dich, sage es noch einmal«, polterte Archiap ehrlich betroffen und verwirrt hinaus, »ich habe dich wirklich nicht verstanden.«
»Ich werde mich hüten«, entgegnete Dositos lachend, »ich leistete anders dem Fehler Vorschub, den ich dir zum Vorwurf gemacht habe. Mehr als mit ein wenig Widerspruch möchte ich dein strebseliges Köpfchen nicht belasten. Oder soll ich dir den Dolch auch noch beschreiben, den ich dir in den Hohlraum deines Herzens gestoßen habe?«
Archiap verstummte vor Schreck, er erblaßte bis an die Haarwurzeln. Es erschien ihm unfaßbar, daß dieser vornehme und

einflußreiche Grieche, dessen überlegener Spott und dessen Klugheit in den Vorhöfen des Tempels gefürchtet waren, eine Lanze für diesen armseligen Galiläer brach. Es kam ihm über diesem Staunen nicht einmal voll zum Bewußtsein, daß er selbst eine Wunde davongetragen hatte, obgleich sie schmerzte. Aber nun brannte sie auf und weckte seinen Haß; jedoch auch Dositos wußte, daß er sich einen zähen und unbarmherzigen Gegner geschaffen hatte. Ausgleichend brachte Archiap vor, eher einen blinden Abschied suchend als eine erneute Begegnung: »Du bist Grieche; wie willst du die Dinge unserer Sittengesetze, unserer Religion und unseres Glaubens begreifen und die Berechtigung unseres Widerspruchs erkennen?«

»Freilich bin ich Grieche und aus Korinth«, antwortete Dositos, jetzt hart und ohne die aufreizende Gleichmütigkeit, in der er bisher gesprochen hatte. »Von dieser Stadt wirst du kaum mehr wissen, als daß ihr aus ihrer Umgebung das Erz beziehet. Unsere Wahrzeichen sind das behelmte Haupt der olympischen Pallas, der strahlenden Herrin der freien Würde, welche göttliche Gewalt mit der Anmut verbindet, und die augenleuchtende Glaubenskraft an die Schönheit mit der Inbrunst des gerechten Sinns. Zum andern ist das geflügelte Pferd unser Wahrzeichen, als Sinnbild für die emporgerissene Allmacht des lebendigen Geistes und der hochgesinnten Schau über das Erdengerümpel und über die Besorgnisse und Ängste des Gassengewürms. Beiden Hoheitszeichen schließt sich ein einziges Gebot an, das in ihnen wie ein beispielhaftes Vorbild ruht und nicht als ein kreischender Befehl an Unbefugte. Das ist der hochgemute Vorsatz, niemals das Leben durch die Todesfurcht einzuengen oder durch Feigheit zu verdunkeln. Es bedeutet uns, daß nur der in wahrer Freiheit lebt, der jede Stunde zu sterben versteht.

Warum ich dir das sage und dich mit der Himmelsfackel der Schönheit blende? Weil die Seele dieses von euch geschmähten, verachteten und armen Wüstenpropheten unseren Vorbildern nahesteht. Ihr verfolgt den Galiläer, denn er stellt die unvergänglichen Güter der Seele über die vergänglichen des irdischen Ablaufs, das Geheimnis der göttlichen Offenbarung über die praktische Tat des Verstandes, die innere Freiheit über das Joch der Gesetze und über die Sklaverei, in welche die Überschätzung irdischen Besitzes wirft.«

Archiap beherrschte sich mit dem Aufwand seiner ganzen Kraft. Er besann sich, vor Wut bebend, darauf, daß er nicht ins Tempelgebiet gesandt worden war, um zu streiten, sondern um zu beobachten und dem Synedrion zu berichten. Was war aufschlußreicher und mehr der Anmerkung wert, als daß dieser Grieche den galiläischen Feind der Priesterschaft verteidigte und ihm Beachtung, ja Bewunderung entgegenbrachte? Er verneigte sich kalt und schritt davon, seine Niederlage in das Kleid der Pflicht hüllend, wie alle, die von Pflicht nur wissen, daß die Verfüger sie erfüllt zu sehen wünschen, und nicht, daß über die Pflicht des Herzens keines anderen Menschen Wille verfügen kann. – Es hatten noch mancherlei Begegnungen stattgefunden, geringer Streit und kleine Kämpfe. Dositos vergaß ihre Gedankengänge bald, als er aufbrach, aber sie blieben ihm im Unterbewußtsein haften. Unsichtbar und stetig wirkte darin das Geheimnis vom kommenden allgemeinen Aufstand der Geister gegen die Gestalt des Galiläers und ihr Dasein, oft am stärksten im Schweigen. Daneben war ihm eine Anhängerschaft des Meisters aufgefallen, die ihn abstieß. Viele ergaben und beugten sich hier und da unter der Geißel seiner brennenden Worte wie Sklaven. Sie hofften ihrem Drang nach Befreiung durch eine Änderung ihres Charakters und ihrer Gesinnung Vorschub zu leisten und hielten für ihr neues Wesensgut, was sie mit ihren Gedanken zusammenrafften. Ihr werdet euch einmal dafür rächen, dachte er, daß ihr morgen nicht nachzuzählen vermögt, was ihr heute in eure Schädelhöhlen gestopft habt.

Als er unter solchen Erwägungen von den Vorhöfen des Tempels am Davidsplatz vorüber durch die untere Stadt heimschritt, hörte er wie aus weiter Ferne plötzlich im Geiste das laute Geschrei des Blinden, der einst in seiner Gegenwart geheilt worden war: »Erbarme dich meiner!« Er erschrak und staunte über diesen unerwarteten Anruf aus der Tiefe. Er horchte in sich hinein, im Weltendunkel verklang es: »Erbarme dich meiner!«

War er selbst nie elend bis an den Rand der völligen Finsternis und Verzweiflung gewesen, daß ihm, nach seinem soeben noch gefällten hochmütigen Urteil, dieser Ruf warnend ins Herz fuhr? Hatte ihn selber nie ein untilgbarer Schmerz ohne Hoffnung auf Errettung das Herz zermalmt? War niemals die Lebenslast eines unabwendbaren Grams umnachtend in sein Gemüt gesunken, so schwer und dunkel, als schlüge die Gewalt ewiger Verdammnis für immer über ihm zusammen?

Mit solcher Besinnung, die ihn nachhaltig und beklemmend betraf, die sein Verständnis und sein Mitleiden aufzurufen schien, erwachte ein harter und gebieterischer Trotz in den Gründen seiner Seele, und er empfand zuversichtlich, daß er in diesem Trotz durch die Worte gerade des Mannes bestärkt wurde, der den Blinden geheilt hatte. Unbarmherzig ward in einem neuen Geistesreich der Liebe jeder Weheruf der Verarmten durch das gewaltige Wort übertönt: »Wer hat, dem wird gegeben. Wer nicht hat, dem wird auch das genommen, was er hat.«

Ich werde mich niemals in den Staub werfen, erkannte Dositos, das hieße dem Tod sein hoheitsvolles Vorrecht der Wandlung zu rauben. Gebt den Göttern Namen, wie immer ihr wollt: Weit eher als Unterwerfung und Verzicht wird die Behauptung der eigenen, der gegebenen Art und die Beharrung im verliehenen Wert die Zustimmung der Unsterblichen mit sich bringen. Niemals walten und offenbaren sie sich in einem erbärmlichen Leben, weit eher in einem erbarmungslosen Tod.

Da trat ihm deutlich zum ersten Male aus dem gefährlichen und kühnen Verhalten dieses Galiläers die Gewißheit entgegen, daß jener, wie um des Lebens willen, entschlossen und ganz ohne Furcht seinem Tod entgegenging. Hier waltete das Geheimnis, das seine Gestalt noch umnachtete und schon umleuchtete.

Mit einem Lächeln, schwer gefügt und wie von einem Leid geboren, das weder Erbarmen noch Mitleid duldete, kam dem jungen Griechen mit Erschrecken und Dank zum Bewußtsein, daß die Stimme seines fernen fremden Selbst von einem Geistesreich der Liebe gesprochen hatte. Von Liebe war in diesen Stunden nicht geredet, und Liebe war nicht gefordert worden, vielmehr zeugte

das wunderbar verständliche und zugleich bedrängend dunkle
Wort von denen, die allein empfangen sollten, von einer harten
Ausschließlichkeit, von schroffer Abkehr von den Bezirken vertrauter Menschlichkeit und dem Liebesbegriff der freundlich
Wohlgesinnten, die ihr Erdbereich harmonisch zu gestalten und
zu verwalten trachten.
Dositos merkte nicht, daß er mitten im Getriebe der engen Gasse
stehengeblieben war. Er schaute abwesend, aus der Tiefe her benommen, vor sich hin. Ihm war, als wehte überall im Seelenbereich ein leise sausender Wind, der den Sinn des inneren Gehörs
zugleich schärfte und betörte. In der Windweise und Sphärenmelodie verlor der Erdboden seine alte Festigkeit und der Schritt der
Menschen seinen leicht tröstenden, dumm-ehrlichen Klang von
Wissen und Vernunft.

FÜNFTES KAPITEL

Salome

Dositos hatte am Abend in seinem Stadthaus in der Akra die
rechte Stunde des Aufbruchs verpaßt. Es war darüber Nacht geworden, und er erwog unschlüssig, ob er den Weg ins Kidrontal
ohne Reittier und ohne Begleiter noch machen sollte. Er bewaffnete sich ungern im Stadtbezirk, und auf die Knechte, die noch
im Hause verblieben waren, konnte er sich auf unsicheren Wegen nicht verlassen. So beschloß er, die Nacht in seinem Hause in
Jerusalem zu verbringen. Als er dem Sklaven Anweisung gab,
wurde hart und gebieterisch an das Tor geklopft.
Der Hausherr schaute einen Augenblick unbeweglich zu Boden,
als stünde auf den Steinfliesen der Vorhalle die Antwort auf die
Frage, die er sich stellte. Dann öffnete er selbst.
Da der Mond schien, erkannte er die draußen Harrenden sogleich als Bewaffnete der idumäischen Hofwache. Er trat ruhig
zurück und bat den Führer einzutreten, mit einem deutlichen
Wink über ihn hinaus, der zu verstehen gab, daß er niemandem

sonst Gastrecht und Eintritt zu gewähren gedenke. Der Hauptmann, den Dositos schon kannte, verneigte sich, ohne die Schwelle zu übertreten, und bat mit großer Höflichkeit, indem er den Griechen ehrerbietig den Freund der Idumäer und bei seinem Namen nannte, den Wunsch und Befehl seiner Herrin, der Prinzessin Salome, melden zu dürfen, die Dositos zu sprechen begehrte. Die Stunde sei ungewöhnlich, aber das Anliegen auch.

Der Grieche lächelte dankbar und erfreut; nicht die kleinste Regung eines Erstaunens wurde erkennbar. Er brachte in bezwingender Herzlichkeit vor, darüber erfreut zu sein, daß sein Gegenüber, der Hauptmann Thekoras, und kein anderer ihm diese Botschaft übermittelte; damit sei er dessen gewiß, einen verständig mitfühlenden Freund für die hohe Ehre zu finden, die seinem Hause widerfahre. Er rief nach Lampen, denn es brannte nur eine schwelende Fackel im Vorhof, jedoch bevor Licht gebracht wurde, erschien auf einen Wink des Hauptmanns der Vorläufer und dicht hinter ihm die Sänfte. Der seidene Vorhang wehte auf, und eine zarte, verhüllte Gestalt schlüpfte behende und weich auf lautlosen Schuhen in die Vorhalle. Die herbeigeeilten Sklaven schlossen auf einen Befehl des Griechen das Tor.

Salome warf den dunklen Mantel von den Schultern und ließ ihn fallen. Dositos führte sie in seinen Arbeitsraum. Er schaute sie ruhig und gütig an, wie eine lange schon Befreundete, die er erwartet hatte. Seine Blicke verrieten weder Erstaunen noch Überraschung, nichts in seiner Haltung erschwerte der Eingetretenen ihren ungewöhnlichen Besuch. Sie lachte leise auf, so heiter stimmte sie dieser Empfang und die natürliche menschliche Gastlichkeit.

»So bin ich dir nicht unwillkommen«, sagte sie leise.

»Es betrübt mich«, antwortete er einfach, »der Prinzessin Salome in diesem Hause nichts bieten zu können als eine Ruhestatt und meinen herzlichen Wunsch, ihr gefällig und zu Diensten zu sein.«

»Ich habe dich auf der großen Rennbahn gesehen, als du das Viergespann des Prokurators führtest«, sagte sie wie erzählend

und ohne einen Tonfall, als bedürfe ihr Besuch einer Begründung. »Du hast durch deine Erscheinung mein Vertrauen erweckt, ich wünsche mir, daß es sich zu Recht und ernsthaft eingestellt habe und ich nicht enttäuscht werde.«
Dositos empfand, daß sie hierauf eine Bestätigung, eine Art Beteuerung erwartete, und antwortete deshalb nicht, weil er ihr Vertrauen wirklich wünschte.
»Ja«, sagte sie hell und eifrig, als habe sie seine schweigsame Antwort richtig verstanden. »Vieles möchte ich von dir wissen, dieses und jenes. Nicht wahr, du bist gerne in unserem Lande, mein Grieche?«
Das Gespräch flatterte beschwingt auf und nahm arglos seinen Fortgang. Vorsichtig und wachsam achtete Dositos auf die erste Andeutung, die ihm den eigentlichen Grund ihres Kommens verraten möchte.
Sie fuhr im Gespräch fort, halb im Plauderton, halb forschend: »Wir haben Cäsaräa am Meer begründet und gebaut, aber ihr Griechen besiedelt die Stadt und erobert euch ihre Vorzüge am Meer. Es ist wahr«, fuhr sie nachsinnend fort, »die Juden lieben das Meer nicht, wie es die Griechen tun. Außer dem Roten Meer«, fügte sie hinzu und lachte fröhlich, »haben sie kaum ein Meer und seine Gestade erobert, und auch dieses durchschritt das israelitische Volk, nach alter Mythe, trockenen Fußes. – Sag, Dositos kennst du die geschichtlichen Glaubenssagen der Juden, hast du von ihnen gehört, und liebst du sie?«
»Ich kenne sie«, antwortete Dositos, »besonders seit der letzten Zeit, in der die Redner und Propheten unserer Tage sich immer wieder auf ihre Vorgänger berufen. Man muß vielleicht diese Vorfahren der israelitischen und judäischen Hoffnungen kennen, um die neuen zu verstehen. In diesen Prophezeiungen und Sagen ist natürlich selten etwas richtig überliefert, aber manches ist daran wahr.«
Dann fragte Salome vorsichtig und deutlich verhalten, als sei ihr nicht mehr jede Antwort recht: »Hörst du auch die heutigen Propheten und Prediger in Samaria, Judäa oder Galiläa an? Du bist vielseitig, Dositos, wie mir berichtet worden ist, und wie ich

es nun selbst und gern erlebe. Ich meine, du sprachst eben davon. Denkst du an einen besonderen unter ihnen?«

»Das eben nicht«, antwortete Dositos.

»Also doch an einen bestimmten. Darüber willst du vielleicht nicht mit mir reden?« Sie wartete. »Glaubst du, die Fürstin Herodias ließe jeden Messias oder Volkserretter enthaupten? Joannes der Täufer hat vor dem Volk ausgesprochen, die Ehe meiner Mutter mit dem Tetrarchen Antipas sei eine Sünde.«

»Ich habe es erfahren«, antwortete Dositos; »das war nicht zu dulden. Ein judäischer Wüstenprediger sollte sich nicht in idumäische Hof- und Sittengesetze einmischen.«

»Siehst du? Ach, das tut wohl, einen klugen Mann vernünftig urteilen zu hören. Aber die Propheten, die ihm gefolgt sind, hältst du sie für arglos?«

»Ich kenne nur wenige unter ihnen, und die Rede der meisten ist billig wie die abgefallenen und überreifen Früchte, die die Bauern ihren Tieren vorwerfen.«

»Aber nicht die Rede aller?«

»Gewiß nicht. Manche Weisheiten und Lebensregeln, die der Essäer zum Beispiel, sind von hoher Reinheit und voller Erbarmen, ja voll tiefen Sinns für echte Menschengemeinschaft. Man muß sie achten, besonders die Aufrichtigen unter ihnen.«

»Du weichst mir aus, Dositos.«

»Ich glaube, die erhabene und geliebte Prinzessin sollte im verlauf der Unterhaltung gespürt haben, daß es ihr erlaubt ist, offen zu fragen.«

»Erlaubt? – Sagtest du erlaubt, Grieche?«

»Ich sagte es. Und nun freut mich deine böse und aufgeschreckte Haltung, Prinzessin Salome. Du gewinnst Sinn dafür, daß du bei mir findest, was du bei anderen vergeblich gesucht hast.«

»Was habe ich gesucht? Wie willst du das wissen?«

»Widerstand, Prinzessin, der dir Beachtung abnötigt und der das gewohnte Spiel, das dich langweilt, in eine deiner Kraft und Schönheit würdige Forderung emporträgt – warte mit deiner Entgegnung! – Wenn ich zu dir gekommen wäre, so dürfte mein Verhalten dich mißtrauisch machen. Aber da du zu mir gekom-

men bist, kannst du nicht annehmen, daß ich die hochgestimmte Bahn unserer Worte und Seelen dazu mißbrauchen würde, um irgendeinen geheimen Vorteil zu erringen, und sei es nur den, dir zu gefallen.«
Salome ließ sich wieder in die Kissen zurücksinken und lachte leise und heiter.
»Du bist unanständig klug, Dositos, wirklich. Sogar deine Anmaßung weißt du in eine Berechtigung zu verkehren, indem du sie so hinstellst, als ehrtest du mich mit ihr.«
»Für diese Antwort muß ich dich lieben, Prinzessin.«
»Tu's. – Aber weshalb für eine so einfache Antwort?«
»Weil mir zuweilen vor der Stellung graut, in die mich meine Beschaffenheit unter anderen Menschen wirft. Du hebst diese Abgesondertheit durch deine Klugheit und deinen unverdorbenen Sinn auf.«
»Unverdorben?« Das Mädchen dehnte das fragende Wort in die Länge, als sänge sie es.
»Ja. Deine Seele ist ungetrübt. Beachtest du sonderlich eine andere Art sogenannter Reinheit?«
»Ich nicht, aber die anderen.«
»Laß sie. Welcher Ort in der Welt gäbe einem Sterblichen das Recht, von sittlichen Standpunkten aus über andere zu Gericht zu sitzen?«
»Eine sonderbare und nicht eben gewöhnliche Art, den Wandel der Menschen in der Welt einzuschätzen. Die Schriftgelehrten der Juden würden dir die Antwort nicht schuldig bleiben.«
Ihr Blick loderte hold und wach. Das Gold an Gürtel und Spangen klirrte leise.
Dositos achtete auf beides nicht, es schien, als sei er von innen her sonderbar befangen, jedoch der abgesunkene Blick glühte von Leben.
»Nicht wahr?« fragte er dann heiter und sah begeistert auf. »Es ist neu, jemanden nicht nach sittlichen oder unsittlichen Taten allein einzuschätzen, wenigstens nicht in einem letzten und entscheidenden Sinn. Es gibt höhere und weitreichendere Standpunkte, von denen aus das menschliche Herz nicht mehr Wohl-

ergehen oder Unbill unter anderen Wesen allein im Auge hat, sondern die innere Freiheit.«
Salome wiederholte befremdet: »Innere Freiheit? Was bedeutet das? Meinen das die Philosophen deiner griechischen Heimat? Verstehen sie darunter die Erlösung und Wiederkehr der Seelen nach dem Tode?«
»Auch, aber nicht so. Hier ist ein ganz anderer Maßstab anzulegen, und die Freiheit des Geistes ist ein neues, einziges Ziel geworden. Der Weg zu ihr ist nicht mehr an Absicht, Taten oder Streben gebunden, sondern an die Wesensart und Beschaffenheit eines Menschen, das Wahre und Erhabene schauen zu können. Kannst du ermessen, was das für einen Menschen zu bedeuten vermag, dem diese Beschaffenheit, sein ihm Gegebenes und ihm Verliehenes, die ungetrübte Kraft seines Herzens genügt – um ihn ...« Er stockte.
Salome sagte rasch und mit Nachdruck: »Um ihn Gott schauen zu lassen, nicht wahr? Jetzt habe ich dich, Dositos, und zugleich deinen Propheten und dein Eingeständnis, daß du ihn kennst und ihn anhörst, denn er spricht davon, daß ein Mensch Gott zu schauen vermöchte. – Also du hörst dir seine Reden auch an? Du glaubst an seine Verkündigungen? Du bist womöglich sein Anhänger und verbreitest seine Lehren? Man hinterbrachte mir etwas derart.«
Dositos lachte arglos. »So ist jedenfalls erwiesen, was ich vom Scharfblick der Prinzessin geglaubt habe. Du gefällst mir so gut, daß mir heiß wird vor Freude. Ja, du hast recht, wenn auch nicht mit der Einschränkung, in der du meine Anteilnahme auslegst. Was an den Worten dieses Sonderbaren sittliche Lehre ist oder was im Sinne der Schriftgelehrten oder des Volkes so ausgelegt wird, nötigt mir geringe Beachtung ab und wird in der von ihm gewählten Form nur verwirren. Was mich aber ehrlich begeistert, ist seine Macht, einen Gedanken in ein Bild zu bannen, und seine verblüffende Kenntnis des Menschen.«
»Du hast recht, die Verwirrung, die er anrichtet, ist groß, größer vielleicht, als du ahnst. – Warum hast du mir verschweigen wollen, daß du von ihm etwas weißt und ihm zustimmst?«

»Die Priesterschaft ist ihm abhold, Salome, du weißt das. Ich möchte nicht, daß ihm Gewalt angetan wird.«
»Was habe ich mit dem Trachten der Pharisäer oder Sadduzäer zu tun? Ich bin Idumäerin.«
»Der Tetrarch bestätigt ihre Ämter vom Erzpriester bis zu den Rechten der Leviten.«
»Und ich?«
»Du hast Macht und Einfluß.«
»Benütze sie. – Soll ich dir versprechen, daß deinem Prediger im Kahn auf dem See von Genezareth kein Haar gekrümmt wird?«
»Das würde ich annehmen und dir vertrauen, wenn ich glaubte, daß damit auch er es annähme. Er sagt die Wahrheit, wenn auch nicht auf der Ebene des gerichteten Joannes, der seine Gegner mit kleinen Wahrheiten verletzte. Sein Nachfolger sagt die Wahrheit, die heilt oder vernichtet. Alle, die auf solche Weise die Wahrheit sagen, haben von Anfang an ihre Hand in der Hand des Todes und nicht erst am Ende ihrer Geschicklichkeit.«
»Weiß er denn die Wahrheit, die eine, die endgültige, die wirklich und alles entscheidende?«
»Das ist sehr merkwürdig, Prinzessin, er weiß sie nicht, wie man etwas mit Haupt und Hirn erkennt, einsieht oder feststellt, sondern sie ist in ihm. Nicht hier ist er – und dort seine erdachte oder erkannte Wahrheit, sondern indem er ist, ist auch Wahrheit – ich glaube, die wahrhaft bedeutenden Menschen kennen ihren ganzen Wert nicht ...« fügte er abbrechend und wie überrascht von seinem Einfall hinzu.
»So spricht Gott aus ihm?«
»Ich weiß nicht, von welchem Gott du redest, aber was aus ihm hervorbricht, ist göttlichen Ursprungs.«
Salome fuhr auf und sah ihn mit bösem Glitzern der Augen forschend an: »Woher weißt du das?«
»Ich weiß es nicht, wie man sein Wissen hat und kundtut, sondern ich glaube es.«
»Ach so, also ...«
»Nein. Nicht ›also‹! Wir sind dort, wo wir begonnen haben. Meine Beschaffenheit ermöglicht mir zu schauen, nicht mit leib-

lichen Augen zu sehen oder mit leiblichen Ohren zu hören, sondern mit meinem Sein und Dasein wahrzunehmen. Ich weiß nicht, ob ich dir dies Wort in deiner Sprache richtig dartue, aber verstehe es, als hieße es etwa ›das Wahre zu nehmen‹. Das ist alles. Ich glaube auch, daß es genügt. Es gelüstet mich nicht danach, mit den jüdischen Weisen und Gelehrten der alten oder neuen Schulen über Sittengesetze in Streit zu geraten; ich habe nicht einmal den Wunsch, den einzigen Menschen zu überzeugen, mit dem ich gern über diese Dinge spreche.«
»Wer ist das?«
»Das bist du, Prinzessin.«
»Ach ... Also du hängst diesem Galiläer an?«
»Nein, ich gehöre nicht zu den Motten, die das Licht umschwirren.«
»Was also? Sag' es mir.«
»Wie soll ich es dir erklären, Salome? Ich staune darüber, daß mich von Herzen danach verlangt, es dir kundzutun. Mir ist, als forderte dein Wesen von mir, daß ich mir Rechenschaft gebe. So sei es denn gesagt, so gut ich es vermag: Ich bin im geringen ein Widerschein der gleichen Gewißheit, die den Geist dieses Mannes bewegt.«
Salome sah den Sprechenden mit übergroßen Augen lange an: »So bist du also fromm. Wer hätte das gedacht! Wie schade.«
Dositos lachte gütig und ganz ohne Spott: »Man sollte das Wort ›fromm‹ ganz und für immer aus dem Register der männlichen Tugenden streichen«, rief er, »und ein neues für das ersinnen, was die Andacht der Edelsten dartut, damit den Aufrechten und Kämpfern und den von den Göttern Geliebten die jämmerliche Gefolgschaft der Heuchler, Kriecher und Kampfentwöhnten erspart bliebe. Dies Wort, wie es von den Priestern gebraucht wird, strömt den Modergeruch der Schmarotzer am Seelengut der Starken aus, den Feiertagsschweiß der Sklavenseelen, deren einzige Freude die Genügsamkeit und Unterwürfigkeit ist, in der sie die Bedeutung des freien Gehorsams zerfressen wie die Würmer ein edles Wild. – Es ist nur zu wahr: Man gießt den neuen Wein in alte Schläuche.«

Salome flammte auf: »Welch ein klares und treffendes Wort ist dein letztes Bild für das, was du meinst! Du bist sehr klug, Dositos.«
»So hast du mir bestätigt, daß er es ist, denn das Wort stammt von ihm.«
»Gut ... gut ...«, sagte sie langsam und versonnen-anerkennend vor sich hin, »wirklich gut. – Solches Vermögen, einen großen Gedanken in ein Bild zu formen, macht mir tieferen Eindruck als die Sittenlehre. Jedes schöne Sprachbild ist wie ein Widerschein des Lichtes. Wenn dagegen einer anhebt mit ›Du sollst‹ oder ›Du mußt‹, wird ein starkes Herz abwendig und verharrt lieber im Dunklen seiner geheimen Tat als im Halblicht der Verfügungen anderer.«
Dositos schaute mit unverhohlener Bewunderung in das schöne Angesicht der Idumäerin, das die Innenwelt seiner Trägerin so arglos und ohne Selbstgefälligkeit widerspiegelte, als blühte eine Blume oder als wehte der Wind. Er antwortete ernst: »Ich verstehe deinen Einwand gegen sittliche Belehrung; jedoch vermag ich darüber hinaus sehr wohl zu denken, daß ein edles Wort die geheime Tat des dunklen Herzens zu einer ruhigen Gewißheit aufzulichten vermag.«
»Ja«, rief sie mit Nachdruck und überzeugt, »sagt das auch dein Prophet?«
»Nein, aber er vermag es. Soviel ich bisher über ihn weiß, von ihm selbst gehört und verstanden habe, will er nichts anderes als das. Er ist gewaltig und einfältig, bescheiden wie ein gehorsames Kind und ein Herr über die Mächte der Finsternis. So sah ich ihn wirken.«
Salome überdachte die Worte angestrengt. »Kann man das gleichzeitig sein?«
Sie erhob sich und durchschritt den nicht großen Raum. Ihr weicher Tritt war unhörbar auf den Teppichen. An einem Vorhang blieb sie stehen, hob ihn zur Seite und sah Dositos fragend an, der, in einen Sessel zurückgelehnt, in Gedanken versunken dasaß. Es erschien Salome, als betonte er die Gleichgültigkeit gegen ihre Gegenwart etwas zu stark, es entstand ihr jedoch darüber

hinaus die Gewißheit, daß er, auf eine leidenschaftliche Art von innen her, durch ganz andere Kräfte als durch die ihren gefesselt wurde. Die Zwiespältigkeit seiner Natur reizte sie, einmal jenes Verhalten, das ihr wie eiskalte Berechnung der Vernunft stolz und frech entgegenkam, und zum anderen dieser fast leidende Zug einer hohen Inbrunst seelischer Ergriffenheit. Er vermochte in beiden zu sein und zu wirken. Wer war er selbst?
Sie wartete am Fenster, bis er aufsah. Ihre schöne Gestalt, der purpurne Brokat des enganliegenden, ärmellosen Überhangs, das weite Unterkleid aus gelber Seide, das von den Hüften bis zu den Füßen überall und nirgends schloß, kamen voll zur Geltung, sowie auch das schwarze Haar über dem schmalen Gesicht, dessen Ausdruck bald einfältig, bald verschlagen wirkte, kindlich und gefährlich zugleich, mit den großen Augen im lichten Braun, wie dunkle Sterne. Jetzt sah er ihren fragenden Blick und die Hand am Vorhang.
»Es führt in den Hof hinaus; dorthin gelangt niemand, sei unbesorgt, Prinzessin.«
»Du wohnst in diesem Hause allein?«
»Es gehört mir, meine Sklaven sind mir ergeben.«
Salome glaubte den letzten Satz sofort, sie gefiel sich darin, ihn zu glauben, und sie verharrte eine Weile in diesem Gefühl, als ließe sich Haß oder Liebe darin wecken.
Der Vorhang sank, und der blaßgrüne Lichtschein des Mondstreifs erlosch am Boden. Es blieb für einen Augenblick ein kühler Hauch von Blattwerk, Erde und vom Duft der Zisterne im Raum zurück. Salome ließ sich am Boden nieder, dicht am Sessel des Ruhenden, kauerte sich hin und stützte sich auf sein Knie, als sei es ein dienendes Gerät. Ihr nächtiger Blick suchte ihn voll:
»Herodes Antipas ist krank. Seit der Täufer enthauptet worden ist, ist die Seele des Tetrarchen umschattet und von Reue gequält, denn er liebte den Toten sehr. Du weißt nicht, daß er oft in der Nacht in seinen Kerker niederstieg, um mit dem frommen Mann zu reden. Er hielt ihn gut. Er fragte ihn um Rat und bat ihn darum, ihm seine Träume zu deuten, oder um ein prophetisches Wort, das die Zukunft aufhellte. Auch sprachen sie miteinander

über seine Lehre, und der Einfluß des gerechten Mannes auf Herodes Antipas ist groß und gut gewesen. Je stärker er wurde, um so mehr schürte diese Einwirkung, ohne daß ihr Träger es wußte, den Haß der Herodias, meiner Mutter. Ich weiß dies erst seit seinem Tode, denn Herodes spricht nun zuweilen mit mir, wenn ihn der dunkle Gram schüttelt oder sein Überdruß an allem, was er, fast gegen seinen Willen, zu seiner Betäubung unternimmt oder zuläßt. Der Herrscher liebt das Laster. Das wäre seine Sache, aber er hat jedes Maß verloren, und das macht ihn schwach gegen die Stimmen der Vernunft und des Wohlwollens. Nun, es mag sein, daß das eine das andere mit den dahinrinnenden Tagen aufhebt und daß er sein Gleichgewicht zurückgewinnt; ich sage dir dies auch nicht deshalb, um über Herodes Antipas Klage zu führen, sondern aus einem anderen Grunde.«
Sie vergewisserte sich durch einen raschen, eindringlichen Blick seiner Teilnahme, schien befriedigt, als sie seine strengen, forschenden Augen fand, und fuhr fort: »Ich sage es dir, weil der Fürst glaubt, dieser Jesus von Galiläa, der Prophet, von dem wir sprachen, sei der auferstandene Täufer Joannes. Er ist davon überzeugt, der Gemordete sei aus seinem Grab emporgestiegen, um Rache an dieser Tat zu nehmen, am Verrat der Freundschaft. Er schwört darauf, der auferstandene Prophet sammle das Volk um sich und trachte nach Anhang und Macht, um einen gewaltigen Aufruhr anzuzetteln, den Thron des Herodes zu stürzen und ihn zu verderben.«
Sie schwieg, und es wurde im Raume still, denn auch Dositos hütete sich wohl, rasch ein ausgleichendes Wort vorzubringen. Nichts von dem, was er gehört hatte, war ihm neu. Was ihn bewegte, war allein der Zustand der Seele, die sich vor ihm öffnete, und er erkannte, daß sich hier, über Sorge und Verwirrung hinweg, eine tief berührbare und berührte Seele an ihn wandte. Noch überblickte er die letzten Beweggründe des fürstlichen Mädchens nicht, wohl aber, daß weder Arg noch Tücke sie antrieben, sondern Besorgnis, die aus dem Wert ihres Herzens stammte.
Er hob die Hand, legte sie ruhig auf ihr dunkles Haupt, mit einer

Gebärde der Versonnenheit, als wisse er nichts vom Gang und Tun seiner Hand.
Sie löste sofort den stützenden Arm von seinem Knie, worauf er ihren Kopf freigab und wie aus einer ganz anderen, wichtigeren Welt der Erregung langsam vorbrachte: »Du hast recht. Das ist eine große Gefahr für den Meister aus Galiläa.«
»Sprach ich seinetwegen? Du überschätzt meine Anteilnahme.«
»Dem Tetrarchen Antipas kann ich nicht helfen.«
»Vielleicht doch, und du hilfst beiden.«
»Ich stehe allein dir zu Willen, Prinzessin.«
»Ich brauche keine Hilfe.« Sie erhob sich.
»Vielleicht doch«, antwortete er, »ich weiß es noch nicht.«
»Willst du dich zuerst meiner vergewissern, um dann, nach deinem Ermessen, schaden oder nützen zu können? Wie nun, wenn auch mich ein Gleiches bewegte?«
Dositos faßte sich, diesem Auflaut des Mißtrauens gegenüber. Seine Stimme klang gütig: »Wir sprechen doch nicht erst jetzt, Prinzessin, wir sprachen auch vorhin und nicht nur vom Fürsten, den du nicht liebst. Ich stehe deinen Wünschen zu Diensten, wenn du dem Meister von Galiläa wohl willst. Sonst nicht. Den Weg über den Palast des Tetrarchen werde ich nicht suchen, es sei denn, er öffnete sich mir ohne Willkür.«
Salome ließ sich wieder auf dem Ruhebett nieder und stützte den Kopf in die Hände, dem Griechen zugewandt. »Wende dich innerlich nicht von mir ab, Dositos. So viel, wie du über den Galiläer weißt, weiß ich noch nicht über ihn.«
Sie schwieg fast lauernd und wartete. Es erschien so, als entstelle sie die Wahrheit, als wisse sie mehr als er über den Galiläer.
Da es still blieb, glich sie aus: »Du bist ein sonderbarer Mann. Du lenkst die Pferde des Prokurators auf der Rennbahn und besiegst die fürstliche Quadriga ohne Beklemmung. Du liebst es, die Propheten und Weisen anzuhören, und verstehst sie wie keiner sonst. Man sieht dich in der Gesellschaft der römischen Herren in Cäsaräa, und du gibst den Baumeistern Ratschläge. Du sitzt am Tisch der Sadduzäer und bist beim Hohenpriester zu Gast. Sogar der Erzpriester des Hohen Rats, Nikodemus, hat dich zum

Freunde ...« Sie stockte, und mit einem Lächeln endete sie:
»... und du empfängst Prinzessinnen in deinem Hause.«
»Ich vermute«, antwortete Dositos kühl, wie aus einem langen
Nachdenken auftauchend und als habe Salome nicht von ihm gesprochen, »es handelt sich für dich darum, den Tetrarchen von
seiner Krankheit zu heilen und den Propheten vor den Folgen
dieses Wahns des Fürsten zu retten.«
»Ja«, antwortete Salome, »darum handelt es sich.«
»Weißt du nicht«, sagte Dositos, »daß Herodes den Einflüsterungen der Priesterschaft Gehör schenkt und daß seine Ängste
und sein Widerwille ihren Ursprung im Haß der Pharisäer gegen
den Propheten haben? Die Gefahr kommt von dort.«
»Ja, Dositos, ich weiß es, und nun habe ich erfahren, daß auch du
unterrichtet bist. – Wer dir seinen Willen aufzudrängen sucht,
spielt, meine ich, ein schlechtes Spiel. Willst aber du selbst das
gleiche wie ein Befreundeter, so wird das Spiel redlich. Es macht
ruhig, dir Vertrauen entgegenbringen zu können, und ich bin
froh, zu dir gekommen zu sein. – Aber nun frage ich dich offen
und bitte dich sehr, mir recht zu antworten: Was denkst du über
den Meister, von dem wir gesprochen haben, und über seine Lehre? Ich gestehe dir, daß mir Worte von ihm zu Ohren gekommen
sind, die unvergeßlich in mir weiterleben und die ich in meinem
Herzen bewegen muß, aber ich verstehe weder den Sinn seines
Wollens noch den Wert seines Vermögens als ein Einiges. Kannst
du es mir erklären?«
»Nein«, entgegnete Dositos, »aber ich kann dir antworten: Ich
glaube, daß wir diejenigen Menschen am meisten zu lieben vermögen – laß sie sonst sein oder tun, was immer sie wollen –, die
im entscheidenden Augenblick einer Begegnung mit dem Erhabenen, Wahren und Schönen diese Mächte höher stellen als das
Unschöne, Falsche und Niedrige. Verlange von mir, über diese
Einsicht hinaus, kein Bekenntnis. Wir wissen wenig vom Wesen
einer Offenbarung, und diejenigen, die daraus für andere eine
Verpflichtung oder ein Gesetz machen wollen, berühren mich
nicht.«
Salome hörte zu wie ein Kind. Ihre dunklen Augen ruhten still

und groß in den seinen. Sie schwieg, nachdem Dositos geendet hatte, lange Zeit, als hütete sie die Stille. Dann hob sie mit einer halben Wendung des Körpers die Hand gegen die Wand, senkte sie wieder und lächelte wie erwachend: »Ich glaubte, der klingende Erzstab hinge dort, den ich zu Hause von meiner Lagerstatt aus anschlage, wenn ich Bedienung wünsche. Sei freundlich, Dositos, und rufe den Führer der Wache.«
Sie erhob sich.
Er gehorchte augenblicklich.
»Ich verlasse mich gern auf dich«, sagte sie beim Abschied mit einem Anflug von Huld, deren Herablassung ihr natürlich war und die nicht kränkte. »Ich lasse dich wissen, wann ich dich sehen will. Ich bin dir zugetan, Dositos, und denke mit erfreutem Herzen daran, daß du jetzt in Jerusalem bist.«
Er verneigte sich tief nach idumäischer Hofsitte, die Hand auf der Brust. Der dunkle Mantel, den der Hauptmann der arabischen Bogenschützen um Salome legte, verhüllte die farbige, zarte und schöne Gestalt. Die Tür schloß sich lautlos. Es klang noch ein gedämpftes Kommando auf, sonst hörte man nichts mehr.

Sechstes Kapitel

Archiap

Die Begegnung mit der Prinzessin Salome und der bedeutungsvolle Aufschluß, den ihre Gunst dem jungen Griechen gewährte, warfen Licht und Schatten. Dieser Besuch erbrachte ihm den unerwarteten Erweis einer Beachtung, die ihn beinahe schreckte, und zugleich Gefahr. Es öffneten sich ihm neue Wege für seine politischen und kämpferischen Leidenschaften, seinen Ehrgeiz und Wirkungswillen. Barabbas und die Hoffnungen und Aussichten der Zeltlosen gewannen Raum, sein Blut schlug heiß und hart, wenn er alle Möglichkeiten ermaß. Einfluß und Verrat, Glauben und Tücke, Macht und Frauenliebe erhoben die schillern-

den und trauernden Häupter im Labyrinth der drängenden Erwägungen. Aber hoch darüber, eine Mahnung an den so leicht verstoßenen Wert der Herzmitte seines Wesens, sah ihn Salome an und lächelte ihre hilflos bange Frage, unmündig noch, doch jäh erwacht in einer ganz neuen Welt der Liebessorge.
Es brannte ihm in Trotz und Wehmut das ungefüge, allzu junge Herz. Er verfluchte den Widerstand der Gedanken, des Zweifels und der Gier, der jeden Scheideweg am Lebenspfad umkreist, und stellte sich mit festem Willensentschluß auf die beglückende Gewißheit ein, daß Salome schön war und ihm lieb. Was ihn bewegt und entflammt hatte, war in der zurückliegenden Zeit auch ihr Erlebnisgut gewesen. Wie eine erste und einzige, noch forschende Stimme aus Tat und Ferne war ihm der Anruf ihrer Seele widerfahren, ihre Bitte um Hilfe, ihr uneingestandener Wunsch nach dem Gefährten.
Er wollte für sich selbst keine andere Führung in der Welt als die der Schönheit, die er liebte, und die der Zuversicht, daß er zu lieben vermochte, was schön war. Der Rest im Tal der Sterne war Chaos und Irrgang. Er dachte an ein Wort, das Simrun von Alexandria einmal einem Sadduzäer gesagt hatte, bei dem sie gemeinsam zu Gast gewesen waren: »In dem Maße, als du dich dadurch Gott zu nähern trachtest, daß du die Grundlagen der echten und reinen Natur preisgibst, wirst du dich von ihm entfernen.«
Aber die beiden Bereiche, der der inneren Freiheit im Geist und der der naturhaften Gebundenheit von Körper und Seele, begannen sich in seiner Vorstellung zu scheiden, und er erkannte mit Lächeln und Grimm, daß es der Galiläer war, der diesen Widerstreit in ihm wachgerufen hatte.
Es ließ sein Herz nicht ruhen, daß dieser Begnadete der Einsicht von einer Freiheit sprach, die alle Wandlung nur vor dem Geist, vor Gott, vor der Liebe gelten ließ, zwischen welchen dreien der Erleuchtete im tiefsten Grunde seiner Offenbarung keinen Unterschied zu machen schien. Seine Aussagen von Kraft und Bedeutung wiesen auf diese Erkenntnis hin, auf diese Überzeugung und auf diesen Glauben. Es kam ihm im Grunde bei den Menschen auf nichts anderes an als allein auf ihre Liebeskraft.

Nur sie rief er auf, nur in ihr wirkte er selbst, nur in ihr sah er innere Freiheit oder Erlösung der Seele, wie es die Alten nannten.

Es war erregend neu, auf solche Weisung hin die Lauterkeit der eigenen Planung zu durchforschen. Dositos wußte, daß nach den Lehren des Pythagoras und der Orphiker wie auch nach Sokrates die Seele des Menschen im Leibe wie in einem Kerker gefesselt gehalten wurde, und daß sie nur nach ganz bestimmten Regeln des Verhaltens befreit und erlöst werden konnte. An Stelle dieser Regeln des rechtlichen Verhaltens, an Stelle aller sittlichen Vorschriften, setzte dieser Galiläer in seinen schönsten und größten Worten die Liebeskraft des Menschen. Dämmerte nicht fernher mit diesem Ratschluß ein Bild der alten verlorenen Einheit aller Dinge wieder auf, Korn und Keim einer beglückenden Ahnung, und doch schon, als sollte eine Liebesordnung die Weltgesetze überstrahlen?

Das Wunderbare und für Dositos völlig Neue in dieser Einstellung zu Gott und Mensch war jedoch die unabweisbar deutliche Auffassung dieses Mannes, daß es zur Liebe im Grunde kein Gebot und keine Absicht geben konnte, sondern daß es immer nur um die in einer Seele schon vorhandene und vom Ursprung her gegebene Liebeskraft gehen müßte. Was bedeuteten anders seine Worte, daß in diesem Lichtbereich nur dem gegeben werden könnte, der schon hatte, daß man seiner Länge keine Elle zuzusetzen vermöge, und daß von den Disteln keine Feigen zu ernten seien?

War damit nicht jede Absicht zur Änderung des Verhaltens nach einem gedanklichen oder sittlichen Vorsatz verworfen, wenn es sich um innere Freiheit handelte? Waltete nicht nach solchem Glauben die Liebeskraft selbstherrlich und aus eigenem Gesetz im Menschen, sein Schicksal im Gemüt bestimmend, als gäbe es keinen anderen Schicksalsweg? Sicherlich befand sich in solcher Einstellung dieser Prophet einer neuen Welt- und Gottschau im Gegensatz zum Götterglauben der alten und der gegenwärtigen Zeit. Für ihn gab es keine Götterwelt außerhalb der menschlichen Brust, sondern er verlegte das Wirken Gottes, ja den Gott selbst, in das Herz des Menschen. Es war Dositos zu Ohren ge-

kommen, daß der Prophet es ausgesprochen hätte: »Das Reich Gottes ist inwendig in euch.« –
Aber der junge Grieche wartete im Grunde auf keine Aufschlüsse, die ihm mit der Entwirrung seiner Gedankengänge oder durch die Festigung irgendwelcher Vorsätze kommen sollten. Er traute keiner Gedankentat, die als Befreiung aus Not und Bedrängnis, als Löserin von Zweifeln oder Widersprüchen auftrat. Er wartete auf viel mehr, sich in den Grundfesten seiner Seele dessen bewußt, daß keine große Geistestat jemals ein Kind nur der Vernunft sein könnte. Eigentlich war es dies und nur dies, das wie ein neues Element von Leben und Tod in sein Bewußtsein eingebrochen war.
Auf solche Weise bewegt und bestimmt, harrte er auf Botschaft des königlichen Mädchens, aber es blieb still. Er fühlte, daß er inständig wartete, als wüßte die Fragende mehr als er, der befragt wurde. Er ahnte, daß er ihrem Verlangen nachkommen würde, hier wie dort, und war sich zugleich darüber klar, daß diese ihre Macht über ihn auf seiner eigenen Gewißheit beruhte, daß sie niemals etwas von ihm fordern könnte, das nicht er selbst vom eigenen Wesen her zu erfüllen willens und bereit wäre. Er fragte sich, ob er sie liebte. Es schwieg in ihm, und keine Antwort klang auf. Es blieb so still wie um ihn her, als sei die Antwort immer nur er selbst und Salome.
Zeit war verstrichen; hier und da drang Kunde über den galiläischen Wundertäter nach Jerusalem, er schien sich verborgen zu halten, um den Nachstellungen der mosaischen Priesterschaft, die ernste Formen angenommen hatte, zu entgehen. Das Synedrion hatte den Bannfluch über alle Gläubigen verhängt, die sich zu ihm bekannten, er war beim Tetrarchen und beim römischen Präfekten hart verklagt worden. Jedoch der Sachwalter Roms in Jerusalem wünschte ohne die Anregung des Prokurators keine Einmischung in die Religionsbräuche der Juden, und Herodes Antipas zögerte mit einem Gewaltakt aus Abneigung gegen alle Wünsche der Pharisäer und aus Furcht vor dem Volk. –
Dositos sah an einem sinkenden Abend in einer kleinen Stadt an der judäischen Grenze, daß ein Menschentrupp erregt und

scheinbar betrübt den Meister umstand. Er trat hinzu und erfuhr, daß der Vater eines sterbenden Kindes den Wundertäter bedrängt hätte, seine Tochter zu heilen und vor dem Tode zu bewahren.

Den Griechen ergriff die Gestalt und das Aussehen des Weisen von Kapernaum aufs tiefste. Er sah elend und übermüdet aus, sein Gesicht war eingefallen und seine Augen blickten traurig und abgekehrt, als glitte das Treiben der Welt wie Schein und eitler Zauber an ihm vorüber. Er schaute nun den Bittenden an und durchforschte dessen von Tränen benetztes Gesicht ruhig und scheinbar unberührt. Da fiel ihm der Mann zu Füßen: »Lege deine Hand auf mein Kind, damit es gesund werde und lebe.«

Als sie dann aufbrachen, um das Haus zu erreichen, kamen ihnen einige der Ältesten der Gemeinde und Schule entgegen. Dositos erkannte unter ihnen zu seiner Beunruhigung den Priester Archiap. Sie berichteten, daß das Kind gestorben sei, man solle den Meister nicht mehr bemühen.

Dieser aber wandte sich an den Vater und beruhigte ihn, er möge sich nicht fürchten. Er sagte zu ihm: »Das Mägdlein ist nicht gestorben, sondern es schläft.«

Dicht vor der Tür des Hauses, wo dieses Wort aufklang, und vor dessen Schwelle sich viel Volk versammelt hatte, ging eine erschütternde Wandlung mit dem Herbeigerufenen vor sich, als er sah und hörte, daß die Menschen ihn seiner Behauptung wegen verlachten. Dieses Lachen weckte einen so gewaltigen Zorn in seiner Seele, daß die Herzugelaufenen auf seinen Befehl hin entsetzt zurückwichen. Nur wenige betraten mit ihm das Haus, unter ihnen der Grieche.

Auf seiner Lagerstatt im engen Raum lag das Kind, von einem weißen Tuch bis an die Schultern zugedeckt. Es mochte etwa zwölf Jahre alt sein, und das Gesicht, im Haar gebettet, unterschied sich in seiner Farbe nicht von der Leinwand, unter der sich die Gestalt des stillen Körpers abhob, bereitet für die letzte Ruhe und schon in ihr beschlossen.

Dositos nahm das Bild nur mit raschem Blick auf, er konnte kein Auge mehr von der Gestalt und vom Angesicht des Galiläers

wenden, mit welchen beiden eine so erschreckende Änderung vor sich gegangen war, daß allen das Blut aus den Schläfen wich, so daß es schien, als würfe das Leintuch über der Ruhenden ein kalkiges Licht. Was Dositos aus den Zügen des Meisters entgegenbrach, war eine Kraft, die ihn vor der Härte dieser Seele erschauern ließ. So unerbittlich, so gnadenlos erhob sich sein Wille, daß zwischen Himmel und Erde keine Gewalt mehr denkbar war, die ihm hätte widerstehen können. Wer hatte gewagt, hier im Raum an das Gesetz seines Daseins zu rühren, an dies Eine, das er wollte und war – an das Leben?!
Das Geschehen dann, die ergriffene kleine, magere Hand des Kindes, der laute Ruf: »Ich sage dir, stehe auf!« vollzog sich wie auf einer von Nacht und Tod erlösten Erde.
Das Mädchen erhob sich auf dies Geheiß, sanft von der führenden Hand seines Erweckers gezogen, und sah den Mann, der vor ihr stand, mit stillen, großen Augen an, das Leben und das Licht. Es kam auf den für die letzte Rast schon geschlossenen Lippen ein zaghaftes Lächeln auf und öffnete sie, so daß darüber der Schlaf und der Tod in eines verschmolzen, wie auch das zeitliche und künftige Erwachen.
Die Wahrheit der Stunde wurde Dositos wieder zur faßbaren Wirklichkeit, als er hörte, wie der Herr über den Tod sagte, sie sollten dem Kinde zu essen geben.

Dositos geriet nach diesem Erlebnis in einen Zustand zwischen Ergriffenheit und Verwirrung der Seele, dem er sich beinahe gedankenlos überließ, als mache solch ein tatloses Verharren hellsichtig und bereit für ein neu erschaubares Lebensgut. Es trieb ihn mit etlichen der Männer und Frauen, die im Hause des Obersten der Schule gewesen waren, in den Innenbereich der Stadt zurück, über der die Nacht herabsank. Später fand er sich allein in einer Taverne, in der er sich Wein geben ließ. Herberge und Ausschank waren in das Gemäuer eines alten Befestigungsturms eingebaut; in Hof und Gewölben wurden Zug- und Reittiere einer Karawane abgesattelt, und durch die Palmen am Straßenrand sah man schon Sterne.

So zwischen Tag und Nacht der Seele und des Leibes wob das Geheimnis des ewig Unerforschbaren dieses Landes ihn ein. Ein sanfter Abendhauch der Mütterlichkeit Asiens wehte, wie aus der wunderbaren Einheit von Sein und Denken stammend, die vom Osten her leuchtete. Ihr Weben schloß die zerspaltende Erwägung der westlichen Menschen aus und ließ sie als unzugehörige und anmaßende Fremde arm hinter sich zurück, sie, die Mächtigen, die Herrschenden, die Eroberer.

Im Walten dieser Einheit wurde auch die Wundertat, die eben geschehen war, zu einem Erdkind des Urmütterlichen; aus ihr gebar sich ein neues Gebot in die Welt, vom väterlichen Wort des Geistes erzeugt: »Ich sage dir, stehe auf!«

Es gab kein anderes Gesetz in dieser Erlebnisstunde, keinen Gehorsam, als den Glauben an dies Recht und an diese Pflicht. In diese ewige Weisung klang es wunderbar einfältig hinein, als sei mit der göttlichen Fügung das irdische Recht zugleich bestätigt: »Gebt ihr zu essen.« –

Eine umhüllte Mädchengestalt trat lautlos an seinen Tisch, der im Torgang zwischen Schänke und Straße stand, und bot Früchte an, und sich. Das junge Gesicht, das aus dem dunklen Kopftuch ein glitzerndes Augenpaar zeigte, wurde von den Lampen des Innenraums rot angestrahlt, und weiß vom Mond. Die billige Verheißung ihrer Gebärde rührte Dositos, er nahm sie wie eine Mahnung zur Rückkehr auf und tastete ohne Entschluß nach einer Münze. Als er den Mantel zurückschlug, erschrak das Kind vor der Pracht seiner Gewandung, das golddurchwirkte Unterkleid blinkte auf, die rote Seide des Chitons und das silberne Wehrgehänge. Die kleine Gestalt verschwand im Schatten wie fortgeweht. Der Grieche erhob sich, um seine Herberge aufzusuchen, zugleich ernüchtert und vom Wein durchglüht.

Da sprang es ihn erneut aus der Nachtdämmerung an, doch jetzt in deutlicher Wappnung der Seele und mit Entschluß. Er erkannte Archiap, den Abgesandten und Spion der priesterlichen Herren von Jerusalem, und jäh befiel ihn ein wilder Haß, der nicht dem höflich Grüßenden galt, der ihn anredete, sondern dem Zeugen der zurückliegenden Tat des Galiläers. Sein Widerwille war es, der den raschen Entschluß weckte, mit dem er den Priester höflich empfing und an seinen Tisch bat. Nichts war ihm, zu seinem Erstaunen über sich selbst, willkommener als der Widersacher. Er rief nach Wein und ließ die Becher füllen, nächtig bereit, die Hoheit seiner Andacht abzubüßen.

Archiap, eben noch hämisch erfreut, den Griechen angetroffen zu haben, zögerte jetzt, den dunklen Blick beinahe drohend im harten Angesicht des Gegners. Das allzu Bereite der Gastfreundlichkeit, im Gegensatz zum Ausdruck dieser Züge, warnte ihn, aber es trieb ihn eigensinnig dazu, die Rechtsmale seiner höhnischen Abwehr in ein empfängliches Herz zu prägen, er war im gleichen Maße aufgebracht wie erbittert. Nicht nur die unauslöschbare Erinnerung an die demütigende Begegnung in den Vorhöfen des Tempels fachte ihn an, sondern mehr und tiefer noch der Triumph des Galiläers unter den Augen des Tod- und Erzfeindes der Juden.

Er schob den Weinbecher mit deutlich verächtlicher Handbewegung fort und ging ohne Umschweife auf das Eigentliche ein, das ihn erneut als Gegner dieses Griechen auf den Plan rief, er sprach entschlossen und herausfordernd, dessen eingedenk, daß ihm vor diesem Feinde weder Trug noch Schein im Zwielicht der Nebenwege nützen würden.

Für einen Augenblick gefiel er Dositos in dieser Angriffslust.

»Meinst du, ich teilte deine Ergriffenheit nicht«, sagte er und sah Dositos festen Blickes an, »aber ich gebe ihr nicht Raum, die Grundsätze eines gerechten Kampfs zu schwächen, wie es denen leichtfallen mag, deren Widerstreit oder Zustimmung um nichts anderes gehen als um ein wenig umpflegtes Gefühl vor Schönheit oder Güte. Was uns unverbrüchlich erkennbar geworden ist, zeigt sich in dem Willen dieses Menschen, durch Wort und Wundertat die Fundamente unserer Heilslehre zu erschüttern. Unter dem Vorwand göttlicher Sendung sät er Zwiespalt, Aufruhr und Zerstörung. Diesem Willen gilt unser Widerstand.«

»Ich werde dir etwas sagen«, entgegnete Dositos, »wenn du es hören willst: Gegen den Willen dieses Mannes werdet ihr nichts ausrichten; versucht es doch. Sein Wille wird sich überall erfüllen

in ihm und mit ihm, denn durch sein Dasein geschieht der Wille des Göttlichen.«
»Der Wille Jahves? Wie kannst du das wissen, du als Grieche?!«
»Laß mich doch mit eurem Jahve oder Elochim in Ruhe! Nein, nicht der Wille irgendeines Volksgottes, weder griechischer noch ägyptischer, noch assyrischer oder israelitischer Herkunft. Ich meine das Urgöttliche, das zugleich der Ursprung des Lichts und allen Lebens ist. Kannst du dir einen solchen Gott über allen namhaft gewordenen Gottgestalten der Völker und Länder nicht vorstellen?«
»Ich glaube nur an den alleinigen Gott unseres Bundes, den Gott Abrahams, Isaaks und Jakobs.«
»Nun, so glaube weiterhin, aber versuche diese göttliche Urkraft einmal zu denken, der die Menschen die verschiedensten Namen und Gestalten und Kräfte in ihren Religionen zugesprochen haben. Daß dies im Glaubensmeer der verschiedenen Völker geschehen ist, wirst du kaum bestreiten. Oder meinst du, daß es auf Welt und Erde nur Juden gibt, nur Jahve und den Tempel von Jerusalem, sein Heiligtum. Aber darauf kommt es mir jetzt nicht an demgegenüber, was wir eben erlebt haben und von dem unser Herz erfüllt ist und wovon wir sprechen. Wenigstens ich, entschuldige schon, aber du hast mich herausgefordert. Euer Heilsgeplapper ist längst zum Gerassel leerer Mühlen geworden; was du aber eben gesehen und gehört hast, ist Korn und Saat und die heimliche Gewähr für ein ganz neues Geschehen in der Welt, und dies neue Geschehen und Leben wird dir niemand erklären, auch der Meister nicht, denn er ist es selbst. Darum weicht der Tod auf sein Geheiß. Er tut keine Wunder, wie ihr es nennt, erwartet oder fürchtet, sondern er selbst ist das Wunder, das Wunder eines neuen Sohnes und Sprosses der Menschheit nach dem Ratschluß und Willen Gottes, hoch über allen Gottheiten.«
Dositos hielt inne und erschrak im Spiegel des bleichen bärtigen Gesichts vor sich, dessen Blicke ihn mit Erstaunen und Scheu musterten. Was hatte er da eben vorgebracht und vor wem, und weshalb sprach er überhaupt? Der Lärm in der Taverne, das Stimmengewirr, Gelächter und Gezänk reizten ihn, stießen ihn

ab und entflammten ihn zugleich zu einem eigensinnigen Zorn der Selbstbehauptung. Er fühlte, daß er weitersprechen würde und mußte, zu niemandem und allen. Weshalb nicht zu diesem Widersacher, der der Feind des Galiläers war? Was ihn tief und innerlich emporriß und mit sich fort, drängte gewaltig über ihn hinaus ans Licht, er mußte es aussprechen, um es zu erfahren, in Worte fassen, um es zu hören, entstehen lassen, um es zu glauben.
Archiap betrachtete den Griechen jetzt mit einer lauernden Neugier, bereit, die entfesselte Seele des anderen gewappnet zu empfangen, gespannt in der Erwartung, sie möchte sich bloßstellen.
»Für euch Priester gibt es diesem Propheten gegenüber nur Entsetzen und Haß«, fuhr Dositos fort, als habe Archiap seine Empfindungen und Hoffnungen ausgesprochen, »und ihnen folgen eure Wutausbrüche und endlich das Gericht nach eurem erstarrten Gesetz. Ich habe mich mit eurer Geschichte, eurem Kult und eurer Religion ein wenig befaßt. Das Stöhnen des Volkes nach Befreiung von einem grausamen und furchtbaren Gesetz ist mir verständlich. Aber davon wollte ich nicht reden, sondern von etwas anderem: In eurem Mythos von der Entstehung der Menschheit gibt es an dessen Beginn den Adam, den ersten Menschen, den ersten Erkennenden, den Gott erschuf. Meinetwegen also euer Gott; aber wenn es wirklich der erste und einzige Mensch gewesen ist, wie ihr glaubt, so müssen wohl auch die übrigen Menschen auf seine Entstehung zurückzuführen sein. Gibst du das zu?«
»Die Verheißung geschah erst mit Abraham. Die anderen sind vom Gesetz abgefallen ...«
»Laß sie liegen. – Sie stammen also von Adam ab, das wirst du nicht bestreiten können. Auch wir und viele Völker der Welt glauben an diesen Adam, nicht eben an euren, aber auch an einen von Gott erschaffenen ersten Menschen. Wenn ich die Sage von der Entstehung des Menschen so und nicht anders erwähne, so geschieht es, weil ich deiner Vorstellungswelt entgegenkommen muß, wenn ich mich verständlich machen will. Es geht mir hierbei just wie dem Meister von Galiläa, von dem wir sprechen, der

auch immer und immer wieder euer Herkommen und die Anweisungen eurer Propheten in seinen Reden anführen muß, damit ihr wenigstens annähernd begreift, wovon er spricht.

Ich wollte dir und mir vom Stammvater der Menschheit ein Wort sagen, von eurem alten Adam. – Dieser erste Mensch nun, heiße er wie er wolle, hat sich im Verlauf der unermeßbaren Zeitläufte zu großer Vollkommenheit emporentwickelt in der Menschheit, wo immer sie sich zu Licht und Würde entfaltete, starb und sich erneuerte. Dieser letzte und vollkommene Typus Mensch, das ist der griechische Mensch. – Wenn du nichts anderes als nur den Zeus oder den Apollo unseres Landes und Volkes erblickt hättest, wie sie von den Händen der größten Meister und Bildner, die die Welt kennt, erschaffen wurden, würden dir deine Zweifel vergehen. Das sind nicht nur, wie du entsetzt vermutest, Bildnisse der Götter, deren Wiedergabe in sichtbarer Gestalt ihr verabscheut, sondern sie sind die Darstellung des apollinischen Menschen der griechischen Kultur, Gottes Triumph im Menschen, Blüten des Heils. Sie sind ein ewiges Mahnbild und Ruhmeszeichen der griechischen Welt, ihrer Kunst und Dichtung, zugleich aber aller menschlichen Geisteskraft und Seelengröße überhaupt. – Jetzt begreife: Griechenland und der griechische Mensch sind die höchste Vollendung des alten Adam und zugleich – sein Ende. Er wird in seiner Erscheinung, seiner Artbildung, seiner Harmonie und seinem Glanz niemals auf der Erde wiederkehren und niemals übertroffen werden. Aber eben nur als letzter Nachfahr jenes ersten von Gott erschaffenen Menschentyps. Mit dieser Gestalt hat sich ein Menschengeschlecht für immer vollendet und erschöpft.«

»Was sagst du da, Dositos?! Und nun ginge die Menschheit mit ihm zu Ende?«

»Ich will dir etwas antworten und verraten: Jetzt, in diesen Weltentagen, die wir miteinander durchleben, ist in diesem Jesus, dem Galiläer, ein ganz neuer Menschentyp zur Welt geboren worden, in Fleisch und Blut, in Wirklichkeit und Wahrheit ein neuer Mensch, erschaffen und in die Welt gekommen von Gott; von Gott, der sich in seiner Schöpferkraft erneut offenbart, allein sich

selbst und nur seinetwegen. Dieser Jesus ist ein Menschensohn, erzeugt vom ewigen Vater-Gott, vom Geist, der in dieser Erscheinung Mensch geworden ist. Aus ihm wird im Geist des Urschöpfers eine ganz neue Menschheit entstehen, nicht nur durch Zeugung in Leib und Blut, das sind noch die in seine Zukunft führenden Schmerzenswege, die er wandern muß, bis in undenkbare Zeiten. Die letzte Vollendung läßt sich nur erahnen, in dieser Fortentwicklung sind wirklich tausend Jahre wie ein Tag und ungezählte tausend Jahre eine kleine Frist.«
Er hielt tief aufatmend inne, lauschte, als klängen seine Worte nach im Raum und ließen sich noch vernehmen, zurückfordern oder ungesagt machen. Er vergaß für Augenblicke die Gegenwart des Priesters und achtete nicht darauf, daß die Weintrinker an den Nebentischen zu ihnen herüberschauten. Fast beschwörend fuhr er leiser fort, jetzt wieder Archiap im angestrengten Blick: »Erinnere dich doch seiner Worte, derer, die du selbst gehört hast, und derer, die die anderen verbreiten, so gut sie sie gehört und so schlecht sie sie verstanden haben. Nennt er sich nicht den Menschensohn, und sagt er nicht, daß sich Gott selbst in seinem Dasein offenbart, daß er ein neuer Mensch und Gottes Sohn sei? Seine Anhänger und Gläubigen nennen ihn Heiland und Meister und Erretter oder Messias und den Christos und glauben, den neuen Wein in den Schläuchen gerade eurer alten Einsichten und zeitlichen Hoffnungen bergen zu können. Er wird euer Volk nicht, wie viele meinen, zu neuer Macht und Herrlichkeit führen, sondern er wird euer Reich vernichten.«
»Dieser Mensch?! Du bist wahnsinnig, Dositos! Vergib mir, Herr. Du bist außer dir und sagst Worte, die du nicht bedenkst und die dich gefährden.«
»Weit entfernt! Vielleicht bin ich berauscht, aber nicht von eurem judäischen Wein da, wie du meinst. Es geht eine Geschichte um, dieser Jesus habe bei einer Hochzeit Wasser in Wein verwandelt. Warst nicht du es, der sie mir erzählte? Bei dir wäre es ihm nicht gelungen! Da hast du dein Wunder: Er verwandelt Wasser in Wein, wo immer er auf eine Seele trifft, die für seine Kraft empfänglich ist. Nun, so mag er auch die Wässerchen mei-

ner Einsicht in Wein der Erkenntnis verwandelt haben. Hast du nicht eben noch mit leiblichen Augen gesehen, wie er das Mägdlein von seinem Sterbebett erhob und es dem Leben zurückgab? Morgen wird das Gerücht durch Judäa, durch Galiläa und Samaria laufen, er habe eine Tote auferweckt, und keiner wird sich der Worte des Wundertäters entsinnen: ›Das Mägdlein ist nicht gestorben, sondern es schläft.‹ Ich habe erlebt, daß er dem Tode Gewalt angetan und eine dem Tode Verfallene auferweckt hat. Ich verstehe es gut, daß alle, die dieses Geheimnis nicht erfassen, sich über die Maßen über ihn entsetzen und ihn hassen und verfolgen. – Und jetzt genug. Ich muß weiter.«

»Ich möchte wissen«, entgegnete Archiap jetzt gereizt und erbittert, »was ihr in eurem Land und Volk mit einem Manne begonnen hättet, der den Untergang eures Reichs, die Zerstörung eurer Tempel auf Straßen und Märkten im ganzen Lande prophezeit hätte, eure Priesterschaft geschmäht und zugleich die Massen durch Wundertaten mit der Behauptung vom göttlichen Ursprung seiner Sendung betrogen hätte. Und dies alles noch als ein Landesfremder.«

Dositos verharrte grimmig und widerwillig. Er bereute jedes Wort, das ihm entfahren war, denn er empfand nach dieser Entgegnung und Abweichung von allem, was ihn so tief und glühend bewegte, daß er ins Leere gesprochen hatte, daß seine bekennerischen Worte, die er kaum gewollt hatte, wie Wasser über einen Stein dahingerauscht waren. Sein Ton und Verhalten wandelten sich: »Wir würden einem solchen Manne in Athen oder Korinth«, begann er freundlich, »einen Giftbecher gemischt haben und ihn, höflicher als ihr es seid, zum Trinken aufgefordert haben, so wie ich jetzt dich, wenn auch vergeblich. Wir haben die Giftbecher rasch zur Hand gehabt, sogar nach Judäa haben wir etliche mitgenommen. – Du lebst in dem Wahn, man könnte nur in Übereinstimmung mit euren Gesetzen und eurer Machtgier etwas hervorbringen, das vor Gott Gültigkeit hat. Wenn dieser Meister aus Galiläa eurer Priesterschaft um den Bart ginge, so würdet ihr von David und Elias bis Jona unter euren Königen und Propheten keinen größeren finden. So aber, wie ihr heute

handelt und denkt, könnt ihr ihn nur vernichten, und du wirst deinen Teil dazu beitragen.«
Archiap fuhr empört und grimmig auf: »Das sind schwere Kränkungen, Dositos. Wie soll ich dich verstehen?! Du bist —«
»Du verstehst mich schon besser. — Nein, jetzt bleibst du, bis ich dich entlasse! Du sollst mir sagen, was du von den Galiläern hältst und von Galiäa selbst, diesem Lande, das euer Volk einst raubte, um es dann, während seiner Gefangenschaft in Babylon, den Phönikern und Syrern und vielen anderen Völkern überlassen zu müssen, die es besiedelt, bebaut und zur Blüte gebracht haben. Benenne ich es recht, wenn ich seinen Namen als ›Bereich der Heiden‹ übersetze, und gibst du mir zu, daß seine Bewohner von euch Juden nur verachtet und gehaßt werden?«
Archiap war blaß geworden, und man sah, daß er sich plötzlich fürchtete. Er begriff sein Verschulden am jähen Umschwung der Einstellung des Griechen nicht und suchte nach Mitteln, den mächtigen und einflußreichen Mann zu versöhnen, von dem er wußte, daß er die Gunst des römischen Statthalters besaß und Freunde unter den Sadduzäern.
Was bedeutete nun diese Frage nach dem so aufreizenden Ausfall in religiöse Gebiete, der vorangegangen war und der ihn zugleich erschüttert und heillos verwirrt hatte? Er beschloß, die Beleidigungen zu übersehen, als habe er sie nicht gehört oder nicht verstanden oder als wären sie einem unberechenbaren Temperament zugute zu halten, und antwortete endlich in erzwungener Zurückhaltung: »Wir vermuten nicht, daß aus Galiläa Gutes komme.« Seine Haltung war mühsam beherrscht, seine Hände zitterten, als er fortfuhr: »Du hast recht, wenn du den Namen des Landes als Ort der Heiden bezeichnest. Aber bedenke doch recht, wenn du den Blick so weit in die Vergangenheit zurückschweifen läßt, daß, seit Rom seine brutale Faust über Judäa und das ganze Land ballt, seit mit dem großen Herodes und seinen Erben die Idumäer in schnöder Gemeinschaft mit unseren Feinden die Länder beherrschen, daß es uns gelten muß, die Religion unseres Gottes und sein Gesetz zu wahren. Wir hüten es und halten es rein mit allen Kräften und mit allen Mitteln. Verachte auch

das, wenn du kannst oder willst, und mein Bestreben, dem hohen Gebot zu dienen. Wir erheben nicht den Anspruch, daß ihr Griechen uns Verständnis entgegenbringt, und begreifen, daß die von Satan beratenen Untaten und Irrlehren dieses Galiäers euch mehr Eindruck machen als unser Gesetz, das ihr so wenig versteht wie unser Bemühen, es im Geist der Überlieferung unseres Volkes zu bewahren, denn ein Volk lebt oder stirbt mit seinem Gott. — Wenn die leicht zu verwirrende, leicht zu überredende Masse in ihrer Armut, ihrer Verelendung und ihrer Entsittlichung heute jedem Propheten Gehör schenkt, der ihr Freiheit, Aufstieg und Errettung vom Joch der Bedrücker und ein Himmelreich über allen Weltreichen verspricht, so verstehe du, daß wir mit Inbrunst und zäher Ausschließlichkeit an dem Gott unserer Väter und seinen Verheißungen festhalten, der uns wieder und wieder durch Schmach und Erniedrigung, durch Gefangenschaft und durch die Zerstückelung des Reichs um das Allerheiligste seiner Macht und Größe geschart hat. Heute ist der Tempel von Jerusalem Israel, die Lehre und das Gesetz Jahves bedeutet uns Israel. Und wenn der zerstörende und zersetzende Geist dieses heidnischen Propheten, der sich auf unsere Gesetze beruft, recht behalten sollte und Jerusalem zerstört und vernichtet würde, so werden die Verheißungen und Schriften der Propheten bleiben, die heiligen Bücher, Jahves ewiges Vermächtnis und sein unsichtbarer Thron.«
Dositos wartete, ehe er antwortete: »Jetzt gefällst du mir besser, Priester. Aber erzähle mir nicht mehr als notwendig. Was ich von dir wissen wollte, hast du mir eingestanden. Es war mein Wunsch, von dir zu hören, daß dieser Galiäer keinesfalls ein Judäer, sondern seinem Herkommen nach ein Fremder unter euch sei, mag er in eurem Glauben erzogen worden sein oder sich auf euer Gesetz berufen, wie du behauptest, oder mag er es nicht tun.«
Archiap rief lebhaft und ein wenig beschwichtigt: »Er – ein Sohn Judas, wie manche vorgeben?! Glaubst du, daß jemals ein Mann unseres Volkes und unserer Herkunft den Untergang und die Zerstörung Jerusalems und des Tempels heraufbeschwören und

voraussagen würde?! Glaubst du, daß ein Jude die Worte auszusprechen fähig wäre, daß die Lichtwellen des Reichs, das er verkündet, und alle Segnungen, die sich mit ihm verbinden sollen, zudem das Heilsgut der Propheten, uns genommen und einem anderen Volk gegeben würden? – Er hat es gesagt! Ich habe es selbst aus seinem Munde vernommen. Niemals wird das ein Jude sagen!«
»Du scheinst in der Kontrolle seiner Aussagen ein rühmenswerter und pflichtbewußter Bote deiner Zunft zu sein. So sollst du noch eine Antwort haben. Ich glaube nicht, daß der Galiläer euch das Heilsgut eurer Propheten zu nehmen trachtet, um es anderen zu überliefern; ich vermute vielmehr, er wird es euch lassen. Täten das nur alle, die auf ihn achten und hören! Er hat mit seiner Prophezeiung das Reich und Heil gemeint, das er selbst verkündet und heraufbeschwört, und das braucht er euch, scheint mir, nicht erst zu nehmen, denn ihr habt es nicht aufgegriffen, ihr lehnt es ab und habt nicht den geringsten Sinn dafür.
Ihr werdet niemals begreifen, daß alles, was ein Mensch wissen kann, nicht der Mühe wert ist, und daß alles, was der Mühe wert ist, nichts mit Wissen zu tun hat.
Doch über Galiläa und seine Bewohner der Vergangenheit sollst du noch ein Wort hören: Dieses kleine Galiläa, dieses ›Gebiet der Heiden‹, und seine Grenzländer, das von den Kananitern, den edlen Philistern, den Assyrern und Babyloniern bis zu den Persern, von den Phönikern über die Syrer bis zu den Ägyptern, Arabern, Griechen und Römern jeder Seelen- und Geistesstrom der alten Welt durchflossen und befruchtet hat, dieses und nur dieses Land, gesehen als Völkeracker für eine geheimnisvolle Geistessaat, vermochte das blühende Reis hervorzubringen, das ihr so arg und bitter in seiner reinen Blüte befehdet. – Meine nicht, damit allein wolle ich die Herkunft dieses Mannes beweisen, sie ruht im Geheimnis, denn der Geist weht nicht nach erforschbaren Gesetzen, wohl aber sind die Gesetze der Natur dem Herkommen und der Erdgeburt der Edelsten verbündet. – Nun geh und berichte den Deinen, was du erfahren hast, so gut du das vermagst, so böse du trachtest.«

Siebentes Kapitel

Nikodemus

Es war tiefe Nacht, als in Jerusalem ein leichter zweirädriger Wagen, die Hauptstraße zwischen dem Palast der Könige und dem Tempelhof durchrollend, am Fort Antonia vorüber, vor einer der schmalen Seitengassen haltmachte, auf denen die Römer den Verkehr mit Fuhrwerken verboten hatten. Der Vorreiter mit der Fackel sprang vom Pferd, es war ein Söldner der Tempelwache, hob den Vorhang des sänfteartigen, nicht großen Gefährts zur Seite und trat ehrerbietig zurück, um dem Insassen Raum und Licht zuzulassen. Man erkannte undeutlich im Schein der Fackel und der Sterne die hohe Gestalt eines älteren Mannes, der den Wagen verließ und anfänglich unsicher und ratlos eine Frage stellte. Obgleich er in einen weiten Mantel gehüllt war, der sein Aussehen und seine Figur beeinträchtigte, ließ sich doch erkennen, wie auch an der Art seiner Rede, daß es sich um einen vornehmen und angesehenen Mann handeln mußte.

Er sagte auf aramäisch: »Dies ist die Gasse? – Ja, sie ist es«, antwortete er sich selbst. Aber er fragte doch noch einmal, indem er sich umschaute: »Bist du sicher?«

Der Bewaffnete verneigte sich ungelenk, da er die Haltung der Fackel nicht verändern wollte, und antwortete leise und ergeben: »Das achte Haus zur Linken, Herr.«

»Geh voraus, leuchte!« Ehe er dem Träger folgte, wandte er sich kurz an den Lenker des Wagens. »Du wartest hier, bis ich dir Ananias sende. Gib lieber die Einfahrt zur Gasse frei, fahr zur Seite.« Dann schritt er dem Lichtschein nach, der die Fronten der niedrigen weißen Häuser und die Mauern anfiel und die Unebenheiten der schlechten und schmutzigen Straße sichtbar machte.

»Dies ist das Haus Simons des Aussätzigen«, klang die Stimme des Vorangeschrittenen, der stehengeblieben war. Er wartete ruhig und hielt die Fackel vor der Haustür hoch. Das einstöckige Gebäude lag wie alle andern umher stumm und still, und kein Licht verriet, daß es noch Wachende beherbergte. Nach einem

kurzen Zögern der Überlegung nahm der Herr dem Diener den Dolch aus dem Gürtel und klopfte mit dem Knauf an die hölzerne Tür. Es blieb still, nur der Klang hallte wider. Am Fenster eines der Nachbarhäuser erhob sich ein schwacher Lichtschein, offenbar wurde ein Vorhang zurückgeschoben. Die Fackel schwelte und rauchte. Am Ende der Gasse wurden Sterne sichtbar, sie wirkten wie kleine grünblaue Feuer auf den Kämmen der fernen Hügel.
Nun erklang eine unsichere und furchtsame Stimme hinter der Tür: »Wer begehrt Einlaß?«
»Öffne!« rief der Harrende über Erwarten klar und laut.
Mit der Tür, die sich langsam auftat, fiel der schwache Lichtschein einer Öllampe auf die Schwelle und den Ankömmling. Zögernd, noch die Hand am Griff der Tür, fragte von innen ein Mann: »Was befiehlt mein später Gast seinem Diener?«
»Geh«, sagte der Besucher zu seinem Begleiter, »aber warte in der Nähe, so daß du sogleich hörst, wenn ich zurückkehre und dich rufe. Lösch die Fackel aus!«
Er sprach erkennbar derart, daß der Befehl und sein Tonfall auch auf den ängstlich lauschenden Hausbesitzer Wirkung tun mußte, und tatsächlich öffnete sich die Tür sogleich ganz, und die Bitte wurde vernehmbar, der Willkommene möge mit Gunst und Wohlwollen die Schwelle überschreiten.
»Du beherbergst in deinem Hause den Volkslehrer von Galiläa.«
»Herr, du irrst ... niemals ist dieser Mann –«
Es hatte sich ergeben, vielleicht auch, daß der Besucher es selbst zuwege gebracht hatte, daß die Tür sich hinter ihm wieder geschlossen hatte. Er sagte: »Nimm den Mantel.«
Nicht der Befehl, dem mechanisch Gehorsam geleistet wurde, wohl aber das, was der absinkende Mantel freigab, veränderte die Einstellung und Haltung des Hausherrn unmittelbar. Er haschte nach der absinkenden Umhüllung, trat ehrfürchtig mit ihr zurück und verneigte sich tief, die Hand an der Stirn, denn er erkannte die Abzeichen des Hohen Rats und des Erzpriesters, die breiten blauen Säume des langen Überkleides und die siebenfädigen Quasten, wenn auch sein Träger nicht in vollem Ornat war.

Er erbleichte tief und begann am ganzen Körper zu zittern.
»Herr, sei deinem Diener gnädig, Nikodemus, unser Rat und Helfer vor Gott.«
»Sei beruhigt. Ich komme in Frieden. Melde mich, ich bitte dich, deinem Gast, und sage ihm, daß ich in Eintracht und Wohlwollen zu ihm komme. Du bist Simon, der Sohn des Eluid?«
»Du nennst deinen Knecht beim Namen. Ich will dem Meister deinen Willen sogleich kundtun.«
Der Ankömmlung betrat gleich darauf den Wohnraum, in dem an einem Tisch vier Männer saßen, unter ihnen der Gesuchte. Nikodemus erkannte ihn sofort, und es schien ihm, als würde auch er erkannt, denn die Befangenheit der Anwesenden war groß. Jesus erhob sich und trat dem Gast entgegen, er allein wahrte die Ruhe, und ohne nach dessen Begehr zu fragen, bat er seine Tischgenossen, ihn mit dem Hohenpriester allein zu lassen, was auch geschah. Simon verließ mit den anderen den Raum, ohne die Frage zu wagen, ob er mit Wasser, Speise oder Trank gefällig zu sein vermöchte. Dieser Besuch war so ungewöhnlich und erregend, daß die Freunde zwischen Stolz und Bangen eine jähe und dunkle Ahnung beschlich, die sie weder als Heil noch als Unheil zu deuten vermochten.
Die Art, in der der Gesuchte seinem Gast Verständnis dafür entgegenbrachte, daß dieser nächtliche Besuch ihn innere Kämpfe und eine Überwindung seines Stolzes gekostet haben mußte und daß er nicht in Gegenwart anderer geplant war, befreite Nikodemus von seiner anfänglich beinahe grimmigen Zaghaftigkeit und lenkte sein Gemüt auf eine freiere Bahn der Offenherzigkeit. Er konnte sich des Gefühls nicht erwehren, als wisse dieser Jesus die tieferen Gründe seines Kommens, als habe er sofort erkannt, daß nicht Argwohn, Bedrohung oder der Wunsch zu Maßregelungen den Ratsherrn hergeführt hatten, sondern seine Berührtheit aus einer Welt seelischen Planens und innerer Bedrängnis.
So wurde es Nikodemus erleichtert, seinen Gruß anzubringen, der in dem Eingeständnis gipfelte: »Ich weiß, daß du ein Meister der Lehre bist und daß Gott mit dir sein muß, denn niemand könnte, ohne ihn, solche Zeichen tun wie du.«

Er bemühte sich dann, teils aus Befangenheit, teils wohl auch, weil er seine hohe priesterliche Würde zu wahren trachtete, das Gespräch unbefangen einzuleiten und Fragen zu stellen, aber es kam nicht in Fluß und verlief nicht nach seinen vorbereiteten Wünschen, weil sein Gegenüber sich auf nichts einließ, das nur einer Überbrückung dienen sollte. Ein forschendes Lächeln ohne Prüfung, nur von den Augen ausgehend, verwies den wohlgemeinten Aufwand, als sei seine Gewißheit unbestürmbar dem gegenüber, was allein eine Annäherung bedeutete. Dieses ungreifbare Lächeln war nicht überlegen oder einschätzend, sondern traurig, abständlich, als verbände sich keinerlei Absicht der Wirkung mit ihm, am wenigsten eine heimliche Zurechtweisung, sondern es erschien eher beschwert durch ein Unvermögen, höflich oder dort entgegenkommend zu sein, wo der Gast zuvor einen Weg gesucht hatte.

Wollte man es tiefer deuten, so drückte es etwa aus: Es ist alles längst bestimmt und beschlossen. Wo du, mein Gegenüber, ob Freund oder Feind, trachtest und ermißt, habe ich keine Berechtigung mehr, keine Lust und keine Gnade. Ich bin viel jünger als du und viel älter. Ich bin gewesen, bevor du warst, und werde noch sein, wenn du nicht mehr bist. Ich bin überall und nicht hier. Ich bin hier, aber nicht gegenwärtig, denn auf mich kommt es nicht an, sondern nur auf die Kraft, die mich durchströmt.

Dabei hatte seine Erscheinung im trüben Licht der geringen Lampe etwas Unscheinbares und Natürliches. Nikodemus beschlich das Gefühl, als müsse er sich dieses Menschen mit aller Liebe und Güte annehmen, und zugleich die drohende und furchteinflößende Warnung, daß er selbst bestehen müsse, um nicht zu vergehen. Irgend etwas hinderte ihn daran, diesen Mann eingehend und genau zu betrachten, so wie man Einzelheiten feststellt. Es erging ihm hierin wie einem, der den Versuch macht, eine Flamme zu betrachten und ihre Form und Gestalt festzuhalten. Dabei erkannte er, übersinnlich beraten, eine nie erblickte Erscheinung und begann darüber seinen Sinnen zu mißtrauen, als seien sie nichtige Sklaven.

Hatte er sich denn den Verlauf des Gesprächs auf wohlvertraute

Art des Hin und Her von Frage und Antwort, einer Streitrede über die rechte Lehre vorgestellt? Er sah seinen Irrtum ein, und seine Befangenheit, kaum überwunden, wuchs wieder unheimlich bedrängend an, ja beinahe lähmend, angesichts dieses Galiläers. Immer wieder versuchte er, sich an den einfachen Merkmalen der äußeren Gestalt zu festigen und zu beruhigen, hoffte Halt und Fassung am Erkennbaren und Greifbaren zu gewinnen, das er vor sich hatte. Seine Bemühungen zerrannen ihm unter einer niemals wahrgenommenen, niemals erlebten Ausstrahlung geheimnisvoller Kräfte, die von diesem Mann ausgingen, aus einer Innenwelt des Lebendigen, die ihn ohne Vorwurf mahnte und ohne Willkür erschütterte. Es entglitt ihm das Bewußtsein für Ort und Dauer, er wußte nicht mehr, ob er kurz oder lange geschwiegen hatte. Er empfand nur, daß das Schweigen nicht leer ablief, sondern schwer von Fülle.

So tastete er erneut nach den Zweifeln und Einwänden, die ihn unter anderem hergeführt hatten, beriet sich heimlich vor sich selbst und verwarf sie.

Hier fügte sich nicht Wort an Wort, kaum Rede an Gegenrede; kein Vorwand fand Halt oder Gültigkeit, keine Behauptung wurde durch Beweise ins Bereich des verständlich Begreifbaren gerückt, sondern es öffneten sich aus dieser armen Erbötigkeit neue Herzensgegenden des Verlangens und Aussprüche wie Aufrisse in eine ganz unbekannte Welt einer geistigen Helligkeit. Kein Pathos schreckte oder schuf sich gewaltsam Raum, nichts blendete, niemals hatte Nikodemus erfahren, daß ein Mensch sich so ausschaltete, um etwas zur Geltung kommen zu lassen, das ihn von innen her erleuchtete, um offenbar zu werden. Das wenige, das dieser Mann vorbrachte, war er selbst, nicht etwas Ersonnenes oder Erdachtes, nicht Einsicht oder Erkenntnis, sondern sein tief innerlichstes Dasein selbst, das keine Scheidung von Person und Aussage zuließ, sondern eine so überzeugende Einheit darstellte, daß dem Empfangenden, wie in einer Eingebung, jählings und tief erschütternd deutlich wurde, daß er Wahrheit hörte. Nicht die Wahrheit, wie er oft sie festzulegen getrachtet hatte, sondern Wahrheit; und über dieser scheinbar so geringfügigen Unterscheidung wurde ihm in einem lichten Schwindel fast überdeutlich, daß Wahrheit nicht festzulegen sei, sondern daß sie unbenennbare Wohltat jenseits und hoch über allem Wissen bedeutete, ein lichtes Unterpfand der reinen Herzen als ihr Gestrahle.

Zurückgefunden zum Gegenwärtigen beruhigte es ihn, daß der Befragte das Forschen und Fragen seines Gastes nicht zu mißbilligen schien. Nikodemus empfand, daß er nicht allein angehört, sondern mit Wohlwollen geduldet wurde, ja mit deutlichen Anzeichen von Zuneigung. Er hatte von diesem Jesus gehört, daß er im Widerstreit mit den Schriftgelehrten streng, böse und lieblos bis zur Härte werden konnte, daß man seine Schlagfertigkeit und Geistesgegenwart fürchtete und die ungemeine Wucht und Strenge seiner Beweisführung, wenn seine Gegner trachteten, ihn in die Enge zu treiben und der Irrlehre zu überführen. Nichts von alledem zeigte sich hier, so daß Nikodemus erneut, zuversichtlicher als zu Anfang der Begegnung, die heimlich glühende Gewißheit gewann, er würde freundlich und liebevoll betrachtet und sein Gegenüber habe klar erkannt, welch ein Verlangen ihn antrieb und welche Gesinnung ihn bewegte.

Darüber erhob sich in ihm ein lange vergessener und vertaner Glaube an seinen eigenen Wert, weit über die Werte hinaus, die er bislang zu vertreten und zu verteidigen gemeint hatte. Eine tiefe, sanfte Müdigkeit befiel ihn, er empfand sein Alter freudig und seine Schwäche hell. Es wurde ihm in diesem Beisammensein etwas bestätigt, auf dessen Gewähr er längst verzichtet hatte, etwas Ureigenes, gnädig Verschollenes, das vertraut und liebreich gewesen sein mußte, seiner Kindheit ähnlich. So fand er den Mut zu der entscheidenden Frage: »Sage mir, Meister, was alle Herzen hoffen: Wie wird das Reich Gottes auf Erden kommen, das wir ersehnen und erflehen?«

Da hörte er: »Es sei denn, daß von neuem ein Mensch geboren werde; anders wird das Reich Gottes nicht kommen.«

Er verwirrte sich unter der dunklen Eindringlichkeit dieser Antwort und suchte sie zu erforschen, so gut er sie verstand. »Kann denn ein Mensch von neuem geboren werden?« fragte er

zögernd und benommen. »Soll er in seiner Mutter Leib zurückkehren und wiederum geboren werden?«
Er bereute den letzten Satz sofort, denn er fürchtete, er möchte wirken, als sei er aus zweiflerischem Widerspruch entstanden, der ihm fernlag. Er hatte nur gefragt, um das Gespräch fortzuführen und weil ihn der Sinn der Aussage bedrängte, und fühlte nun, daß er ihren Sinn durch die Umstellung der Worte verkleinert hatte.
Über seinem Harren auf eine Antwort wurde er sich in geheimnisvoller Tiefe seines Selbst zum ersten Male völlig darüber klar, daß seine zurückliegende Vorstellung vom Reich Gottes ein Zukunftstraum, eine Sehnsucht, etwas Kommendes und Erflehtes war, keinesfalls aber ein festliegender Bestand der Vergangenheit oder Gegenwart, als welchen er es bisher verkündet, ja zu verwalten geglaubt hatte. Er erschrak tief, ihm war, als habe seine erste Frage eine neue Bedeutung erlangt. Das verwirrte ihn völlig, aber nicht deshalb, weil er seine Gedanken nicht zu ordnen vermochte, sondern weil er fühlte, daß es nicht auf Gedanken ankäme.
Der Gefragte blieb geduldig. Es sprach etwas aus seinem Angesicht und aus seinem Verhalten, als zwinge er seine hohe Überlegenheit nieder und trachtete nach Bereitschaft ohne Herablassung. Nikodemus hörte: »Ich spreche zu dir von der Geburt eines neuen Menschen, nicht geboren allein aus Fleisch und Blut, sondern aus dem Geist, aus dem schöpferischen Willen Gottes zur Vollendung.«
Diese Aussage ließ sich begreifen. So waren es auch nicht die Worte selbst, dieser von einer unbestürmbaren Zuversicht getragene Ausspruch, der Nikodemus bewegte, sondern die plötzlich wie ein Lichtschein in ihn hereinbrechende Erkenntnis, daß hier nicht Worte oder Gedanken, nicht Vorstellungen noch Einsicht ihn erschütterten, sondern die Wahrheit, daß dieser von Gott als neuer Mensch Geborene vor ihm Erscheinung und Gestalt war. Er tastete, sich gewaltsam zur Ruhe zwingend, nach dem Anlaß und den Merkmalen solcher Vision. Sein Geist wankte, wie in die Regionen einer niemals erahnten Höhe der Offenbarung geris-

sen, und er umforschte alle Merkmale seiner Vernunft, die ihn in die Stete und Zuversicht seiner oft erprobten nüchternen Klarheit zurückzuführen vermöchten. Dabei umschauten und umprüften seine Augen die erreichbaren Gegenstände um ihn her, ohne den Mut zu finden, den Blick zu seinem Gegenüber zu erheben. Er redete sich unbewußt mit klanglosen Lippen vor, dies sei ein Tisch, dies ein Feuerbecken, dort stünden Becher mit Wein, hier flammten still und halbhell die Lampen über einer Ölpresse im Winkel des Raums.
Nun vernahm er ein ruhiges Wort, das ihn an sein hohes Amt in Israel erinnerte, es klang wie eine Trennung der beiderseitigen Aufgaben und zugleich wie ein Zuspruch, ja wie ein Freispruch, als sollte nichts für ihn geändert, nichts bestritten werden und als sei er ohne Einwand bestätigt und ohne Widerspruch gewürdigt. Nikodemus verwarf den letzten, mühsam errafften Vorsatz und mit ihm die Hoffnung, es möchte das Vernommene und Erlebte noch zum Gegenstand eines Gedankenaustausches erniedrigt werden, als sei schon solche Erwägung eine furchtbare Sünde. Er stand auf und verabschiedete sich.
Im Innenhof des Hauses fand er für kurz in die alte Wirklichkeit seines priesterlichen Berufs und seiner amtlichen Befugnis zurück, als Simon ihm die Tür des Hauses öffnete, aber er lächelte über diese Rückkehr in die Außenwelt wie über einen Irrtum und als sei er damit von Tat und Pflichten eines Mannes in den Bereich eines Knaben hinabgeglitten, der einen ernsthaft beschäftigten Mann zu spielen habe.
Draußen mußte er Diener und Wagen wohl fortgeschickt haben, denn er fand sich auf einem Gang durch enge fremde Gassen allein in der besternten Nacht wieder, die kühl und still war, und hörte seine Schritte.
Im langsamen Dahinwandern erinnerte er sich wie aus weiter Ferne her und ohne Leid beschämt, daß er sehr wohl auch die heimliche Hoffnung mit sich getragen hatte, es möchte ihm gelingen, Jesus davon zu überzeugen, daß jener auf abseitigen Wegen Verwirrung stifte, daß er sich angemaßt hatte, den Menschen ihre Sünden zu vergeben, und das Gesetz nicht recht verstünde

und auslegte. Diese Bedrängnis verlor sich wie alles, das seinen Sinn planlos bewegte, denn darüber strahlte ein Licht. Er rief sich an, den Namen dieses hellen Scheins zu finden, sagte aber nur vor sich hin, zitternd vor Freude: »Er ist mir wohlgesinnt.«
Und plötzlich war ihm, als noch die Wärme dieser frohen Gewißheit ihn durchströmte, als sei ihm das Wort widerfahren: »Dir sind deine Sünden vergeben.«
Dies Wort, das der Priesterschaft des Hochgelobten, wie einst auch ihm, als die satanische Ausgeburt einer Anmaßung und Überheblichkeit sondergleichen erschienen war, das mehr als alles andere dem Propheten aus Galiläa den glühenden Haß der Geweihten des Heiligtums eingetragen hatte, mit dem er in ihren Augen Gottes Allmacht und Vorrecht lästerte wie niemand und keiner vor ihm. Nun verwandelte das berührte Herz des Hohenpriesters das fluchwürdige Wort, hoch über Verbot und Gesetz hinaus, in das Glück einer ganz neuen, noch niemals empfundenen Liebesgewißheit, in nichts als das.
Er blieb an dem Ort stehen, dahin seine unbewachten Füße ihn in der Nacht getragen hatten, hielt sich mit stützend erhobener Hand an einer Mauerbrüstung fest und erkannte vor sich, wie ein Traumbild, den Palast des Herodes und davor die mondschimmernde Fläche des Platzes der Könige. Es war leer und ruhig umher, der Morgen konnte nicht mehr fern sein. Die Straßen zur Rechten und Linken seines Standorts zogen sich wie graue Schattenbuchten in niedrigen kantigen Wellen dahin, die die weißbeglänzten Häuserfronten bildeten. Sie führten ins Leere.
Nikodemus wünschte sich, verarmt an der Welt, der Schimmer in seiner Brust möchte zum hellen Schein anwachsen. Er rief alle Demut seines Herzens auf, die aufdämmernde Einsicht bis zur Klarheit zu beschwören. Ihm war, als betete er ohne Worte, als sei das Gebet der Durst der Seele, die sich zur Empfängnis neigte, damit ein höherer Wille, ewig am Werk wie eine Quelle, liebreich an ihr geschehe.
»Du hast einst und damals, als ich dich mit Widerspruch und Sorge in den Straßen und Synagogen anhörte, nicht von einem Heiligen Geist gesprochen«, sagte Nikodemus in die Nacht hin-

ein,»sondern du hast den Geist heilig gesprochen. Es ist dir die geheimnisvolle Kraft, die über Gedanken und Vernunft hinaus deine Einheit mit Gott bewahrt, der dich bei deinem Namen gerufen hat. Du siehst in der Sünde nicht Vergehen gegen menschliche Vorschriften oder Gesetze, sondern die Abkehr der Seele vom Geist, um eines vergänglichen Vorteils willen. Was bei uns Menschen noch an Tun und Verhalten darüber hinaus bleibt, an Fluch oder Segen unserer Natur, ist dir wesenlos, du siehst es nicht. Du erschaust nur den auf das Licht gerichteten Herzblick, und wenn du den Sehnsüchtigen, die solche Helligkeit lieben, ihre Sünden leicht und rasch vergibst, so geschieht es, damit ihr Aufblick ins Licht nicht durch die Last getrübt werde, die auf allen Seelen liegt, die noch das Tal der Welt durchwandern, den irdischen Weg.«

Achtes Kapitel

Nikodemus und Dositos

Dositos war überrascht, als sich am andern Tage um die achte Stunde der Hohepriester Nikodemus bei ihm melden ließ. Der Besuch erfolgte im Landhaus des Griechen, das außerhalb der Stadtmauern im Südosten vor der Stadt in den Palmenhainen gelegen war, die das Tal des Kidron säumten. Der Wagen des Hohenpriesters hatte die Akra, die untere Stadt, durchquert und sie nahe beim Teich Siloah durch das Brunnentor verlassen.
Rodeh meldete dem Hausherrn die Ankunft des Besuchers, da der Türhüter abwesend war. Sie empfing den Gast mit der Unbefangenheit und Anmut, die ihrer Natur eignete und deren Liebreiz ihn zugleich entzückte und beunruhigte.
Die freie und schöne Art, in der die vornehmen und reichen Griechen in Judäa und Samaria nach den Gewohnheiten ihres Vaterlandes lebten und die Sitten und Gebräuche ihrer alten hohen Kultur wahrten, war im allgemeinen der jüdischen Geistlichkeit ein Ärgernis. So erweckte es den Anschein, als bedrängten den

Würdenträger bei seinem Vorhaben Zweifel und Besorgnis, jedoch wurde zugleich deutlich, daß der innere Antrieb zu solchem Besuch zu stark und ihm zu wichtig war, als daß er ernstlich hätte zögern oder seinen Entschluß ändern können. Es beschwichtigte ihn, daß die junge und schöne Syrerin den Raum sogleich wieder verließ, nachdem er ihn betreten hatte, eine kleine Herrin und zugleich eine dienende Seele.

Er sah sich um und staunte über die unauffällige Pracht der Einrichtung, nur die heidnischen Götterbilder aus Marmor schreckten ihn; jedwede Darstellung der Gottheit in Abbild oder Standbild war den Juden ein Greuel. Es schimmerte gelblich-nackt im gedämpften Licht der Winkel, von außen drang ein sanfter Wasserklang durch die weitgeöffnete Tür, durch welche die Pflanzen und Blumen des Gartens hereindufteten.

Nikodemus atmete schwer und ließ sich wartend auf einen Sessel nieder, dicht an der Tür, nahe den Stufen, die niederführten. Der Marmor der Schwelle hauchte kühl und stillend. Ja, ja es war recht und richtig gewesen, Dositos aufzusuchen; wieviel galten die geringen Widerstände, die von der Außenwelt solcher Lebensformen ihn angingen, angesichts seiner unumstößlichen Gewißheit, daß dieser Grieche ein tiefberührter, kluger und edler Mensch sei, dessen Feuer des Geistes und dessen Liebe zu allem Schönen Gewähr boten, daß in ihm, weit über Gesetz und Verbot hinaus, eine starke und mächtige Menschenseele angerufen wurde. Nikodemus litt am schmerzlichsten unter der dunklen Verwirrung, die ihn nach ruhelosen Tagen in dieses Haus getrieben hatte, ein Ruf aus der Tiefe, den er bisher nicht zu ergründen vermocht hatte. Sein Willensentschluß, die Forderung seines aufgerufenen Gewissens höher zu stellen als die Gewalttat des Gesetzes, hatte sich zuerst nach einem Wort des Meisters aus Galiläa angekündigt. Es hatte gelautet: »Ich bin nicht gekommen, Frieden zu bringen, sondern die Entscheidung.« Anfänglich war es ihm erschienen, als bedeute diese Entscheidung das entblößte Schwert, den Krieg oder die Revolte gegen die bestehende Macht, aber langsam ging ihm der Sinn dafür auf, was die gemeinte Entscheidung in Wahrheit bedeutete.

Der Meister sprach damals zu einer gedrängten Volksgruppe, die ihn umstand, und die ruhige Art, wie er zu dieser Stunde seine Einsicht vortrug, wirkte um so beschwörender, als er seiner Zuhörerschaft keine Anteilnahme und ihrer Bereitschaft keinen Glauben entgegenbrachte. Er sprach bald wie über sie dahin, bald wie durch sie hindurch, und über seiner Erscheinung lag eine Traurigkeit von solcher Selbstvergessenheit, als wehte der Wind auf einer zu Leid und Verlorenheit gestimmten Harfe. Er sah so ermattet aus, daß das Erbarmen mit seiner Gestalt die Herzen aufriß, dieses Erbarmen ohne Mitleid, das die Seelen öffnete wie der Pflug das feuchte Ackerland für die Saat. Die Macht seiner Worte lag nicht im Pathos, sondern darin, daß sie die Unwiederbringlichkeit des von seiner Stimme durchhallten Augenblicks heraufbeschwor, ein nie erahntes Weltvergessen und den Gram eines unabwendbaren Abschieds.

Der Sinnende saß so still und versunken, daß er gewahr wurde, wie der Sonnenfleck am Boden auf seinen Fuß zu wanderte. Er empfand nicht, daß man ihn warten ließ; ihm war, als wartete er schon lange, lange im Seelenraum seines Daseins auf etwas über die Maßen Wichtiges und hätte nicht genug Zeit zum Warten, als wäre Warten Besinnung und kein anderes Harren einer Beachtung wert. »Die Entscheidung«, wiederholte er, nur mit den Lippen.

Aus einem fernen Winkel des Innenhofs klang Musik, gedämpft und offenbar von einem Saiteninstrument, das angeschlagen wurde. Nun fiel eine singende Stimme ein, frisch getragen, ein wenig gestoßen von den Anschlägen, bis ein helles Gelächter von Frauenstimmen dem Singsang ein jähes Ende bereitete. – Man nimmt meinen Besuch und meine Gegenwart nicht sonderlich wichtig, dachte er, und fast beruhigte ihn dies und ließ ihn aufatmen.

Da war, längst vor der letzten Nacht, deren Erleben ihn heute zu Dositos getrieben hatte, ein anderes dunkles Wort des Meisters in seiner Seele wach geblieben, das, je tiefer er es versenkte und es im Gedächtnis walten ließ, um so stärkere Bedeutung gewann. Man rief den Redner bei einer Feier, auf der er von den Dingen

seiner Geisteswelt sprach, zu einem Toten, der bestattet werden sollte, den er gekannt und geliebt haben mußte. Als man ihn bedrängte und den Gang seiner Gedanken und Worte störte, brachen mit seiner Weigerung die bösen Worte über seine Lippen: »Laßt die Toten ihre Toten begraben!«
Nikodemus erschrak damals über die Härte und Grausamkeit dieses mitleidlosen Ausspruchs; er legte ihn als der Ungeduld und der Lieblosigkeit entstammend aus, jedoch es waltete in diesem Wort eine Mahnung, eine entschlossene Trennung zwischen zwei Welten, bei denen es nicht um Trauer und Gräber ging, sondern um einen viel weiteren Bereich von Leben und Tod. So kraß, so endgültig, daß er die Trauernden der gegenwärtigen und zurückliegenden Zeit zu den Toten, zu den Gewesenen, den Absinkenden und Ausgeschlossenen rechnete. Klang das nicht ähnlich wie einst sein Wort beim Tode des Täufers, daß der Kleinste im neuen Reich mehr bedeute als der Größte im alten?
Er erschauerte. Diese Auffassung entsetzte ihn. Ein heftiger Widerspruch erhob sich, ein Entschluß zu Verneinung und Umkehr. Die Flucht aus der Welt dieses Propheten wäre ihm leicht geworden, wenn er ihn nicht geliebt hätte. –
Das Erscheinen des Hausherrn riß ihn aus seinem inneren Zwiespalt und versetzte ihn jählings in die starke und heitere Wirklichkeit des waltenden Tags zurück. Er erhob sich befreit und verwirrt und grüßte den Eintretenden herzlich und ehrerbietig, die Hand an der Stirn und sich tief verneigend.
Dositos veränderte Klang und Farbe der Stunde unmittelbar; alles trat hinter seiner stolzen, aufrechten Erscheinung voll blühender Kraft und männlicher Schönheit zurück, die Welt lichtete sich auf, und die Gespenster und Geister der Tiefe wichen. Seine Kleidung trug zur unmittelbaren Wirkung der Körperlichkeit bei, er trug einen altmodischen, ärmellosen Chiton, dessen rotfarbiger Stoff, kunstvoll geworfen, unter der einen Achsel durchgezogen war, die eine Schulter freiließ und die andere deckte. Der kurze weiße Rock, der nur bis an die Knie reichte, war an den Säumen reich bestickt. Nichts an dieser Tracht hinderte die freie Bewegung des Körpers, er trug weder Beinkleid noch Schuhe.

Der Hausherr verstand es auf gute Art, seinem Gast, dessen innere Bewegtheit er sofort spürte, den Beginn der Unterhaltung und das Ungewöhnliche seines Besuches zu erleichtern und ins Selbstverständliche und Willkommene zu verkehren. Er kannte ihn von einem Fest des Antipas in Sepphoris her, wo der Tetrarch residierte, und tat nun, als habe er den Besuch erwartet. Seine Worte der Entschuldigung, die er vorbrachte, weil er nicht gleich zur Stelle gewesen war, klangen vertraulich und fröhlich auf, er kam ins Berichten über die Sorgen eines Hausbesitzers, dem sein Garten lieb ist. Es wäre nicht ganz leicht, in der Nachbarschaft der königlichen Haine als Pfleger seines Grund und Bodens eine gute Figur zu machen.
»Ich hoffe, du hast mich nicht in meiner Wohnung in der unteren Stadt gesucht.«
»Du empfängst mich mit viel Freundlichkeit«, antwortete der Hohepriester, »und dennoch muß ich dir Sorgen machen, denn mich führt ein Anliegen zu dir, das mir das Herz beschwert. Es beschämt mich, daß ich deine Hilfe in einer Sache angehen muß, deren Regelung im Machtbereich meines eigenen Wirkens liegen sollte und die dich vielleicht wenig bekümmern und recht in Erstaunen setzen wird.«
»Sprich freimütig, mein Vater, ich stehe dir mit allem zu Gebote, das dir zu dienen geeignet ist.«
»Ich weiß, daß du den Galiläer Jesus kennst und daß du ihm und seiner Lehre mit Achtung und Teilnahme begegnest.«
»Ich bewundere ihn sehr.«
Der Ausdruck in Dositos' Angesicht und Haltung wechselte mit dieser Frage und Antwort unmittelbar. Das Gewandte und Höfliche wichen einem Ernst und einer Zurückhaltung, die Nikodemus beruhigten und ermutigten. Er lächelte ausgleichend, wider Willen, und sagte weniger besorgt als zuvor: »Ich komme mir vor wie ein Verräter an der Gemeinsamkeit der Priesterschaft, welcher ich angehöre und die dem Meister feindlich gesinnt ist. So vertraue ich in dir dem Weitblick und der Einsicht eines edlen Mannes, von dem ich erhoffe, daß er seinen Gast besser zu verstehen vermag als er sich selbst.«

Dositos lehnte den Aufwand von Worten und Höflichkeit mit einer kurzen Bewegung der Schulter ab, als würfe er ihn fort. Er entgegnete sachlich: »Er ist in Gefahr, und du bist ihm wohlgesinnt. Welche Erwartungen führen dich mit deiner Besorgnis zu mir?«

»Der Priester Archiap ist bei mir gewesen und hat mir von der Unterredung erzählt, die ihr nach jener Wundertat hattet, die der Meister an der Tochter des Jairus vollbracht hat.«

»Da wirst du das Rechte kaum erfahren haben.«

»Er hinterbrachte mir deine Worte, bestürzt und verwundet, so gut er sie im Gedächtnis bewahrte. Ich gestehe, daß er im gleichen Maße gekränkt wie erschüttert war.«

»Das müßte für dich ein Grund sein, meine Gesellschaft zu meiden. Ich war betrunken.«

Nikodemus legte beide Hände auf die Lehne des Sessels und warf sich zurück.

Dositos lachte auf und erhob sich. »Beruhige dich. Ich sage dir das, um dir verständlich zu machen, daß ich mit diesem Menschen überhaupt gesprochen habe, weil ich erregt und aufgewühlt war, meiner selbst nicht mächtig und zwischen Olymp und Hades jämmerlich eingeklemmt. Dieser Galiläer macht mir gewaltig zu schaffen.«

»Widerrufst du, was du dem Priester Archiap gesagt hast?« fragte der Hohepriester mit zitternden Lippen.

Dositos ließ sich wieder ruhig auf seinen Sessel nieder und meinte, den Zustand seines Gastes gewahrend: »Es hat wenig Sinn, mein Vater, daß wir miteinander über diesen Mann reden. Du siehst ihn von der Hochburg eurer jüdischen Religionsgesetze aus und empfindest darüber vielleicht gar Mitleid mit seinen vermeintlichen Irrtümern und seiner ausgesetzten Person. Ich sehe ihn von den dunklen Stätten der Verdammnis aus, von denen ein Heide oder Sünder, wie ihr es nennt, auf die Wohltat und das Licht eines reinen Herzens starrt. Ich mißachte oder verkenne vielleicht die Berechtigung deines Widerspruchs; was geht er mich an. Du kannst meinen Standpunkt nicht einnehmen, denn dein Gesetz kennt die Freiheit nicht.«

Nikodemus neigte den Kopf und schloß die Augen. Es bestürmte ihn zuviel auf einmal, und er vermochte die brutale Offenheit nicht mit dem zu vereinen, was ihm bei Dositos an Anstand, Wärme und Klugheit begegnet war. Was ihn aber am tiefsten erschütterte, war die Gewißheit, daß aus den letzten Worten seines Gegenübers die Gedankenwelt des Meisters von Galiläa sprach. Da standen wieder das Gesetz und die Freiheit einander unaussöhnbar gegenüber. Unzweifelhaft, das war Geist von seinem Geist, das war Bekenntnis zum Meister.
Es entsank ihm das Bewußtsein für den Gang des Gesprächs und wie er es hatte führen wollen. Aus der Tiefe her drängte es ihn auf ein weit höheres Ziel, nach Aufschlüssen, die er zu seinem Erstaunen trotz aller Abwehr gerade von Dositos erwartete.
Mit der ganzen Strenge seiner Not hob er den Blick zu seinem Gegenüber, als er vorbrachte: »Wende dich innerlich nicht von mir ab, Dositos, ich bitte dich sehr, und laß mich nicht büßen, was uns trennt, sondern sei mir freundlich gesinnt in dem, was uns verbindet. Laß es dir aus deiner Freiheit heraus leicht werden, und sieh nicht als Fessel an, was mich dem Herkommen vereint, dessen Sinn und Sinnbild nicht leicht für einen Andersgläubigen zu erkennen sind. Über beidem steht etwas anderes und ganz Neues; du hast dem Priester Archiap ein Bild des Meisters entworfen, das mich gewaltig ergriffen hat, von dessen Bedeutung ich mich nicht mehr zu lösen weiß. Er sei ein aus Gott geborener, ganz neuer Mensch, der Menschensohn und zugleich Gottes Geschöpf, und mit ihm bräche, über die Gezeiten der Erde dahin, eine neue Ära der Menschheit an. In ihm erneure sich Gottes Offenbarungswille seiner selbst, zu einer letzten großen Schöpfungstat, mit ihm seien die Zeiten des alten Adam und seines Geschlechtes für immer dahingesunken und durch ihn und seine Nachkommenschaft im Geist erwüchse einst das Reich.
Es glauben auch bei uns viele, er sei der Messias, der sein Volk erlösen und befreien könnte. Die einen nehmen es in einem vergänglich irdischen Sinn von Macht und Herrschaft über unsere Widersacher und erhoffen durch ihn die Wiederkunft von König Salomos Herrlichkeit. Andere wieder vermuten und glauben,

sein Aufruf meine das Reich der Seele, das sich im Jenseits erfülle. Keiner aber von allen deutet den Zeichen- und Wundertäter, wie du es getan hast, daß mit ihm eine neue Menschheit im Leib und im Geist die Erde bis zu ferner, ferner Zeit der letzten Erfüllung bevölkern werde. Daß in ihm, und allen in seiner Wesenskraft Kommenden, der alte Mensch und Adam dahinstürbe, lange noch irdisch als leidender Träger der langsam durch die Jahrtausende emporblühenden Menschheit, deren letzte Kinder die Menschen des Gottesreichs auf Erden sein werden. Ich weiß, daß ich mich unbeholfen erkläre und meine Worte ungeschickt wähle, aber sage mir, ich bitte dich, hast du so gesprochen, und glaubst du, was du gesagt hast?«
»Ja«, antwortete Dositos klar und einfach. Er schien nicht willens zu sein, das Angedeutete näher zu erklären oder auch nur das Gespräch fortzuführen.
Als aber Nikodemus sich nun erhob, traurig vor Ergriffenheit, und lauter und einfach in Wort und Gebärde anhub zu reden, sank von seinem Partner der Mantel der Abwehr, er sprang auf und starrte Nikodemus an, als er vernahm: »Was du da gesagt hast, Dositos, ist die Wahrheit! Ich habe, was du behauptest, so und nicht anders aus dem Munde des Meisters vernommen, denn ich war bei ihm.«
»Du warst bei ihm? Wahrhaftig? Was hat er gesagt? Wiederhole es mir genau und deutlich. Sprich getrost in der Sprache der Syrer, ich verstehe aramäisch, aber sage es mir auch auf griechisch, so gut du kannst.«
Nikodemus antwortete schwer, langsam und mühevoll: »Er sagte, nur wenn von neuem ein Mensch geboren werde, könne das Reich Gottes auf Erden kommen.«
Es blieb eine Weile zwischen ihnen still. Dositos stand mitten im Raum und sah regungslos zu Boden. Er rührte sich auch nicht, als er nun die Stimme des Hohenpriesters wieder vernahm: »Ich begreife nicht, wie es geschehen soll oder geschehen ist, Sinne und Herz zaudern vor dem unfaßbaren Wunder, und ich mißtraue meiner Vernunft, die mich zugleich führt und narrt. Laß mich von dir erfahren, auf welche Art du zu solch geheimnisvoller Ein-

sicht und zu deiner kühnen Gewißheit gekommen bist. Sieh mich ratlos. Du hast den Meister verstanden und sein Wesen erkannt, bevor er selbst dieses sein Bekenntnis ausgesprochen hat.«
Dositos erwiderte nichts und durchwanderte das Gemach mit gerunzelter Stirn. Darunter lächelte er abwegig. Nikodemus, der ihn angstvoll und aufmerksam beobachtete, begierig, schon in den Zügen des Gefragten ein Vorspiel der erhofften Antwort zu finden, kränkte sich und verzagte. Ihm wurde dieser Mensch mehr und mehr zu einem unlösbaren Rätsel, dessen dunkler Sinn aus einer unvertrauten Gegend seines Charakters Nahrung gewann, der ihn im gleichen Maße Gefahr wie ungewöhnlichen Weitblick und hohe Güte ahnen ließ. Das schroffe Bekenntnis von vorhin wollte ihm darüber nicht aus dem Sinn, das brutale Eingeständnis über Verdammnis und Sündertum, das alles andere als demütig geklungen hatte. Er liebte die Griechen nicht, sowenig wie die Griechen die Juden. Das Land tobte in einem Rang- und Widerstreit zwischen diesen beiden Völkern, und nur Roms Hand verhinderte den Ausbruch offener Kampfesflammen. Und nun sollte es ein Grieche sein, und noch dazu dieser hochmütige Wissende, von heidnischen Mysterien her Beratene, vor dem er sich demütigte? Aber galt es denn noch den Bestand des eigenen Selbst und seiner Würde? Er bereute, gekommen zu sein, und wußte doch, daß er nicht davongehen würde.
Er ermannte sich und begann von neuem: »Er tut Zeichen und Wunder, die uns erweisen, daß Gott mit ihm ist; er beruft sich auf die Schrift und Propheten unserer Religion; er hält die Gesetze, und die Wahrhaftigen unter uns finden keine Verfehlung an ihm, die ihn des Gerichts schuldig macht, aber er vergibt den Menschen ihre Sünden und behauptet, daß er von Gott gekommen sei und daß, wer ihn sähe, die Tat des ewigen Vaters erblicke.«
»Du meinst doch wohl nicht euren Gott, Jahve, oder glaubst du das wirklich?«
»Wie sollten wir es anders verstehen?«
»Ihr könnt es nicht anders verstehen und werdet es nie anders verstehen. Ich möchte schon wissen, wie jemand, der euren Gott kennt und zugleich diesen Menschen, auch nur den kleinsten

Schatten einer Gemeinschaft oder auch nur Ähnlichkeit zwischen ihnen festzustellen vermöchte. Laß mich in Frieden, mein Vater, für euch und euren Glauben ist dies kein Messias, kein Christos oder Befreier und am wenigsten der Menschensohn aus Gott. Ich für mein Teil schaue ohne eure Vorlehre auf ihn, und ich nehme an, daß ich es gelassen und freien Sinnes tue, wie ich auch auf euch schaue. Ich kann mir nicht erdenken, was eurer Wesenheit, eurer Überzeugung und eurer Beschaffenheit entgegengesetzter wäre als die leidenschaftlichen und einfältigen Herzensausbrüche dieses Menschen.«

»Viele unseres Volkes hängen ihm an...«

»Mag sein. Seine Wundertaten haben die Menge überzeugt, aber sein Wesen ist ihr ganz fremd. Nicht einmal seine nächsten Freunde und Gefährten verstehen ihn, sie verehren, fürchten oder bewundern ihn, auch mögen sie ihn lieben, aber verstehen tun sie ihn nicht. Nicht einer unter ihnen. Und wenn morgen eure Priesterschaft Hand an ihn legt und ihn überantworten wird – und sie wird es tun –, so werden sie ihn alle verlassen, alle.«

»Das ist unmöglich!«

»Das sagten auch die Besten meines Volkes, bevor Sokrates der Giftbecher gereicht wurde und er ihn ruhig trank. Unmöglich? O nein, das ist vielmehr das große Gesetz über eurem kleinen. Errege dich nicht. Ich kann dir nicht einmal erklären, was du von mir erwiesen zu sehen wünscht, auch mein bester Wille vermöchte es nicht, denn du bist anders als ich. Wenn du nur eines von diesem Unantastbaren verstanden hättest, daß er den Glauben von der Beschaffenheit eines Menschen abhängig macht und nicht von seiner Absicht oder Belehrtheit, so hätten wir vielleicht einen Fürsprecher zum Verständnis. Ihr macht eure Seligkeit von der Erfüllung der Gesetze abhängig, aber er setzt die Seligkeit als von Gott gegeben voraus, um das Gesetz erfüllen zu können. Nicht euer Gesetz oder ein anderes von Menschensatzung, sondern das von Gott Gesetzte zur Erfüllung seiner ewigen Pläne. Was ich hier mit eurem Wort Seligkeit benenne, das ist die innere Freiheit, das ist das Recht und die Tat eines reinen Herzens. Liebe erblüht auf keinem anderen Grund. Der Rest ist Asche.«

Nikodemus brachte zögernd vor, als wäre er mit seinen Gedanken immer noch beim Beginn des Gesprächs:
»Wenn ich dich recht verstanden habe, so gibt es in deiner Vorstellung einen Gott hoch über allen Göttern der Völker und Geschlechter?«
In Dositos' Gesicht flackerte es unwillig auf, als er antwortete: »Aber siehst du denn nicht, was für kurzlebige Burschen diese Götter der Erde sind?! Sie sinken mit ihrem Anhang ins Weltengrab, fast möchte ich sagen mit ihren Völkern und Staatsgebilden. Wo sind die Götter der Assyrer und Babylonier, wo die der Perser oder Ägypter, ja selbst die der Griechen? Rom hat uns die lichte Last von den Schultern genommen und walzt die Heroengestalten in platte Materie um, unsere Götter sterben in Rom. Was aller Völker Götter bedeutet haben oder worauf sie hindeuten, soll dagegen heiliggesprochen sein, denn sie bedeuteten immer und immer wieder Gott, aber sie selbst sind vergangen wie die Geschlechter ihrer Anbeter. Auch eure Zeit ist herum, mein Hoherpriester des ›einzigen‹ Gottes. An diesem letzten Menschen der alten Welt, an diesem ersten Sohne Gottes der neuen Menschheit, an diesem Galiläer sterben die Götter der Erde. Es wird keine mehr geben, es sei denn im Glanz und Schutt der Erinnerungen. – Doch genug, ich bemühe dich über Gebühr und sage längst mehr, als ich möchte. Laß uns hier enden.«
»Nein«, entgegnete Nikodemus ohne Nachdruck. Er sagte es kaum seinem Partner, er sagte es sehnsüchtig in die Welt hinaus, er wußte nicht, daß er dies Wort vorbrachte, und dieser sein Zustand überwand seinen Gastgeber nicht nur zu einem fragenden Lächeln, sondern zu erneuter Bereitschaft; so hörte er mit Anteilnahme zu, als Nikodemus fortfuhr zu forschen: »So meinst du, es hätte die unbekannte Gottheit über allen Göttern, die Schöpfungskraft über der Welt – wie soll ich sie benennen? – wahrhaft einen neuen Menschen erschaffen? Sein Wesen und seine Art wären ein neuer Beginn und alles Vergangene nur ein Ende? So würde sein Geschlecht einst, über die Welt verbreitet, die neue Menschheit hervorbringen und darstellen?«
»Mein Vater, du quälst dich. Dieser Jesus ist niemals in Gemein-

schaft mit einem Weibe gesehen worden, und er wird niemals eines Weibes Mann sein.«

»Und so meinst du, wir sollten seine Lehre anerkennen?«

Dositos lachte wieder sein kurzes, dunkles Lachen. »Ihr werdet niemals eine Heilslehre annehmen, ihr, wie alle Priesterschaften der Erde, die euch nicht zugleich die Macht über die Menschen sichert. Versucht das nicht mit seiner Lehre, wie du sein Wort und Wesen nennst.« Und ruhiger fuhr er fort: »Man kann diese Lehre, wenn du seine Aussprüche so nennen willst, nicht befolgen, sondern nur das Licht und der Wert ihres Daseins werden erfolgen. Niemand kann das mit Willkür wollen, was dieser Mensch ist. Wohl aber kann ein Mensch sein wie er, wenn ihm solche Wesenhaftigkeit von Anfang her von seinem Schöpfer gegeben worden ist, und sei es nicht mehr von ihr, als ein Tropfen im Meer ist. Er hat einmal gesagt, daß nur dem gegeben werden könnte, der schon habe. Mir ist deutlich geworden, wovon er sprach. Ihr dagegen werdet in euren Bemühungen fortfahren, Feigen von den Disteln zu ernten oder eurer Länge eine Elle zuzusetzen.«

»Du irrst, Dositos. Der Meister belehrt das Volk und will, daß man seine Lehre befolgt.«

»Es mag sein, daß er auch im Geringen dem Verständnis und dem Verlangen der Verarmten und Bedrückten entgegenkommt, und daß er sich ihrer Vorstellungswelt mit belehrendem Rat zuneigt. Was aber hat das mit dem Wesenskern seines Daseins zu tun? Wenig; nur in euren Augen viel. Ihr setzt seine Weisheit überall dort herab, wo ihr sie an euren Geboten und an eurem Gesetz meßt. – Und was willst du denn wissen von allem, was er wirklich gesagt hat, und wie willst du seinen Worten untereinander, ihrem Rang nach, Bedeutung verleihen, Worten, die heute durch diesen Mund und morgen durch jenes Maul auf der Tiefebene der Voreingenommenheit und Beschränktheit weitergeschleppt und entstellt werden? Was willst du mit ihnen anfangen angesichts des Feuers, das, vielleicht ihm selbst unbewußt, aus den Lichtabgründen seiner Wesenstiefe flammt und das die Gestaltwerdung der Sehnsucht ist, die alle Völker unserer Zeit und

ihrer Religionen bewegt? Die Verwirrung, die er anrichtet, entsteht nur in der Finsternis der geringen Geister der Tiefe, auf den Höhen dagegen leuchten die Gipfel der Berge in Klarheit. Ihr nennt ihn verworren, weil ihr die Gipfel nicht zu schauen vermögt. Ich habe schon Widersprüche selbst unter den Mitteilungen derer gefunden, die behaupten, diese Aussagen persönlich und gestern noch aus seinem Mund gehört zu haben. Welch eine zweifelhafte Spruchsammlung mag da entstehen!
Ich wiederhole es dir, und – beim Zeus, nur weil du fragst – ich schwige lieber: Ihr könnt niemals ein Verhalten anerkennen oder als Lehre übernehmen, das euch nicht zugleich die Macht über die Menschen sichert, und ihr werdet niemals erkennen, daß dieser mächtigste Mensch, den jemals die Erde getragen hat, dieser Geist, der die Dämonen bändigt, der die Kranken heilt und die Sterbenden zum Leben ruft – ich sage, ihr werdet niemals erkennen, daß dieser Mensch sich jeder irdischen Macht begibt, jeder Selbstherrlichkeit, ja seines ganzen Selbst. Sein irdisches Dasein ist wie ein Saatkorn der ältesten Menschheitssehnsucht, das in die Erde gelegt wird und darin vergeht und zerstirbt um der Blüte willen, die nun der Keim hervorbringen soll. Wie vermöchte ich dir solche Geburt und Wiedergeburt deutlich zu machen? Die ältesten Kulte der Religion meines Volkes bewahren noch die übernommenen Geheimnisse der menschlichen Urkräfte, die Eingeweihten sind die Hüter des Glaubens an den wiedergeborenen Gott. Euch ist der Traumzustand der Empfängnis versagt, der die verborgensten Blüten der Seele aufbrechen läßt und der ein schuldloses Bewußtsein der Urbewegung allen Werdens zum Erwachen bringen kann.«
Er besann sich, denn er fühlte, daß er die Erfahrungswelt des Priesters überboten hatte, und fuhr nach einer kleinen Pause des Zweifelns fort:
»So höre denn und verstehe. Ich will es dir erklären, so gut ich kann. Ich war auf dem Wege von Cäsaräa nach Tiberias, als ich hörte, daß der Meister am See Genezareth wirkte. So entschloß ich mich, ihn einmal wieder anzuhören. Er sprach dort eines Morgens zur Volksmenge, die ihn umringte. In Jerusalem läßt

man ihn ja nicht mehr ungestört zu Worte kommen und sucht ihn zu greifen.
Unter seinen Zuhörern sah ich einen römischen Soldaten, der auf den Volksauflauf hin herzugekommen war und dann, ein wenig abseits, auf die Worte lauschte. Offenbar war es ein Legionär der römischen Besatzung von Kapernaum; dort liegt eine Kohorte zur Überwachung der transjordanischen Grenze. Der Mann fiel mir durch die Ergriffenheit seines Gesichts auf: sein Mund stand ihm beim Zuhören ein wenig offen, der Ausdruck seiner Züge zeigte eine schmerzlich verlangende Andacht und Gier, er hatte die unbeherrschten Hände ein wenig erhoben, als wünschte er zu fassen und zu halten, was er da vernahm. Die ehrfürchtige Inbrunst seiner Begierde war ergreifend. Dieser Zustand einer Seele, so offenkundig dargetan, überwand mich, ich blickte mehr auf ihn als auf den Redner. Als der Meister geendet hatte und sich anschickte, ein Boot zu besteigen, um seinen Bedrängern zu entgehen, schaffte sich der römische Krieger gewaltsam Bahn durch die Volksmenge, brach bis zum Meister durch, warf sich vor ihm zu Boden und berührte mit der Stirn seine Knie. – Kannst du dir vorstellen, was das bedeutet, wenn das ein Römer angesichts des jüdischen oder galiläischen Pöbels tut?
Jesus richtete ihn sofort auf und lächelte ein wenig befangen. Ich habe seine Worte nicht verstanden. Er entließ den Kriegsmann mit einem Gruß, vielleicht mit einem Rat, jedenfalls freundlich. Du wirst dir denken können, daß der junge Römer mich gewaltig fesselte, und mich verlangte zu wissen, was an der Rede des Meisters ihn ergriffen und so tief überzeugt hatte. Ich ging ihm nach, und wir kamen in ein Gespräch, was leicht für mich zu erreichen war, weil ich seine Landessprache beherrsche – ich war lange in Rom. Weißt du, Nikodemus, was er mir antwortete? Er bekannte mir, daß er von der Rede des Propheten kein Wort verstanden habe, er kenne die Sprache der Juden nicht. – Sieh nun, in diesem Römer hat sich, von Gott erschaffen, ein erster Widerschein vom Wesen des kommenden Menschensohns geboren, unverweslich.«
Es blieb still nach dieser Erzählung des Griechen. Die schräg ein-

fallende Sonne warf Abendlicht auf die Blumenpracht des Gartens, und es wehte kühler durch die geöffnete Tür in den Raum. Der Hohepriester, der Dositos ansah, verstand unter dem Ausdruck dieses Angesichts vor sich das Gehörte in nie geahnter Tiefe. In ihm erhob sich eine rasche, vater- und mutterlose Liebe zu diesem Griechen.
Da sprang Dositos auf und klatschte in die Hände. Erschreckt und wie erwacht erhob sich auch Nikodemus.
»Es ist recht schlimm«, rief Dositos in überwindender Freundlichkeit und ehrlich über sich selbst entrüstet, »daß ich meinen so sehr geschätzten Gast so lange Zeit ohne eine Erfrischung und Stärkung habe darben lassen.«
Nikodemus wehrte mit einer aufbrechenden Geste und einem Wort der Entschuldigung wegen seines langen Verweilens ab, als der Vorhang leise aufklirrte und Rodeh aus seinem Geflimmer von Bronzeperlen und Seidenschnüren auftauchte. Sie brachte getrocknete Trauben auf einer Silberschale, persische Nüsse und das süße, schwere Gebäck ihrer Heimat, es duftete nach Nelken und Zimt, und der Wein in offenen Schalen glühte und hauchte seine schwermütige Sommerseele in die Sinne.
Sie blieb. Die durchsichtigen Schleier ihres Gewandes ließen das zarte, holde Kupfergold ihres Körpers durchschimmern. Ihr schwarzes Haar, das mit einem Goldreif an die Schläfen gelegt war, fiel im Gelock auf die Schultern, und im Gürtel, der durch eine Jaspisschnalle gehalten wurde, trug sie Mohnblumen. Ein wenig seitlich angefügt, wie verworfen, brannte das rote Feuer der Blüten am seligsprechenden zarten Wall der Hüfte.
Rodeh sprach niemals, ohne gefragt worden zu sein, aber sie antwortete klug, heiter und natürlich, und die Würde ihrer großen Schönheit wurde nicht dadurch beeinträchtigt, daß sie sie allerorts dem entzückten Auge liebreich gönnte.
Nikodemus geriet in einen Zustand der Seele, wie er ihn noch nicht an sich erfahren hatte. Vom dunklen, bedrohlichen Hintergrund seiner Sorge um Gottes ewiges Reich, von Qual und Mühe des zweiflerischen Kampfs um das letzte und höchste Lebensheil, um das er noch eben zuvor gerungen hatte, hob sich nun das lieb-

liche Bild des jungen Weibes so selig bewährt und von aller Freude der Erde bestätigt ab, daß er das Werk der Unterscheidung und Trennung nicht mehr vollbrachte.
Er versuchte auf die so mühevoll erlernte, so bitter errungene Art der Gedankentat den Ausgleich und die Ruhe des Herzens zurückzugewinnen, jedoch die Augen gingen ihm über.

Neuntes Kapitel
Rodeh

Barabbas, der Felskönig der Zeltlosen, wie sie ihn insgeheim nannten, erhob sich und verabschiedete sich von Dositos im Stadthaus des Griechen. Es war gegen Abend vor Einbruch der Dunkelheit. Dositos empfand mit leisem Unbehagen eine abwartende, fast lauernde Kühle im Verhalten des Gefährten, die ihm schon im Verlauf der vorangegangenen Verhandlungen aufgefallen war. Er ahnte ihren Grund aus inneren Stimmen der eigenen Unzufriedenheit mit sich selbst und begriff Barabbas' Besorgnisse ebensogut, wie er den Scharfblick und die Empfindungslist des scheinbar so groben und unschlächtigen Mannes immer wieder aufs neue bewunderte. Jedoch schien es ihm nicht angebracht, die heimlichen Gründe dieser sich ansagenden Entfremdung schon jetzt zur Sprache zu bringen.
Er wußte, was Barabbas und dessen Leute von ihm, Dositos, hielten und erwarteten; diese Hoffnung bestand in weit mehr und in Gewichtigerem, als er zu bedeuten und zu geben bereit war. Die Führerrolle, in die Barabbas ihn allmählich und beharrlich mehr und mehr gedrängt hatte, war ihm zuzeiten grimmig recht und böse willkommen gewesen, jedoch weit mehr aus politischen Gründen als aus solchen der Raublust oder Habgier. Aber Barabbas erwies sich als eigensinnig und zäh. Er liebte Dositos in einer fast knabenhaft schwärmerischen Verehrung, sah in ihm den Führer der Empörer und Unterdrückten, den zukünftigen

Herrn und Herrscher der freien Berge und sich selbst als seinen ersten Diener.

Das leicht verletzende Zögern des Griechen hatte Barabbas bisher angestachelt und gereizt, in seinem Drängen bekräftigt und in seinem Glauben bestärkt. Aber in der letzten Zeit bemerkte er in der Abgelenktheit des Bewunderten einen andersartigen Gleichmut, der Barabbas' Glauben vergiftete und seine Ergebenheit beeinträchtigte. Dositos war offenkundig durch etwas Neues beschäftigt und gefesselt. Barabbas empfand ihn als abgewandt.

Als er von anderer Seite her auf sein Forschen hin erfuhr, daß die Reden des Meisters von Galiläa bei der Abgelenktheit des Griechen eine gewichtige Rolle spielten, meinte er anfänglich, seinen Ohren und Sinnen nicht trauen zu dürfen. Aber er erlebte dann selbst, scharf auf der Wacht, daß es wirklich der Fall war. Barabbas verachtete nichts tiefer als das Straßengeschwätz der zahlreichen Gottesgesandten, die sich gegenseitig ihren Rang streitig machten und das Volk dazu verführten, einem fernen Gottreich mehr Teilnahme entgegenzubringen als einem gesättigten Erdenwandel.

Beim Abschied, schon im Hof des Hauses und mit dem Vorspann des Bauerngefährts beschäftigt, das ihn aus dem Stadtbereich bringen sollte, tastete Barabbas vor: »Vom Messias und Propheten Jesus aus Galiläa geht im Land das Gerücht um, daß er auf den Wassern des Sees Genezareth dahingewandelt sei wie über den Boden der Erde.«

Seine forschenden Blicke bohrten lauernd in den Zügen seines Herrn, um zu ergründen, wie diese Nachricht auf ihn wirkte. Er fand dort aber nichts, das seine Besorgnis bestätigte oder zerstreute. Erst nach einer Weile, als schon die Maultiere angeschirrt waren, warf Dositos mit dem feinen Anflug von Hohn, den Barabbas in gleichem Maße bei ihm fürchtete wie liebte, die Worte hin: »Wenn er uns sein Geheimnis verriete, so könnte man vielleicht Nutzen daraus ziehen.«

Barabbas ließ das Thema fallen. Es kam ihm so vor, als sei mit diesen Worten und ihrem Tonfall seine Berechtigung zur Anteilnahme abgeschnitten wie eine Schnur. Sie trennten sich, beide leicht beunruhigt und nicht mehr in der alten, frohen Sicherheit ihrer Kumpanenschaft.

Dositos brach bald danach gleichfalls auf, verstimmt und nachdenklich. Gerüchte von der Art des soeben Vernommenen erschienen ihm verhängnisvoll und gefährlich. Sie verschafften dem Galiläer vielleicht den Zulauf des urteilslosen Pöbels, riefen aber zugleich den Spott und Haß seiner Gegner auf den Plan.

Auf dem Heimweg, auf der Straße zu seinem Haus im Kidrontal, begegnete ihm eine Schafherde, die von den Hängen des Bergs der Ärgernisse niedergetrieben wurde. Er trat abseits, blieb stehen und ließ sie an sich vorüber. Die Tiere schritten in dem Staub, der sich um sie her erhob, wie in einer goldenen Wolke, denn die untergehende Sonne schien über die Zinnen von Jerusalem auf den Weg, den die Herde nahm. Aus dem sanft dahinziehenden roten Gewölk, wie aus wehenden zarten Schleiern, erhoben sich die Palmen, als ragten sie still und gefestigt, über allen Gang der Zeit hinaus, aus einem wogenden Meer. Die Bewegung des Staubs, der sich hinter ihnen auf das Kornfeld senkte, gab den hohen Bäumen, die in weiten Abständen voneinander wuchsen, eine großartige Feierlichkeit, als sei der goldene Staub Weihrauch zu Ehren ihrer schönen, festlichen Gestalten. Das Getrappel der vielen Tiere trommelte sanft. Der Geruch der Herde wehte in alle Sinne, und das Blöken der Lämmer füllte den Abend, der langsam niedersank und das dahinziehende Bild in seinem Schatten barg.

Die Verstimmung, die dem Griechen von der Begegnung mit Barabbas zurückgeblieben war, schwand dahin, und der Weiterschreitende lächelte vor sich nieder, als hätten sich die Werte der Welt zu seinen Gunsten verschoben. Die Schönheit, die Sanftmut und die Wildheit, Segen und Fluch, Grelle und Finsternis dieses Landes, in dem er lebte, erschienen ihm groß und wunderreich. Wie oft hatte er nicht heimlich den Plan gefaßt, diese Gefilde dahinten zu lassen und in seine Heimat zurückzukehren; aber immer wieder bezauberte ihn die Großartigkeit und Fülle dieser östlichen Landschaften, Gleichmut, Torheit und Aberwitz ihrer bunt aus vielerlei Völkerschaften zusammengewürfelten Menschheit und die lauernden, verheißungsvollen Tieraugen der unergründbaren Fremde. Aus solchen Berückungen heraus begriff er die leidenschaftliche, hier sture, dort fanatische Anhänglichkeit der Menschen dieser Städte und Siedlungen an das Land, ihre Sitten und Unsitten, ihren Glanz und ihre Trauer. Er verstand die heilige Unordnung des furchtbaren Verfalls, der wie ein aufgepflügter Acker der Aussaat zu harren schien, und den Aufwand der religiösen Behauptungen dieser Menschen unter den Zerrgriffen des Todes am Rand des Abgrunds. Er begriff ihren Drang zu Aufreiz und Unruhe, die Ursprünge der Revolten und Kriege, die nicht enden wollten, ihre Sinnengier und Unstete, ihren Vernichtungswillen, der auch vor dem eigenen Leibesgut nicht haltmachte.

Darüber kam ihm aufs neue das Gerücht vom Wanderer auf den Wellen des Sees in den Sinn. Aber nun erschien es ihm unabhängig von allem törichten Gerede und von jeder Zuständigkeit und Richtigkeit, es erschien ihm als Bild. Die Kraft und Reinheit der Seele, die aus diesem Menschen sprachen, hoben ihn und die Kunde von seinem Triumph über die Gesetze der Natur hoch über den Wirrwarr der Wahnvorstellungen und Kämpfe der Welt. Dositos verwarf als lächerlich, auch nur einen Augenblick anzunehmen, daß dieses Begebnis tatsächlich stattgefunden haben könnte oder daß etwas Richtiges daran sein möchte, aber die Sage behauptete sich als weit mehr, sie rückte empor in das Geistesreich der Wahrheit.

Das Bild des Schreitenden auf den Wellen blieb vor seinem inneren Auge lebendig bestehen, sonderbar fern und einfach, klein und fast vergilbt wie alte Malereien an den Kalkwänden der Mauerruinen, oder wie von einem Kind erzählt. Es funkelte nicht und blendete nicht, es behauptete sich wie immer schon und immerdar; als sei das Wahre in wunderbarem Geheimnis an das Bild, an die Gestaltwerdung und an die Erinnerung gebunden, dagegen die Lüge von aller Erschaubarkeit verbannt und in das Nachtbereich der Vergessenheit verwiesen. –

Dositos war bei seinem Hause angelangt und umschritt das

verschlossene Tor und die Mauer im angrenzenden Haingelände, um vom Garten her auf sein Grundstück zu gelangen. Die vertraute Umgebung beruhigte ihn unmittelbar. Eine kleine Pforte ließ ihn ein, das Abendlicht lag freundlich auf dem weißen Haus und die Blumen leuchteten noch in ihren Farben. Als er durch den Innenhof seinen Arbeitsraum betrat, bot ihm eine Sklavin Wasser und ein Tuch für seine Hände dar. Er gab ihr keine Befehle über ihr Tun hinaus und blieb, ohne zu bemerken, daß sie den Raum lautlos wieder verließ, vor der ägyptischen Statue stehen, die zwischen seinem Arbeitstisch und der Tür zur Gartenterrasse Aufstellung gefunden hatte.
Die Gestalt hob sich gegen das letzte Abendlicht ab und bannte seinen Blick, ohne daß er sich dessen anfänglich bewußt wurde, denn er war noch in die Gedankenwelt verwirkt, die ihn so vielfach bewegt, auf dem Heimweg bedrängt und erhoben hatte. Die Statue war von halber menschlicher Lebensgröße und aus Sandstein gehauen. Man hatte sie gefunden, als der große Herodes die Trümmerfelder von Maresa räumen ließ, um diese alte Kulturstätte wieder zu befestigen. Der Hügel war nach der Sage schon von König Rehabeam bebaut und verschanzt und viel später von den Ptolomäern erobert worden. Die Makkabäer hatten die Stadt gegen die Syrer verteidigt, von denen sie endgültig zerstört worden war.
Dositos hatte das Kunstwerk von einem griechischen Händler in Jericho für ein paar Silberlinge erworben, der froh war, einen Abnehmer für das Götzenbild zu finden, wie es die Juden verächtlich nannten, und der es nur deshalb aufgehoben hatte, weil er die Hoffnung hegte, man möchte es am Hofe der Idumäer erwerben.
Es stellte eine schlanke Männergestalt dar, aufrecht stehend, wie aus dem Schritt, den sie tat, geboren und emporgewachsen, nur mit einem Lendenschurz bekleidet, der eng anlag. Die niederhängenden Arme fügten sich der Schrittbewegung der Oberschenkel an, so daß die Statue, gegen das Gesetz der Natur, geschlossen wirkte. Es zeigten sich noch Spuren der Bemalung, und der Gurt schimmerte golden. Die Erscheinung strömte das We-

sen der männlichen Tat in einem unerhörten Triumph edler Verhaltenheit aus, als sei ein Schritt, so frei und menschenherrlich, wie er hier geschah, der Auftakt der kreatürlichen Befangenheit zur göttlichen Freiheit. Die Würde dieser Selbstbeschränkung war von unnennbarem Adel, und die Stille über dem Tun des Schreitens lockte Neid und Gnade der Ewigen in die Region der Vergänglichen. Langsam schritt der Königliche in die Nacht, die ihn aufnahm, indem sie niedersank. Ihr Odem hob ihn ins Überwirkliche des Traums und entkleidete ihn zu seiner höchsten Offenbarung.
Dositos erschrak, als er einen leisen Anruf hinter sich vernahm, und als er Rodeh erkannte, schloß er sie rasch und fast überschwenglich in die Arme, so daß sie erstaunt und wie in hellsichtiger Sorge die Frage rief: »Wo bist du, mein lieber Herr, gewesen?«
»Weit von hier«, antwortete er fröhlich; »ich schritt mit dem Herrn aller Wege, der dort vor dir steht, über das Gewoge der Zeit dahin. Aber nun bin ich nahe bei dir. So ist es gut. Laß alle Lampen brennen. Ich will viel Licht, und bring mir zu essen und Wein. Du selbst sollst es tun. Ich will niemanden als dich sehen.«
Als der schöne und immer festliche Raum im Glanz der Lampen aufstrahlte, die Bildwerke und Teppiche an den Wänden, die Statuen in den Winkeln und Rodehs dunkle Augen in ihrem Liebesschimmer, versank ihm die Welt des Außen und der Wirren, und die Stätte der holden Liebesmühe ward ihm zum Mittelpunkt der herrlich lebendigen Welt.
Rodeh war, wie immer am Abend, wundervoll geschmückt. Gewand und Geschmeide fügten sich ihrem Körper an, als seien sie in seiner Anmut farbig aufgeblüht.
Als er vom Wein und ihr erwachte, sah er sie klar und heiter an; das war es, was sie bei ihm so über alle Maßen liebte, daß der Herzrausch des Bluts und der Trauben ihn nicht ermüdete noch erniedrigte, sondern seinen Geist und seine Seele weckte und befreite.
»Dich beschäftigt jetzt der Prophet aus Galiläa«, sagte Rodeh

nach einer Weile zaghaft, »du denkst viel über ihn nach und schreibst seine Aussprüche nieder.«
Sie fragte zögernd, jedoch voll echter und liebevoller Teilnahme, einfach deshalb, weil sie an seiner Seite bleiben wollte, auch auf diesen Wegen. Aber er erfuhr durch ihre Frage mehr über sich selbst, als er ihr und sich sogleich einzugestehen vermochte. Es wurde ihm nun deutlich, daß seine nähere und fernere Umgebung gewahrte, daß er sein Verhalten geändert hatte. Sein Unmut über Barabbas und dessen Worte erhoben sich wieder an ferner Grenze des Bewußtseins. So kam es, daß er nicht sogleich antwortete, sondern aufs neue heimlich ermaß, wie weit die Geistesmacht des Galiläers sein Leben bestimmte oder gar beherrschte und auf welche Weise dieser Einfluß ihn aus den Bereichen einer lebhaften Anteilnahme auf das Gebiet einer neuen Überzeugung geführt hatte. Rodehs Frage war wie eine Warnung.
Als er nun lächelnd den Blick hob und über sie hinsah und dann in ihre Augen, antwortete er, beinahe ohne zu überlegen, als spräche er etwas nach, was ihre Erscheinung ihm vorsagte: »Es hat nicht oft und leicht einer soviel Schönes und Gütiges ausgesprochen, das auch dich und deine Liebe rechtfertigt.«
Rodeh durchflutete eine Welle von Glück, denn ihr Herr erwähnte mit diesem Ausspruch zum ersten Male ihre Liebe mit ruhig bedachten Worten. Sie verbarg ihr Entzücken und antwortete so gelassen, als sie es vermochte: »Ist es so? Die Heiligen und Propheten in diesem Land und Volk sind uns nicht wohlgesinnt, und ich hatte Furcht, dieser Lehrer der Weisheit möchte dich irre an deiner Güte zu mir machen, so daß du nicht mehr so gnädig und erfreut wie einst auf mich niederschaust.«
»Wenn er mich etwas lehrt«, sagte Dositos lächelnd, aber in schönem Ernst, »so ist es vielleicht, daß ich jetzt nicht mehr auf dich niederschaue.«
»Nicht mehr auf mich ...?« stieß sie heiß erschrocken hervor, denn sie verstand nicht, was er meinte. »Ist eine andere dir lieber geworden als ich?«
»O nein«, entgegnete Dositos, ohne zu lächeln, »so waren meine

Worte nicht gemeint, sondern sie bedeuten, daß ich nicht mehr, wie zuerst, nur auf den Liebreiz deines Körpers schaue, sondern daß auch dein Herz und deine Liebe mir wertvoll geworden sind. Auf alles in der Welt kannst du niederschauen«, fügte er, kaum noch an sie gerichtet, hinzu, »wenn du hoch stehst, stark oder mächtig bist – aber nicht auf ein Herz.«

Rodeh erhob wach und belebt den klaren Blick: »Siehst du, der Prophet lehrt sonderbare und gefährliche Dinge.«

Sie sprach jetzt ruhig und nicht mehr in Angst, sondern nur ihrer Kühnheit wegen besorgt. Sie empfand, daß ihr Herr ihr nach wie vor wohlgesinnt war. Sie ließ sich in einer hold anschmiegenden Geste zu seinen Füßen an der Lagerstatt nieder und legte ihre Wange an sein Knie.

»Dein Prophet weiß es nicht«, sagte sie entschlossen und freien Sinns. »Meine Lippen und meine Glieder, alles, was deine Augen gern erblicken, tragen mein Herz und meine Seele; weshalb suchst du sie an anderer Stätte? Wenn ich den Göttern Opfer bringe, so gelten sie dir, und wenn die Unsterblichen mir zugeneigt sind, meinen sie dich. Die Propheten dagegen bringen Unfrieden, weil sie die Seele spalten.«

Dositos sah ergriffen auf. »Aber doch seid es zumeist ihr Mädchen und Frauen, die den Verkündern solcher Lehre anhängen und ihnen nachfolgen.«

»Sagte ein Weib das gleiche wie diese Gottgesandten«, antwortete Rodeh, »so würde kein anderes Weib sich auch nur danach umwenden. Was uns zu den Verkündern des Heils drängt, ist die Stimme des Mannes, und was auf sie lauscht, ist der schlafende Sohn in unserem Schoß und Blut. Warum zerschlagen die Propheten den Kreis, der allein strahlt? Kein Himmelreich jenseits der Erde, nicht die Inseln der Seligen am Ende des Meers und keine Belohnung in ihren Gefilden sind es wert, daß die selige Einheit des Bluts und der Seele hier, wo wir sind, ihnen geopfert werde.«

»Und wenn diese Einheit nun in dir selbst und ohne die Mahner zur Einkehr zerbrochen ist?«

»Dagegen gibt es den Tod«, entgegnete Rodeh zuversichtlich,

»und dafür ist er da. Deshalb verehren ihn die Jugend, die Liebenden und die Helden.«

»Du kommst von weit her«, antwortete Dositos leise in tiefem Besinnen, »und schaust weit zurück.«

»Was ich sage, klingt im ältesten Lied meines Volks. Ich hörte es, wenn ein Kind geboren worden war, und bei den Totenfesten. Es war das gleiche Lied, beim Erwachen wie beim Verscheiden. Die Männer singen es nicht, sondern die Mädchen und Frauen, und immer nur dann, wenn sie Mutter werden oder wenn sie ihre Männer und Knaben bestatten.«

»Kennst du das Lied, Rodeh? Sag es mir.«

»Es hat keinen Fortgang, keinen Schritt und keine Worte ...«

»Du weißt die Worte nicht mehr, so sag mir den Sinn.«

Rodeh versank auf diese Frage hin, als suchten ihre fern gerichteten Augen, die über ihn hinaussahen, nach Bildern. Sie sprach, als erzählte sie ein halbvergessenes Märchen oder einen Traum:

»Das Lied lautet, daß wir Mädchen und Frauen von Ewigkeit zu Ewigkeit in Leib und Seele in uns einig bleiben und immer gleich, ob groß oder klein, hoch oder niedrig, verachtet oder geehrt, in mancherlei Erscheinung. Das ist wie das Meer ... der Schritt des Windes und der Gang des Sturms erheben die Wellen zu ihrer Gestalt, unter dem Glanz der Gestirne, Tag wie Nacht. Der Herr aller Wege, der ewige Geist, schreitet im wehenden Wind über die Wellen. Wenn sich die Wellen emporheben, so strahlen sie das Licht wider, indem sie sich neigen, und immer ist ihr Aufstieg zugleich ihr Vergehen, niemals aber ihr Ende. Vergeht die eine, so geschieht es, damit die anderen erstehen. Empfängt eine die Gunst der Lichtgeburt, so empfangen es in ihr alle. Wenn nur eine zur Mutter der Helligkeit geworden ist, so sind es alle geworden, denn sie sind eins – als das Meer.«

»Und was ist das Meer?«

»Das sagt unser Lied nicht«, antwortete Rodeh, »aber es stellt an seinem Ende die gleiche Frage wie du: ›Wer kennt, o Heimat, das Meer?‹«

Zehntes Kapitel
Der alte und der neue Gott

Eine erneute Begegnung mit dem Führer der Aufständischen, mit Barabbas, dem Hauptmann der Zeltlosen und der Freien der Berge, beschäftigte Dositos in den kommenden Tagen oft im Zusammenhang mit Rodehs Wesen und Worten. Was Rodeh gesagt hatte, war sie selbst, und sie sagte nichts als nur das, was sie war. Darin glich sie in ihrer Beschaffenheit Barabbas, und Dositos erschien es bisweilen so, als seien beide warnende Gesandte aus den magischen Tiefengefilden seiner eigenen Seele, Teile seiner Natur und ihres ursprünglichen Rechts. Die Erzählung von dem Wanderer auf den Wogen des Sees Genezareth, noch Gerücht und schon Sage, fand den herzlich-schönen Aufschluß ihres Sinns in Rodehs Wellenmärchen vom Meer, wo auf den weißen Wogen, verkörpert als ein lebenzeugendes Element, der ewige Geist, so Wort wie Wind, seine geheimnisvolle Herrschaft als Gottheit entfaltete. Es stimmte ihn andächtig, wie wunderbar hier zwei Erlebnisse, wie aus den Gründen der Welttiefe, aus Vergangenheit, Gegenwart und Zukunft, auf ihn einströmten, um sich in seiner Seele zu treffen und zu vereinigen, wie oft schon zuvor bei inneren Geschehnissen. Es war, als ob sie, nach einem Willensgesetz der Götter, ihre Auferstehung und Gestaltwerdung in einer menschlichen Seele suchten und fanden.
Die Einheit von Wort, Sein und Tun, die diese beiden Menschen seines Lebens auszeichnete, beschäftigte ihn inbrünstig. Der Zwiespalt, der die berührte und gespaltene Seele der westlichen Geisteskultur und ihre religiösen Forderungen seit dem Aufstand der sokratischen und platonischen Ideen bewegte, ließ ihn nicht ruhen, und sein Herz schwankte zwischen alter Neigung und neuer Pflicht. Darüber beschlich ihn die Ahnung, als sei dieser Kampf der Geister, der sich im Zusammenstoß des östlichen Naturmythos mit der griechischen Seelenschau erhoben hatte, durch den Volkslehrer von Galiläa erneut entbrannt. Mächtiger und entscheidender als je zuvor und aus einer geheimnisvollen,

noch unergründbaren Zuversicht genährt, die dieser Verkünder, untrennbar von seiner Wesensbeschaffenheit, behauptete.

Nahm man die Worte und Aussprüche dieses Mannes logisch und suchte sie gedanklich zu ordnen oder zu festigen, so erhoben sich Widersprüche, die nicht miteinander zu versöhnen waren, ließ man aber die Fülle seines Wesens wie auch das Bild seiner Erscheinung als ein Ganzes auf sich wirken, so entstand eine Helligkeit, in der die Gegensätze in einer großartigen Einheit verschmolzen, die wunderbar aufleuchtete.

Am stärksten jedoch rüttelte Barabbas an den Pforten seiner Seele. Der Freiheitskampf dieses Mannes gegen die römischen Eroberer und Unterdrücker des Landes sowie auch gegen die anmaßende Herrschaft, die die jüdische Priesterschaft über Samaria und Galiläa ertrachtete, forderte seine Teilnahme mit Macht. Diese Länder und Völker waren ursprünglich der griechischen Kultur und Lebensform zugehörig gewesen, wie einst auch ganz Palästina und Transjordanien. Eine Rückkehr zu Griechenland bedeutete Dositos zugleich ein Fortschritt im Freiheitskampf Griechenlands gegen Rom. Jedoch seine Teilnahme an diesem Kampf würde bedingungslos seinen ganzen persönlichen Einsatz fordern, Barabbas hatte recht. Dieser wilde, ungefüge und entschlossene Mann kämpfte wie um des Kampfes willen und hoffte und erwartete nichts sehnsüchtiger als eine zielbewußte Führung, die ihn aus seiner dunklen Getriebenheit in rechte Bahnen der Einsicht und damit des Erfolgs führen könnte.

Wenn ich mich endgültig dazu entschlösse, dieser Aufgabe und diesem Ruf zu folgen, dachte Dositos, so würde mir vielleicht durch eine entscheidende Tat die Einheit in mir selbst zurückgegeben, die ich verloren habe und bei den Freunden meines Lebens bewundere und um die ich sie beneide. –

Und doch war ihm deutlich geworden, daß der nur tätige Mensch nicht zur Vollendung gelangen konnte, wenn der Geist ihn einmal berührt hatte. Es wollte ihm das Gleichnis nicht aus dem Sinn, das der galiläische Volkslehrer gewählt hatte, jenes kühne Wort von den Blumen und Vögeln, die nicht säen und nicht ernten, und die ein väterlicher Weltenwille, ein Gott über

allem Sein und Tun, doch zu ihrem natürlichen Recht kommen ließ. Bild und Gedanke blieben ihm beharrlich im Gemüt haften und taten geheimnisvolle Wirkung. Dachte er aber über Sinn und Folge dieser Behauptung nach, so verwirrte sich ihm der Bereich der Tatsachen und Erscheinungen, die tätige Welt geriet ins Wanken, als wäre sie mit solcher Einstellung zugunsten einer schwärmerischen und fatalistischen Auffassung verneint und unheilig gesprochen worden. Jedoch der Raubvogel und die Lilie behaupteten sich wunderbar nebeneinander in seiner Herzenswelt, Barabbas und Rodeh. Sie taten, was sie waren, vom Leben wie zu sich selbst bestimmt, zur Tat ihres Wesens gesegnet, befreundet mit dem Tode, ohne Furcht.
Mitten in diese Tage seiner Erwägungen hinein und bevor er zu rechten Klarheiten gekommen war, erreichte ihn eine Botschaft vom römischen Prokurator Pontius Pilatus aus Cäsaräa am Meer, daß er sich bereitzuhalten habe, der Statthalter und Freund des Kaisers wünsche ihn in Jerusalem anzutreffen und vor sein Angesicht zu entbieten. Diese Nachricht bedeutete Dositos viel, und er rüstete sich für den befohlenen Empfang mit Fassung und Vorsicht. Der Wunsch des Landesherrn war für ihn im Hinblick auf seine eigenen politischen Pläne sowohl von Wichtigkeit, als er auch ein Zeichen des Mißtrauens bergen konnte. Es mochte sich ebensogut begeben, daß er gebraucht, wie auch, daß er verhört oder geprüft werden sollte. Es lagen mancherlei Anzeichen dafür vor, daß die Römer sich seiner nicht nur zu bedienen trachteten, sondern daß sie andererseits erfahren haben konnten, daß er zu den Unzufriedenen und Aufständischen des Landes Beziehungen unterhielt und daß ihr Argwohn geweckt worden war. Dositos fürchtete sich nicht, aber er zog die Möglichkeiten nachdenklich in Betracht und wappnete sich wachen Sinns für beide.
Er sandte Botschaft an Barabbas, auf dessen Hilfe er im Fall einer Bedrängnis mit Sicherheit rechnen konnte, denn dem Freunde würde sein offener Bruch mit Rom nur willkommen sein, da er den Zögernden endgültig in die Reihen und an die Spitze der Zeltlosen warf und den Entschluß zum Letzten und Entschei-

denden gewaltsam heraufbeschwor. Dositos selbst dagegen sah den Weg zum Erfolg vorläufig noch in einem hinhaltenden Paktieren mit den Machthabern Roms und den idumäischen Fürsten des Landes und versprach sich zur Stunde mehr von seinem persönlichen Einfluß im Mantel des Zutrauens als von einem offenen Kampf mit ihnen. Seiner Überzeugung nach war der Krieg Roms gegen die Juden unvermeidlich, aber ein Aufschub eher von Vorteil als von Nachteil für die Freien der Berge, die sich aus Rotten und Horden noch nicht zu geschlossenen Verbänden geeinigt hatten und ungenügend armiert waren.

Rom rechnete im Kampf gegen die Juden zwar mit dem Anhang der idumäischen Vierfürsten und ihren Söldnertruppen, fühlte sich aber nicht sicher. Es blieb zweifelhaft, ob sich Herodes Antipas in Judäa und der Vierfürst Philippus in Cäsaräa-Philippi nicht, wankelmütig wie sie sich gezeigt hatten, zuletzt doch der jüdischen Priesterschaft anschließen würden, um ihre Herrschaft unabhängig von Rom zu sichern. Gelang es ihm und Barabbas, die Freien der Berge, die sich vornehmlich aus Griechen und von den Juden einst Unterworfenen und Verbannten der Stammvölker Palästinas sowie aus entlaufenen Sklaven zusammenfügten, im entscheidenden Augenblick einzusetzen, so war es sehr wohl möglich, daß ihre Verbände den Ausschlag gaben und die Macht errangen. Eine solche Machtstellung, und wäre sie allein auf sich gestellt vor der Weltmacht Rom auch nur von kurzer Dauer gewesen, hätte wahrscheinlich Aufstände in Transjordanien, Syrien und Ägypten nach sich gezogen, in Ländern, in denen der griechische Kultur- und Handelseinfluß groß genug war, um weite Küstengebiete des Mittelmeers und Griechenlands selbst zur Erhebung zu entflammen. Er hütete sich bei seinen Plänen und Hoffnungen, Roms Kriegsmacht zu unterschätzen, aber es waren ihm zuverlässige Nachrichten zugegangen, daß die Legionen des Kaisers Tiberius in den Nord- und Westgebieten des gewaltigen Imperiums in schweren Kämpfen lagen und daß dem Cäsar nichts dringlicher am Herzen lag, als jetzt die Ruhe an den Ostgrenzen des Reichs gewahrt zu wissen. Zudem hatten ihn Nachrichten über Aufstände und Straßenkämpfe in Alexandria

erreicht, und in Damaskus gärte es. Die Juden und Griechen lagen in blutigem Zwist um den Handelseinfluß und die politische Vorherrschaft in den Küstenstädten Palästinas, und das Raubwesen der arabischen Stämme nahm überhand. –
In diesen Tagen begab es sich weiterhin, daß ihm Thekoras, der Hauptmann der arabischen Wache am Hofe des Herodes Antipas, gemeldet wurde. Der gehaltene, schweigsame Mann grüßte ihn ernst und bat um Gehör im Auftrag der Prinzessin Salome. Dositos verbarg seinen heißen Schreck der Freude hinter einer kühl-abwartenden Miene. Es gelang ihm aber nicht ganz, die Einstellung zu wahren, die er für klug hielt, und er sah mit froher Genugtuung, daß der Abgesandte des fürstlichen Mädchens sich nicht täuschen ließ, sondern ihm seine Anteilnahme mit einem freien Lächeln der Aufmunterung erkennbar machte, das geradezu freundschaftlich wirkte, ohne die Grenzen des noch unerwiesenen Vertrauens zu überschreiten. Dositos nahm den kostbaren Dolch, den er im Gürtelgehänge trug, und reichte ihn dem Hauptmann mit einer Gebärde, die zwischen Schüchternheit und der Bitte um Nachsicht so liebevoll den Geber zum Beglückten machte, daß Thekoras die Hand auf die Brust an die Stelle des Herzens legte, bevor er das Geschenk annahm. Es war, als wollte er seiner Hand und der Gabe damit alles nehmen, was das Licht der Freundlichkeit in die niederen Bereiche einer Begierde nach vergänglichem Wert und Besitz hätte tragen können.
Es handelte sich darum, daß die Prinzessin Salome eine erneute Unterredung mit dem Griechen wünschte. Sie schlug den Abend des gleichen Tages und die Stunde nach Sonnenuntergang vor, und Dositos erbat ihren Besuch diesmal in seinem Landhaus im Kidrontal, ein Vorschlag, dem der Hauptmann bereitwillig zustimmte. Die Prinzessin sähe das Stadthaus als den Ort der Zusammenkunft, gleich ihm, nicht als geeignet an. Er möge es zudem nicht als Vorschrift auffassen, wenn die Erlauchte niemanden außer ihm zu sehen erwartete und von niemandem gesehen zu werden wünschte als nur von ihm.
Beim Abschied erwähnte Thekoras wie nebenhin das Gerücht von der geplanten Reise des Statthalters nach Jerusalem. Es war

offensichtlich, daß er Dositos diese Kunde für alle Fälle übermitteln wollte, obgleich er es so hinstellte, als müßte sie dem Griechen schon zugekommen sein wie dem Hofhalt des Tetrarchen. Der Schatten einer Warnung blieb zurück, und Dositos entließ den Gast dankbar und dessen gewiß, daß jener, über den Anlaß seines Besuchs hinaus, der Einstellung seines Gastgebers zugetan war. —

Der Grieche empfing die idumäische Prinzessin Salome am Garteneingang seines Hauses, als schon die kurze Dämmerung der Nacht gewichen war. Der Mond schien nicht, aber das Licht der Sterne leuchtete ihnen zwischen den Blumenteppichen und den blühenden Büschen hindurch auf schmalem Weg bis zum Arbeitsraum des Hauses, den sie vom Garten her betraten. Die schweren Vorhänge begegneten einander, von beiden Seiten niedersinkend, als die Eintretenden die Marmorstufen hinter sich gelassen hatten, und schlossen den Raum, in dem Öllampen in den Nischen brannten und mit ihrem milden Schein die Gestalten der Statuen geheimnisvoll aus der Dämmerung hoben.

Salome war einfach, aber erlesen schön gekleidet. Die einfarbige Seide ihres dunklen Überhangs warf die Lichter zurück und spiegelte sie sanft, als sie sich auf der Ruhestatt niederließ. Sie trug keinen Schmuck. Ihr Haar war von einem Netz aus Goldfäden breit und weich gebändigt, so daß es wie aus Ebenholz geformt, bewegungslos in seiner Tracht verharrend, wie von den Schultern getragen wirkte. Ihre Blicke durchwanderten still und suchend den Raum, aber sie sagte nichts darüber und ließ nicht erkennen, ob die Figuren ihr etwas bedeuteten. Auch sprach sie nicht von der zurückliegenden Begegnung im Stadthaus des Griechen und begründete ihr Kommen mit keinem einleitenden Wort. Vielmehr brachte sie das Gespräch ziemlich unmittelbar auf den galiläischen Volkslehrer von Kapernaum. Es erschien so, als sei er in ihrer Vorstellung der religiösen oder politischen Unerforschbarkeiten enthoben worden, aber Dositos fühlte sofort, daß sie sich willkürlich den Anschein gab, als hätten sie den Sonderbaren bei ihren ersten Gesprächen überschätzt. Sie sprach beinahe leichthin von seiner Wirkung und von den letzten Nach-

richten oder Erfahrungen, die sie erhalten und gemacht hatte, und lächelte dabei, als gebühre Dositos ein wenig wohlwollender Spott wegen seiner damals allzu gewichtigen Anteilnahme.
Da der Grieche sich nicht täuschen ließ und mit einem kalt abschließenden Wort das Thema des Gesprächs wechselte, gab sie nach: »Straf mich nicht dafür, Dositos«, sagte sie tonlos, »daß ich mein Herz nicht gleich zu Anfang wie eine Fahne in den harten Wind von Zerstörungswillen und Hilfsbereitschaft gestoßen habe, der deine Kräfte so gefährlich macht.«
Überwunden schaute er auf, besorgt jetzt, sein eigenes Herz zu hüten. Er empfand darüber, wie nahe er selbst ihr stand und sie ihm, wie fremd ihr aber von Anschauung und Wesen her die Welt sein mußte, aus der das Licht der Weisheit dieses Galiläers sie, noch ohne Gestalt und eher blendend als bestätigend, getroffen hatte. Er schämte sich für einen Augenblick, daß ihm die Überlegenheit seines geistigen Herkommens zum Anlaß eines harten Worts der Abkehr geworden war. Die Tiefe und der Zwiespalt der griechischen Erkenntniswelt, die die Aussprüche des Galiläers aufzunehmen vermochte, wie aufgepflügte Erde das Korn, waren ihr fremd. Wir, nur wir Griechen, dachte er, sind berufen, heute und morgen, die ersten Blüten dieses Geistes ins Menschenall hinüber zu erschließen, nicht die Asiaten, nicht die Römer noch die Juden sowenig wie die Syrer, sondern allein Griechenland, in dessen Mysterienkulten erahnt wurde, daß das Wort am Anfang aller Dinge gewesen sei und bei Gott. – Für einen Augenblick fuhr ihm ein Haß gegen Sokrates ins Gemüt, dem Zerstörer der Einheit von Sein und Denken, als habe jener der Vernunft des Menschen Aufgaben zugemessen, die nur die Einheit von Seele und Leib zum Triumph des Geistes zu erfüllen vermochte.
Der Einfall erschreckte ihn, und er sah Salome zweifelnd an, als habe sie diesen Gedanken in ihm wachgerufen und seine Einstellung zu ihm herausgefordert.
»Die Priesterschaft der Juden«, sagte er, »beginnt sich in ihren besten und weisesten Vertretern mit dem Galiläer anders als nur feindlich zu befassen. Der ehemalige Erzpriester Nikodemus, dessen Ruf oder Name bis zu dir gedrungen sein mag, ehrte mich

vor kurzem dadurch, daß er dies Haus als mein Gast betrat. Sein Herz brannte im Übermaß von Ergriffenheit, Leid und Hoffnung, als er von diesem Galiläer Jesus sprach.«
»Er fragte dich nach ihm?«
Da er nicht antwortete und Salome unsicher ertastete, weshalb er gerade jetzt schwieg, nahm sie den Blick aus seinen Augen und ließ ihn den Raum durchschweifen. Er blieb an der Figur des Schreitenden haften und ruhte darauf, andächtig und suchend. Mit dem sanften und herrischen Aufstand Ägyptens, der nun auch den Griechen in seinen Bann zog, tauchte das Angesicht Simruns von Alexandria vor ihm auf, und er hörte wieder die Mahnung ohne Eifer und Groll: »In dem Maße, als du dich dadurch Gott zu nähern trachtest, daß du die Grundlagen der reinen Natur preisgibst, wirst du dich von ihm entfernen.«
»Die Zustimmung, die etliche der judäischen Priester dem Volkslehrer entgegenbringen«, hörte er die Entgegnung Salomes, »haben nur geringe Bedeutung der Feindschaft gegenüber, die jetzt überall gegen ihn aufflammt. Ich kenne den hebräischen Gotteskult und die israelitischen oder judäischen Glaubenssätze zuwenig, um die Ursachen dieses Hasses zu ergründen, aber man erzählte mir, der Galiläer habe den Stammvater der Juden, den sie wie einen Gott verehren, herabgesetzt, als sie sich Abrahams Kinder nannten. Die Priesterschaft und ihr Anhang sind in Aufruhr. Ich staune darüber, wie sehr er sich in Gefahr begibt, und komme in meinen Gedanken nicht darüber zur Ruhe, wie solche Härte und böse Gewalttat des Worts sich mit der Güte seines Herzens sollte vereinigen lassen.«
Dositos empfand sogleich, daß die Erwähnung dieses Vorgangs, den er kannte, sowie auch die Zusammenhänge, in denen er geschehen war, Salome nicht in Zweifel geworfen hatte.
»Die Worte dieses Mannes, welche die höchsten und letzten Dinge berühren, die die Freiheit der Seele meinen«, begann er, »wird schwerlich ein Mensch aufzunehmen vermögen, der nicht empfunden hat, daß nach der Überzeugung dieses Schauenden die Wahrheit von der Liebe so untrennbar ist wie das Wasser von der Quelle.

Der Weg zur Wahrheit bedeutet für ihn Übereinstimmung mit sich selbst, nicht mit etwas anderem. Indem er so sich selbst betrachtet, wendet er sich seinem Ursprung zu, Gott, und findet keinen Unterschied – das ist das Wunder ...«
Er zögerte und schwieg, als gelte es, seine eigenen Worte wie fremde zu überprüfen.
Sich ernüchternd fuhr er ruhig fort: »Ich habe die Auseinandersetzung des Galiläers mit der jüdischen Priesterschaft, von der du gehört hast, miterlebt, und du sollst gerne erfahren, um was es dabei gegangen ist und wie ich es verstanden habe. Der Weise von Kapernaum hatte von der inneren Freiheit gesprochen und die Behauptung aufgestellt, daß, wer seine Worte recht höre, durch sie und ihn zu dieser inneren Freiheit gelangen könnte. Schon hier erhob sich sofort der Widerspruch. Ich sehe den priesterlichen Ratsherrn, der entschlossen vortrat, noch so deutlich vor mir, als stünde er hier im Raum. Er war im Ornat, denn er und die Seinen kamen von einem Gottesdienst im Tempel. So stand er farbig-böse und prächtig schillernd vor dem Galiläer, der sich anfänglich schüchtern und beinahe armselig vor ihm behauptete, wie er leicht wirkt, wenn der Geist nicht über ihn kommt. Dann freilich wandelt sich seine Erscheinung von innen her zum Ausbruch einer furchtbaren Macht. Ich habe bei anderer Gelegenheit gesehen, als er im Vorgelände von Bethsaida zum Volk sprach, wie Menschen sich unter der Wucht seiner Worte zur Erde niederwarfen. Von Grauen und Seligkeit gestoßen, als würfen sie sich vor der jupiterischen Allmacht des Himmelsvaters in den schützenden Schoß der Erdmutter zurück.
Der Hohepriester nun, nicht ohne ein wohlbedachtes Entgegenkommen und anfänglich auch ohne erkennbaren Haß, entgegnete dem Galiläer, daß das Volk der Juden frei sei und niemandes Knecht und daß die Juden, als Abrahams Kinder und Erben der Freiheit nicht bedürften, von welcher er spräche und die er zu vergeben habe, wenn man sich an seine Rede hielte. Er mäßigte sich in seinen Worten und wahrte die eigene Würde und mit ihr die der Seinen, denn es hatte sich rasch viel Volk um die Gruppe angesammelt. Vertreter aller Klassen, Stände und Bekenntnisse;

zudem waren um beide Parteien ihre Gefolgschaften schon zuvor geschart gewesen. Ich sah hier zum erstenmal, daß das Judentum öffentlich mit der ganzen Autorität seiner kirchlichen Macht vor dem Volkslehrer und seinem Anhang auftrat. Die Priester waren sich dessen wohl bewußt.
Der Galiläer antwortete, und es schien mir, als trachtete er anfänglich danach, ihnen auszuweichen und die öffentliche Auseinandersetzung zu vermeiden. Er brachte vor, daß es ihnen nicht gegeben sei, seine Worte zu verstehen, aber sein Ausruf dann: ›Ihr könnt mein Wort nicht hören!‹ wirkte aufreizend auf seine Gegner. Es war gewißlich vor vielen Zuhörern nicht zu dulden, denn diese Behauptung erhob sich nicht nur wie eine Ablehnung, sondern unverkennbar wie eine Einschätzung ihrer Aufnahmefähigkeit oder wie ein Zweifel an ihrem guten Willen. Ich sah Angesichter in der Menge, die sich zu einem höhnischen Lächeln der Erwartung verzogen, ja zu einer schadenfrohen Genugtuung. Andere, vornehmlich auf seiten der Priesterschaft, empörten sich, so daß nun alles auf Entscheidungen hindrängte.
Auch der Galiläer empfand es; er antwortete, immer noch zurückhaltend, wenn auch entschlossener als zuvor: ›Ich weiß wohl, daß ihr Abrahams Kinder seid, aber meine Rede fährt nicht unter euch. Ich rede, was ich von meinem Vater gehört habe; so tut ihr, was ihr von eurem Vater gehört habt.‹
Diese Worte mochten noch als eine versöhnliche Unterscheidung Gültigkeit gehabt haben, aber der Redner nahm ihnen die ausgleichende Möglichkeit dadurch, daß er den Vater der Juden und den seinen in so harter Unterscheidung als Gegensatz betonte, daß sich jählings, wie in den Raum beschworen, zwei Vaterhoheiten wie zweierlei Herkommen und heimlich mit ihnen zweierlei Gottheiten gegenüberstanden und sich freindlich behaupteten. Ein jeder empfand, daß der Galiläer von einem anderen Vater, wie vom Ursprung seines Wesens und seines Glaubens, ausging. Noch war das Wort Gott, noch der Name des jüdischen Gottes Jahve nicht gefallen, als der Hohepriester Ananias sich in den Vordergrund drängte, hart an den Gegner heran, und mit lauter, bekennerischer Stimme rief: ›Wir haben einen Vater – Gott!‹

Es lag alles in diesem Ausruf, Bekenntnis und Herausforderung zum Bekenntnis, Frage und Drohung zugleich und der harte Vorsatz, den Weisen von Kapernaum vor allem Volk zu zwingen, sich die eine, die entscheidende Blöße zu geben, die ihn richtete. Es entstand eine gefährliche Stille. In fast atemloser Erwartung lauschte die Menge, und Augen und Seelen aller Anwesenden umfingen den Angegangenen, hier gehässig-begierig, dort angstvoll-sehnsüchtig oder von brennender Hoffnung erfüllt, er möchte bestehen.
Und in diesem Augenblick nun geschah das Wunder aller Wunder, das, aus überweltlicher Region entsandt, uns Sterbliche betreffen kann. Es war, als spräche aus dem selbstverlorenen Leib des zur Geburt des Wortes Verwandelten der heilige Aufstand des Geistes selbst. –
Ich vernahm: ›Wäre Gott euer Vater, so liebtet ihr mich. – Ich bin ausgegangen und komme von Gott. Ich bin nicht von mir selber gekommen, sondern Gott hat mich gesandt. Wie kommt es, daß ihr meine Sprache nicht kennt? Wer von Gott ist, der hört Gottes Worte. Darum hört ihr nicht, denn ihr seid nicht von Gott.‹
Nach einer beängstigenden Stille erhob sich nach diesen Worten ein Sturm der Entrüstung, des Hasses und der Beschimpfung.
›Sagten wir nicht immer schon, daß du ein Herkomme fremden Stammes bist und den Teufel in dir hast!?‹
Mit der erhobenen Hand des Galiläers beschwichtigte sich noch einmal der Sturm so unmittelbar, daß ich an die Kunde denken mußte, die über ihn umgeht, er habe die Wogen des Sees durch seinen Befehl beruhigt. So vernahmen in der Stille, die eingebrochen war, alle deutlich, was er antwortete: ›Ich habe keinen Teufel, sondern ich ehre meinen Vater, und ihr verunehrt mich. Ich suche nicht meine Ehre.‹ Und mit veränderter Stimme, als gäbe er mit seinen Worten nicht etwas dahin, sondern als empfinge er mit ihnen etwas, fuhr er fort und endete: ›Ihr seid von unten her, und ich bin von oben her. Ihr seid von dieser Welt, ich bin nicht von dieser Welt. Es ist mein Vater, der mich ehrt, von welchem ihr sagt, er wäre euer Gott, und kennt ihn nicht. – Ich kenne ihn!

– Wenn jemand mein Wort empfängt und hält, der wird den Tod nicht sehen ewiglich!‹
Nun brach es völlig entfesselt um ihn her los und bestürmte ihn gefährlich. Jedoch wunderbarerweise blieb noch ein Abstand zwischen ihm und seinen Widersachern; es war, als brächen sich die Wogen von Zorn und Haß an einer unsichtbaren Schranke. ›Nun erkennen wir, daß du es bist, der vom Teufel besessen ist‹, gellte eine Stimme auf. ›Abraham ist gestorben und die Propheten, und du wagst den Frevel der Behauptung: ‚Wenn jemand mein Wort empfängt und hält, der wird den Tod nicht sehen ewiglich!' Bist du mehr als unser Vater Abraham? – Was machst du aus dir selbst?!‹
Kein Anruf, keine Beschuldigung hätte im schwelenden Rauch der Wirrnis und des Zwiespalts unmittelbarer zünden können als diese letzte Frage. Man glaubte mit Augen zu sehen, wie ein Sturm der Zustimmung zu dieser Frage sich von den Tempelherren und ihrer Gefolgschaft aus wie eine Nacht der Furcht und des Zweifels über die Anhängerschaft des Galiläers ausbreitete. Viele, die ferner standen, lösten sich aus der bewegten Menge und machten sich davon. Für einen Augenblick hatte ich die Vorstellung, der Gemiedene sei völlig allein zurückgeblieben, so stark kann ein inneres Erlebnis das leibliche Auge einstellen.
Als ich aber auf den Gescholtenen schaute, überkam mich die Beruhigung, die sich einstellt, wenn wir erkennen, daß einer nicht in eigener Sache und in eigenem Recht zu bestehen trachtet, sondern in der Befugnis einer Sendung. Der Galiläer glich einem Boten, der unter jenem Schutz steht, der den Gesandten einer Macht gewährt wird, die unter allen Umständen zu ehren ist, mögen auch Bote und Botschaft unwillkommen sein. Aber darüber hinaus schien er sich selbst auf wunderbare Art in diese Macht zu verwandeln, die ihn gesandt hatte. Das ist das Gewaltige und Überwältigende an seiner Erscheinung. Es mögen manche, die heute als Propheten neuer Gottheiten auftreten, ähnliches behaupten, aber sie sind nicht, was sie sagen, sondern sie sagen nur, was sie denken. Ich kann dir nicht schildern, wie es sich zutrug. Viele mögen diese Wandlung und ihren Kräftestrom als Zauber

empfunden haben, wie bei seinen Taten und Worten und Heilungen schon oft zuvor.«

Dositos hielt inne, das empfangene Bild überwältigte ihn aufs neue, und er suchte nach einem Beispiel, um Salome zu erklären, was er erlebt hatte. Ihr Blick, groß und andächtig, forschte in seinen Zügen, er meinte zu gewahren, wie schwer es für sie sein mußte, in ihrer Innenwelt aufnehmen zu können, was sich zugetragen hatte und wovon er sprach. Lag sie nicht in den Fesseln der Vorstellungswelt, in die sie hineingeboren worden war?

Mit einem Lächeln, das besänftigend seine fortführenden Worte bestärkte, sagte er, den Blick in ihren Augen: »Es war und ist ähnlich, wie jene Statue dort im Winkel des Raums ihre Gestalt und Gegenwart sinnenhaft darbietet und zugleich über beide hinaus die Seele dessen ausströmt, der sie erschaffen hat. Dort schreitet nicht allein der Herr und König, den deine leiblichen Augen erblicken, sondern es erhebt sich mit ihm die Offenbarung und Liebe der Seele dessen, der diese Gestalt erschaffen hat. So begegnen dir in der Erscheinung der Bote und der König in einem, und du vermagst sie nicht voneinander zu trennen.«

»Ja«, entgegnete Salome leise, »ja, so mag es sich verhalten, mein Grieche, wenn der Klang deiner Flöte es umspielt, dort wie hier. Doch sage mir gleich, wie endete dieser Streit, und was befürchtest du als Folge dieses Zusammenstoßes?«

»Ich muß es dir sagen, Prinzessin Salome: die Folge dieses bekenntnisreichen Widerstreits wird für den Galiläer tödlich sein.«

»Er entkam der Wut seiner Bedränger?«

»Sie hoben Steine auf und warfen sie nach ihm. Er entwich ihnen im Gedränge. Ich hörte, daß er seinen Gegnern entkommen ist, jedoch glaube ich nicht, daß er mit dieser Flucht ihrem Rachegelüste und ihrem Zerstörungswillen entgeht.«

Kaum vernehmbar hallte es im Raum auf: »Ich will mehr wissen, mein Grieche ...«

Wieder fuhr ihm eine Welle von Scham ins Herz, als habe er mit seinem Zweifel an ihrem Verständnis Salome unterschätzt und hochmütig vorausgesetzt, man müsse über das Licht zuvor reden, ehe man seinen Schein walten läßt.

Er begann: »Es ist richtig, daß der Galiläer das Wesensherkommen der Juden und ihren Stammvater – ihren Gott, wenn du willst – abgelehnt und verworfen hat. Wie die Priester und das Volk seine Einstellung allein auffassen und begreifen können, wird sie für den Verkünder verhängnisvoll werden, denn sie verstehen nicht das gleiche darunter wie er. Für diesen Galiläer ist der Gott der Juden der Herr und Fürst dieser Welt, der Behaupter der irdisch-menschlichen Vernunft, die Verstandesherrschaft in der Diesseitigkeit. Die Feststellung solch unbestürmbarer Gewalt im Vergänglichen bedeutet ihm jedoch keine Schmähung, wie die Juden es empfinden müssen, sondern nur die unerbittliche Betonung des Gegensatzes zu jener Liebeskraft, die nach seiner Überzeugung aus einer überweltlichen Macht in die Seele des Menschen einbricht. Allein in ihr erschaut und erkennt er Gott, den Vater. Der jüdische Gott dagegen, den er im Stammvater seiner Gegner verworfen hat, ist für ihn der Ahn- und Schirmherr der Erdenrechte und des irdischen Vorteils, der Herr der Heerscharen, des zeitlichen Erfolgs und des Besitzes. Er sieht in ihm den Erleuchter und Behüter der praktischen Vernunft im Ringen um vergängliche Güter und ihren Bestand. – Meine letzte Gewißheit erhebt sich noch im dunklen, unerwachten Lebensraum der Seele, aber es ist mir durch die entscheidende Auseinandersetzung, die ich erlebt habe, deutlich geworden, daß dieser Seher der Seelenfreiheit die beiden Welten, um die es in seiner Vorstellung geht, mit leidenschaftlicher Entschlossenheit voneinander trennt. Er stellt die Liebesordnung als eine eigenmächtige Herrlichkeit über die Weltgesetze der Vernunft. Er glaubt, daß diejenigen, welche das Liebesreich Gottes über allem anderen hochhalten und in ihm bleiben und sind, den irdischen Bedrängnissen gegenüber die Ruhe und Freiheit ihrer Herzen finden.«

»Hierzu also müßte man sich entschließen?« forschte Salome nach kurzem Besinnen, so zögernd, als störte sie.

Dositos erkannte aus dieser Frage sofort, daß Salome, wie so viele andere zu ihrer Verwirrung, eine Feststellung des Galiläers wie eine Sittenvorschrift hinnahm und auffaßte. Aus der gleichen trüben Quelle des Irrtums strömte die Trauer des Nikodemus und die gereizte Gegenwehr Archiaps, der Widerspruch der Priesterschaft und die Abkehr so vieler Berührter. Sie alle verblieben damit, dem Verkünder der inneren Freiheit gegenüber, in den Fesseln des Gesetzes, im »Du sollst« und »Du mußt« der Vorschrift.

Salomes Frage, so zögernd und sehnsüchtig sie aufgeklungen war, rief unmittelbar seinen Widerspruch auf, und er entgegnete mit einer Härte, die sich auch gegen ihn selbst wandte: »Nichts müßte man oder sollte man, Prinzessin Salome, sondern man ist für die Empfängnis des Lichts berufen und geschickt, oder man ist es nicht. Dieser Mann hat an anderem Ort einmal von Erwählten gesprochen. Er meinte damit die Menschen, die von der Liebe erwählt werden, der Weg zu sein, den sie in die Welt nimmt. Es gibt nach seinem Glauben kein anderes Licht in der Welt. Die Liebe ist für ihn die Offenbarung Gottes. Und er selbst, der in beiden sein Wesen hat, ist so in Gott und Gott in ihm. Es gibt für ihn keinen Willensentschluß von Gültigkeit, der nicht durch die Liebe entsteht, und er trennt den Willen nicht von der Beschaffenheit eines Menschen. Was sich ein Mensch nach der Weise eines verstandlichen Entschlusses zum Vorsatz macht, das führt, seiner Überzeugung nach, in die satanische Irre der Vernunft, in die Weltenabgründe der Vergänglichkeit. Das, nur das hat er immer und einst und nun auch vor der Priesterschaft bekannt. Das ist das ganz Neue, nie zuvor zur Behauptung Erhobene, das die Seelen in Verwirrung, in Entsetzen und in die Ahnung einer überirdischen Helligkeit stürzt.«

»So verneint er die Welt, wie du es nennst?« fragte Salome. Sie forschte jetzt lauernd und beinahe tierhaft-böse gewappnet, als wäre ein Recht ihrer Natur und ihres Wesens in Gefahr.

»Das glaube ich nicht«, entgegnete Dositos mit einem freien Lächeln, »sondern er bejaht die Liebe. Was in ihr zur inneren Freiheit führt, zum lebendigen Leben, tut sie in uns, nicht wir für sie.«

»Ach, so sag mir, was ist die Liebe ...«

Es hatte sich ihre Stimme und Haltung mit diesem letzten Auflaut so unmittelbar verändert, daß er klang, als spräche eine andere, eine zweite Salome. Auch sprach sie nicht eine Frage aus, weder drängend noch eine rasche Lösung erheischend, sondern sie sagte ihr Wort in die vergebliche Welt hinaus, wie es, über die Zeiten dahin, wieder und wieder den Lippen der Sterblichen entfahren ist, ratlos und traurig. Wohl erhob sich kein Zweifel, daß ihrem Ruf die Sehnsucht zugrunde lag, es möchte eine Stimme aufhallen, die ihn beantworten könnte, aber sie glaubte nicht daran, daß es möglich sei.

Nach dunkler Weile entgegnete Dositos: »Auf deine Frage, was die Liebe sei, kann ich dir nicht antworten, du Geliebte. Aber ich glaube, daß kein Strahl nach dem Wesen seiner Sonne fragt, denn er ist ihr Wesen.«

Bild und Wort in ihrer Einheit sanken Salome unmittelbar ins Herz, und man sah den Widerschein des Lichts im Aufleuchten ihrer Augen. War es Ergriffenheit, Dank oder Liebe, die ihren Geist und ihre Sinne aus dem Widerstand der schmerzlichen Eigenbehauptung lösten... Es vollzog sich eine Wandlung wie von Leben zu Leben in ihr, und es geschah, daß sie von der Ruhestatt niederglitt und, so hilfesuchend wie gewährend, die Arme um Dositos schlang, bis sie, die Stirn an seinen Knien, vor ihm niedersank. Dositos hob sie in seine Arme und bettete sie sanft auf die Ruhestatt zurück. Sie barg Stirn und Angesicht an seiner Schulter, und er sprach wie nie zuvor zu ihr. Er hörte seine eigenen Worte, als erwache er mit ihnen aus dunklen Urgründen der eigenen Seele.

»Du Geliebte, daß ich bei dir sein und sprechen kann, wie ich bin, so innig, daß es niemand hört als du und ich. Du Traumglück der Einsamen. Grausam sind die Geschenke der Götter! Was Gott in Wahrheit gibt, ist immer nur er selbst, und seine Gabe reicht der Tod dar. Nur die Empfänger solcher Gabe tragen die Weltenhelligkeit, das ewig fortzeugende Licht des Opfers, des Lebens, das sie sind...«

Als ein Vogellaut aus der blühenden Dämmerung hinter den Vorhängen sie weckte, trat Dositos an den Ausgang zum Garten,

schlug die farbigen Vorhänge, die sanft aufrauschten und leise klirrten, zurück und ließ die frische Luft der Frühe mit dem Erd- und Pflanzenduft in den Raum strömen. Der Hauch der schwelenden Öllampen zog mit der Dämmerung des Raums in die Morgenfreiheit hinaus. Salome trat an seine Seite, stumm wie er, dem hereinbrechenden Tag zugewandt, der sich in einem Morgenrot erhob, das wie eine brennende Kuppel die ganze Welt umfing. Nun erlosch das Rot wie durch Zauber, und es erstrahlten die Zinnen Jerusalems, der hochgebauten Stadt mit ihrer stolzen Gottesburg des Tempels, von der aufgehenden Sonne still und herrlich angeleuchtet.
Geheimnisvoll noch, dunkel und doch von wahrsagerischer Allmacht getragen, hörte Dositos im Geist erneut die jüngst vernommenen Worte: »Ich sage euch, es wird nicht ein Stein auf dem andern bleiben, der nicht zerbrochen wird.«

ELFTES KAPITEL

Pontius Pilatus

Der römische Prokurator Pontius Pilatus war von Cäsaräa am Meer, wo er residierte, nach Jerusalem gekommen. Die Stadt flimmerte und erzitterte heimlich durch und durch und belebte sich auch in ihrem äußeren Bilde zusehends. Aufreizende Gerüchte mannigfachster Art setzten die Gemüter in Bangnis oder Hoffnung, zumal der Landesherr vor seinem Einzug die Garnison durch syrische Hilfstruppen hatte verstärken lassen und mit einer ungewöhnlich großen Zahl von Reiterei und Fußvolk angelangt war.
Die Pharisäer und Obersten des Tempels beriefen eine geheime Sitzung ein, und es verlautete, daß der Tetrarch Herodes Antipas, der in Jerusalem weilte, im Begriff sei, sich in seine galiläische Residenz Sepphoris zurückzuziehen. Das bedeutete unter anderem, daß er dem Römer das Feld für dessen Pläne und Un-

ternehmungen sowie für alle zivilen Maßnahmen räumte und auch diesmal, wie gewöhnlich bei schwierigen Entscheidungen, die Bürde der Verantwortung abzuwälzen trachtete.

Darüber veränderte sich das Bild der Stadt in Wandel und Verkehr über Nacht. Der Vorhof des Tempels wies ein buntes Gewimmel aller Völkerschaften und mannigfache Trachten auf, andere, oft gesehene Erscheinungen verschwanden, und neben Kaufleuten, kleinen Händlern und Gladiatoren sah man die uniformen Merkmale der Herren und Diener des Hofstaates, der fremden Gesandtschaften und ihrer Wachen, vornehme jüdische Frauen und die Freundinnen und Begleiterinnen der reichen Griechen, Syrer und Perser. Gewinn- und Genußsucht, Sensationslüsternheit und die besorgte Erwartung bevorstehender wichtiger Ereignisse lockten arm und reich aus naher und weiter Umgebung herbei. Die Zufuhrstraßen nach Jerusalem wimmelten von Bettlern, Aussätzigen, Raubgesindel, Gauklern und Dirnen. Da die Tribünen der großen Rennbahn gesäubert, hergerichtet und geschmückt wurden, erwartete man Spiele und Schaustücke. Der römische Beamtenstab, der schon Tage vorher fieberhaft gearbeitet hatte, sah dem Kommenden nicht ohne Besorgnis entgegen, denn der Statthalter, gleichwohl beliebt, hatte offene Augen für jede Stätte der Verwaltung und galt als streng bis zur Härte, auch gegen die eigene Gefolgschaft.

Am dritten Tage nach seiner Ankunft legte der Römer eine Kohorte Schwerbewaffneter in die obere Stadt und ließ die Tore bewachen. Es folgte ein Versammlungsverbot für die Zeloten, was die Pharisäer mit Genugtuung erfüllte, aber auch ihnen wurde der Druck der römischen Faust unmittelbar zu spüren gegeben durch eine planvolle Durchforschung der Tempelgüter bis an die Grenze des Allerheiligsten. Die Umgebung des Prätoriums und der Platz der Könige wurden abgesperrt und der Zutritt zu den Amtsräumen des Staatspalastes unter strenge Kontrolle gestellt.

Politische, beschwerdeführende Intriganten niederer Ermächtigung und Bittsteller sahen sich enttäuscht und nahmen die Vertröstungen der Unterbeamten und Sachwalter ungläubig ent-

gegen. Da sich Skriba, der die rechte Hand des Pilatus in allen Dingen der Staatsverwaltung war, in der Begleitung des Statthalters befand, rechnete niemand mit besonderer Nachsicht oder Milde, auf bereitwillige Vergünstigungen oder auf die Möglichkeit der sonst so ergiebigen Mittel der Bestechung.
Bald nach seiner Ankunft berief Pilatus den Griechen Dositos ins Prätorium. Er empfing ihn amtlich und allein, aber mit großer Höflichkeit und wie einen Befreundeten, dessen Dienstbereitschaft zu halten und zu fördern ihm wichtig war. Er gab sich offen und ohne Betonung seiner hohen Machthaberrechte und schlug gleich zu Anfang einen Ton von Vertraulichkeit an, der Dositos vorsichtig machte.
Pilatus hatte schon in Cäsaräa die Dienste des sprach- und landeskundigen Griechen offenherzig, gern und erkenntlich in Anspruch genommen, zumal Dositos Land und Leute überraschend gut kannte und verstand und sich sein Urteil als maßvoll und gerecht erwiesen hatte. Er war ihm seinerzeit vom Unterfeldherrn Cassius in Antiochia aufs wärmste empfohlen worden. Es kam hinzu, daß der Prokurator den Griechen wirklich gern um sich sah, er hätte ihn schon gleich anfänglich am liebsten ganz in seine Dienste genommen, wenn Dositos diesem Anerbieten gegenüber Entgegenkommen gezeigt hätte.
Der Geladene erkannte sofort, daß eine Unterredung geplant war, die über allgemeine staatliche Themen hinausging, nicht nur daran, daß der Statthalter seinen Schreiber beim Eintritt des Befohlenen hinausschickte.
Der Tag war heiß, und obgleich das Arbeitszimmer nicht auf die Straße hinausführte, sondern zum ruhigeren Hof, hörte man von draußen Lärm und Stimmen genug. Die Fenster waren unverhängt; der sehr kostbar, aber einfach ausgestattete Raum des Machthabers, groß und noch kühl, atmete Sachlichkeit, ohne Beklemmung hervorzurufen, und Strenge ohne Nüchternheit. Zur Linken des geräumigen Schreibtisches führte eine hohe, von Marmor und korinthischem Erz gefaßte Tür aus Ebenholz in den Sitzungs- und Gerichtssaal, der mit einer offenen Halle auf den Platz der Könige hinausführte. Zwischen den beiden Fenstern

schimmerte in weißem Marmor die Büste des Kaisers Tiberius mit einem schmalen Lorbeerkranz aus Gold.

Der Grieche wirkte neben dem römischen Herrn des Landes schlank, denn Pilatus neigte zur Fülle, ohne daß sein gewichtiger Körper ihm Schwerfälligkeit beibrachte. Seine dunklen Augen, belebt und ruhig zugleich, gaben seiner Erscheinung ihr Gepräge, die schön geformte, schon hoch hinauf kahle Stirn war fast weiß, was die Wirkung der Augen erhöhte, als seien sie später und von anderer Schöpferhand angebracht. Der breite und volle Mund war edel geschnitten, die Hände schwer und gut; man faßte unmittelbar Vertrauen zu diesem Mann, er wirkte weder versteckt noch listig, wohl ein wenig brutal, aber keineswegs unberechenbar oder gewalttätig. Dositos hatte ihn aufrichtig gern, ohne über solcher Zuneigung von Anfang an auch nur einen Augenblick die Achtsamkeit und Vorsicht auszuschalten.

Pontius Pilatus klagte nach der Begrüßung ein wenig über dies und das, freilich derart, daß sein Besucher nicht daran dachte, ihm auch nur den kleinsten ernsthaften Kummer über das Vorgebrachte zu glauben; das galt der Einleitung und war nur höflich, nicht notwendig. Sein Amt in Mazedonien sei ihm wahrlich lieber gewesen, aber der Cäsar schätze es nicht, einen Staatsbeamten zu verweilender Ruhe kommen zu lassen, oh, der Kaiser verstünde sich darauf, die Männer und die Posten rechtzeitig auszuwechseln. Freilich ehre es ihn, Pilatus, daß man ihm das schwierigste aller Länder angetragen habe. Oder hielte etwa Dositos den Posten in Judäa für ansprechend und erfreulich? Der Einfluß des Tetrarchen Herodes Antipas sei keinesfalls ausgeschaltet, nun, darüber sei gesprochen worden, heute möchte er seinen Rosselenker, Sprachkundigen und Freund um wichtigere Dinge angehen.

»Mein römischer Herr möge verfügen.«

»Die Götter allein wissen, was dich hier freiwillig hält und fesselt. Was kann einen Menschen denn hier festhalten, wenn es nicht die Staatspflichten sind? Nun, du mußt es für deine Person selber entscheiden. Die Studien, ich begreife. – So, du glaubst, die Religionsbräuche und Philosophien erhöben ein gewichtiges

Gültigkeitsrecht neben der Staatskunst, seien bedeutsam wie sie? Das kann nur ein Grieche sagen. Mir scheint, daß ihr in Hellas politisch ungefährlich geworden seid, denn wer so viel vom Jenseits zu wissen begehrt, erwartet nicht mehr viel vom Gnadengut der Zeitlichkeit.«

Dositos meinte lächelnd und ohne Nachdruck: »Und doch werden zuletzt die Metaphysiker die Herren der Welt sein.«

Der Prokurator lachte leichthin, aber sein Blick forschte unheiter. »Spielst du auf die Liebhabereien des Kaisers Tiberius an? Täusche dich nicht, wie so manche seiner Feinde voreilig triumphiert haben. Seine Liebe zur Natur und ihren Geistern, zu Sternen, Gesteinen und den Mysterien des Traums, seine Verehrung der Weisen, Magier und Wahrsager, sein Hang zur Einsamkeit und sein Inselschloß hoch über dem Meer hindern ihn in keiner Weise daran, alle Fäden der Regierung in geschickten Händen zu halten und die realen Gegebenheiten genauso zu nehmen, wie sie sind. Er versteht es wie kein anderer Herrscher vor ihm, mit dem geringsten Aufwand von Bemühungen die denkbar größten Erfolge und klaren Vorteile in die Wege zu leiten. Er weiß, daß seine Freunde sich besser mit ihm als untereinander zu vertragen haben, und was man ihm als Unkraut des Zwiespalts in die Gärten seiner Paläste sät, pflanzt er behutsam und heimlich auf die Beete seiner Widersacher. Die Judäer und die Galiläer täten gut daran, sich endlich klarzumachen, daß es nicht vorteilhaft ist, sein Gegner zu sein.«

»Roms Hand wirkte durch deine Güte oft milde. Es ist auch etwas wert, beliebt zu sein.«

»Meinst du im Ernst, man machte sich beim Volk beliebt, wenn man ihm entgegenkommt? Freilich war ich zu gutmütig und nachsichtig, damals, als es um die Standbilder des Kaisers in Jerusalem ging. Aber diesmal handelt es sich um keinen Einbruch in ihre sonderbaren und verworrenen Religionsbräuche, sondern schlicht und recht um eine praktische Maßnahme. Es geht um die geplante Wasserleitung, die keinesfalls nur zu Nutz der Juden gebaut wird, sondern zum Besten aller und nicht zuletzt zum Wohl meines Beamtenstabes und der Besatzungstruppen. Darüber wollte ich ein paar Worte mit dir wechseln, dein Rat ist mir von Bedeutung, auf diesem Gebiet hast du mein Vertrauen. Du kennst dies Volk, und daß du es nicht liebst, erschwert nicht eben mein Vertrauen.«

Bei den Worten ›auf diesem Gebiet‹ lag eine leise Betonung auf dem Wörtchen ›diesem‹, und Dositos horchte auf, ohne das kleinste Anzeichen von erhöhter Beachtung. Die ungewöhnliche, allzu bereite Offenheit des Statthalters war ihm in den vorangegangenen Darlegungen aufgefallen, er traute ihm aber so viel Geschmeidigkeit doch nicht zu, daß er deshalb ohne weiteres annahm, die zur Schau getragene Offenherzigkeit sei nur ein Mittel, den Angegangenen seinerseits gesprächig zu machen. Aber er wurde den leise bohrenden Argwohn nicht los, daß sich der Römer heute, im Gegensatz zu ihren zurückliegenden Begegnungen, auffällig unbefangen gab, es also nicht war. Seine Gedanken führten ihn darüber seitab und begannen ihn sacht zu bedrängen, er vergaß Ort und Anlaß seines Hierseins, hörte nur halb zu und antwortete ausweichend.

Gewiß, Pilatus war klug und erfahren, er hatte einen ausgesprochenen Sinn für echt und unecht auch im Hinblick auf alles, was ihm zugetragen wurde; da er von Anlage und Natur nicht mißtrauisch war, sondern nur vorsichtig und durchaus rechtlich von Gesinnung, wählte er für gewöhnlich den offenen Weg eher als den versteckten und versprach sich von einer aufrichtigen Haltung mehr als von einer verschlagenen. Man wußte, daß er es so lange im Guten versuchte, bis er enttäuscht wurde. So hatte er, wie viele wohlwollende und gutmütige Herrscher, zuletzt nur den Ausweg der Gewalt, wenn er sich betrogen sah. Dann freilich kannte er weder Hemmungen noch Rücksicht und schlug furchtbar und unbarmherzig zu. Da Dositos ihn gut kannte, wußte er auch, wie sehr diese Eigenschaften des Statthalters seine Amtswaltung gerade in Judäa erschwerten, und wäre ihm ohne Eigennutz und bereitwillig Berater geblieben. Aber waren ihm im Grunde nicht Roms politische Erfolge zuwider? Was ihn Pilatus gegenüber willfährig machte, entsprang seinem Hang nach Unabhängigkeit. Roms Adler siegten auf der Welt, nach welchem

Plan der irdischen Wandlung blieb der menschlichen Vernunft unergründbar.
Er hörte, wie erwachend: »Mein Grieche, wenn du meine Pferde in der Rennbahn in diesem Zustand deiner Seele lenken müßtest, so würden sie von einer Maultierbiga überholt!«
Sie lachten beide.
»Mein römischer Herr möge mir verzeihen. Es ist immer zuviel ...«
»Du gefällst mir, Dositos. Ich habe dich innerlich auf einem Gebiet überrascht, auf dem ich dir vollkommen vertraue, freilich ohne die Absicht, dich dort sonderlich zu bemühen. Willst du meine Frage beantworten, ob nach deiner Meinung der Tetrarch Antipas in Gemeinschaft mit der Priesterschaft meine Forderungen für die Wasserleitung gutwillig zugestehen wird?«
»Es wäre nur möglich, wenn Hand an die Tempelgüter gelegt würde, die angeforderten Talente sind eine gewaltige Last für Bürgerschaft und Land. –«
»Sag getrost Tempelschätze. Ich bin über den unermeßlichen Reichtum des Jerusalemer Tempelguts unterrichtet. – Herodes Antipas ist, wie einst Herodes der König, den Pharisäern nicht wohlgesinnt, er hat aber Einfluß auf ihre Verfügungen, obgleich Judäa nicht seinem Fürstentum untersteht.«
Dositos verstand den Gedankengang des Prokurators sofort: »Wenn es um Opfer an Gold und Gut geht, das Rom von den Juden fordert, sind sie sich in ihrer Ablehnung einig.«
Pilatus schwieg, und man gewahrte, daß er sich nicht auf eine Antwort besann, sondern darauf, ob er sie, dem nächsten Einfall folgend, vorbringen sollte. Endlich meinte er zögernd: »Ich bin nicht gewillt, den Versuch zu machen, die Abneigung des Vierfürsten gegen mich von meiner Seite aus zu überbrücken. – Ist es übrigens richtig, daß du bei dem Hohenpriester – ich vergaß seinen Namen –, also bei einem der einflußreichsten der Hohenpriester, als dessen Freund und Tischgenosse zu Gast gehst?«
»Ja«, entgegnete Dositos gleichmütig und leicht abschließend.
»Nun gewiß – verständlich ...« Er brach in fragendem Tonfall ab, denn es war für ihn nicht ohne weiteres einleuchtend, daß die

Pharisäer einem Griechen wohlgesinnt waren, der ihr Glaubensbekenntnis sowenig teilte wie ihre politischen Pläne. Er wartete, eine Möglichkeit zu weiteren Erklärungen eröffnend, aber Dositos gab sie nicht. So mußte der Statthalter selbst den Weg suchen: »Wie ich dich zu kennen glaube, wirst du mit diesem Schriftgelehrten kaum über Dinge des Staats und der Politik diskutieren.«
»Ihr ewiger Rechtshandel mit Gott nimmt sie über Gebühr in Anspruch; freilich, die Tempelschätze betrachten sie als sein unbestreitbares Eigentum.«
»Es ist widerwärtig, daß man bei diesem Volk, soweit es noch in Jerusalem haust, immer auf religiöse Vorwände stößt, wenn man einfach und sachlich über Vorteil und Nachteil verhandeln möchte. Schon in Cäsaräa ist das ganz anders mit ihnen, und in Antiochia und Alexandria sind sie die besten Sachwalter von Gnaden Merkurs. Hier muß man behutsam sein, ihren Glauben nicht zu verletzen, und draußen verletzt alles ihren Glauben, was nicht Profit abwirft. Dabei halten sie in der Fremde oft wie Kletten zusammen, und ihr Griechen habt nicht nur in unserer Hafenstadt einen schweren Stand, soweit ihr Handel treibt. – Versteh mich: Die Wasserleitung wird gebaut, aber in Rom will man jetzt Ruhe an den Ostgrenzen des Reichs. Es würde mir leid tun, Gewalt anwenden zu müssen, aber ich sehe zuletzt kein anderes Mittel, dies Volk zu Ordnung und Vernunft zu bringen.«
Dositos sagte kühn und unvorsichtig, aber durchaus mit Vorbedacht: »Die anständigste Art des Besitzwechsels scheint mir in einer Zeit wie der unseren immer noch der Raub zu sein.«
Pilatus sah rasch und unbeherrscht auf. Diesen Blick hatte Dositos herausgefordert und erwartet, er fing ihn arglos auf, lächelte gleichgültig, die Augen gesenkt, als er hörte: »Auch diese Meinung, mein Grieche, die so mancher im Lande für richtig hält, ist ein Grund für mich gewesen, nach Jerusalem zu kommen. Das Raubwesen in Wüste und Gebirge, zwischen den Häfen und Transjordanien nimmt überhand.«
Dositos antwortete zustimmend, ja beinahe ermutigend: »Wenn die bewaffneten Formationen, die der Vierfürst für sein Heer ausgibt, sich an solchem Unwesen beteiligen, ist es kein Wunder,

wenn es in Blüte steht. – Würde mein römischer Herr mir erlauben, die Pläne zum Bau der Wasserleitung einzusehen? Was ich bisher darüber gehört habe, begeistert mich. Das Vorhaben ist bewunderungswürdig. Dreihundert Stadien in der Länge! Welch ein gigantischer Plan für dieses Land. Seine Ausführung wird ein großer Segen für die Stadt sein.«
»Du magst die Pläne später einsehen, du findest sie im Arbeitszimmer des Baumeisters Myrades, eines Landsmannes von dir. Laß sie dir unten zeigen. Ja, der Plan ist gut. Die Hälfte aller Seuchen entsteht durch die Unsauberkeit der Altstadt und die verschmutzten Zisternen an der Stadtgrenze. Ein einziger lebendiger Brunnen, der nur zeitweise quillt, genügt sicherlich nicht für Jerusalem.«
Dositos sagte plötzlich hart und mit klar erhobenem Blick: »Ich bin des Glaubens, daß, wenn ein so achtunggebietendes Vorhaben des kaiserlichen Prokurators der Anlaß zu gewaltsamem Eingriff werden könnte, so sollte Rom sich keinen Augenblick scheuen, seine Gegner zunächst, und um Unruhen zu vermeiden, bei ihren Fehlern zu fassen. Der Idumäer Herodes Antipas ist kein Freund der jüdischen Priesterschaft, wohl aber ein Sklave seiner Genußgier, seines Geizes und seiner Prunksucht. Wohl hat er manche Eigenschaften seines großen Vaters, des Königs Herodes, aber nicht dessen Kraft. Wenn Rom seine Begierden fördert, so wird es leichtes Spiel und eine heimlich selbsttätige Waffe auf seiten derjenigen gewinnen, die die Laster des Fürsten bekämpfen, hassen und am Pranger zu sehen wünschen. Würde man andererseits den Vierfürsten am Tempelraub beteiligen ...«
Pilatus hob die Hand. »Gut, Dositos. Aber soll ich wirklich das Wort Raub gelten lassen? Sagen wir dafür Tribut.«
»Die Bezeichnung ist mir sehr willkommen«, antwortete Dositos mit einem offenen, beinahe herzlichen Hohn.
Der Prokurator lachte laut.
Dositos, der nun wußte, was ihm zu erfahren für seine Person wichtig war, fuhr mit fast unhöflicher Sachlichkeit fort: »Der Weg geht über den maßlosen Ehrgeiz der Fürstin Herodias.«
»Und wie denkt sich mein politischer Ratgeber den Weg, diesem

Ehrgeiz beizukommen? Ich weiß wohl, daß einst König Herodes seinen Thron mit Gold hat aufwiegen müssen.«

»Der geringste unverbindliche Hinweis darauf, daß Herodes Antipas vor dem Fürsten Philippus in Cäsaräa Anspruch auf die alte, heißersehnte Königswürde habe, wird Wunder wirken und ihn jedem Plan der Römer gefügig machen.«

Pilatus dachte nach. Sein Lächeln, noch ungewiß und zweiflerisch, erwies gleichwohl Bewunderung und Zustimmung. Er meinte nach einer Weile bedächtig: »Mein Amtswalter Skriba wird das Fest des Herodes Antipas in Sepphoris, oder wo es stattfinden soll, besuchen. Ich muß ihn hinschicken. Ich selbst werde nicht hingehen. Die erhaltene Einladung an mich ist ein Höflichkeitsakt ohne jeden Glauben an Erfolg.«

»Skriba in Ehren, aber er wäre ein ungeeigneter Mittler. Der Fürst ist, wie die meisten Lasterhaften mit orientalischem Zweckgewissen, viel zu schlau und sehr mißtrauisch; er nimmt, wie die Pharisäer es erlebt haben, jeden Glauben an, von dem er vermutet, daß er ihm Nutzen brächte; im Grunde glaubt er an nichts. Die Fürstin Herodias scheint mir dreimal gefeit. Sie verfügt, über ihre vertrackte List hinaus, über böse Tatkraft und fanatische Herrschsucht. Glauben an solche Botschaft könnte ihr allein ein Mann erwecken, den sie für völlig unbeteiligt hielte. Die Kunde müßte ihr vermittelt werden, als mißgönnte ihr sie niemand mehr als der Überbringer.«

»Ich will dir Zutritt zum Fest verschaffen, Dositos.«

»Ich bin eingeladen. – Ich wäre glücklich, dem Vertreter und Freund des Kaisers gefällig sein zu können.«

»Wirst du Gelegenheit haben, mit der Fürstin zu sprechen?«

»Zu später Stunde wahrscheinlich, aber sie zieht sich für gewöhnlich früh zurück. Jedoch fragwürdige Gerüchte laufen an diesem Hof rascher und zuverlässiger als jede Wahrheit, und ich werde sie auf eine Art auf den Weg bringen, daß man mich wird fragen müssen. Dann ergäbe sich wahrscheinlich Gelegenheit, solch ein Gerücht so beleidigend und entschieden zu bestreiten, daß es Glaubwürdigkeit gewänne.«

Pilatus konnte sich eines Lächelns nicht erwehren. »Du bist zu klug, Dositos, um hier nicht ehrlich gegen mich zu sein«, sagte er nach einer Weile ernst und mit verweilendem Blick. »Aber doch spielst du nur, planlos und nutzlos, nur um des Spiels willen. Man möchte dich fragen, was in der Welt du wirklich ernst nimmst. Aber da du bei deinem Spiel, unter anderem und immer, die Herzen gewinnst, müßte man ärmer als du sein, um dir zu mißtrauen.«

Dositos sprang auf und hob die Hand mit solcher Anmut zum Dankesgruß für die Worte, daß dem Statthalter das Herz warm wurde.

»Es gibt eine Hochebene der Übereinstimmung«, sagte der Römer mit schöner Sicherheit, »auf der kein Mißtrauen des Befreundeten möglich ist und die geringfügig erscheinen läßt, was unter ihr liegt.«

Die letzten Worte brachte er leicht betont vor und fuhr fort: »Ich bin froh, dich jetzt hier in Jerusalem zu wissen. Es wird diesmal nicht ohne blutigen Lärm hingehen. Es ist ein ungesegnetes Land. Aber höre noch und ergänze mir dies: Es ist mir durch meine Beamten und Beobachter zu Ohren gekommen, daß der enthauptete Prophet und Täufer oder wie die Leute hier genannt werden, einen wundertätigen Nachfolger gefunden hat, dem das Volk in Scharen zuströmt, der also Einfluß auf die Masse gewonnen hat, und mit dem zu rechnen sei. Wie heißt er, und wieviel ist an dem Gerücht wahr?«

»Er heißt Jesus. Richtig ist sein Einfluß auf die Volksmenge. Er steht im Geruch, ein Messias oder Josua zu sein, wie man hier die Erretter nennt. Manche vermeinen, er würde das jüdische Volk von der Fremdherrschaft der Idumäer befreien und die Herrlichkeit der alten Könige zurückrufen, ähnlich wie es einst den Makkabäern für kurze Zeit gelang. Sein Anhang besteht freilich nur aus Armen und Ärmsten, die wieder ihrerseits vermuten, daß er die Herrschaft über die Welt gewinnen werde, kraft eines Zaubers.«

»So geht das nicht«, meinte Pilatus trocken.

Dositos fuhr scheinbar unbeteiligt, mit einem zustimmenden Lächeln fort, absichtlich ein wenig verlegen, als sei das Thema überschätzt; trotzdem verharrte er bei ihm: »Der Wüstenprediger hat es so gründlich mit den hohen Herren und Meistern der jüdischen Geistlichkeit verdorben, daß man ihn römischerseits nicht noch sonderlich zu maßregeln braucht. Politisch läßt er sich kaum einschalten, vielleicht im Spiel gegen die Pharisäer, aber dafür ist er wohl doch zu gradlinig, derb und ehrlich in seinen Anfeindungen dieser Nutznießer der Tempelpfründen.«

»Spricht oder predigt er gegen Rom?«

»Nicht daß ich gehört hätte. Das hieße ja auch, den Pharisäern zu Diensten zu sein. Kürzlich wurde mir ein Wort von ihm zugetragen, das er seinen mosaischen Gegnern geantwortet haben soll, als sie ihn zu einem politischen Bekenntnis zwingen wollten und ihn fragten, ob man den Römern Tribut zahlen solle oder nicht. Er nahm einen Kupferdenar des römischen Reichs und fragte sie, welches Bildnis die Münze trüge. Als sie ihm antworteten: ›Das des Kaisers‹, soll er entgegnet haben: ›So gebt dem Kaiser, was des Kaisers ist, und Gott, was Gottes ist.‹ Er scheint diese Welten entschlossen voneinander zu trennen. Ich vermute ... jedoch bin ich nur ungewiß im Bilde. Was ich sicher weiß, ist, daß er aus Jerusalem geflüchtet ist, aus Furcht vor den Nachstellungen des Tetrarchen. Ich werde aber gern Erkundigungen einziehen, falls Besorgnis vorliegt.«

»Nein, nein«, sagte Pilatus abgelenkt, »wenn er seinen Anhang beim Pöbel in der Provinz sucht, so kann mir nur willkommen sein, wenn er die Menge beschäftigt und an sich zieht. Seine Antwort ist ausgezeichnet. – Heilt er Kranke? Ist das wahr?«

»Ich glaube, er gehört der Gemeinde der Essäer an, der Therapeuten und Asketen. Die Tendenzen dieser Leute sind wohlmeinender und wohltätiger Art, sie gelten als fromm und leben nach strengen Gesetzen der Enthaltsamkeit. Manche unter ihnen sind Heilsmagier, in der Hoffnung, deswegen für Halbgötter gehalten zu werden. Wenn sie einen Gassenbuben in Samaria geschneuzt haben, so glaubt man in Galiläa schon am nächsten Tag, daß sie Tote auferwecken. Das Volk ist trostlos verwirrt«, fügte er nachdenklich-bedauernd hinzu, »jedem Aberglauben zugeneigt, verwahrlost und entsittlicht. Die paar Biederen im Lande sind nur deshalb noch fromm, weil es sich für sie nicht mehr lohnt, gottlos zu sein.«

»Also. – Um einen Aufstand, wie ihn der Vierfürst Antipas zu befürchten scheint, handelt es sich nicht?«

»Wer mit tadelnder Rede gegen Antipas zu Felde zöge, triebe die Mühlen der Pharisäer. Ein Schwert in der Hand dieses Menschen – ich habe ihn gesehen und reden hören – ist ganz undenkbar. Antipas ist auch nicht so sehr um seinen Fürstenthron besorgt, von dem er wissen sollte, daß er ihn einzig von Roms Gnaden innehat und daß Rom ihn schützt, sondern um sein Seelenheil. Er verfolgt in diesem Propheten den angeblich auferstandenen Geist eines ermordeten Täufers.«

Pilatus erhob sich. »Da diese Leute wahrscheinlich mit Wasser taufen, hätten ja auch sie Grund, uns für den Bau der Wasserleitung dankbar zu sein. – Ich für mein Teil habe Grund, dir Erkenntlichkeit zu erweisen, Dositos. Gehe in Frieden. Da ich Weib und Kind mitgebracht habe und mein kleiner Landsitz im Kidrontal in Ordnung gebracht worden ist, erwarte ich dich dort zu guter Stunde als meinen Gast. Dann hörte ich gern noch dieses und jenes von dir, und wir lassen die leidige Politik im Prätorium zurück.«

Er erwiderte den römischen Gruß des scheidenden Griechen gemessen, und der Hinausschreitende hörte noch, wie der Statthalter dem eintretenden Hauptmann der Wache sagte: »Ich befehle den syrischen Abgesandten des Prokurators von Antiochia zum Bericht.«

Zwölftes Kapitel

Das Fest des Herodes

Es war später Völkersommer über den vergehenden Welten des Ostens. Alles erfüllte sich nun, mächtiger geworden als die Menschen, wie von selbst. Das einst fröhliche Zutun des einzelnen war vergangen und vergessen, nur Roms Tatkraft ordnete im Bereich der äußeren Erscheinungsformen die Welt, und das Wort des Galiläers die Forderungen im Geistesreich. Diese beiden Ermächtigungen im Weltgeschehen standen einander unfeindlich gegenüber, einander fremd bis zur Unkennbarkeit und einander zugehörig wie Nacht und Tag. Das Menschengetriebe im Licht und Schatten dieser beiden Gestirne spielte hier in den dahinwelkenden und dort in den lichtvertrauten Seelen die heilige, nie austilgbare ewige Zwei der Welt. –

Die breite, geräumige Empore der großen Halle des Königspalastes in Jerusalem, die selber einen kleinen Festsaal darstellte, war von rückwärts unmittelbar vom Palast aus erreichbar, und man übersah von hier aus die tiefer gelegenen Räume, in denen sich die Empfänge und Festlichkeiten abspielten, wenn der Tetrarch Herodes Antipas seine Residenz Sepphoris in Galiläa zeitweilig mit der Hauptstadt Judäas, mit Jerusalem, vertauschte.

Über diesen galerieartigen Oberbau hinaus eröffneten sich dem Auge bei Tage durch die Säulenhalle die Gärten. Jedoch war die Galerie, die den Tetrarchen selbst, die Seinen und den Kreis engerer Freunde aufnahm, nicht so hoch gelegen, daß nicht auch die Gäste ihrerseits vom Festsaal aus einen Blick auf die Prunksessel gehabt hätten, die den Fürsten und Herodias aufnahmen. Zur Rechten und Linken führten zwei Freitreppen empor, die bei öffentlichen Veranstaltungen bewacht blieben und von niemandem betreten werden durften, der nicht vom Tetrarchen selbst vor sein Angesicht befohlen worden war.

Diese erhöhte, von einer mit Gold ausgeschlagenen Halbkugel überwölbte Königshalle war geräumig genug, auch den Vorführenden, den Sängern, Gauklern oder Tänzerinnen die Möglichkeit zu eröffnen, der fürstlichen Familie und den Erlesenen des Hofstaates ihre Künste, gesondert von der übrigen Festversammlung, vorführen zu können. Der Tetrarch liebte es zudem bei Festlichkeiten, aus der bunt wogenden Schar der Geladenen die verschiedensten Persönlichkeiten aller Stände und Berufe für kurz oder lang vor sich zu entbieten. Das ergab mannigfache Gelegenheit nicht nur zu politischen Plaudereien und Gesprächen, sondern es fügten sich auf unverbindliche Art Begegnungen, die staatsamtlich kaum ohne Aufsehen verlaufen wären. Schlau, verschlagen und mißtrauisch, wie er war, verschaffte er sich auf solche Weise die unauffällige Möglichkeit, den einen oder anderen hinter dem Rücken der allzu Wachsamen in lockerem Gespräch zu befragen oder auszuforschen, Intrigen zu spinnen oder aufzudecken, die Gesinnung und den Charakter einzelner zu erproben, deren Verwendbarkeit ihm als begrüßenswert oder deren Verhalten und deren Einstellung ihm als gefährlich bekannt oder gemeldet worden war.

In ähnlichem Verhältnis, wie die erhöhte Königsloge zu den oberen Festsälen stand, verhielten sich bei festlichen Anlässen die geladenen Gäste in den unteren Räumen des Palastes zu den Anwesenden in den Hallen und Gärten, die sich dort, freier und ferner dem Thron, zumeist als die Begünstigten der Geladenen einfanden.

Herodes Antipas war bestrebt, in solchem Abstande die Festlichkeiten so bunt wie möglich zu gestalten, wenn auch zu Beginn die Hofsitte mit Wachsamkeit und Strenge in ihren Grenzen gehalten wurde. Erst nach den Gastmählern, wenn Spiele, Gesang und Wein ihre Wirkung taten, verwischten sich gemach die Übergänge zwischen Berechtigung und Vordringlichkeit in den Säulenhallen und Festsälen, und die farbigen Menschenwogen der Gäste brandeten unter der wohlbewachten Königsempore unbefangen ineinander über.

So waren für viele die Feste des Tetrarchen eine willkommene, oft mühselig eroberte Gelegenheit, Hoffnungen persönlicher oder politischer Art zu verwirklichen, bevorzugten Männern zu begegnen und die Regionen von Einfluß und Macht durch Freunde oder Gönner zu gewinnen. Zu Anfang freilich sonderten sich die Gruppen noch steif, hochmütig und unzugänglich voneinander ab, man unterschied an Trachten und Ornaten und dem Gehabe ihrer Träger nicht nur deutlich die kirchlichen Stände, die politischen Parteigänger, sondern auch die philosophischen Schulen und ihre Vertreter. Auch die jeweils Anwesenden der benachbarten Fürsten und Völker sonderten sich anfänglich voneinander ab. Solange noch Aussicht bestand, vor Herodes

Antipas selbst erscheinen zu können, herrschten Maß und Haltung. Man wahrte Würde und Rang, beunruhigt durch die höhnische Freisinnigkeit des Tetrarchen, von dem man wußte, daß er die unlautere Mischung der Seelen und die Entzweiung der Geister nicht allein wünschte und zuließ, sondern nach Möglichkeit förderte.
Das gab dem Verlauf der Festlichkeiten über Vergnügen und Lustbarkeit hinaus das düster-unheimliche Gewoge von Begierden und erschuf eine Atmosphäre von verborgen lodernden Leidenschaften. Gereizte Lust und verhüllte Bosheit überwucherten die Hoffnungsquellen der Seelen, von Haß, Neid und Vernichtungswillen beraten. Darüberhin rauschten dunkel die Geierschwingen der nie ruhenden Angst um den Verlust von Stellung, Gut und Leben. –
Dositos war spät zum Fest erschienen in Begleitung von Rodeh, die den Tänzerinnen der fürstlichen Gruppe von Schauspielern, Sängern und Rezitatoren angehörte. Sie hatte ihren Auftritt erst gegen Mitternacht. Sie trennten sich im Vorhof des Palastes, jeder seinen Weg suchend, angesichts der Wachtposten, die grellfarbig bunt, wie an den weißen Marmor der Wand gemalt, ihre gravitätisch gespreizten Stellungen am Tor innehatten, dunkelhäutig und in ihrem Wehrgehänge glitzernd, die Ellbogen hoch erhoben und seitlich gestoßen, die Beine wie zum Schritt gestellt, die Hände über der Brust am Schwertknauf, wie assyrische Bildwerke. –
Das Festmahl war vorüber, die Vorführungen nahmen ihren Anfang. Herodes Antipas sah prachtvoll aus. Der kurze, auf assyrische Art geschnittene Bart verbarg den dünnlippigen, bitter krank geschwungenen Mund. Das reiche, noch schwarze Haar und die kunstvoll nachgezogenen Brauen überschatteten die tiefliegenden dunklen Augen und hoben die gleichmäßige gelbe Tönung des Gesichts in den Reiz einer klaren, kalten Maske. Er hatte die faltenlose Stirn des großen Herodes; das Diadem, ein Goldreif, der sich nach oben zu leicht verbreiterte, verdeckte sie bis hart über die Augenbrauen, glitt aber ihrer Form nach, wie goldener Samt, und die drei Zinken vorne, mit edlem Gestein be-

setzt, funkelten wie Strahlen am Nachthintergrund des Haars, wenn er den Kopf neigte. Sehr eindrucksvoll wirkten seine Hände, lang und schmal, gelassen und spärlich bewegt. Die Fürstin Herodias, ihm zur Seite, erwies sich bei aller wohlgespielten Zurückhaltung und Bescheidenheit eindrucksvoller als der Tetrarch. Man empfand unmittelbar den Kräftestrom von Tatwillen, der von ihr ausging, und begriff über dem Anblick ihrer großen dunklen Schönheit die zur Schau getragene lässighämische Erbötigkeit ihres Gatten vor ihrer seelischen und weiblichen Macht. Die wollüstige Tücke der Ergebenheit, in der der Tetrarch ihr bis zur Grenze der Hörigkeit zugetan war, verstanden alle, die wußten, daß er seine Macht und zugleich die gefährliche Freiheit für seine Begierden ihrer überlegenen Berechnung, ihren ungewöhnlichen Herrschergaben und ihrer erbarmungslosen, ehrgeizigen Selbstsucht verdankte.

Ihre Gewandung glich einer olympischen Stola. Der lang niederwallende lose Mantel darüber war mit hyperboräischen Greifen bestickt, gelb und blau, Damast und indische Seide. Sie trug im nachtschwarzen Haar einen schmalen grünen Kranz, dessen Blätter strahlenförmig hervorstanden. Durch Schmuck und Kleidung brachte sie ihre Vorliebe für die griechischen Mysterienkulte zum Ausdruck. So hatte man auch, ihrem Wunsch und ihrer Neigung entsprechend, den alten hellenischen Gesang gewählt, den ein Sprechchor von Knaben, die in grauweißes, kostbares Leinen gehüllt waren, in feierlichem Dahinschreiten vortrugen.

In diesem Augenblick betrat Dositos den Festsaal.

Er horchte gespannt auf, unmittelbar ergriffen; ihm war, als klänge unter der Begleitung von Flöten und angeschlagenen Saiteninstrumenten die Erlöserzuversicht seines eigenen Volkes auf und zugleich der ferne Liebestraum der asiatischen Urheimat. Die alten Mythen waren verschollen, am Abendhimmel ihrer Gezeiten glommen die letzten Opferfeuer der östlichen Naturmystik und der ägyptischen Religionskulte auf, im Geist der griechischen Vollendung wundervoll und traurig vergehend, und riefen in den Herzen eine schwermütige Hoffnung wach, über den

Völkern und Welten möchte endlich der Morgen geschehen. Es tönte auf und verklang, wie für immer:

> »Namenlose Erlöserin du, unnennbare Eine,
> schenk süße Mutterliebe den Sterblichen allen.
> Sieh, es vergeht kein Tag, keine Stunde hienieden,
> daß du das Füllhorn der Gnade in deinen Händen nicht neigtest.
> Breite die segnende Rechte, entwirre die Fäden des Schicksals.
> Sterne geben dir Antwort, Himmel entwandern gehorsam.
> Tiere, verirrt in den Bergen, leitet dein freundlicher Herzblick.
> Auch die das Erdreich bewohnen, gesetzlose Schlangen,
> Ungeheuer der Tiefe, sprießende Halme und Saaten,
> alles neigt sich und harrt nun, deiner Wohltat gewärtig.
> Laß meine Brust dein göttliches Angesicht bergen,
> daß mein Gebet, der Atem der Seele, dein Bild
>   ohne Aufhör sich vorstellt.«

Dositos war tief überrascht und erschüttert. Er hatte alles andere auf diesem Fest erwartet als diesen Gesang. Er begriff zum ersten Male in ganzer Klarheit die Beziehung des Niedergangs zur Erleuchtung und die des Verfalls zur Auferstehung. Sein Blick suchte, gebannt von Erwartung, die Angesichter des Gebieters und der Gebieterin dieser wirren Gemeinschaft der Seelen und dieser seelischen Eintracht in der uneingestandenen Sehnsucht.
Die Maske des Tetrarchen, schon leicht vom Weingenuß entstellt, glühend in den Wahrzeichen des Verfalls, brannte wie ein unruhig bewegter Lichtfleck. Abgewandten Gemüts, Licht heraufbeschwörend und zugleich versagend, berufen und verurteilt.
– Herodias saß andächtig, wie verwandelt, still wie eine Statue.
Dositos rief nach Wein. Er sah den braunen Nacken des geneigten Sklaven und spürte den Duft des Getränks. Er suchte und fand Platz auf einer Marmorbank unter den heidnischen Wandbildern, die aus der Zeit des großen Herodes stammten. Sie stellten Tänzerinnen und Bacchanten dar, von der Hand eines griechischen Meisters aus Herkulanum erschaffen. Dositos hatte von seinem Platz aus einen Blick über den Festsaal bis zur königlichen Loge empor. Es war wieder Stille eingetreten. Ein Chor von Sängerinnen in kostbaren Purpurgewändern trat auf. Der

Gruppe gegenüber bildete sich ein Gegenchor von Knaben, in kurzen, weißen Röcken, Efeukränze um die Schläfen und das Haar gelockt auf den Schultern. Wunderbar in Hall und Widerhall getragen, erklang es feierlich unter der Begleitung von Saiteninstrumenten und Flöten:

>»Seist du aus Kronos' Geschlecht, des Zeus Allerseligster,
>oder der Rhea, der großen, dich grüß' ich,
>Botschaft der Reha, du trübe, o Attis.
>Dich nennen die Syrer den dreifach ersehnten Adonis
>und die Völker Ägyptens den König Osiris,
>das himmlische Horn des Men, die Weisheit der Griechen,
>Adamas auch, den göttlichen, Samothrake.«

Der Gesang der Mädchen verklang und mit ihm die Musik. Der Knabenchor setzte hell und herrlich ein, von keinem Instrument begleitet:
>»Den Attis preis' ich, der Rhea Sohn.
>Nicht mit der Schellen Gerassel
>noch der Kureten des Ida
>lautheulender Flöte.
>Doch mit des Phöbus Lied
>misch' ich der Lyra Klang
>als Hirte der leuchtenden Sterne!«

Es blieb nach dem lang hinhallenden Ausklang eine Weile totenstill, und die prunkvollen Gänge und Säle mit ihren Schmuckgewinden von Weinlaub und Blumen im Licht der Fackeln und Lampen wirkten für kurz wie die geweihten Stätten eines Tempels. Dann brandete das Gewoge der Festbesucher wieder auf; reicher Beifall lohnte die Sänger.
Dositos sah, daß der Hohepriester Kaiphas die königliche Loge betrat. Das Herz zog sich ihm schmerzlich zusammen, war aber zu unbewacht, um der Ursache dieses Mißbehagens lange nachzugehen. Die Lieder klangen noch in ihm nach. Dann kam ihm Salome in den Sinn. Seine Blicke suchten sie auf der Empore, fanden sie aber nicht. Kaiphas sprach gehalten, aber deutlich voll Erregung auf den Tetrarchen ein. Er erkannte Skriba, etwas im Hintergrund der beiden. Die breite Gestalt des Römers wirkte in

seiner weißen Toga hoch, hell und ruhig neben der etwas übereifrig bewegten bunten Erscheinung des redenden Hohenpriesters, der in diesem Jahre Erzpriester des jüdischen Rates war. Der fürstliche Idumäer saß stumm und kalt auf dem hochlehnigen Thronsessel, zuweilen, bei einer kurzen beschwichtigenden Gebärde, die nicht Zustimmung noch Ablehnung kundtat, blinkte sein goldener Leibrock unter der gelben Seide des Überhangs auf. Was hatten beide, Priester und Fürst, und was der Römer dort oben noch in Wahrheit mit den Liedern gemein, die eben noch, wie ein Genienchor der Gottheiten, Hallen und Seelen erhoben hatten? Antipas glaubte im Grunde an nichts. Die reizbare und empfängliche Gemütsunordnung im Seelenhaushalt der Herodias drängte sie in die Leidgebiete von Sehnsucht und Glauben anderer.

Anders stand es um diejenigen, die zu den Veranstaltern und Vorführenden gehörten, und um ihre Lehrmeister sowie auch um viele unter den anwesenden Gästen. Dositos kannte etliche von den Sängern und ihren Lehrern und wußte, wieviel Andacht und welches Bedürfnis nach den Segnungen eines lebendigen religiösen Kultes in ihnen brannte und wieviel sie in gläubigen Gemütern von den Menschen ihrer Zeit aufgenommen hatten und dartaten, die durch die Unseligkeit und Gottesleere der Himmel gequält wurden. Es ging wie eine schmerzliche Suche nach dem Messias durch das religiöse Trachten aller Völker, wie ein unverstandenes und heimliches Gebet um Erlösung.

Seine Gedanken brachen ab, da ein heller, aufschreckender Posaunenton den Auftritt der Tänzerinnen ankündigte. Die vornehme Jugend, die sich griechisch kleidete und gebärdete, die Söhne der reichen Handelsleute und Staatsbeamten aus dem Patrizierviertel Orphla in Jerusalem, drängte sich in den Vordergrund. Dositos sah verstimmt und spöttisch, wie wenig bei diesen Tanzvorführungen noch von attischer Anmut und Innigkeit übriggeblieben war. Seine Augen suchten Rodeh; er fand oder erkannte sie aber nicht, und trat zu einer Gruppe von Schriftgelehrten der Jerusalemer Hochschule für Philosophie und Sittenlehre.

Das Gespräch verstummte jäh, aber man nahm ihn mit großer Höflichkeit auf. Bersanes, ein Abkömmling des von den Juden gehaßten Mischvolkes der Samariter, ein noch junger, gescheiter Mann und ernster Gelehrter, redete Dositos als einen alten Bekannten an und glich den kränkenden Abbruch des Gesprächs aus: »Wir stritten – nun, das ist dir nicht neu, wir streiten immer –, wir stritten diesmal über ein Wort, das von dem Volksmeister aus Galiläa, du wirst von ihm gehört haben, als eine harte Nuß und ein kniffliges Problem bei unseren Heiligen, Gemäßigten und Unheiligen die Runde macht. Darf ich dir zuvor die Namen meiner Freunde und Lehrer nennen?«
Er tat es.
Es waren zumeist Sadduzäer; teils ehrwürdige Gestalten in ihrer Amtstracht und ausdrucksvolle, kluge Köpfe, aber mit Zügen von jener Patina der Zeit- und Geistesberührtheit, welche eher die Beharrlichkeit oder der Eigensinn verleihen als die Andacht und eher die Geschmeidigkeit der Seele als ihre Tiefe. Ihre religiöse Gemeinschaft, beinahe schon eine Sekte für sich, verhielt sich den alten Sündenbegriffen gegenüber nachsichtig und suchte ihren Vorteil, wo die weltliche Macht ihn bot, kaum noch bei den Zusicherungen ihres urväterlichen Gottes, auch leugnete sie die Auferstehung. Im Gegensatz zu den Pharisäern, die sich allein auf die Verheißungen Jahves verließen, als sei nur er und er allein für alles Geschehen und Schicksal verantwortlich. So teilten die beiden Glaubensrichtungen und ihre eifernden Propheten das Volk und trugen viel zu Zerwürfnis und Abkehr der Zweifelnden bei.
»Wenn du es für der Mühe wert erachten solltest«, fuhr Bersanes fort, »uns deine Meinung zu sagen, Dositos, so erfahre, um was es geht. Was die Gemüter um dich her und, ich gestehe, auch das meine bewegt, ist die Kunde über einen Ausspruch des galiläischen Weisen, der sich zugetragen haben soll, als der Meister auf einem Gang von Kapernaum Verlangen nach einer Erfrischung oder Stärkung gespürt haben soll und einen Feigenbaum erblickte, auf dem er nach Früchten suchte. Nun war es nicht die Zeit, in der die Feigenbäume Früchte tragen, was Wunder, daß er in den

Zweigen keine fand. Du wirst bezweifeln, was sich nun weiterhin zutrug. Aber alle, die bei ihm gewesen sind, bestätigten es uns: Er verfluchte den Baum und schwur ihm zu, er würde in Ewigkeit keine Früchte mehr tragen, da er für ihn, den Meister, in dieser Stunde keine zu bieten gehabt habe. – Es ist leicht zu begreifen, daß alle Vernünftigen die Willkür und den anmaßenden Hochmut, die himmelschreiende Ungerechtigkeit dieser Forderung und dieses Fluches rügen. Sage mir, glaubst du diesen Vorgang? Traust du dem Weisen aus Galiläa diesen Ausbruch zu? Könntest du uns eine Erklärung dafür geben, wie dieser Liebevolle, Geduldige und Barmherzige – denn ich halte ihn dafür – sich zu solcher Willkür hat hinreißen lassen, die doch sicherlich zum mindesten zu Mißverständnissen und Widerspruch Anlaß gibt? Viele seiner Anhänger haben ihn darauf verlassen, und manche seiner Freunde sind irre an ihm geworden.«
Dositos überdachte das Gehörte, und der geheimnisvolle, ihm noch nicht deutbare Sinn beschäftigte ihn angestrengt und bohrend. Die Gruppe sah nicht ohne Neugierde auf ihn, denn es war nicht nur bekannt, daß der Grieche sich auf Frage und Antwort in den Bereichen der Seelenkunde verstand, sondern man wußte auch, daß er dem Lehrer aus Galiläa große Teilnahme entgegenbrachte. Isidoros, ein Priester der ersten Reihe, ein Lehrer der Gotteskunde und zugleich ein gewandter Volksredner und listiger Politiker, trat näher, mit forschenden, wachen Blicken. Aber es kam zu keiner Auseinandersetzung, und die Antwort blieb offen, denn es bewegte sich bunt, stürmisch und lachend eine Gruppe junger und vornehmer Herren auf sie zu, in ihre unmittelbare Nähe, ohne sie zu beachten. Man scharte sich um Marja-Magdalena, die, begehrt und umworben in ihrer Mitte, mit an die kleine Ansammlung der Gelehrten herangedrängt wurde. Man machte nicht ohne Mißbilligung Platz, trat ein wenig zur Seite zwischen die Säulen, fühlte sich gestört und empfand, daß das späte Fest im Begriff war, sich aufzulösen; die Pharisäer hatten es längst verlassen.
Marja-Magdalena, eine junge Hetäre aus Orphla, eine wunderschöne, in der ganzen oberen Stadt bekannte Dirne der Vorneh-

men, hielt sich deutlich mit heiterem und gebieterischem Ernst einen ihrer jungen Bewerber vom Leibe, stellte ihn dann mit herausforderndem Lachen vor sich hin und rief: »Wie leicht du es dir machst, Janohas! So glaubst du Marja-Magdalena zu gewinnen?! Bewähre dich zuvor, mein Reicher und Schöner! Dein Gold und deine Silberlinge sind mir so gleichgültig wie dein holdes Angesicht aus Pech und Elfenbein. – Nein, behalte auch deinen Ring, ich habe mehr goldne Reifen als deine Stirne Locken und mehr Gunst bei den klügsten Männern als du bei den dümmsten Frauen.«
Der junge Vornehme zeigte sich in gleichem Maße entflammt wie empfindlich gekränkt. Man sah ihm an, daß es ihm bei Magdalena um mehr als nur um die flüchtige Gunst einer Stunde ging. Es war ihm ernst, sich vor ihr zu bewähren und ihr recht zu gefallen. Das Lachen und der Spott seiner Gefährten verletzten ihn tief. Auch vor ihnen hätte er sich über alles gern als der Bevorzugte und Erwählte erwiesen. Er antwortete unsicher, aber nicht ohne Würde: »Du sollst es zu guter Stunde von mir hören, erleben und erhalten, schöne Magdalena, alles, alles was du begehrst; sei nun nicht hart und ungeduldig. Wie sollte ich jetzt, gerade in diesem Augenblick, in dem du es so grundlos und eigenwillig begehrst, das letzte und eine dartun, darin ich mich in deinen Augen bewährte, wie du es nennst, darin ich erwiese, wer ich bin und was ich dir zu bedeuten vermöchte?«
»Nein, o nein«, rief Magdalena in heller Entschlossenheit, »nicht dann oder dann! Jetzt, wo ich vor dir stehe! Meinst du, mein lieber Narr, daß du zu guter Stunde, wie du es erhoffst, das zu vollbringen vermöchtest, was du in diesem Augenblick nicht zuwege bringst, in diesem Augenblick, der für dich entscheidend ist? Was glaubst du, mein Freund, was ich von dir wollte? Meinst du, ich wünschte mir von dir etwas anderes als nur das, was du immer oder nie zu geben vermagst?! Gleich bin ich fort und davon, morgen bin ich die Geliebte eines anderen und übermorgen tot. So geh, häng dir derweilen ein wenig Art und Wesen an. Leicht wirst du alle beglücken, die du mit goldenen Ringen lockst; nimmermehr siehst du mich wieder!«

Der Fortgang dieses ungewöhnlichen Liebes- und Leidensspiels in der von Geschmeide und kostbaren Gewändern bunt funkelnden Gruppe wurde durch einen Boten aus der königlichen Loge unterbrochen. Er trat respektvoll vor die schöne Magdalena hin: die hohe Gunst des Tetrarchen gewähre ihr, vor ihm erscheinen zu dürfen.
Es trat für einen Augenblick unheimliche Stille ein. Alle Blicke hingen an der Gestalt des schönen Mädchens, das bleich und hoch aufgerichtet einen Schritt zurückgetreten war, als entsetzten sie die glatten Worte.
»Nein«, sagte sie dann, fast gehaucht, und noch einmal vernehmlicher: »Niemals, nimmermehr ...«
Der Bote des Fürsten suchte sie durch eine erbötige Hinneigung und eine beschwichtigende Handbewegung zu beruhigen, sie brauche sich nicht zu fürchten, der Erlauchte habe Gefallen an ihr gefunden und wünsche, daß sie vor seinen Augen erscheine. Es schien ihm völlig unfaßbar, daß er einer Weigerung begegnen könnte; man sah ihm deutlich an, wie er versuchte, mit einem zweiflerisch ungläubigen Lächeln das Zögern des Mädchens als aus freudiger Überraschung stammend oder nur als ein erstes Erschrecken zu deuten.
Marja-Magdalena sah sich um, ganz langsam, es wurde erkennbar, daß sie Hilfe suchte. Ihr Blick traf kein Auge, dessen Ausdruck sie hätte beruhigen oder stärken können. Nur Besorgnis, höhnische Neugier, Mitleid, Haß oder Angst flogen sie an und nirgends eine Gewähr für Halt oder Beistand. So erkannte sie, daß alles allein von ihrem Entschluß abhing.
Es bestand kein Zweifel darüber, daß eine Absage ihr zum Verhängnis werden mußte. Man kannte die Hinterhältigkeit und Tücke des Tetrarchen, seine jähen, fahrigen Entschlüsse, wenn die Ungeister des Weins ihn schüttelten, und die Art, auf die er sich für eine Beleidigung oder Zurücksetzung zu rächen wußte. Wer hätte, gegen solchen Wunsch, gewagt, sich einer Rechtlosen anzunehmen? Er hätte Gut und Leben in die Waagschale geworfen.
Der höfische Bote war ratlos. er hatte eingesehen, daß diesem

wildherzigen Mädchen gegenüber keine Überredung nützen würde. Eine offene oder versteckte Drohung wagte er angesichts des Kreises der Anwesenden nicht, zu denen sich unwillkürlich auch die Schriftgelehrten und Sadduzäer gesellt hatten. Und jählings mit dieser Erkenntnis schlug die Furcht auf ihn selbst über. Er erbleichte. Wie sollte er mit der Nachricht dieser Absage vor Herodes Antipas erscheinen?!
Dositos fragte ihn: »Ist dem Fürsten bekannt, daß gerade du und kein anderer mit dieser Einladung zu Marja-Magdalena geschickt worden bist?«
»Nein«, stammelte der Gefragte, »ich glaube es nicht...« Er starrte dem jungen Griechen verständnislos in das ruhige Gesicht und wartete.
»Ich meine«, fuhr Dositos heiter und unbekümmert fort, »es wird dem Erlauchten gleichgültig sein, wer immer ihm die unwillkommene Botschaft überbringt, die nun leider, nach der Absage Marja-Magdalenas, unumgänglich geworden ist. Leih mir dein Amt für eine Weile, du sollst es unbeeinträchtigt zurückerhalten. Wer achtet bei der Feststimmung noch sonderlich auf einen Boten?«
Er wartete die Antwort nicht ab, sah den Ausdruck von Dank und Befreitheit nicht mehr und schritt davon. Marja-Magdalena bat um Wein. Niemand hörte darauf. Alle Blicke folgten dem Griechen. Am Aufgang zur königlichen Empore, an den Stufen der Treppe, rief er, zugleich mit hartem römischen Gruß, die Wache mit lauter Stimme an: »Botschaft für den königlichen Herrn von Marja-Magdalena, die befohlen ward.«
Es gab keinen Zweifel für die Wachthabenden: hier trug sich höchste Berechtigung an. Der Hauptmann grüßte höflich zurück. Dositos schritt langsam die Stufen empor, jetzt scheinbar zögernd, ohne Eile.
Hinter ihm blieb es still, vor ihm öffnete sich die Goldkuppel des fürstlichen Gelages. Sie erstrahlte in einem warmen, gedämpften Licht. Die Geräte der Tafel aus edlem Metall funkelten. Es duftete schwer nach Wein, Früchten, Blumen und Spezereien.
Die germanische Leibwache, die einst der Cäsar Herodes Anti-

pas zum Geschenk gemacht hatte, stand in ihren prachtvollen blondhaarigen Gestalten wie eine Mauer hinter der Lagerstatt des Tetrarchen.
Dositos hatte Glück, Skriba war noch anwesend, offenkundig eben im Begriff, sich zu verabschieden. Der Römer erblickte den Griechen sofort, schärfte, wie sich besinnend, den Blick, nicht eben allzu erfreut und deutlich erstaunt, aber doch entgegenkommend. Er entsann sich der Gunst des Prokurators, dessen Neigung für Dositos ihm bekannt war, und fügte sich der leisen Mahnung dieser Erinnerung, da zu vermuten stand, der Statthalter bediene sich auch an diesem Ort des Griechen.
Sonderbar, Dositos' Blicke durchforschten die sanft strahlende Halle zunächst nach Salome. Sie war nicht anwesend. Herodias war schon fort. War er denn Salomes wegen den gefährlichen Weg gegangen? Dieser Gedanke erleichterte und beschwingte ihn dem übrigen gegenüber, das ihn hergeführt haben mochte. Skriba war ihm entgegengetreten und führte ihn vor Herodes Antipas.
»Der Erlauchte möge unserem griechischen Baumeister, einem Bewunderer des fürstlichen Erbauers der Städte, Paläste und Arenen, der Bäder und Gymnasien des Landes, eine kurze, freundliche Beachtung gönnen.«
Der Vierfürst schaute trägen Blicks auf den Ankömmling, der sich verneigte. Er liebte schöne und junge Männer nicht, die den Anschein von Klugheit und Selbständigkeit erweckten, war aber andererseits zu eitel und selbstgefällig, um nicht auch dort auf gute Wirkung wohl bedacht zu sein, wo er haßte.
Skriba war der Anlaß dieser Vorstellung willkommen, um sich zu verabschieden. Antipas gewährte ihm bereitwillig einen gnädigen Abgang, offensichtlich erleichtert. Er winkte Dositos nachlässig auf eine Lagerstatt in der Nähe der seinen und gebot in einer müden Regung der Hand die Sklaven mit Wein und Früchten an die Seite des Gastes.
Dositos war sich sofort darüber klargeworden, daß er die geplante Rolle eines Boten hier nicht spielen konnte. Die geschickte Einführung des römischen Sachwalters und Vertreters des Pro-

kurators gab ihm die Freiheit und Fassung, sich nun auf dem Gebiet zurechtzufinden und zu bewegen, das ihm eröffnet worden war. Er kannte die Leidenschaft des Tetrarchen für prächtige Bauten und seinen brennenden Ehrgeiz, es dem großen Herodes gleichzutun. Das Volk war über diesen seinen Liebhabereien und Gelüsten verarmt und die Hofkassen in ewiger Not.

Herodes Antipas war im Augenblick durch einen Höfling abgelenkt, der die Geneigtheit des Fürsten für den Auftritt einer indischen Gauklertruppe zu gewinnen trachtete. Die Gäste unterstützten den Vorschlag mit Begeisterung. Herodes nickte Gewährung, dann wandte er sich dem Griechen zu, nicht eben unfreundlich, jedoch ohne jede Ermutigung, fast hämisch herausfordernd, als wollte er sagen: So zeige und erweise mir nun, ob es der Mühe wert war, dich vor meine Augen zu führen.

Dositos erkannte, daß der Tetrarch stark unter der Einwirkung des Weins stand, aber er war nicht berauscht. Zumeist verhinderten bei ihm Mißtrauen und die Angst vor der Preisgabe ein letztes Versinken ins Uferlose.

In Dositos waltete seit dem Auftritt im Festsaal, seit der Begegnung mit den Saddzuäern und Marja-Magdalena, eine fröhliche Helligkeit von großer Kraft. Eine wildherzige Zuversicht erfüllte ihn, als sei ihm ein großes Glück widerfahren und als stünde ihm ein größeres bevor. Traum und Geschehen, Wille und Tat, Frage und Antwort fügten sich ihm auf jene wunderbare Weise zum Gelingen, wie nur das Wohlwollen der Unsterblichen es verleiht, wie in Gemeinschaft mit ewigen Gesetzen. Er sprach schon, als redete es in ihm und über ihn hinaus: »Da es mir vergönnt ist, Erlauchter, vor deinem Angesicht meine Stimme zu erheben, so höre nicht allein eine einzelne Person, deinen Diener, in mir sprechen, sondern deine Augen mögen in mir Griechenland erblicken. Wir Griechen den den weiten Bereichen, über die einst der große König Herodes seine fördernde und segnende Hand erhob, wünschen nichts sehnlicher, als daß Judäa und Samaria, Galiläa, Peräa und seine weiten Grenzgebiete wieder, wie einst, unter der Herrschaft eines Königs vereint sein möchten. Es war die schönste und glücklichste Zeit aller Griechen in diesem Lande und im

ganzen Osten. Wir bitten die Götter, daß die heißen Wünsche und Gebete der Völker sich erfüllen mögen und daß sie in naher Zeit Herodes Antipas als ihrem Könige huldigen dürfen. Das erlauchte Geschlecht der Idumäer dämpfte den rückwärts gerichteten und starren Sinn der Pharisäer auf das Maß seiner Berechtigung zurück. Die Idumäer gewährten den Ländern Glaubensfreiheit und reihten mit Liebe und hohem Verständnis in ihre Ruhmeskränze ein, was die Söhne Griechenlands beizutragen vermochten, Thron und Land zu schmücken und zu verherrlichen. Der große König verstand es, Roms Übermacht und Übermut zu bändigen, und ohne der Feind des Cäsars zu werden, war er der Freund seiner Völker, die ihm ehrfürchtig vertrauten und ihn liebten.«
Dositos sprach wundervoll frei, glücklich und heiter, fest und gleichmütig. Er schien auf die Wirkung seiner Worte keinen Wert zu legen, als gäbe es nirgends in der Welt einen Zweifel an ihrer Berechtigung. Er sprach mit Vorbedacht so laut, daß alle in der näheren Umgebung des Fürsten ihn hören und verstehen konnten. Er sah, wie der Tetrarch, der ihn erst lauernd, dann aufgeschlossen anhörte, während seiner Worte, ihm zugewandt, die Linke unwillkürlich beschwichtigend gegen die Tafel und den Hintergrund der Halle erhob, in der sich die Vorbereitungen für den Auftritt der Gaukler bemerkbar machten. Es löste sich, mit dem kaum erkennbaren Befehl des Fürsten, wie ein Schatten, ein Knabe von seiner Seite und gleich darauf wurde es im Hintergrund still. Dositos hatte den Weinkelch ergriffen, der ihm von einem Sklaven gereicht worden war, und betrachtete nun den Becher ganz versunken, wie in Bewunderung für das kostbare Gerät, dessen in Gold und Silber getriebene Figuren ihn so zu entzücken schienen, daß er alles andere darüber vergaß, auch seine Worte. Den Kelch noch vor Augen, brach er, glücklich bewegt, wie von innen her überwältigt, in die Worte aus: »Wie spielt sich hier in edlem Metall, in schönem Gepräge und lieblichen Gestalten, noch einmal der hohe Geist der Lieder und Gesänge wider, den die erhabene Fürstin Herodias uns auf diesem beglückenden Fest zu Gehör bringen ließ.«

Er stockte wie erschrocken, setzte den Weinbecher nieder und sah mit erwachenden Augen zu Herodes Antipas auf, beinahe verzagt und wie noch verwirrt vom abklingenden Entzücken seiner Seele.
Der Tetrarch lächelte gütig.
»Der Erlauchte möge mir vergeben, ich habe gesprochen, ohne eine Aufforderung abzuwarten.«
»Sprächen alle wie du, mein Grieche«, sagte Herodes mit neugierig bewegtem Wohlgefallen, »so wäre ich manchen Winks enthoben, der verwehrt oder erlaubt.«
Er schwieg und sah vor sich nieder. Das unbestreitbar schöne Angesicht unter der goldenen Schattenlast des Diadems wirkte gramvoll. Ein versagendes, trübforschendes Lächeln blieb um den bittern Mund. Er versank. Weniger die Worte seines unbekannten griechischen Gastes als vielmehr der Wohlstand dieser jugendlichen Tatkraft hatte eine starke Wirkung auf ihn ausgeübt und nicht Neid noch Mißgunst in seiner Seele geweckt, wie oft ein Gleiches zuvor, sondern eine Erinnerung, als sei ein Aufruf erfolgt an seine eigene Kraft und eine Rechtfertigung seiner selbst. Die Unlust am Mißbrauch wurde durch diesen Mann in die Lust zum Brauch verkehrt. Vor ihm rühmte sich niemand, sondern man erwies sich als fröhlich beflissen, eine freundliche Gesinnung zu zeigen, man forderte nichts für sich wie eben noch Kaiphas. Wie hatte die spärlich verhüllte priesterliche Mahnung sich dort heimlich in eine Drohung umgestaltet, wie war auf eigene Würde und eigenes Recht gepocht worden, und welch eine Betonung der Machstellung des Gegners und seiner Gefolgschaft hatte ihn gereizt und gequält.
Er hob langsam den Blick, in dem noch der Zorn gegen den Hohenpriester und zugleich eine neue Entschlossenheit brannten, und sah forschend auf Dositos hin. Der Blick des Tetrarchen hellte sich auf, als entstünde mit der Gestalt und dem Angesicht des Mannes vor ihm noch einmal die stärkende Wohltat, die ihm geschehen war. Er winkte den dienenden Knaben von Dositos' Seite an sich heran und nahm ihm den Trinkbecher aus der Hand. Er goß den Wein hinter sich zu Boden, damit kein Zweifel

über den Sinn seiner Darbietung entstehen möchte, reichte Dositos den Pokal und sagte: »Der Becher hat dein Herz erfreut, Grieche, wie du das meine. Nimm ihn und bewahre, du und dein Volk, was du mir angetragen hast.«
Er erhob sich hierauf jäh, kalt und entschlossen, der Tafel zugewandt. Alle sprangen von ihren Lagern und Sitzen zum Gruß empor. Die Leibwache nahm Haltung zur Begleitung des Tetrarchen an, und die Tür zum Palast im Hintergrund öffnete sich lautlos. Herodes Antipas verließ das Fest.

Dreizehntes Kapitel
Adonaï

Dositos wartete auf seinem Standort in der königlichen Loge unbewegt ab, bis die schweren Vorhänge sich über der Tür schlossen, durch die Herodes Antipas das Fest verlassen hatte. Erst als die im Zeremoniell erstarrten Gäste sich wieder ihren Lagerstätten, Gefährten und Bechern zuwandten, durchschritt er rasch die bewegte Gesellschaft des Gelages. Er hörte sich gerufen, überhörte es aber geflissentlich und sah auch das Pfeilgeschwader neidischer und mißgünstiger Blicke nicht, das ihn begleitete und verfolgte. Er hatte das Geschenk des Tetrarchen, den kostbaren Pokal, unter seinem Überhang geborgen, wußte aber, daß der Vorgang dieser ungewöhnlichen Beschenkung beachtet worden war. Der Ausdruck seines Gesichtes war im Dahinschreiten ohne jede Herausforderung und fern allem Hochmut, ohne Triumph.
Jedoch in seinem Verhalten war wenig bewußter Vorsatz, auch gedachte er kaum noch des Anlasses, der ihn an diese Stätte geführt hatte. Was war gewollt worden und was erreicht? Nicht viel, kaum etwas, das ihn innerlich noch beschäftigte, nachdem es verklungen war. Was ihm durch den Sinn ging, hatte allein Bezug auf Marja-Magdalenas Worte. Du hast mir durch dein

Verhalten und deine stolzen worte die Zornestat des Meisters vor dem fruchtlosen Feigenbaum erklärt, dachte er. Du, nur du! –
Der Hauptmann der Wache grüßte ehrerbietig, als Dositos die Marmortreppe niederschritt. Man sah und merkte sich, was die Geladenen an Gunst und Ungunst betraf. Der Grieche dankte so herzlich und ernst, daß der Bewaffnete beglückt lächelte.
Als der Davonschreitende den Festsaal wieder betrat und sich unter die Gäste mischte, stieß er auf den alten persischen Wahrsager und Sterndeuter Adonaï, der auf ihn gewartet und die Begegnung herbeigeführt zu haben schien, denn er begrüßte ihn gleichsam aufatmend, als habe sich ihm mit diesem Zusammentreffen eine lang gehegte Hoffnung erfüllt. Er begann zu reden: »Daß ich dich hier finde und wiedersehe, Dositos, du mein Trost und meine Seelenfreude! Ach, denke doch nicht, ich hätte zuviel des süßen, königlichen Weins seiner einzigen Bestimmung zugeführt. O nein, hab' ich selbst genug davon, gönne ich ihn gern auch anderen. Auch trinke ich selten, nur fast immer, die Götter haben es so verfügt. Aber das sind so Hüllen und Schalen und Mäntelchen, dein Auge dagegen sieht den Glutkern darunter, das Muttergold. Ich will von dir eine Weile gesehen werden, nicht mehr, das ist alles. Wie sieht doch das Alter zuletzt nur noch das Herz der Welt.«
»Dein Auge bestimmt! Sei mir herzlich willkommen, Adonaï.«
»Bin ich es dir?! Ach, wäre ich nicht alt! So ist es doch, mein griechischer Herr und Gönner: das Fatalste auf dieser Erde ist die Kürze des menschlichen Lebens, eine tadelnswerte Einrichtung. Du spürst sie nicht, denn derjenige, dem niemals etwas mangelt, hört nicht auf das geflüsterte Dröhnen des Zeitenschritts: Hinab, hinab, hinab! Aber ich, stetig und immer vom Mangel behaftet, erhob einst in geschmälerter Jugend die Stirn und die Stimme, um mein bescheidenes Vokabulein im Chor der Weisen und Schwätzer unterzubringen, und schon brach vor mir die Entrüstung los: ›Was müssen wir erleben, junger Fant, du wagst es, mitzureden?!‹ Und als ich mich überrascht und betroffen besann und nach den Schreiern umwandte, klang es schon hinter mir aus der

Schar der neuen Jugend auf: ›Seht doch den alten Esel, immer noch redet er mit.‹«
Dositos lachte und ließ sich die Begleitung des Alten gefallen, den er gern sah. »So wäre die kleine Spanne zwischen den beiden Aufrufen der Lebensraum?« fragte er.
»Ich gehe auf dieses Fest, weil ich hier Wein bekomme. Aber es zeitigt für mich auch Früchte: heute habe ich endgültig und für immer herausgebracht, was lichte Magie bedeutet.«
»Das hörte ich gern von dir. Darüber ist viel gestritten worden.«
»In einem Satz sollst du es erfahren, in einem Satz: Lichte Magie ist, wenn es dem Griechen Dositos in wenigen Minuten gelingt, aus dem verruchten Herodes Antipas einen guten Menschen zu machen, wenn auch nur für einen Augenblick.«
»Du hast spioniert?«
»Der Blick auf die Empore des Tetrarchen ist jedem gestattet. Freilich weiß ich, weshalb du dorthin gegangen bist, der ganze Festsaal spricht davon. Auch ich würde manchen Weg für die wunderschöne Marja-Magdalena machen, aber diesen nicht. – Dann sah ich dich reden; versteh mich, ich hörte dich nicht reden – ich sah dich reden. Wenn du deine Hand emporhobst, so entstand Freiheit, wenn du sie rasch aufwarfst, so erging mit ihr ein unbestürmbares Gebot. Dein Lächeln vertrieb die Dämonen im Umkreis, deine strahlenden Augen liebten die Götter wie sie dich.«
»Wir wollen Wein aus Rhodos trinken, Adonaï. Im Garten draußen brennen Lagerfeuer, dort geht es noch fröhlich zu.«
»Und das Becherchen dort unter den Falten des Überwurfs – Magie, Magie. Weißt du nicht, daß Herodes Antipas der habgierigste Fürst ist, der je ein römisches Thrönchen zum Unwohl und zur Marter seiner Völker innegehabt hat? – Ja, zeig und gib ihn mir, den Becher, ich will ihn dir tragen. Ich berg' ihn dir gut, ich geb' ihn dir wieder. – Dich lieb' ich. – Eher gäb' ich mein Lebensrestlein dahin – vergiß nicht, daß der Rest den Alten teuer ist –, ehe ich ein Flitterchen von den Goldfäden an mich brächte, die in dein schönes Gewand eingewebt sind.«

»Morgen werden ich und der Becher dem Antipas ein Rätsel sein.«
»Magst du anderen ein Rätsel sein, Dositos, mir bist du keines. Du verstehst dich auf das Spiel der Dinge und Gestalten wie keiner sonst, weil sie dir im tiefsten Grunde gleichgültig sind, auch die Menschen. Sie erfreuen dich zu ihrer Stunde, und du beteiligst sie bereitwillig an dir. Du hast ein herbergendes Herz und entzückst deine Freunde. Im Grunde bist du ein Überbringer, der seine Botschaft nicht verrät, wohl aber von ihr weiß, daß sie hell und herrlich ist. Es müssen die Strahlenden in deiner Himmelsmitte leuchten, der Sonnenstern und der göttliche Bote Hermes, der von allen Geliebte, beide freundlich vom Mond angeschaut. Aphrodite wird dir dereinst und zuvor immerdar, zu Sturz, Aufstieg und Wandlung gestalten den Tod, dessen Fährten du böse liebst, den du nicht fürchtest. Aber höre, Dositos, trau deinen Freunden nicht, den schwächsten am wenigsten. Da wirf du nur dein Gold und die Schätze deiner Seele vor sie hin, oder reich beide mit Anstand und Güte dar, immer werden sie dich hassen. Und mit Recht, mit Recht, du mir sehr Geliebter, denn das Ganze und alle Teile trachten zu dir, nicht aber zu ihnen, in deiner Zeit.«
Dositos sah auf den beweglichen, zerknitterten Greis. Sie saßen jetzt an einem Säulenunterbau auf einer Galerie am Ausgang zu den Hofgärten, der kühle Nachtwind wehte, und die Sterne flimmerten über ihnen. Er hörte nur halb auf die Worte des alten Freundes, wußte nicht, daß er Wein herbeiwinkte und selber rasch und gierig trank. Er dachte an ganz andere Dinge, tief in schwebenden Hintergründen seines Bewußtseins, und dachte zugleich an Adonaï.
Das Lebensschicksal dieses Menschen war selbst für die unruhigen, kriegerischen und verworrenen Verfallszeiten, in denen sie lebten, ungewöhnlich genug gewesen. Seine Eltern, ein Händlerpaar aus Damaskus, waren auf dem Wege nach Jericho persischen oder arabischen Banden in die Hände geraten, die die Karawane überfallen und ausgeraubt hatten. Sein Vater wurde erschlagen und seine junge Mutter durch das Raubgesindel ver-

schleppt. Eine alte Purpurkrämerin aus einer nahe gelegenen Siedlung fand am Abend den Knaben halb verhungert und verdurstet und nahm sich seiner an. Sie ließ ihn erziehen, steuerte aus ihren beschränkten Mitteln die Kosten für sein Studium in Jerusalem bei und vermachte ihm nach ihrem Tode ihr kleines Vermögen.

Der Jüngling schlug sich mühselig genug durch, bis ihn, schon in späteren Jahren, ein gütiger Stern dem Geschichtsgelehrten Silas am Hofe des großen Herodes in die Hände spielte. Seine Ziehmutter hatte ihn Adonaï genannt, sie wußte weder seinen Namen noch Jahr oder Ort seiner Geburt. Am Hofe des Königs, in Gemeinschaft mit dem Gelehrten, arbeitete er an der Geschichte der Seleukiden, bis ihm nach dem Tode seines Meisters eine Anstellung als Hofchronist zufiel, die er Tryphon, dem Barbier des großen Königs, und dessen Einfluß verdankte. Herodes, damals schon im Verfall seiner Kräfte und krankhaft mißtrauisch, selbst gegen die Mitgleider seiner eigenen Familie, ließ ihn in der Wissenschaft der Sterndeutung unterweisen und hörte bald begierig auf seine sonderbaren Einsichten.

Nach dem Tode des Königs flüchtete er unter den Nachstellungen des Ethnarchen Archiläus und seiner Günstlinge, die alle Vertrauten des Herrschers verfolgten, nach Damaskus. Jedoch hielt es ihn dort nicht, denn Jerusalem hatte für alle vom Geist Berührten in seinen reichen, vielgestaltigen Lebensformen eine gewaltige Anziehungskraft. Da Roms Herrschaft, nach der Absetzung des Archiläus durch den Kaiser und mit der Einteilung des Landes in Fürstentümer und Provinzen, äußerlich zeitweilig Ordnung herstellte, war eine Rückkehr für Adonaï möglich. Es gelang ihm, seinen Studien, bei denen er sich nun in erster Stelle wieder der Sternkunde zuwandte, in Jerusalem in einiger Ruhe nachzugehen. Darüber entdeckten er und andere seine ungewöhnlichen Anlagen, die Weltenuhr der Gestirne zu lesen und ihr Gesetz in seinem Verhältnis zur Fügung des menschlichen Charakters und Schicksals zu erkennen.

Sein Ruf als Sterndeuter und Wahrsager wuchs rasch, aber neben dem steigenden Ruhm sanken seine so oft mißbrauchten und

überanstrengten Kräfte des Leibes dahin. Er schrumpfte zu einem wüst und wild behaarten Zwerg zusammen, der kaum noch zu rechtem Leben erwachte, wenn ihn die Geister des Weins nicht aufrüttelten. Man mußte bei ihm die Stunde zwischen jähem Auftrieb und raschem Verfall, zwischen Klarblick und der Verdammnis der Trunkenheit erwischen; dann freilich sprühte es aus ihm von wahrsagerischen, dämonischen Offenbarungsfunken. Er wurde zum Medium der fernsten Zwischengeister und zerging hellsichtig unter den Lichtern seiner Visionen. –
»He, Dositos, du frommer Räuber und räuberischer Hirte der Herzen! Mit dem Sterndeuter hockst du unter den Sternbildern! Wie wohl getan. Du wechselt die Gesellschaft rasch und bist nicht wählerisch. Erlaubst du, daß ich mich zu euch geselle?«
Der dies sagte und herzutrat, was der Sadduzäer Isidoros, der Dositos schon bei der Begegnung mit Marja-Magdalena mit großer Neugier und Aufmerksamkeit verfolgt hatte, und nicht erst dort. Der Grieche kannte ihn flüchtig, liebte ihn aber nicht, obgleich er nicht ungern mit ihm sprach, denn die harte, kritische und boshafte Geistigkeit dieses Gelehrten und Lehrers der Hochschule von Jerusalem zog ihn an. Er wußte, daß jener sich dem mosaischen Glauben und Gesetz längst entfremdet hatte, soweit er es nicht politisch oder parteilich in Betracht zog oder brauchte, und daß er, was seine Weltanschauung und seine religiöse Einstellung betraf, dem orphisch-pythagoräischen Geisteskult zuneigte.
Dositos grüßte ihn höflich.
»Ich komme nicht allein aus eigenem Antrieb«, fuhr Isidoros fort; »Marja-Magdalena läßt dich zu ihrem Freundeskreis in die Gärten bitten. Sie lagern dort um die Feuer. Ich gestehe, daß ich mich ungern aus dieser Gesellschaft gelöst habe, die ich dir verdanke.«
Er ließ sich neben den beiden auf der Brüstung der Terrasse nieder. Adonaï verneigte sich mißmutig; er haßte den kalten, hochmütigen Spötter und verbarg rasch den Pokal des Tetrarchen, den er zuvor betrachtet hatte, unter seinem Mantel.
»Jerusalem ist unruhig und aufgewühlt«, begann Isidoros wie-

der. »Jedesmal, wenn ich mich irgendwo niederlasse, wie nun hier, bedrängt mich das Gefühl, als sei es auf einem Kraterrand.«
Dositos schwieg, da ihn bisher kein Aufklang in der Rede lockte, ein Gespräch darüber zu beginnen. Er nahm sich vor, Marja-Magdalenas Einladung anzunehmen.
Isidoros begriff über diesem Schweigen, daß die Umwege durch den Stab des alltäglichen Geschwätzes nicht zu seinem Ziel führten. So entschloß er sich zu einem direkten Vorstoß auf Gewichtiges, denn er wünschte sich brennend, ein ganz Bestimmtes von Dositos zu erfahren.
»Die politischen Kämpfe und die brodelnde Unrast der Gemüter, besonders nach den letzten Aufständen, werden durch die Reden und Umtriebe des Galiläers Jesus und seiner Anhänger geschürt. Ich glaube zwar kaum, daß er sich sonderlich um staatliche Einrichtungen kümmert, wohl aber um religiöse Vorschriften, die hierzulande nicht vom Wohl und Wehe des Volkes und der Tetrarchie des Antipas zu trennen sind.«
»Mich dünkt«, antwortete Dositos aufgemuntert, »daß diese Mischung selbst gefährlicher ist als jede Einmischung Dritter.«
»Möglich, jedoch lassen sich die Sittengesetze nicht leicht von politischen Fügungen und Verfügungen trennen, wie andererseits die Religion nicht von der Sitte. Die Ursachen der Unruhen und Revolten haben geheimnisvolle und schwer erkennbare Keime. Glaube mir, Dositos, ich und die Meinen erstreben nichts ernsthafter als einen Ausgleich mit Rom, und wir haben von euch Griechen gelernt. Ihr habt uns viel gegeben.«
»Dafür haben wir euch auch etwas genommen.«
Isidoros zögerte. Er hätte die Antwort und ihre Herausforderung am liebsten überhört, fühlte aber, daß er damit den Fortgang des Gesprächs abschnüren würde. So gab er nach und fragte vorsichtig: »Was wäre es, das ihr uns genommen hättet?«
»Euer Gesicht«, sagte Dositos lächelnd.
Sein Partner wurde durch diese Antwort im gleichen Maße gereizt wie durch den Tonfall, in dem sie erfolgte, triumphierte aber heimlich, da er sich in ihr angenommen sah. Er gehörte nicht zu den Streitern um Wort und Sinn, die den Kampf mit ver-

letzenden Waffen scheuen. Er antwortete bedächtig, als wünsche er zu versöhnen: »Ich habe vernommen, daß du diesem Galiläer und seiner Lehre viel Anteilnahme entgegenbringst. Da du den Bann, den das Synedrion ausgesprochen hat, nicht zu fürchten brauchst, mag es dir leichtfallen, deinen Neigungen auch auf diesem Gebiet nachzugehen. Jedoch hast du mich überrascht, und ich gestehe, daß du mich durch diese deine Einstellung veranlaßt hast, mich auch meinerseits mit dem Propheten näher zu befassen. Wenn ein Mann wie du ihm Beachtung entgegenbringt, würde es uns zur Unehre gereichen, ihn und seine Aussagen nicht zu überprüfen.«

»Danke. Ich vermute, Isidoros, du würdest dich wenig um diesen Menschen kümmern, auch meiner Anteilnahme wegen nicht, wenn ihm das Volk nicht in Scharen nachliefe und wenn du nicht gehört hättest, daß sogar manche unter den Pharisäern ihn ernst nehmen.«

»Die ungewöhnliche Anteilnahme des Hohepriesters Nikodemus will ich als erwiesen zugeben«, entgegnete der Gelehrte, machte ein Pause und schuf damit seinem Ausspruch Raum zur verdächtigenden Wirkung; dann endete er unbeteiligter: »Über den Zulauf des Pöbels, dessen sich der Redner erfreut, habe ich meine besonderen Gedanken.«

»Jersualem bietet viel. Die Rede, die der Galiläer jüngst im Vorhof des Tempels gehalten hat, ist allerdings lebendiger als das meiste, was ich etwa von deinesgleichen, dort oder anderswo, gehört habe. – Findest du es nicht angebrachter, Isidoros, dem Wein mehr zuzusprechen als mir? Ich bin kein Schriftgelehrter und habe wenig Sinn für euer unermüdliches Religionsgezänke.«

»Ich verstehe diese etwas lächerliche Anteilnahme nicht«, entgegnete Isidoros beharrlich und herausfordernd, »die ein Teil der Gelehrten unserer Hochschule und wiederum ein Teil der Pharisäer diesem Volksredner entgegenbringen, der durchaus nicht nur Religionszänkereien hervorruft. Wir gingen von der Beunruhigung aus, die er zweifellos herbeiführt. Deshalb fragte ich dich. Ich vermutete, du seist besser im Bilde der Begebnisse als ich, sehe aber nun, daß du nicht willens bist, auf meine Besorgnisse einzugehen, und daß du dich scheust, vor mir zu bekennen, was du andernorts mit Leidenschaft vertreten hast.«

»Ja«, meinte Dositos mit einem Seufzer, »es ist leider im ganzen Lande bekannt, daß ich ein Feigling bin.«

Das stark vom Wein angefachte Gemecker Adonaïs unterbrach das Gespräch. Er krähte: »Ich weiß von diesem Heilsverkünder nichts, aber ihr beide wißt mehr von ihm, als ihr euch gegenseitig verkündet.«

Er schien sich diebisch zu freuen, und sein Gelächter war aufreizend schadenfroh.

Dositos dagegen sah friedlich vor sich hin. Er gab dem Gegner Raum, sich vorzuwagen.

Isidoros begann wieder, dem Wahrsager den Rücken kehrend: »Ich gestehe, die Verwirrung der Massen, die dieser Gassenprophet in die Wege leitet – ähnlich wie zuweilen Wahrsager und Sterndeuter –, ist mir nicht gleichgültig. Das Volk ist nicht nur Pöbel, sein Hang und Drang und seine Stimmen können Gewicht gewinnen. Die Masse ist verführbar, denn sie ist urteilslos, aber immer waltet in ihr zugleich das Volk. Wer sich der Masse in unlauterer Absicht bedient, den bringt das Volk in ihr zu seiner Stunde um, denn die berufenen Herrscher, sowohl im religiösen Machtgebiet als auch die der weltlichen Gewalt, mißbrauchen niemals die Masse, sondern sie kennen den Menschen und achten die Kräfte im Volk.«

»Mißachtet er das Volk und kennt er, deiner Erfahrung nach, den Menschen nicht?«

»Das Volk kennt er so wenig, wie er es achtet, wohl aber den Pöbel, das Gesindel und die Ausgeschlossenen und Verworfenen der Menschheit. Es kann dir unmöglich verborgen geblieben sein, wen er an sich zieht, mit wem er sich umgibt und welche Gefolgschaft er sucht. Die Zöllner gelten bei uns als Räuber und Betrüger, und ihnen und den Wollüstigen und ihrem Anhang gibt er den Vortritt in sein angepriesenes Reich Gottes.«

»Was die Räuber betrifft«, warf Dositos ein, »so ist es richtig, daß er Freunde unter ihnen hat. – Aber laß dich nicht stören, wenn du sie nicht fürchtest.«

»Was diesem gutmütigen Eiferer vorschwebt, soweit mir seine Reden bekannt geworden sind«, nahm Isidoros kalt und entschlossen seine Rede wieder auf, »ist eine Gottheit, die den Menschen die Sünden erlaubt, wenn sie darüber hinaus ein wenig Sinn für die Wohltätigkeit haben und ihre Sklaven gut halten. Alle Sünden vergibt er, nur nicht die gegen einen gewissen heiligen Geist, das wird wohl seiner sein. Als ob es nicht leicht wäre, einen Gott für eine Weile der Menge glaubhaft zu machen, der das Recht zur Sünde und alle Vergebung gegen ein wenig schlampige Gutmütigkeit zugesteht, die er Barmherzigkeit nennt, und der sich auf die Seite der Armen gegen die Reichen stellt. Das vor allem! Welch ein Kunststück, Seelenfischer zu sein, wenn das Netz der Sittenlehre so weite Maschen hat, daß man jenseits seiner Gebote den Hindurchgeschlüpften mühelos einen Gnadenvortrag über die Freiheit halten kann!«
Adonaï, der zur Seite getreten war, erzitterte, denn er fürchtete sich vor dem Ausbruch, den er bei Dositos erwartete. So viel hatte er trotz seines Rausches erkannt, daß sein griechischer Freund den Volkslehrer achtete, von dem hier die Rede war. Er starrte Dositos mit flimmernden, weinseligen Äuglein an, wie auf dem Sprung, ihn zu hindern oder ihm zu helfen, sank aber in ein starres Erstaunen ab, als er jenen mit einer, wie ihm erschien, völlig unerklärbaren Ruhe antworten hörte: »Da du unter Freiheit nur die Entbundenheit von allerhand Vorschriften verstehst, will ich sie dir lassen, denn ich verstehe unter Freiheit das uneingeschränkte Recht der Seele zu ihrem tiefsten Wert. – Laß diese Unterscheidung zwischen uns gelten; hüte dich aber«, jetzt hob er die Stimme zu einschüchternder Härte, »daß du nicht ein zweites Mal unter die Räuber fällst.«
Isidoros überhörte die Warnung geflissentlich, wenn auch nicht ohne Furcht, war aber viel zu klug, um nicht die Schärfe der Geisteswaffe ermessen zu können, die ihn zuvor verwundet hatte, und um nicht die Tiefe seiner Wunde zu spüren. Er schwang sich mächtig auf, die Hochebene zu gewinnen, auf der er herausgefordert worden war, aber Adonaï nahm ihm Wind und Auftrieb aus den noch flatternden Segeln.

Der kleine, zerzauste und vom Weingenuß geschüttelte Mann war schon zwischen den beiden wie ein nächtlicher Kobold und zugleich bedrohlich wie ein getriebener Urgeist des Weltgewissens. Er ergriff die Hände des Griechen und küßte sie inbrünstig: »Sagte ich es nicht? Habe ich es nicht gesagt?! Ich werde Hermes, dem göttlichen Boten, ein Widderlein opfern und keinen Tropfen mehr trinken, außer noch etlichen, auf daß der Wein vor dem Altar des Segensreichen im Sand der Welt vor ihm verrinne. Gnade dir! Du hast vom Thron der Göttlichen das Licht der Freiheit in die Nacht getragen. Freiheit bedeute in alle Ewigkeit das Recht der Seele zu ihrem tiefsten Wert. Du hast das Licht der Freiheit in die Welt getragen.«
Dositos wehrte ruhig ab: »Nicht ich«, sagte er nur. »Nicht ich.« –

Als er sich kurz darauf, mit dem Sterndeuter an seiner Seite, in den königlichen Palastgärten den Feuerstätten näherte, in deren bewegtem Lichtschein sich eine bunt zusammengewürfelte Schar der späten Gäste versammelt hatte, die kein Ende des Festes finden konnte, kam ihnen Marja-Magdalena entgegen. Adonaï ließ sie miteinander allein; er fühlte sogleich, daß das junge Weib es so wollte, und gesellte sich zu den Lagernden um die Feuerplätze. Die Nacht war kühl, die Feuer lockten ihre späten Kinder.
Marja-Magdalena stand unter den angeleuchteten Zweigen des hohen Buschwerks wie in einem roten Zelt. Ihre Gestalt war von hinten her beschienen, denn sie befand sich zwischen dem Feuer und Dositios, der sie mit Staunen und Entzücken betrachtete. Er sah erst jetzt, wie wunderschön sie war, üppig, schlank und hoch gebaut, eine Göttin der holdesten Sinnenfreuden, im Mantel ihres dunklen Haars, das sich gelöst hatte. Sie gab sich heiter und frei: »Ich danke dir, Dositos«, begann sie und begrüßte ihn ein wenig zu feierlich, um nicht spüren zu lassen, wie warm und innig ihm ihr Herz entgegenschlug. »Dir könnte ich gehören – wenn ich nicht allen gehörte, denn in dir sind viele, aber du bist nicht der eine.«

Dositos fragte, völlig unberührt durch die Schmeichelei oder die Absage in ihren Worten: »Wer ist der eine?«
Magdalena zögerte. Dann rief sie, deutlich dankbar für ihren rettenden Einfall: Frag Adonaï, den Wahrsager – doch. Ja! – Das ist ein Gedanke. Den sollst du fragen, den Rätselhaften. Er verfolgt mich schon den ganzen Abend und die halbe Nacht, um mein Seelenkleid mit den Bildern seiner Phantasie zu bemalen. Ein Vorhaben, das alle Liebhaber treibt, nur macht er den Umweg längst schon ohne das Verlangen nach dem letzten, dem schrecklichen und süßen Ziel, das ihr alle sucht und wollt – auch du? – Nein, du nicht. Vergib, ich wollte dich nicht kränken. Du bist zu klug und stark, um nicht Meister der Regel zu sein. – Weißt du, daß ich dich hinter dem Höllensturz deiner Pferde auf der Rennbahn gesehen habe? Halbnackt im Wind, wie ein Bogen gespannt, das Angesicht in Staub und Sturm. Aber du wolltest nicht fahren noch ein Ziel erreichen, noch siegen – du wolltest den Tod überholen. – Noch ist er vor dir und schneller als du. Bald ist er hinter dir und schneller als du. – Du antwortest mir nicht? So komm, wir gehen zu Adonaï, ehe ihn Bacchus zu Boden zwingt.«
»Wie kann ein so schönes Weib schwätzen wie eine Elster? Brauchst du es schon?«
»Ach ...« antwortete sie, jählings wie verwandelt und tief betroffen. »So bin ich dir doch wohlgefällig, da du mir nicht nur geholfen hast, sondern mich auch schlägst? – Nur war es zu sanft, mein griechischer Herr; deine Peitschen martern nicht.«
»So will ich mich auf deinen Wunsch hin des Alten bedienen. Wie ich ihn kenne, brennen seine Geistesflammen Wunden, wie du sie für dein trauerndes Herz brauchst – meine schöne Schwester!«
Er hatte eine Pause zwischen dem Gesagten und den letzten drei Worten gemacht, so daß nach dem höhnischen Gleichmut des Beginns die Wärme der Anrede stark und überwindend zur Geltung kam.
Nach einer stillen Weile, die ihr tief suchender Blick und ihr heiliger Schreck ausfüllten, entgegnete sie entschlossen und langsam: »Bruder mein! – Denk an mich – beim letzten Seufzer, in den Erdstaub hingehaucht.«

Dositos umschlang sie und schloß sie fest in die Arme. Sie drängte ihn fort von den Feuern, zu einer tieferen Glut, aber er gab ihr nicht nach, sondern lenkte sie sanft und stark, wohin er wollte. Sie gehorchte ihm demütig und legte nur den Kopf an seine Schulter, als sie zur Festgesellschaft zurückschritten. Noch ehe sie das Feuer ganz erreicht hatten, hörten sie schon die Stimme von Adonaï.

Er stand vor der teils widerwillig, teils gespannt lauschenden, lachenden oder spottenden Gesellschaft; seine Arme flatterten, seine Stimme gellte und keuchte, so daß er zugleich komisch und schauerlich wirkte. Dositos flog durch den Sinn: Seit wann haben auch die Götter ihre Narren und nicht nur die Könige? Jetzt vernahmen er und Magdalena zusammenhängende Worte des Alten deutlich: »Widersprecht mir nicht, wenn ich den Tod zum Kumpanen an unser Feuer rufe. Sterben ist große Mode geworden, ihr Narren des Lebens, haltet euch daran! Nichts wird mehr gezeugt und geboren als nur das eine, das Neue, das Zukünftige, das ihr nicht mehr versteht und nicht mehr erleben werdet.«

Er erblickte Marja-Magdalena an der Seite des Griechen, da nun beide nahe herzugetreten waren.

»O schöne Magdalena!« rief er und trat ihr in neuer, ganz anderer Entflammung entgegen. »Ich sehe, wie du dein herrliches Haar zum Tuch machst, um dem einen die Füße zu trocknen, die deine Tränen zuvor gewaschen haben. – Was lacht ihr, ihr da am Feuer?! – Lacht immerhin – wer über die Flamme lacht, ist schon ihre Beute.«

Marja-Magdalena näherte sich ihm ergriffen. »Sag uns, was du siehst. Ich glaube dir. Sag mir auch, was du von mir noch siehst und wie du mich im Kommenden erblickst.«

Adonaï löste sich von ihr. Er trat zurück, auf das Feuer zu.

Er sah wie ein Traumkobold aus, aber gefährlich und böse, und sein Blick sank ab und erlosch für die Außenwelt, um die innere Vision zu umfangen. Er begann zu sprechen, ohne Aufwand, nicht von Leid oder Pathos gestoßen, als läse er vom unsichtbaren Weltenhintergrund ab.

Erschüttert für einen jähen Augenblick entglitt Dositos jeder Sinn für Zeit und Raum.
Nur die Nahestehenden vernahmen die Worte Adonaïs: »Unfreundlich zum Mond stand dir, Magdalena, zur Stunde der Geburt, unter dem Horizont, Mars, der wilddrängende, und läßt dich wieder und wieder schwanken und wählen. Immer entscheidet dein Blut sich rasch, jäh und hell. Jupiter, hoch über allen, gab dir die Sichtbarkeit für viele und die hohe Gewähr zur ehrfürchtigen Entscheidung, wo dein Wert dich ruft. Bald wird nun der fortschreitende Mond in der Himmelsmitte den strahlenden Herrn der göttlichen Weihen erreichen, und du mit ihm – morgen und ewig ...«
Er brach ab, wie innerlich erloschen, und sah wieder die Menschengestalten im Umkreis.
Dositos war nahe herzugetreten, er hatte alles mit angehört und sagte nun eindringlich und unstet bewegt zu Adonaï: »Was siehst du noch? Sage es uns, sag alles!«
Er fühlte Marja-Magdalenas Hand schmerzhaft an seinem Arm.
»Nicht so«, sagte sie bleich und zornig, »laß ihn gehen! Er soll schweigen. Was kümmert mich sein leidvoll-wirres Geschwätz?! Niemand darf mir Gewalt antun, aber auch niemand hat ein Recht, mich freizusprechen. Ich bedarf keiner Entschuldigung. Ich will nichts, als selber ehrfürchtig emporschauen.«
»Hat er dir dies letzte nicht verheißen?« fragte Dositos, aber er tat es abgelenkt. War denn der Geist des Gailäers überall am Werk?
Wußte Adonaï vom Meister in Galiläa, war er ihm begegnet und von ihm berührt worden? Nichts von Adonaïs Gestammel ließ sich als errafft, gehört oder als übernommen erweisen, aber in seinen Segnungen, Verdammungen und Prophezeiungen spiegelten sich die Abbilder der ewigen Worte, die Dositos vernommen hatte.
Er schrak aus seinen Gedanken auf. Adonaï wankte und stolperte, Halt suchend, ins Leere. Er sank zu Boden.
Marja-Magdalena eilte hinzu und hob das graue, arme Haupt in ihren Arm. »Dositos«, rief sie, »hilf ihm!«

Er trat an ihre Seite und erkannte sofort, wer als letzter auf dieses Fest zu ihnen gekommen war.
»Widersprecht ihm nicht mehr«, sagte er laut und feierlich. »Er selbst war es, der den Tod zum Kumpanen an unser Feuer gerufen hat. Er geleite ihn freundlich, wie einst uns alle.«

Vierzehntes Kapitel
Das Wort

Als Dositos dicht vor Einbruch der Morgendämmerung den königlichen Palast und das Fest des Herodes Antipas verließ, gesellte sich ihm, aus dem Schattenbereich der Mauer hervortretend, ein Unbekannter zu, schritt ihm voraus, wandte sich, blieb in einer kleinen Entfernung respektvoll vor ihm stehen und verneigte sich am Wegrand.
Der Angegangene empfand sofort, daß dies eine Aufforderung zur Beachtung darstellte, die nicht feindselig sein konnte. Er fragte: »Wer sendet dich?«
Der Bote verneigte sich abermals, immer den Abstand wahrend, und antwortete gleichmäßig leise, aber deutlich: »Eine, die versprach, dir Botschaft zu schicken, sobald sie deiner bedürfe. Meine Gebieterin bittet dich, mir zu folgen. Als Gewähr und Zeichen ist mir befohlen worden, dir diese Worte zu sagen: ›Willst du das gleiche wie ein Befreundeter, so ist das Spiel redlich.‹«
Er schwieg und wartete. Dositos entsann sich sogleich der Worte der Prinzessin Salome, die sie ihm nun als Erkennungszeichen sagen ließ, und befahl: »Geh voran.«
»Herr, erlaube mir zu sprechen: Der Hauptmann der Palastwache erwartet dich am Ausgang der Gärten, so daß wir die Vorhallen des Palastes noch einmal durchschreiten müssen. Mein Gebieter möge mir gestatten, in weitem Abstand vorauszugehen, so ist mir aufgetragen worden. Ich habe das Losungszeichen für alle Wachen.«

Am Ausgang eines hofartigen, nicht großen Gartens, über dem schon, hoch in den Wipfeln der Palmen, ein Widerschein des Morgenrots lag, trat ihm Thekoras, der Hauptmann der arabischen Bogenschützen, entgegen, den er kannte, so daß außer der kurzen Begrüßung kein Wort der Verständigung notwendig war. Der Bote verschwand auf einem schmalen Weg in der Dämmerung des Buschwerks.

Draußen war es schon heller. Jerusalem lag in tiefem Schlaf. Die Häuserreihen der Straßen, wie Mauern, schimmerten grauweiß, es herrschte eine bedrückende Totenstille. Die dicht bebauten Hügel der Stadt lasteten wie Gewölk. Die Feste Antonia und das Massiv des Tempels und seiner Vorhöfe lagen in leichten ziehenden Morgennebeln, so daß nur ihre Fundamente und Grundmauern auftauchten. Es war kalt, und der Moderhauch vom Leben des vergangenen Tages mischte sich mit der Morgenfrische, die der Nordwind vom fernen Gebirge Efraim über die Hügel der Stadt wehte.

Sie umschritten die obere Stadt nach Osten zu. Als der Weg an den Felshängen, die die Akra von der oberen Stadt trennten, hart nach Süden abbog, fanden sie mit zwei weiteren gesattelten Pferden zwei Berittene vor, die sie erwarteten, so daß sie nun am Teich Siloah vorüber das Brunnentor am Südzipfel der Stadt rasch erreichten. Die römische Wache ließ sie passieren. Der arabische Hauptmann sah stolz und gleichgültig an den Söldnern vorbei, er erwiderte den römischen Gruß nur durch eine Kopfwendung.

Dositos wurde zum Eingangstor der königlichen Gärten geführt, denen sich ein Palmenhain anschloß, der der Prinzessin Salome gehörte. Sie hatten den Kidron überschritten, Reiter und Pferde waren zurückgelassen worden. Auf einen Anruf des Hauptmanns öffneten sich die Flügel des hohen Tors nach außen und schlossen sich wieder hinter dem Griechen. Man schien den Geladenen nicht zurückzuerwarten, denn der Führer hatte sich verabschiedet, wahrscheinlich war bekannt, daß das Landhaus des Griechen unfern der königlichen Gärten im Flußtal gelegen war.

Dositos schritt langsam im kühlen Morgenwind der Frühe den Weg entlang, der auf den Palmenhain zuführte. Der Pförtner blieb zurück, es begegnete ihm niemand, die Gärtner waren noch nicht am Werke. Zu seiner Rechten flammte im Morgenschein ein Granatgarten auf. Die Ölbäume an einem Hang in naher Ferne schimmerten silbergrau und gestaltlos, ein mattes Gewölk, wie Schaum. Über dem östlichen Bergkamm ging die Sonne auf, mit solcher Herrlichkeit, daß dem Dahinschreitenden die Knie bebten, als zöge der Boden sie aufs Erdreich nieder zu einem Gebet, das nichts als Fröhlichkeit zum Vater der Welten emportragen konnte.

Er kam an einer kleinen viereckigen Säulenhalle vorüber, deren Giebel das uralte Bildwerk einer Astarte schmückte. Das Standbild der Liebesgöttin aus Sandstein zierte zu Häupten ein Strahlenkranz aus sieben Sternen, er entfaltete sich als eine Gloriole um ihr rauh fallendes und angelegtes Haar, wie ein heiliger Schein. Sie hielt die Hände in den Schoß gelegt, ihre starre Nacktheit wirkte verloren und sonderbar arm und preisgegeben, als hätten die tausend Jahre ihres steinernen Lebens nichts zu verkünden als eine Sage von Weibesleid und Mutterweh.

Die Prinzessin Salome kam ihm aus dem Halbschatten des Palmenhains entgegen, sie trafen sich dicht bei der kleinen Säulenhalle, und Dositos merkte, daß die Hände des Mädchens zitterten. Als sie ihr Gefühl verraten sah, versuchte sie nicht mehr, es zu verbergen, sondern legte dem Mann den Arm um den Nacken und schmiegte sich für einen Augenblick an seine Schulter; ihre Freude, ihn wiederzusehen, war groß. Aber darunter quälten sie ihre Angst und Besorgnisse, und ohne daß ein Wort darüber gefallen war, empfand Dositos sofort, wem sie galten.

Er suchte nicht nach Trost oder Beruhigung, sondern führte das königliche Mädchen langsam den Weg entlang, weiter in den Hain hinein. Er wußte, nicht allein von ihrem letzten Beisammensein her, sondern aus Nachrichten, die ihn erreicht hatten, daß ihr Gemüt sich in großer Liebe und Verehrung dem Meister von Galiläa zugewandt hatte, daß sie sich täglich berichten ließ, ja daß sie gewagt hatte, sorgfältig verkleidet und in Begleitung einer Dienerin, ihm bei seinen Reden zuzuhören.

Er spürte, wieviel inniges Trachten nach Hilfe und Gemeinschaft

sich in ihrem Verhalten zu ihm selbst kundtat, es rührte ihn tief, aber er wunderte sich nicht. Er erzählte ihr vom Fest der verflossenen Nacht, heiter und sorglos, mit einem lächelnden Hinweis auf sein prunkvolles Gewand, und ließ sie seine Freude am glücklichen Gelingen seiner gefährlichen Wege wissen. So vermochte er sie für eine Weile abzulenken und zu erreichen, daß sie ihm, durch seinen Zustand überwunden, gern und ein wenig ermuntert zuhörte.
Sie legte im Dahinschreiten ihre Schulter sacht und innig an seinen Arm, bis sie sagte: »Wo du beteiligt bist, da bist du weder listig noch falsch, und deine Klugheit verwundet niemals dein eigenes Herz und kein geliebtes. Wer lehrte dich, den Aufstand des Lichtes erkennen, die Stufenleiter des rechten Verhaltens, vom Verweslichen empor bis in den Bestand des ungetrübten Sinns für das Erhabene? Oft meine ich, dir fallen alle Dinge zu, weil du niemals das Geringfügige über das Große stellst, wenn du zu einer Entscheidung gedrängt wirst, und niemals das Recht des Leibes über das Recht der Seele. Entsteht nicht aus solchem Gelingen das Geheimnis aller Freiheit des Geistes, und ist nicht aus solchem Gelingen das Recht zu aller Lust der Welt dargetan? Antworte mir.«
»Das hat er alles für immer gesagt, wie nun auch du es ausgesprochen hast.«
Er war über die Maßen erstaunt über die Klarheit, in der hier eine Seele das Licht widerstrahlte, das sie empfangen hatte; und ein Glück, vergleichbar dem Morgensonnenschein, der sie überall erreichte, erfüllte ihn mit einer Gewißheit von Dank und Zugehörigkeit durch und durch. Er kannte das schöne und geheimnisvolle Wort, das ihm viel bedeutete und das er liebte, das Wort über diejenigen Menschen, die zuerst nach dem Reich des Geistes trachten und von denen der Meister behauptete, darüber würde ihnen alles andere zufallen, dessen sie bedürften. Wieder wurde ihm erkennbar, wie über alles Begreifen einfach das Höchste und Größte war, wenn ein Herz es durch seine Kammern strömen ließ, als sei dies Herz nichts anderes als ein Weg. –
Die Sorge ließ Salome keine Ruhe: »Die Pharisäer«, sagte sie

nach einer Weile, »haben im Hohen Rat den Entschluß gefaßt, über alle den Bann zu verhängen, die sich zu ihm bekennen. Es ist gewiß nicht klug, denn sie stärken dadurch sein Ansehen, aber zugleich auch die Gefahr, die über ihm schwebt. – Sie verstehen nicht zu regieren«, fügte sie wie für einen Dritten bestimmt hinzu, »da sie sich um ihre Macht in Sorge zeigen. Nur der kann herrschen, der nicht seine Macht bedenkt, sondern ohne Haß oder Furcht seine Pflichten nach klugem Sinn.«
»Kleine Königin«, sagte Dositos.
»Sag mir nichts Ehrendes, mein Freund. Wenn du mir schmeichelst, werde ich unsicher, und ich möchte an deinen Wert glauben.«
»Königin«, sagte Dositos mit großem Nachdruck.
»Du Lieber! Du bist empfänglich und zart und zugleich hart und böse; ich will nicht mit dir Krieg führen. Du bist mir lieb. Aber du, mein letzter Halt zwischen den Blumen und Steinen der schönen Erde, weißt es, daß das höchste Heil der Seele unserm Blut zu entwandern trachtet, gleichwohl in ihm geborgen. Ich bin durch das Verlangen verwundet, es möchte diesem Lichten, der im Geheimnis der Gottesliebe steht, kein Unheil zustoßen. Gib meinem Willen freundlich Raum in deiner Seele und tu mir nach der Kraft deines starken Geistes Bescheid. Ich möchte dich in meine Arme schließen und in solcher Empfängnis vergessen, was neben dir und mir die Welt zu leiden hat. Was mich daran hindert, ist das Licht, das ich dem Aufruf deiner auf das Schöne gerichteten Seele verdanke, du Herr des ewig geliebten Landes, mein Hellas, du erster und letzter Traum, hier, wo wir noch weilen. Aber verträume ich mein unwürdiges Herz in dir, so geschieht das Arge, zu dessen Verhinderung mein Wesen aufgerufen worden ist.«
Dositos stand zu ergriffen unter dem Eindruck der Anmut und Schönheit dieses wunderbaren Mädchens, als daß er sogleich mit ganzer Andacht bei ihrem Vorhaben und ihren Sorgen zu verweilen vermochte. Er sah sie zum erstenmal bei vollem Tagesschein. Die Huld der frühen Stunde hatte ihr die schwere Wappnung der nächtlichen Wehr von Schmuck und hoher Gewandung erspart,

sie wirkte in ihrer weißen, einfachen Kleidung arglos und sonderbar ausgesetzt, als habe das natürliche Licht sie auf ihren rechten Platz in der Welt und in die Nähe der Herzen gerückt. Sie hatte das zarte verhüllende Gewebe von Stirn und Haar genommen. Der breite und große Mund wirkte hilflos und traurig wie bei einem schlafenden Tier, und nur die sandalenartigen Schuhe in pompejanischem Rot zeigten Farbe, denn ihr Gesicht war gleichmäßig blaß. Sein Ernst unter dem tiefschwarzen Haar, das nicht, wie damals, in reichem Gelock niederfiel, sondern in einem griechischen Knoten gehalten wurde, verlieh ihrem Kindergesicht einen Zug von allzufrüher Frauenschaft.
Sie merkte wohl, daß er in ihr befangen war, ließ geschehen, was seine Seele entzückte, wartete geduldig, fuhr erst nach einer Weile fort zu sprechen und gab mit ihren Worten zugleich auch seinem Herzen Antwort: »Hilf mir und ihm, rette ihn! Ich glaube, daß unter den Männern dieser Stadt keiner ist, der deinen hellen und fröhlichen Geist hat, deine starke Seele und, als der Väter Erbgut, die stolze Freiheit des Verhaltens, die nur das edle Herkommen zu geben vermag und keine Willkür. Du willst im Grunde nichts für dich, und was du gibst, ist immer dein Selbst. Was du sonst von der Umwelt an dich nimmst, ist nicht mehr wert als kaufbarer Tand, ein schlechtes Kleid. Aber ich sehe darunter deine Gestalt, und du sollst mich hochhalten, als gäbe dir meine Hingabe dein reines Angesicht.«
Das goldene Licht der Sonne, noch mild im Kühlen, legte die Gestalten der Palmen auf den Weg und beleuchtete die kleinen farbigen Gebirge der Blumenanlagen, die den Boden wie bunte, gewellt geworfene Tücher bedeckten, schräg beschienen. Die ganze Welt war klar und feierlich aufgehellt, und man hörte durch die Stille die Flutenstürze des Kidron in den Felsen. Er führte um diese Zeit viel Wasser, ein starker Wildbach.
Dositos hielt sich nach den Worten der Prinzessin Salome mit großer Kraft zurück. Seine Bewunderung ward zu Ehrfurcht. Er fühlte seine Augen brennen und bemerkte nicht, daß er den Abstand eines zögernden Schrittes zwischen sie und sich legte. Welch eine beschwingte, selige Nähe erschuf sie, und welch einen

Abschied beging sie zugleich darin. Er hörte nun, in neuem Tonfall, als spräche eine ganz andere Salome als die, welche er soeben vernommen hatte:
»Es ist verhängnisvoll, wie die Gewalten, die nach der Vernichtung dieses Menschen trachten, sich zusammenballen und an Wucht und Finsternis zunehmen. Es will mir scheinen, als seien es immer die gleichen Dämonen in dieser Welt, die das bedeutsame, hohe Wort und mit ihm den Wahrhaftigen bedrohen. Hier die Priesterschaft, die um ihre Macht über die Namenlosen und Schicksalslosen besorgt ist, dort der schwächliche Tyrann ohne Gnade, der die hohe Moralität des Verfolgten fürchtet wie sein eigenes krankes Gewissen, und nun auch noch Rom, die gesetzliche weltliche Macht.
Oh, die Pharisäer haben nicht geruht! Ihr zäher Eifer steigt wie eine giftige Flut. Am vergangenen Abend wurde mir zugetragen, daß sie dem Prokurator Pontius Pilatus die Vorstellung beigebracht haben, der Galiläer wiegelte das Volk zu einem Aufstand gegen Rom auf. Hieran ist das Gefährlichste, daß die politischen und völkischen Parteien der Juden und ihre Führer diese Erwartung oder Befürchtung wirklich hegen und seine Worte für ihre Zwecke gebrauchen. Sie verstehen von seinen Aussagen keine einzige, aber sie legen seine Aussprüche so aus, daß sie in den Augen Unbeteiligter Gültigkeit gegen Rom gewinnen. Sie weisen dabei auf seinen großen Anhang in Galiläa und Samaria und jetzt auch schon in Jerusalem hin, wenn sie ihn verklagen.
Pontius Pilatus ist nach der Revolte der letzten Tage zornig und mißtrauisch geworden, unduldsam und hart. Herodes Antipas ist dem Statthalter feindlich gesinnt, und Pontius Pilatus traut dem Tetrarchen nicht. Ach, überall, wohin dein Blick sich wendet, lauern Bosheit, Heimtücke, Neid und Verdammnis. Es liegt eine Trauer über der Welt, als verginge sie für immer, ohne Hoffnung und Trost.«
»Wenn du mich zu einem Kampf aufrufst, Prinzessin Salome – welcher Art er immer sein mag –, so kannst du meiner freudigen Zustimmung gewiß sein. Wenn ich recht bedenke, was mir das Leben bislang beachtenswert erscheinen ließ, so ist es immer der

Kampf gewesen, aber du kannst niemandem Hilfe leisten, der sie ablehnt.«
»Der Prokurator ist dir freundlich gesinnt ...«
»Was hier zu tun in meiner Macht stand, ist so unauffällig als möglich geschehen. Ich habe kein heimliches oder offenkundiges Mittel gescheut, um den Statthalter von der politischen Arglosigkeit des Galiläers zu überzeugen und ihn von seiner Person abzulenken. Täte ich jetzt, ohne äußeren Anlaß, ein übriges, so würde ich nur das Gegenteil erreichen. Es hieße, seine heute noch unbefangene Anteilnahme in Wachsamkeit und Mißtrauen gegen den Meister zu verkehren, statt sie zu beschwichtigen oder auszuschalten.«
Salome ließ sich auf einer Steinbank am Abhang nieder, der beblüht, wie ein Wasserfall von Blumen, in eine Talsenke niederfiel, Lilien und Mohn, bis er weiter unten im Schatten einer Agavenwand erlosch. Es duftete schwer und süß, da es rasch wärmer wurde. Aus dem Myrtendickicht zu ihrer Rechten klang ein kurzer heller Vogelruf in immer gleichen Abständen, als würde eine holde Regel des Entzückens lieb und eifrig befolgt. Die Eidechsen wagten sich mit der Sonne auf den Weg, zu Füßen der Ruhenden unbekümmert spielend und gierig auf Raub bedacht.
Die Prinzessin begann wieder, ohne Nachdruck und Eifer, aber in überwindender Traurigkeit: »Man kann mehr tun als nur ein übriges, das vielleicht Gefahr liefe, mißverstanden zu werden. Mit dem Aufwand deiner ganzen Kraft und leidenschaftlichen Willens würde dir gelingen, was immer du dir vornimmst. Du hast Gewalt über die Menschen. Ich glaube, Dositos, du hast diese Macht niemals in ihrer ganzen Fülle erprobt.«
»Das war uns, Prinzessin, einmal im hohen Sinn gegeben. Kraft ist alles in allem und diese Einheit in einem. Am Abend der alten Gnaden wird kein Held der Tat mehr geboren.«
»Was sprichst du? Das Unheil zieht sich darüber von allen Seiten über dem Haupt des Meisters zusammen, und niemand vermag ihn zur Flucht zu bewegen. Ich hörte, daß er so abweisende und harte Worte selbst gegen seine Freunde und Anhänger ausgesprochen haben soll, daß sie ihn unmutig und erbittert

verlassen haben. Es sei ihnen nicht gegeben, ihn zu verstehen und seine Worte zu begreifen. – Nein, es ist nicht wahr und niemals wahr, daß er Genossen und Gefährten sucht, die er für einen gefährlichen Plan, gegen Rom oder gegen den Tetrarchen gerichtet, zu verwenden oder auszunutzen gedächte.«
Dositos antwortete, aus tiefem Nachdenken aufschauend: »Du weißt nicht, Prinzessin, wie richtig du die drei grausamen Mächte der Zeitlichkeit genannt hast, denen er, wie alle vor ihm, die seiner Art waren, erliegen wird. Nicht, weil sie stärker als er sind – oh, er könnte die ganze Welt zerstören, wenn er es wollte –, sondern weil er ihnen ihr Recht läßt, um das seine zu behaupten. Erbarmungslos, nach göttlichem Wahlruf, scheidet er das Licht von der Finsternis. Er ist zu keinem Zugeständnis zu bewegen, zu keiner Mischung, die unser aller Erniedrigung ist, unser armer Ausweg und unser Verrat am Recht des Todes...«
»Wie wahr du sprichst. Wir verdunkeln den Tod, weil wir zu oft die Seele aus ihren kleinen Nöten retten. – Und so glaubst du, er wolle sterben, weil er seine Überzeugung nur auf solche Art den Menschen erkennbar und bedeutungsvoll machen könnte?«
»Mir ist, wie dir, der Gedanke nicht fremd, daß einer seine Überzeugung mit dem Tode besiegelt. Das war von je, in aller Welt, wie auch heute in diesem Lande unter den Essäern und ihrem Anhang, ein hoher Ruhm. Sie verachten den Tod und glauben, daß mit ihm die Seele ihre Freiheit gewinne. Aber ihm geht es nicht mehr um solchen Traum und solche Erwartung der Befreiung der Seele zu ihrer Unsterblichkeit, ein Glaube, der noch dem großen Sokrates seine Gelassenheit vor dem Tor der Wandlung verliehen hat. Nein, er führt mit sich alles Gewesene zu Grabe, um dem Geist im Kommenden den letzten Schatten, die letzte Finsternis der Vergänglichkeit zu nehmen. – Es ist unaussprechbar, was sich in ihm vollzieht. – Ach, denke dabei nicht an das heilige Narrentum der Weltverirrten oder Weltverbesserer, es liegt ihm ebenso fern wie der Wunsch, seine Seele vom Übel des Leibes zu befreien! Die Auferstehung, die sein Wesen als Glaubenslicht in sich einschließt, ist Gottes erster neuer Atemzug über der kommenden Welt. Was unsere Augen hier noch von

ihm sehen, ist, nach seinem Entschluß, schon von Gott verlassen, der in ihm ist. Wenn wir uns ihm hilfreich zu nahen trachten, nach unserem Vermeinen, so trennen wir uns vom Gott in ihm. Ich weiß das erst seit ganz kurzer Zeit. Glaube mir.«
»Dositos! Niemals darf das, was du jetzt sagst – möge es wahr sein oder nicht –, dir Anlaß und Freispruch bedeuten, deine starke Hand sinken und tatlos geschehen zu lassen, was sich vollzieht. Es ist unausdenkbar für mich, und ich will es weder erwägen noch auch nur für möglich erachten, daß dieser Mensch überliefert wird. Weißt du, kannst du ermessen, was es heißt, in die Hände dieser Menschen zu fallen? Oh, nicht in die des Pöbels, sondern, weit grauenhafter als das, in die der Büttel und Schergen dieses Pöbels. Ich weiß, was das bedeutet. Daß dieser Leib entwürdigt und geschändet, diese Seele preisgegeben, dieser Geist in den Martern, die das Geschmeiß der Menschheit ersinnt, erprobt werden soll!? Das wäre das Ende aller Ehrfurcht und Hoheit des Menschengeschlechts in der Welt, der Verderb des letzten Lichtes auf der Erde.«
Dositos schwieg, das erstarrte Angesicht auf den Boden gerichtet.
»Du sagtest so sinnverwirrend und vieldeutig«, fuhr Salome fort, »ihm sei Macht über Himmel und Erde gegeben; wie soll ich das verstehen? Meint er es gut, weshalb nutzt er diese großen Gaben und Kräfte nicht, um ein mächtiger und gütiger Herr und Held über die Menschen zu werden? Ist das nicht unser aller Traum vom Priester, Herrn und Gott in einem, welcher Gerechtigkeit, Frieden und Wohlstand auf die Erde bringt und das Verlangen der Seele nach Harmonie mit dem Walten der grausamen und gefühllosen Natur in uns, und um uns her, in Einklang bringt?«
»Wenn er sich zu diesem Herrn über die Welt machte, so würden seine Herrschaft und ihre Segnungen mit ihm wieder versinken und alles, was dir als der Sinn seines Kommens und Daseins vorschwebt. Erfüllte er sich im Heute oder Morgen, im Zeitlichen, nach den armen und kleinen Wünschen selbst der Reichsten unter uns, so würde alles mit seinem Tode wieder mit ihm versinken. Was in diesem Menschen geschieht, wird sich in so ferner

Zukunft offenbaren, daß die meisten Menschen, selbst nach Jahrtausenden, nur erst eine ungewisse Vorstellung von ihm haben werden. Es ist möglich, daß er selbst längst von der Menschheit vergessen worden ist, wenn das Licht seines Wortes aufblüht. Er wird vielleicht vergessen sein, so wie du von den Samenkörnern nichts mehr siehst oder sie nicht bedenkst, denen die Blumen entsprungen sind, auf welchen dein Auge ruht.«
»Auch sie werden vergehen.«
Er sah, daß sie weinte.
»Alles Erblühen umher«, antwortete er ruhig, »der geduldige, frohe oder leidende Aufstand der Pflanzen, ihre aufgebrochene Erfüllung in der Blume, ihr Triumph und farbiger Aufblick ins Licht der Sonne, alles weist, als ein Sinnbild, nur einen Plan und Weg: Sie kehren zu ihrem Ursprung zurück. – So kehrt das Wort dieses Menschen, in ihm und in uns, einst auf seinem Weg über die Menschheit, zu seinem Ursprung, zu Gott zurück. Im Acker der Herzen, morgen und in unendlicher Weite der Zukunft, wird sein in die Menschen einversenktes Wort den gleichen Weg machen und einst zu seinem Ursprung zurückkehren, in uns und als wir.«
»Ach, Dositos, auch Worte verwehen und vergehen.«
»Ja, Worte, wie wir sie machen und brauchen, flüchtig anhören und wieder vergessen, die werden verhallen, aber nicht das Wort. Sieh, Salome, das Wort ist nach alter Erkenntnis meines Volkes die uranfängliche Kraft aller Bildung von Gestalt und Sein. Es war am Anfang und wird am Ende walten. So bedeutet auch die Entstellung der Worte dieses Mannes durch die Menschen nicht so viel, wie manche vermuten, denn das Wort ist auch ohne Worte zu verstehen. Die Kraft des Wortes hebt die Lasten der Gedanken davon. In der Scherbe läßt es den Krug erschauen, im Tropfen das Meer, in einem leisen Widerhall das ganze Herz.«
Salome sah ihn nach diesen Worten lange mit großen Augen an, erhob sich langsam, legte für eine kurze Weile die Stirn an seine Brust, an die Stätte des Herzens, als wüßte sie keinen anderen Gruß, und schritt stumm davon.

Dositos ließ sich wieder auf die Steinbank nieder, völlig allen Gefahren der zeitlichen Wirklichkeit enthoben, befangen in einem Traum vom Abschied, wie ihn so schmerzlich der Tod nur senden darf, weil er der Herr der Wandlung im Reich des Lebens ist. –

Fünfzehntes Kapitel
Maresa

Dositos sandte noch in der gleichen Nacht einen zuverlässigen und raschen Boten an Barabbas, der im Gebirge Juda, in der Nähe von Hebron, mit Flüchtigen und Aufständischen aus Idumäa zusammentreffen wollte, und ließ ihn für die nächste Nacht an den vertrauten Ort ihrer Zusammenkünfte, in die Felsgräber von Maresa, bitten.
Er machte sein Ansuchen wichtig und gab ihm, was sonst niemals geschehen war, den Unterton eines Befehls. Er war fest entschlossen, den Versuch zu wagen, den verfolgten Meister aus Galiläa – und sei es durch Anwendung von Gewalt – nach Cäsaräa Philippi zu entführen. Gelang es, so durfte man mit Sicherheit annehmen, ihn dem Zugriff des Tetrarchen Herodes Antipas, den Nachstellungen der Pharisäer und den Maßnahmen Roms entzogen zu haben.
Dositos und die Seinen kannten die Gebirgspfade, die von Maresa durch die Wüste zu den phönikischen Hafenstädten führten. Der Ort des Zusammentreffens, den Dositios dem Führer der Zeltlosen angegeben hatte, die Ruinenstätte und die Felsgräber von Maresa, lag zwei Stunden scharfen Ritts südlich von Jerusalem im Gebirge Juda, zwischen dem Toten Meer und der von den Römern zerstörten Seestadt Askalon. Es führte dort über Hebron eine alte, zerfallene Handelsstraße, die die Eroberer des Landes noch nicht wiederhergestellt hatten und die einst durch den regen Handel zwischen Südarabien und Phönikien belebt gewesen war.

Maresa, vorzeiten eine blühende Stadt und eine starke Feste, lag seit den Aufständen der Makkabäer und ihren Kämpfen mit den Seleukiden in Trümmern. Ein Teil der Stadtmauern, kunstvoll und großartig in die Felshänge eingefügt und eingehauen, in steilen Terrassen hochgeführt, ragte noch gen Himmel. Die dürftigen Siedlungen im Umkreis der Ruinenfelder litten jetzt an Wassermangel, die Bäche waren versiegt und die Zisternen verschüttet. Die spärlichen Rinnsale aus den entwaldeten Bergklüften reichten nur wenige Monate im Jahr für Menschen und Vieh aus. –

Die Nacht war schon vorgeschritten, als der Grieche die Trümmerstätten von Maresa erreichte. Er schickte die Reitknechte, die ihn begleitet hatten, mit den Pferden zurück und wies ihnen den Ort an, wo sie auf ihn zu warten hätten. Als der Gang ihrer Pferde im Geröll des Weges verklungen war – die Zurückreitenden schwiegen, als schritten die Pferde allein –, suchte Dositos den ihm bekannten Felspfad, der zu den Gräberhöhlen emporführte. Die Steinschlucht öffnete sich hoch und dunkel, das Mondlicht an ihrem Eingang. Es herrschte Totenstille in der Felsöde.

Barabbas war noch nicht da. Der Grieche tastete sich zu den alten Grabkammern im Hintergrund der Höhle vor. Das Auge gewöhnte sich bald an das Dämmerlicht. Die Grabstätten waren wie Schränke in den Felsen verschiedenartig gereiht und gefügt, je nach der Weise der Völker und Kulte, die hier durch viele Jahrhunderte ihre Toten bestattet hatten. Er wußte, daß die ältesten Merkmale noch auf Kananiter und Phöniker hinwiesen, auch gab es Spuren ägyptischer Beisetzungen und Gräber aus der Zeit der Makkabäer, die noch Inschriften in einer sonderbaren Mischsprache von Hebräisch und Griechisch zeigten.

Dositos kannte jeden Winkel der alten Kult- und Begräbnisstätten. Er hatte dort noch manchen wertvollen Fund gemacht, obgleich die meisten Gräber aufgebrochen und ausgeraubt worden waren. Von den jetzt lebenden wenigen Einheimischen, die in der Umgebung hausten, wurde die Gräberschlucht ängstlich gemieden. Sie galt als Zufluchts- und Aufenthaltsort von Feldgeistern, Dämonen und heidnischen Teufeln.

Wo die Strahlen der Mondschale, die schon tief hing, den Boden der Höhle erreichten oder wohin das grelle Flimmern der Sterne sank, fand Dositos in Schutt und Geröll Scherben von griechischen Gefäßen, auch solche, die viel älter sein mußten, aus Bronze, Terrakotta oder aus ägyptischem Glas. An den Wänden, über den zum Teil in Steinbänke eingelassenen Ruhestätten der Toten, erblickte man Spuren von Bemalung, deutlich erkennbar war noch ein reitender Jäger, der seinen Speer über einem flüchtenden Leoparden schwang, es folgten dem Jagdritt Tubabläser und zwei Hunde, schmal, langbeinig und zart wie Gazellen.
Dositos schritt, an den zerbrochenen Knochenkisten aus Sandstein vorüber, wieder dem Ausgang der Höhle zu und ließ sich im Mondschatten auf der Geröllmauer nieder, und da der Mond schon tief stand, hoben sich die Ruinen von Maresa deutlich vom Erdgrund ab. Man erkannte im Südwesten die gewaltige Mauerbresche, durch die bei der Eroberung der Stadt die Syrer eingedrungen waren.
In weiterer Ferne glommen Lagerfeuer der Hirten in der Ebene, und die Stille der einsamen Landschaft wurde hier und da von den Stimmen der Tiere unterbrochen, die des Nachts leben. Ihre Liebeslaute tönten menschlich, gierig und sehnsüchtig, als klagten und seufzten die Seelen gemeinsam mit der Marter und Lust aller stummen Kreatur in die geduldig harrende Nacht empor.
Dositos wartete ruhig, er wußte zuversichtlich, daß Barabbas kommen würde. Er hielt eine kleine Astartefigur, die er in der Gräbertiefe aufgehoben hatte, ins Mondlicht und betrachtete die Gestalt der Liebesgöttin. Der nackte, nicht schöne Leib war so hilflos gefügt, als hätten Kinder mit Lehm gespielt. Das überbetonte mystische Dreieck des Schoßes trat derb und reizlos hervor, aber in den Mondhänden der klagenden Nacht formte es sich zu einem einfältig-großartigen Sinnbild der Wegbereitschaft und Empfängnisgier des Leibes um. Nur diese Befugnis und dies geheime Willenszeichen der kleinen Weibgestalt traten hervor, erhoben sich und nahmen Bedeutung an, zuerst und allein, wie unter Mißachtung alles Lieblichen, aller Schönheit und Zier.
Er versank in den Anblick des kleinen Amuletts, die unschein-

bare Figur fing seine schweifende Seele ein und lächelte die Gedanken an geschäftigtes Tun, an Zeit und Stunde fort, und ihm war ums Herz, als redete sie mit ihm. Er vernahm die Sprache der tausend und wieder tausend Jahre, die sie reglos im Schutt der von Tag und Tat geschiedenen Stätte vollbracht hatte. Es war die Sprache der Gräber und die des Staubs der zerfallenden Leiber umher, die Sprache ihrer eigenen Auferstehung, nun in der Hand und im Traumlicht eines Menschen. Die großartige Einfalt ihrer Aussage verkündete von ihrem Erschaffer einst und ihrem Beschauer nun. Sie ließ nichts auf dem Weg zwischen ihnen zurück, als den Strom des Lebens, in ihrem Zeichen.
Es kam ihm in den Sinn, daß die Liebesgöttin der Versunkenen ihm am Morgen in den Strahlen der aufgehenden Sonne begegnet war, als er Salome in den königlichen Gärten des Kidrontals getroffen und Abschied von ihr genommen hatte. Die Göttin war ihm erschienen, als einst Rodeh das Lied ihres Volkes vor ihm anhub, als sagte die Geliebte ihr eigenes Wesen, vom jugendlichen Tod beraten. Die sieben Sterne, die das Haupt der Göttin umgaben, begannen zu kreisen, es fügten sich die Himmelslichter des Alls zum Kranz um ihr rauhes Haar.
Der langhin hallende Schrei eines großen Vogels, draußen in der Nacht, zerriß die Stille und trug die Seelen mit sich fort. Der Ruhende hörte den Vogelschrei, aber nicht hier oder dort, fern oder nah, sondern als ein Auftönen in ihm selbst, als die verstoßene, selten recht befragte Klage der eigenen Brust, die sich freischrie, sich und die andern, Stern und Schoß, Tier und Gott.
Aus dem Gefüge der All-Einheit alles Lebendigen, das sich ihm mit diesem Aufklang offenbarte, erhoben sich die Worte des Mannes, die er taub gehört und blind geliebt hatte, aus ihrem Geheimnis: »Ihr fragt, wer diejenigen sind, die uns zum Reich führen, da doch das Reich im Himmel ist? Die Vögel in der Luft und alle Tiere unter und auf der Erde und die Fische des Meeres, sie sind es, die euch führen, und das himmlische Reich ist in euch.«

Ein Scharren und leises Klirren im Steingeröll weckte Dositos aus seinen Gedanken. Er zog sich lautlos ganz in den Schatten zurück

und warf den Mantel über Gurt und Beinschienen, denn er war bewaffnet und das Silber seiner Wehr glitzerte im Mond. Da sah er einen Hirtenjungen um einen Felsblock spähen und lauschen, und rief ihn, da er Barabbas' Boten erkannte. Der Knabe schritt eilig herzu, sichtlich nicht nur darüber erfreut, den Gesuchten gefunden zu haben, sondern auch, weil an dieser unheimlichen und verrufenen Stätte der Totengeister ein lebendiger Mensch ihn aufnahm. Er meldete die Ankunft des Hauptmanns und seiner Reiter bei Maresa und erbat Botschaft für seinen Herrn.
»Sage dem Hauptmann, daß du mich hier angetroffen hast und daß ich ihn erwarte.«
Ein Silberling aus der Gurttasche des Griechen wechselte seinen Besitzer; das Geldstück verschwand so rasch, als es erschienen war, und nach ihm der behende Junge hinter der Bergwand. Gleich darauf wurde es an den unteren Hängen lebendig, wenn auch nicht laut. Es erklang eine gedämpfte Anordnung, die eine Wache nach Maresa zurückschickte. Es war bitter notwendig in diesen Zeiten und Nächten, die Vorsicht nicht einen Augenblick außer acht zu lassen. Barabbas kannte die Gefahren, die sich mit den einschneidenden Maßnahmen des Statthalters für die Zeltlosen und die Räuber erhoben hatten, die nicht nach ihrer politischen Gesinnung gefragt wurden, sondern nach ihrer Beute. Rom erwiderte den Terror der Banden mit erbarmungsloser Gewalt, die Hügel im Norden Jerusalems starrten von Kreuzen.
Als nun Barabbas rasch und wuchtig die letzten Felsstufen zur Höhle emporgesprungen war und Dositos erblickte, mäßigte er seine Schritte und zögerte. Als er aber dann den ins Licht Hervorgetretenen ganz in die Augen faßte, die edle Gestalt, die arglos-schöne Gebärde seines Grußes, als alle Anmut dieser gelassenen Kraft ihn anging, überwältigte ihn, über Unmut und Zweifel fort, seine Liebe, und er schloß Dositos in die Arme, stumm noch, doch schon vor Freude in seinem Trotz erschüttert.
Der Grieche hielt sich mit Willen, streng auch gegen sich selbst, zurück. Das Ungewöhnliche und Abwegige seines Vorhabens überkam ihn plötzlich als warnende Ernüchterung, und schon

die Leibesnähe des Freundes trug ihm Zaudern und Zweifel ein, als sei sein Plan, den Galiläer zu entführen, ein Unding, der Welt dieses Gewalttätigen so fern wie ein Traum der Tat. Die einschüchternd gute und starke Wappnung des Hauptmanns zog seine Blicke wie eine Drohung an.

Barabbas gewahrte rasch das an Verzagnis grenzende Zaudern des Freundes und polterte los, keinen Augenblick darüber im Zweifel, daß jedes seiner groben Worte versöhnlich und wohlwollend klang: »Die Flüchtlinge und Verbannten aus Idumäa sind zu uns gestoßen, dazu ein Trupp entlaufener Sklaven aus Berseba. Ich habe sie auf Gebirgspfaden und durch die Wüste nach Askalon führen lassen, wo ein Galeerensegler sie noch in dieser Nacht in die Gegend von Tyros bringen wird. Im Hochland von Galiläa und seinen Wüstenschluchten werden sie sicher sein, und wir ihrer. Verwegene Burschen und Übeltäter, die sich nirgends mehr wohlfühlen werden als bei mir.«

Er sprach, um zu sprechen, was sonst nicht seine Art war. Dositos empfand, daß es geschah, um einen Weg zwischen ihnen freizulegen und die Landschaften ihrer alten Kumpanenschaft neu zu eröffnen. So ging er auf ihn ein, und sie redeten die Kreuz und die Quer vom letzten Geschehen in den Bereichen ihres Trachtens und ihrer Kämpfe und von dem, was anzubahnen sei. Barabbas wollte wissen, wie weit die glimmenden Feuer des Hasses bei den Griechen gegen die jüdischen Eindringlinge in Cäsaräa zu Aufruhr und Revolte geschürt seien und ob Dositos den römischen Prokurator in Jerusalem gesprochen habe. Aber sie gewahrten beide bald, gequält und unsicher, daß sie eine Aussprache über die eigentliche Ursache ihrer Begegnung absichtlich umgingen. Sie hatten einander zu lange nicht mehr gesehen und gesprochen, und es half nichts, die toten Tage, die zwischen ihnen lagen, zu bemänteln, als seien es Feste froher Gemeinschaft gewesen.

Jedoch bevor sich Barabbas zu einer Frage nach dem Grund dieser nächtlichen Zusammenkunft aufraffte, begann Dositos festen Tones: »Ich habe dich vor meine Augen bitten lassen, weil ich von deiner Macht und Gewalt einen Freundschaftsdienst er-

warte, dessen Gewährung dir vielleicht schwer von der Seele gehen wird, mir aber soviel bedeutet wie mein Leben selbst.«
Er legte seinen verwegenen Plan zur Rettung des Galiläers dar, ohne ihn anders als durch seinen Willensentschluß zu begründen. Aber da er wohl wußte, wie tief er Barabbas durch dieses Ansinnen, nicht nur in dessen Eifersucht, sondern auch in seiner Abneigung gegen alles bestärkte, das außerhalb seiner Natur und Berufung waltete, geriet er ins Gewaltsame von Wort und Rede. Er erwähnte die Wundertaten des Galiläers und schämte sich, daß er sie wie Tatsachen pries und rühmte, wie Wohltaten und Erweise von Kraft und Wert. Darüber fühlte er seine eigenen Kräfte nicht mehr und vermeinte wie mit den Augen zu erkennen, daß der Freund und Gefährte innerlich in Mißtrauen und Abwehr erstarrte.
Barabbas hockte auf einem Felsblock im Schein des sinkenden Mondes, so unbeweglich, als sei er eins mit dem Gestein. Unter dem offenen Staubmantel blinkte sein Brustharnisch, die Fäuste waren in die Wangen gepreßt, und die Ellenbogen stützten sich auf die Knie. Sein Wehrgehänge lag mit dem Gürtel am Boden. Stirn und Angesicht gingen bei dieser Anleuchtung in den Bart über, als sei alles aus der gleichen Masse. Der Blick war gesenkt. Er schwieg so beharrlich und reglos, daß Dositos verstummte. Er fühlte, daß es ihm nicht gelungen war, zwischen Bitte und Befehl den rechten Ton zu finden. Die Stille lastete.
Da erkannte Dositos wie schon oft in seinem Leben, daß er nur deshalb den rechten Weg nicht fand, weil er ihn im Tal suchte, anstatt auf der Höhe. Er dachte: Man kann vielleicht einen Menschen gerecht und klug nach dem Maße seiner Art und Bedeutung einschätzen, wenn er einem gleichgültig ist, aber nie hoch genug, wenn man ihn liebt.
So nahm er sich vor, dem Widerwilligen zu sagen, was ihn bei diesem Vorhaben zur Errettung des Galiläers bewegte, und stärkte sich mächtig in dem Entschluß, es ohne Einschätzung des Freundes und ohne Herablassung zu tun. Er begann zögernd und anfänglich ein wenig stockend: »Glaubst du, ich sei in einem engen oder überredeten Sinne der Anhänger oder gar Verkünder

dieses Meisters aus Galiläa, wie es so manche von denen vermessen sich zutrauen, die ihm nachfolgen und sein Geisteserbe gepachtet zu haben glauben? Seine entscheidenden Worte erscheinen mir wahr und eins mit seinem Wesen, das ist alles. Ich habe nicht den Wunsch, jemandem zu beweisen, daß sie wahr sind. Ich finde seine Aussprüche klug, liebevoll und schön, und wenn sie es wirklich sind, so werden viele, die für Schönheit und Helligkeit aufgeschlossen sind, glücklich sein über die Bestätigung, die seine Einsicht ihrer Hoffnung auf innere Freiheit gibt. Wenn ich dich bitte, mir zu helfen, ihn zu retten, so tue ich es deshalb, weil ich nicht will, daß er den Unberufenen in die rohen Hände fällt, die ihn zu töten trachten. In die Sache unserer Kämpfe ist er selbst und sein Anhang nicht einzufügen. Du wirst dies anfänglich erwartet oder erhofft haben, als du meine Anteilnahme bemerktest, jedoch sein Trachten geht nicht um vergänglichen Besitz noch umweltliche Stärke. Es ist nicht seine Schuld, daß die Erwartungen und Hoffnungen vieler seine Macht über die Menschen in diesen Bereich gezerrt und seine Wundertaten so ausgelegt haben, als seien sie zum Vorteil der Begehrenden geschehen. Ich selbst habe mein Leben und Handeln nicht geändert und werde es nicht tun, er hat das Beispiel seines Lebens nicht unter Furcht und Strafe gestellt, sondern den Wert der Herzen aufgerufen nach ihrer Art.«
Barabbas hob langsam den Kopf, wandte sich Dositos zu und sah ihn an. Es war im Nachtlicht, als regte sich ein steinernes Standbild und nähme Leben an.
»Nach ihrer Art ...?« wiederholte Barabbas fragend die letzten Worte des Griechen.
Dositos empfand mit diesem Aufklang nur, daß der Dunkle ihm auf dem Wege gefolgt war, den sein reiner Wille beschritten hatte, und fuhr freien Sinnes und liebevoll fort: »Wie soll ich dir recht erklären, was mich bewegt? Du bist hochgesinnt, eigen in dir selbst und mir lieb, was könnte ich Größeres von einem Freund meines Lebens sagen, was rühmte den Gefährten in Lust und Not des irdischen Gewirres inniger? Ich habe dir nichts vorenthalten von dem, was mir wert und wichtig gewesen ist, und

habe dir in allem vertraut, darin ich ein Mensch bin. Nicht anders stand dein Sinn zu mir. Laß nun dahinten, was den Geist im Tal des Tuns beschwert.
Glaube mir, nichts von allem, darin wir in unserer menschlichen Beschaffenheit weben und sind, hat dieser Mann geschmäht oder herabgesetzt, sondern er hat aus der Kraft seines Gemütes und seines Geistes die Weltgesetze unter die Liebesordnung gestellt. Das ist das Werk seines Daseins, heute und immer. Wer anderes behauptet, und stellt es höher, der sieht das Ganze nicht. Ob du ein Räuber und Kämpfer oder ein Dulder und Verstoßener bist, ob das Leben dich freut und entzückt oder ob du es schmerzlich erleidest, immer wirst du als ein Mensch, der der Liebe fähig ist, die Hoffnung auf ihren Triumph bewahren, wie wir bis an unser Todesende den Wunsch hegen, wir möchten so verwerflich und schuldig nicht sein, wie uns die Menschen verklagen, da wir doch liebten, was uns gesegnet hat, und sei es nur für eine Stunde. Entsinnst du dich noch der Geschichte von den Arbeitern im Weinberg, über die wir in Magdala am See gesprochen haben, in der auch diejenigen den ganzen Lohn erhalten, die nur eine Stunde gearbeitet haben? – Heute weiß ich den rechten Sinn.«
Barabbas starrte grimmig in die Weite, so wie es ihm seine Natur gebot, wenn er berührt worden war, ohne willens zu sein, sich zu fügen. Endlich fragte er, noch höhnisch, doch schon überwunden: »So wäre nach solch neuer Regel, wenn ich sie recht verstehe, den Göttern Genüge getan, wenn ich dich geliebt hätte, und wäre nach solcher Neigung in meinem Sinn und Handeln verfahren?«
Der Gefragte senkte rasch den Kopf und schwieg.
Barabbas, der die Zustimmung in diesem Schweigen verstand, sagte nach einer Weile rauh: »Soviel solltest du mir nicht zugestehen. Mir nicht. – Aber was du willst, werde ich für dich tun.«
Es entstand jene Stille zwischen den Gezeiten der Seele, in denen Gemüt und Gedanken sich von einer Region in die andere begeben, Aufbruch und Rückkehr. Barabbas ließ sie an sich geschehen und überdachte gesenkten Hauptes die Möglichkeiten und Aussichten des Rettungsplanes, aber der Grieche begleitete den

Wandel der Zustände in einem höheren Bewußtsein: Die monddämmerige Morgennacht, die wieder vor ihm auftauchte, die Weiten von Hoffnung, Heil und Liebe, die ihm unter der aufgeklungenen Antwort des Freundes erschlossen lagen.
Nun wehte seine Sinne ein heimlicher Wille an, wie er von einem Dritten ausgehen kann, der unerwartet und unberufen Beachtung fordert. Die neue Nähe wurde dringlicher und zum Ereignis. Nun erkannte Dositos deutlich, daß sich, gegen den hellen Himmel abgehoben, unweit des Ausgangs der Höhle, dicht neben der Felswand, eine kriegerische Männergestalt erhoben hatte. Der Umriß der Wappnung, Speer, Helm und Schild sowie auch der trüb schimmernde Harnisch ließen keinen Zweifel darüber aufkommen, daß dort ein römischer Legionär stand. Dositos erschrak nicht, wie ein willkürlicher Einbruch in die Sinnenwelt das Blut erstarren lassen kann, sondern er nahm den Einbruch in sein Dasein auf, wie man den Gegner als sein Schicksal annimmt, auf das man vorbereitet ist. Ihm war im ersten Augenblick noch zumute, als sei er nicht weniger stark gewappnet als jener dort, wenn auch aus einem anderen Bereich her gerüstet.
Aber die Zeit hielt den Atem an; für ein unbenennbares Raummaß im All nahm ihr die Ewigkeit den Taktstock des Herzschlages aus der kleinen, hastigen Hand. – Salome trat vor ihn hin und sah ihn an. Der Abschiedsschmerz in ihrem Angesicht ging in das Lächeln einer Gemeinschaft von solcher Zuversicht über, daß keine Trennung mehr bestand. Nun legte Rodeh ihr Gesicht in die Schale seiner Hände, so daß die Hände so von Reichtum belastet wurden, daß sie ihm niedersanken. Er wußte nun die Worte ihres Lieds, denn alle Fluren blühten. Es erhob sich stark und strahlend ein Manneswort und erneuerte die Freiheit der liebenden Herzen: »Ihr sollt nicht glauben, daß ich euch vor dem Vater verklagen werde.«
Hatte er unterdessen die Hand gehoben und sie Barabbas, mit der anderen in die Nacht hinausweisend, auf die Schulter gelegt? Der Hauptmann sah auf und prallte, mit einem tierhaften Tatzengriff nach seinem Wehrgehänge greifend, in die Schatten der Höhle zurück, um beinahe im gleichen Atemzug, das kurze,

bloße Schwert in der Faust, in gewaltigen Sprüngen gegen den römischen Legionär loszubrechen, in dessen Nähe sich, wie aus dem Boden gewachsen, hinter den Felsen hervor, ein Bewaffneter nach dem andern erhoben hatte. Barabbas stieß dabei ein so einschüchternd wildes Wutgeheul aus, daß schon dies Gebrüll allein ihm für den Augenblick des geplanten Durchbruchs eine Bresche geschlagen hätte. Aber in seinen anstürmenden Sätzen, hart am Gefälle, warf er sich jählings zurück, Halt und Stand suchend, weil er Dositos nicht im Stich lassen wollte. Sein Widerstand mitten im Vorstoß war zu jäh, er glitt im Steingeröll aus und stürzte. Die vorstürmenden Soldaten der römischen Streife warfen sich über ihn, so daß er wie von einem Wall aus Erz und Leibern bedeckt wurde. Gellende Kommandorufe, Triumph- und Kampfgeschrei zerrissen die Stille der Nacht. Das klirrende Knäuel am Boden wälzte sich noch minutenlang im Gefelse. Der röchelnde Schmerzensschrei eines schwer Getroffenen hallte auf. Einer der knienden Römer brach zusammen und begrub mit seinem Leibe Barabbas' Arm und Faust, zugleich mit dem Schwert, das ihn durchstoßen hatte.
Dositos hatte sich bei dem wilden Ansturm des Gefährten auf den Mauerrand geschwungen. Seine leichte Wappnung machte jeden Kampf mit den Schwerbewaffneten der römischen Streife aussichtslos, aber er ermaß weder Gefahr noch Möglichkeit, sondern es trieb ihn an die Seite des Freundes. Er sah ihn noch stürzen, doch bevor er vom Rand der Geröllmauer zu seiner Hilfe niedersprang, traf es ihn, aus feinem, zartem Geschwinge. Er stürzte, von den Pfeilen der Bogenschützen durchbohrt, und sank, tödlich getroffen, über den Rand des Gemäuers zu Boden.
Man ließ ihn liegen, des Erfolgs gewiß. Über den brutal und hoffnungslos gefesselten Barabbas dahin bildete sich eine geschlossene Reihe von Legionären, die in die Felshöhle vordrang, eine gleichmäßig bewegte Schilderwand aus Erz und Leibern. Es flammten in den Tiefen der Grabkammern Fackeln auf, so daß der Eingang zur Steinschlucht wie das gewaltige Maul eines Untiers rot in die Nacht gähnte, Rauch ausströmend wie dampfenden Atem.

Im Zwielicht des Feuerscheins und des ersten Morgenblaus stand dann die Gestalt des römischen Führers der Streife vor Barabbas. Er schien das Glück, das er mit diesem Fang gehabt hatte, noch nicht zu glauben, ließ aber seine Freude nicht spüren, sondern schaute an der Seite des jungen Centurio ernst und ohne Triumph auf den gewaltigen Hilflosen zu seinen Füßen, den das Unmaß des Grimms über diese Niederlage in eine furchterregende Erstarrung der Seele geworfen hatte.
Als die Legionäre meldeten, daß der Unterschlupf keine Feinde mehr berge, daß kein Raubgut, nicht Waffen noch irgendwelche Hinweise gefunden worden wären, wandte sich der römische Hauptmann wieder Barabbas zu: »Du bist unser Gefangener, ergib dich darein. Unter anderem Beschluß der Götter hätte ich der deine sein können. Solange du in meiner Gewalt bist, werde ich mit dir nicht anders verfahren, als ich wünsche, daß man mir begegnete, wenn ich einem tapferen Gegner in die Hände gefallen wäre.«
Barabbas warf mit einem Ruck den Kopf zur Seite und antwortete nicht. Sein Atem ging ruhiger, die keuchende Brust hob und senkte sich schwer und regelmäßig, aber die schmachvolle Lage zerbiß ihm das Herz. Er wußte nicht, daß er schrie: »Wo ist Dositos?«
»Wer?« fragte der römische Hauptmann nach einer Stille.
»Wenn dein Maul das Wort ›tapfer‹ nicht ausgespien hat wie ein Schakal das Aas, so sage mir, wo der griechische Herr ist, der Freund des Prokurators. Wenn ihr ihn getötet habt, so erschlagt mich, bevor ihr es eingesteht, ihr Mordhunde in einem geraubten Land!«
»Sagtest du Dositos?« fragte der Hauptmann langsam, völlig unberührt durch die Schmähung, nur befangen in dem Aufklang des wohlbekannten, oft gerühmten Namens.
Der Centurio meldete, bei den Ruinen von Maresa sei die Wache überrumpelt und niedergemacht worden, zudem läge nahe von ihnen ein schwer Getroffener am Hang des Mauerwerks im Felsgeröll. So begab es sich, daß Barabbas die Fesseln an den Füßen gelöst wurden und daß er vor den Verwundeten geführt wurde.

Es leuchtete nun das Morgenrot, so daß Barabbas erkannte, daß Dositos starb. Er ruckte gewaltig an den Fesseln, die ihm die Arme an den Körper schnürten, denn er wollte nichts, als den Verscheidenden in die Arme schließen. Aber darüber wurde ihm in einem Entsetzen, das ihn über alles andere fortriß, nur eines offenbar: daß er selbst gefesselt und gefangen war und daß der Tod auch seiner harrte.
»Dositos«, stammelte er auf das blutleere Gesicht nieder, »was hast du mir von dem Wundertäter gesagt, der Kranke heilt und Tote erweckt?! Sag mir, wo ich ihn finde; sag mir ein Wort von dir an ihn. Er soll mich befreien. Hörst du mich noch, Dositos?! Nur dies nicht, was du hier siehst! Begreifst du, daß Barabbas gefangen ist – ich, der dir befreundet war? Wenn du die Wahrheit gesprochen hast, so kann er es tun. Sag mir, wo er zu finden ist. Ich lasse ihn rufen, man soll mich vor ihn führen, sie werden es gewähren. Sprich nur ein Wort ...«
Die ungestüme Mannesbitte des Gefesselten, seine Not und sein Aufschrei nach Freiheit ließen in dem bleichen Angesicht am Boden ein Lächeln aufkommen. Es war die Absage in diesem Lächeln, welche den edlen Menschen auferlegt zu tragen ist, aber darüber hinaus erhob sich ein Erkenntnislicht des Erbarmens, höher als selbst die Zuversicht des Glaubens, kaum bekannt. Er sagte, ohne die Lippen noch regen zu können, denn sie erstarrten schon, zu Barabbas: »Er wird es tun.«

Sechzehntes Kapitel

Die Herrin des Nächtigen

Es erfuhr die Prinzessin Salome durch einen ihrer Beauftragten kurz nach den letzten Ereignissen, daß der Galiläer Jesus in der Nacht von den Kriegsknechten der Tempelwache in einem Garten außerhalb Jerusalems ergriffen und als Gefangener des Hohen Rats eingebracht worden sei. Es stünde ihm bevor, wegen seiner Irrlehre und um seiner Gotteslästerungen willen gerichtet und verurteilt zu werden. Die Prinzessin Salome zweifelte keinen Augenblick an der Richtigkeit der Botschaft, die sie mitten ins Herz traf, tief und vernichtend, da ihre bangen Ahnungen die böse Kunde vorbereitet hatten und ihre Kraft zum Widerstand unter ihren Befürchtungen und Ängsten erlahmt war.

Die Terrassen und Gärten des Palastes ruhten weiß, still und farbig in der Morgensonne, die Geier in den Palmen und über den Wipfeln der Steineichen trieben ihr Kampf- und Liebesspiel wie Tag für Tag, hinter den Mauern des Hofes hallte gedämpft und in gewohnten Aufklängen das Leben der Stadt, in den Bezirken des Palastes kamen und gingen die Gestalten der Sklaven lautlos. Ihre Dienerin bereitete in den Räumen hinter ihr das Bad und den Morgenimbiß. Das Himmelsgestirn stieg langsam, und sein Licht schlich ruhig und gewaltig die Raumzeichen der Säulen ab, die Blüten leuchteten und dufteten in den Hallen. Alles war gegenwärtig wie immer, aber wie durch einen Zauber plötzlich in eine andere Welt entrückt, in eine beiläufige, unwirkliche Welt, die sich wie für immer von der ihren getrennt hatte, und die sich vollzog, als sei sie nur vorübergehend in ihr Blickfeld geraten.

Im ihr Verbliebenen, in der schweren Leere ihrer Seele, schien alles auf Nimmerwiederkehr entflohen. Nur etwas wie der Widerhall einer spöttischen, trüblächelnden Treulosigkeit war verblieben, ein sanftes Erstaunen über ihre zurückliegenden Irrtümer und über das Zutrauen, das sie einst allem nun Entschwundenen entgegengebracht hatte. Sie sah nur den schuldlosen Gefangenen in Fesseln, der Willkür seiner rohen Peiniger überlassen, ohne Hilfe. Nun tauchte hinter ihm der Grieche Dositos auf, nun der Prokurator Pontius Pilatus, merkwürdig kalt und ernst und feierlich, wie sie ihn zuletzt auf der Empore der großen Rennbahn gesehen hatte, als er zum Volk sprach. Endlich erschien ihr Herodias, die Mutter, und in weiterer Ferne Herodes Antipas, der Tetrarch.

Alle traten nicht wie Menschenkinder oder als Mann und Weib auf, sondern pathetisch entrückt, wie gebannt in das, was sie in der öffentlichen Welt vorzustellen hatten. Wie Figuren eines

Schaustücks, in der Tracht ihrer Bestimmung und Berufung, und nicht durch ihren eigenen, sondern durch den Willen eines fernen Menschen- und Lebensspielers bewegt. Sie waren alle unnahbar in ihr Amt eingesponnen, und die Macht, die sie trieb und bewegte, war unerkennbar für sie.

Nun wuchs die Gestalt des Herodes Antipas deutlicher und menschlich näher vor ihr an, ein karges, schmerzlich-höhnisches Lächeln traf ihren Blick, und sie hörte seine Worte, die einst gefallen waren, als er sie in seinen männlichen Machtbereich gestoßen hatte: »Du bist mir wohlgefällig, Salome, aber dein Herz ist mir zu schwer...«

Sie erschrak, als sie in der Tür Eliphas, den Haushofmeister und Sachwalter ihres kleinen Hofstaates, erblickte, der, die Hände über der Brust gekreuzt, geneigten Hauptes ihre Anrede erwartend, bewegungslos dastand. Darüber entsann sie sich, daß sie vor langer Zeit den Befehl gegeben haben mußte, Eliphas solle sogleich vor ihr erscheinen. Das mußte soeben gewesen sein.

»Gehe sofort«, hörte sie sich ruhig und freien Tons sagen, »und melde dem Tetrarchen, daß ich ihn bitten lasse, sogleich von ihm empfangen zu werden. Zuvor sende einen Boten an den Griechen Dositos und laß ihm in meinem Namen ausrichten, sich bei Sonnenuntergang dort einzufinden, wo ich ihn zuletzt verlassen habe.«

Dann sah sie sich selbst, wie eine vertraute Andere, wie im Traum, auf ihrem Weg durch den Palast zu Herodes Antipas. Es kam ihr in den Sinn, daß der Tetrarch im Begriff stand, sich auf seine transjordanischen Güter in Peräa zu begeben. Schwer von Entschluß, wie er war, zögerte er seinen Aufbruch hinaus, auch drängte Herodias nach Sepphoris in Galiläa, denn sie teilte den Hang ihres Gatten nicht, sich in unsicheren Zeiten der Verantwortung und des tatkräftigen Eingriffs zu entziehen. Auch waren schlechte Nachrichten angelangt, von Revolten bei den Truppen, die Söldner waren in größeren Verbänden zu den Räuberhorden an der samarischen Grenze übergelaufen und hatten gemeinsame Sache mit ihnen gemacht. Man mußte Roms Hilfe anrufen, um Ordnung schaffen zu können, und dieser Erweis von Schwäche in der eigenen Tetrarchie war für Herodes Antipas schmerzlich und erniedrigend.

Es redete Salome der fern in eine brennende Angst verwirkten Salome zu, die sie auf einem schweren, ungeliebten Gang dahinschreiten sah; sie suchte ihr die Furcht zu nehmen, sie möchte den Tetrarchen in düsterer unzugänglicher Verfassung antreffen, unwillig und gereizt. Sie erinnerte Salome, die sie neben sich dahingehen sah, das junge Weib, in einem leidenden Hohn daran, daß sie schön und begehrenswert sei, und wie leicht der Fürst mit schmählichen Mitteln zu gewinnen wäre. So fern erschien ihr diese Salome von einst, die leicht bewegte, zu Spiel und Gefallsucht geneigte, die fremd gewordene Schwester, die doch sie selber war.

Erst als nun der Fürst ihr, im sichtbaren Bilde, freudig überrascht in seinem Gemach entgegentrat, entschwand der Zustand von Geteiltheit und Selbstfremde aus ihrer Seele. Sie lächelte ihm entgegen, ein Lächeln, dessen Liebesschein nicht für ihn bestimmt war, den er aber annahm wie eine willkommene Gabe. Sein Hausgewand aus dunkelroter Seide und der nur durch das volle Haar geschmückte müde und dunkle Kopf machten ihn, wie auch sein ungezwungenes Verhalten, in Salomes Augen zugänglicher, milder und menschlicher, als sie ihn von den letzten festlichen Begegnungen her in Erinnerung hatte. Er sah ermattet und beinahe gütig aus, die lichtbraune Haut des hageren Gesichtes wirkte welk und die schönen Hände erstorben. Nur das nächtige Augenpaar, wach und zugleich tief verschattet, verriet das Tier und den Tyrannen, das Undurchschaubare seiner Natur, die List und die achtsame Gier.

Der Morgensonnenschein, in seiner grausam-herrlichen Fühllosigkeit, brach in das hohe gewölbte Gemach, das über einen Söller, auf dem Blumen flammten, in die Gärten führte. Zwei Säulen warfen Schatten und teilten damit den Raum in drei Teile, die Mosaike des Bodens flimmerten von der Reinigung her noch feucht, der Hintergrund lag in lichter Dämmerung.

Herodes Antipas sah Salomes Blick auf die Türwächter im Hintergrund. Nicht nur dadurch erkannte er, daß das Mädchen durch Dinge bewegt sein mußte, die nur zwischen ihnen und ohne Zeugen abgehandelt werden sollten, und er beruhigte sie mit einem Hinweis darauf, daß die Wächter der Landessprache nicht mächtig wären. Sie wunderte sich darüber, wie aufmerksam er ihre kaum angedeutete Befürchtung verstanden hatte und in Betracht zog, und ihr geringes Vertrauen wuchs, obgleich sie sich vor den einleitenden Worten scheute, mehr als vor dem letzten Aufwand, der eine Entscheidung herbeiführen sollte. Trotz seiner Erklärung winkte Herodes die Wache hinaus.

Sie ließ sich auf seine Einladung hin auf einer Ruhestatt nieder unter seinem fragenden, ein wenig spöttischen Lächeln. Sie empfand diesen Spott jedoch nicht als gegen sich gerichtet, sondern vermeinte die Unsicherheit und das Erstaunen seines Trägers darin zu erkennen, sein Mischgefühl aus Begierde, Achtung und Neugier. Salome fühlte darüber, wie gefährlich alle Umwege werden könnten, und wie gestoßen begann sie ohne alle Umschweife: »Mein Fürst und väterlicher Freund möge mir huldvoll gesinnt bleiben, wenn ich vor dem Erlauchten über einen Mann rede, der die Gnade meines königlichen Herrn nicht besitzt.«

Herodes Antipas hob die Hand beschwichtigend, und mit einem abwehrenden Lächeln, das gütig wirkte, sagte er: »Nicht so, Salome. Ich bitte dich darum, mir Vertrauen entgegenzubringen und nicht zu fürchten, ich deutete dir dein Nahen anders, als du es selber meinst.«

Salome verneigte sich tief und antwortete: »Mein Vater.«

Es kam für einen Augenblick ein Zug von Rührung und etwas wie spröder Dank im Angesicht des Mannes auf, etwas wie eine flüchtige Trauer um verschollenes Lebensgut. Er ließ sich nieder, immer die Blicke in Salomes Gesicht: »Was ist das für ein Mann, von dem du zu mir reden willst?«

Er wollte einen erleichternden Scherz hinzufügen, ließ es aber, da der Ausdruck ihrer Züge es still und ernst verbot. Darüber entdeckte er einen ihm ganz neuen Zug in ihrem Gesicht, eine Schönheit, die er bisher nicht wahrgenommen hatte. Ein leiser Grimm beschlich ihn aus unbewachten Gründen der dunklen Brust.

»Es ist der Lehrer und Meister Jesus aus Galiläa, der Prophet...«
Herodes rührte sich nicht. Mit dem Aufklang dieses Namens verwandelte sich seine innere Haltung unmittelbar. Der helle, farbige Raum wurde so still, als wäre er leer. Nach einer Weile antwortete Herodes mit einer bedrängenden Ruhe und Kälte: »Er ist gefangengenommen und dem hohen Rat der jüdischen Priesterschaft überantwortet worden. Man hat ihn zum Tode verurteilt. – Was willst du, Salome, das ich tun soll?«
Er fragte ganz gegen seine Natur und Gewohnheit geradeheraus. Es hätte eher seiner Art entsprochen, jeder direkten Frage oder Entscheidung lange auszuweichen, sie hintanzuhalten oder zu vermeiden. Nun klang seine Antwort unter dem Mantel der gefrorenen Haltung fast wie eine verhüllte Frage um Rat.
Salome faßte darüber, trotz der furchtbaren Botschaft vom schon ergangenen Urteil, Mut, und ihr Herz festigte sich. »Ich bitte dich darum, mein Vater, daß du den Galiläer aus den Händen seiner und deiner Feinde befreist.«
»Meiner Feinde, sagst du, Salome?«
»Ich sage es. Ich weiß, daß in der Welt niemand ein Recht hat und niemand den Mut aufzubringen vermöchte, dich an den Täufer Joannes zu erinnern; nur ich habe diese Berechtigung und nur ich diesen Mut. Du hast mit mir über ihn gesprochen, nachdem er enthauptet worden war, darum erkühne ich mich, ihn heute vor deinem Angesicht zu erwähnen. Sein Tod ist für dich der Anlaß zu Bedauern und Leid geworden. Du hast mir einst dein trauerndes Herz offenbart.«
Sie erzitterte unter der Kühnheit ihrer eigenen Worte und erwartete einen jener furchtbaren Wutausbrüche, die den Tetrarchen so oft schon über Zweifel, Qualen und Gewissensregungen zu einer jähen schrecklichen Tat fortgerissen hatten. Er blieb aus, aber die Beherrschung des Mannes vor ihr erschien Salome beinahe noch bedrohlicher; ihr war, als sänne er in dieser Verhaltenheit auf viel niedrigere Machtmittel, als die Wut sie zu entfesseln vermag. Seine Gestalt duckte sich kaum merkbar zusammen, und die Haut über den Backenknochen wurde weiß.

»Willst du mir sagen, Salome, was dich der Täufer und der Prophet aus Galiläa und ihre Schicksale angehen?«
Sie sah nach dieser Frage sofort und deutlich den leichten Weg: Sie konnte ihre Sorge um das Wohl des Fürsten zum Anlaß ihrer Bitte nehmen. Es würde ihr nicht schwerfallen, Herodes Antipas davon zu überzeugen, daß sie um seines Heils willen und nur deswegen gekommen war. Sie kannte nicht nur seine Ängste und vor allem den Gram seiner Reue über den willkürlichen und von ihm ungewollten Tod des Joannes, sondern auch seine Befürchtungen, in diesem Galiläer Jesus sei der Gemordete zu Vergeltung und Rache auferstanden. Es wäre ihr ein leichtes gewesen, ihm Furcht davor einzuflößen, ein zweites Mal den Heiligen und Gesandten Gottes anzutasten. Er würde ihr Glauben schenken, um so mehr, als ihm beizubringen war, das Ränkespiel der von ihm gehaßten Pharisäer suche ihn in Schuld und Verderbnis zu stoßen, wenn er seine Hand zu ihrem Vorhaben reiche und ein Todesurteil über den Schuldlosen bestätige.
Sie verwarf diesen Weg, ohne sich darüber im klaren zu sein, weshalb sie es tat, und sagte festen Tones. »Ich will, daß sein Leben erhalten bleibe, weil ich ihn ehre und liebe.«
Mit dem Aufklang ihrer Worte ward ihr beglückend deutlich, daß dieser aufrichtige Ausspruch in weit höherem Maße die Mächte aufrief und zur Wirkung brachte, die sie auf einem Umweg hatte beschwören wollen. Obgleich mit ihrem Bekenntnis die Achtung des Tetrarchen vor dem Gefährdeten wuchs, und mit ihr seine Besorgnis Unrecht zu tun, weckte ihre Aussage in dunklen Tiefen seiner Brust eine gefährliche Leidenschaft, es erwachte seine Eifersucht, jene brennende und bohrende, heimliche Beneidung, die selbst in verhärteten Gemütern von der Ahnung hervorgerufen wird, daß aller Besitz von Wert und Dauer mit den Entzückungen und Heimsuchungen der Seele und des Geistes zusammenhängt. Da er nach Willkür und Gewalttat, die einst dem Mädchen von ihm geschehen waren, niemals aufgehört hatte, sie zu begehren, traf ihn ihr Geständnis wie ein Verlust.
Salome, die seine Liebe niemals erwidert hatte, suchte deshalb

die Gründe für die finsteren Schatten auf seiner Stirn nicht dort, woher sie stammten, sondern in seiner Abneigung gegen den Galiläer, und beging den Fehler, den Angeklagten zu verteidigen, um seine Schuldlosigkeit und Arglosigkeit zu erweisen. Herodes Antipas hörte sie mit lauernder Ruhe an, er ließ ihr Zeit, vorzubringen, was sie bewegte. Der Ausdruck seines Gesichts glich dem eines erfahrenen Spielers, der seinen Trumpf in Bereitschaft hält und seinem Gegner die vergebliche Kampfesmühe mit Schadenfreude noch eine Weile gönnt. Er hörte auch nur ungesammelt auf das, was Salome zugunsten des Gefangenen vorbrachte. Er beachtete vielmehr mit Erstaunen ihren Zustand und ihre Ergriffenheit, die sie nicht verbergen konnte.

Endlich hob er die Hand. »Es ist richtig«, sagte er mit kühl duldenden Blicken und ohne Aufwand, »daß unter den Pharisäern etliche meiner Gegner im Streit um diesen Menschen sind, denn sie haben ihn gewarnt und ihm angeraten, aus meinen Augen und aus dem Bereich meiner Herrschaft zu entfliehen, da ich ihm nach dem Leben trachtete. Ich will dir nun mitteilen, Salome, was er ihnen, und damit mir, zur Antwort gegeben hat. Er hat sich unterstanden, die Botschaft auszusprechen: ›Geht hin und sagt diesem Fuchs, daß ich heute und morgen wandeln und wirken werde, wo ich will.‹ – Soll ich dein Erschrecken so deuten, als könntest du unmöglich glauben, daß er mit dieser Beschimpfung mich gemeint habe? – Er hat hinzugefügt, er wisse, daß Jerusalem die Propheten steinige, und im Anschluß an diese Worte hat er die Stadt zu ihrem Untergang verflucht. Er selber aber wolle Jerusalem nicht eher wieder betreten, als bis die Stunde geschlagen habe, in der seine Bewohner ihn mit dem Rufe empfangen würden: ›Willkommen sei, der als Herr und König einzieht.‹«

Salome erstarrte. Auch wenn sie nicht gewußt hätte, daß solche oder ähnliche Worte von dem Galiläer ausgesprochen worden waren, hätte sie sie doch geglaubt, denn sie kannte seinen an der Grenze der Todesbereitschaft, ja des Todeswillens flammenden Mut, die Mächte herauszufordern, die sich seiner inneren Welt nicht einfügen ließen. Ihr Erschrecken darüber, daß Herodes weit mehr von diesem Manne zu Ohren gekommen war, als sie

vermutet hatte, wurde für kurz durch die stolze Zuversicht aufgehoben, daß eine furchtbare Macht hinter dem Verkünder stehen mußte, der eine solche Botschaft als eine Herausforderung des Tetrarchen wagte. Aber die Flamme dieser Zuversicht erlosch, als sie an Dositos und seine schmerzliche, hoch- und weitführende Ausdeutung dachte. Alles, was dieser Jesus vorbrachte, und andere zu seinen Gunsten, hatte keine Gültigkeit angesichts der Gegnerschaft, die ihn zu vernichten trachtete. Ratlos ließ sie den Blick gesenkt und stand schweigend vor Herodes.
Sie rührte ihn tief. Nach diesem Triumph über sie, den er für endgültig hielt, erwachte in seiner Seele jene selbstgefällige Ritterlichkeit, die die Gewalttätigen so gern für die natürliche Ausstrahlung einer edlen Gesinnung genommen zu sehen wünschen. Sein Zorn gegen die Widerstrebende wandelte sich in Gier vor der Überwundenen. Da Salome, totenstill wie eine Statue, immer noch den Blick gesenkt hielt, bot sein Angesicht sich unbeherrscht dar. Erst als sie aufblickte, von qualvollem Zweifel und zerspaltener Hoffnung bewegt, fing er sich und erwiderte ihren Blick aufmunternd, bemüht seinen inneren Zustand nicht zu verraten. Er forderte sie verhalten, aber doch leicht ermutigend auf: »Sprich getrost, Salome. Ich habe dich wissen lassen, was ich gegen das Betragen und die Reden dieses Galiläers vorzubringen habe, und erwarte von dir Einsicht und Gerechtigkeit, wie du von mir. Ja, ich setze bei dir Verständnis für mich voraus – was keine Drohung einschließt und wünsche, es möge dir nicht wie eine Nötigung erklingen, wenn ich dich zu reden bitte. Vielmehr ist mir daran gelegen, von dir zu hören, was du jetzt noch zur Entschuldigung für diesen Menschen anzuführen vermagst; auch bin ich begierig zu ergründen, was dich selbst angesichts seiner so tief bewegt. Es ist mir wichtig, dies nicht allein um deinetwillen in Erfahrung zu bringen, sondern überhaupt, damit ich es auf diejenigen zu beziehen vermag, die ich für verführt und betört halte. Begreife, daß meine Teilnahme an diesem Empörer bisher nicht über das Maß hinausgegangen ist, das ich dem Widersacher gegen Staatsordnung und Eigenrechte an Beachtung schuldig bin. Es gehört nicht zu meinen Gewohnheiten, der Mei-

nung eines einzelnen allzuviel Gewicht beizumessen, aber das Volk hört auf diese Stimme. Der Gegner und Feind, der er mir ist, muß dir an den Worten erkennbar geworden sein, die ich dir angeführt habe, von denen ich vermute, daß du sie für glaubwürdig und richtig überbracht erachtest, wie ich es tue.«

Salome schwieg, weil sie den glatten Worten keinen Glauben entgegenbrachte, denn sie wußte nur zu gut, daß Furcht und Haß den Fürsten dunkel überwachten und leiteten und daß seine Vorwände herbeigeholt waren, um sie zu Geständnissen zu verleiten.

Antipas wartete, sein Lauern unter der Miene argloser Wißbegier verbergend. Aber er ertrug das Schweigen nicht, denn es trieb ihn zäh und böse über alles Für und Wider, das hier zur Entscheidung gedrängt wurde, den Abgründen der Blutfinsternis entgegen, die sein Begehren aufriß. Leise, da er der Festigkeit seiner Stimme nicht traute, wiederholte er: »Sprich getrost, Salome.«

Er blinzelte sie an, aber seine Augen öffneten sich bald groß und still. In ihren dunklen Spiegeln erstand eine Vision, weit über das hinaus, was seine Blicke ihm zutrugen. Wie bei einer Statue ruhte Salomes schweres Haar über dem Marmorbraun von Stirn und Hals. Das weiße Kleid fiel schlicht und jede Form des Körpers verhüllend bis auf die Füße nieder.

Salome erkannte die Aussichtslosigkeit, Herodes Antipas mit Worten umzustimmen oder zu überzeugen, aber sie sah keinen anderen Weg als den des Kampfes oder der Preisgabe ihres hochgesinnten Plans. So entschloß sie sich, keinem Vorsatz und niemandem zu vertrauen, als allein der von fernher einbrechenden Helligkeit, die ihre Seele erhob. Fast ermutigte sie die vollkommene Gütelosigkeit, in die sie hineinzusprechen hatte wie in die Nacht.

So begann sie entschlossen, nur dem Aufwand ihrer Seele vertrauend und kaum der Überzeugungskraft ihrer Worte: »Dieser Mensch ist niemandes Feind, mein Vater, auch der deine nicht. Er ist ärmer als die Ärmsten und will es sein, er ist ohne Heimstätte und allein. Ihn treibt ein väterlicher Ruf des Gottes aller

Menschen und Völker, er weiß wohl, daß dieser Ruf stärker als er selbst ist, und daß er seiner Gewalt erliegen wird, wie eine Flamme, die sich verzehrt, indem sie leuchtet. Er erkennt die Geheimnisse der Seele und heilt Kranke, er treibt die bösen Geister aus und liest die verborgenen Gedanken aus den Angesichtern seiner Feinde und Freunde. Man sagt, er ginge über das Wasser dahin, als schritte er über den Boden der Erde, und vieles mehr. Aber diese Wundertaten sind es nicht, die mich überwunden haben, ähnliches ist schon vor ihm geschehen und von anderen getan worden. Es ist den Heiligen und Magiern alter Zeiten nachgesagt worden, auch großen Königen und Propheten.
Es vollzieht sich etwas ganz anderes in ihm, das mich erfüllt und in den freien Bereich seines Geistes drängt. Erwarte nicht von mir, daß ich es dir zu erklären vermöchte, aber ich will es dir andeuten, so daß dein gütiges Vermeinen, wenn es mir freundlich zugeneigt ist, mein Erleben verstehen wird: Es wirken alle Kräfte der Natur und die Mächte des göttlichen Geistes ohne sein Zutun durch ihn, als wäre er von seiner Kindheit an, ohne Bruch und Makel, in seine Vollendung emporgewachsen, und nicht, wie noch wir alle, die im irdischen Dasein und zugleich vor dem Angesicht Gottes zu bestehen trachten, in den Zwiespalt von Begierde und Opferbereitschaft geraten. So erscheint er wahrhaft als ein vom ewigen Weltenvater erschaffener neuer Menschensohn; sein Darbild und die Verkörperung seines Willens, der eins ist mit seinem Wesen, macht ihn zu einem neuen Menschen. Sein Wesen ist eins mit dem Wesen des Reichs, das er verkündet, deshalb wird es ewige Dauer haben, wie nichts vor ihm. Glaube nicht, er wollte etwas für sich, wie viele behaupten, die ihn mißverstehen. Er trachtet nicht nach weltlicher Macht. Er gibt durch sein Verhalten und Leben jenen ein Beispiel, die in der Unstete und Finsternis der Welt nach der Ruhe ihrer Seele und nach Licht Verlangen haben.«
Antipas verstand kein Wort, er dachte: Sie ist wahnsinnig. Sein Begehren, ihrer in ihrem entbundenen und ausgesetzten Zustand habhaft zu werden, wuchs bis zum Zerstörungswillen. Eine tierhafte Gier zerfraß ihn bis zur Wut nach völliger Vernichtung.

Salome hob den Blick, und als sie das Gesicht vor sich erkannte, stieß sie einen lauten, klagenden Schrei aus.

Antipas fuhr empor, verstört durch diesen Aufschrei der Not aus unerforschbarer Tiefe; jedoch in seinem taumelnden Schritt auf sie zu trieb ihn, ebensosehr wie sein Entsetzen, die Gier, das lieblich und rein vor ihm entflammte Wesen, über Behüterschaft und Mitleid hinaus, an sich zu reißen.

Aber wunderbar: Salome wich nicht einen Schritt vor ihm zurück.

Jetzt hörte er eine Stimme, wie von weit her: »Herodes Antipas, gestehe mir zu, daß deine Hand das Todesurteil des Hohen Rats nicht und nimmermehr unterschreiben wird.«

»Ich werde es nicht tun«, antwortete seine Stimme.

»Schwöre es mir beim Heil deiner Seele, beim Purpur deines Herrscherkleides, und rufe den Tod zum Zeugen und Rächer an, wenn du deinen Eid brichst.«

»Ich schwöre es dir, wie ich einst beim Tode des Joannes geschworen habe, und meinen Eid hielt. Ich schwöre es dir bei den Mächten, die du vor mir angerufen hast ... doch noch eins, eines noch: Sprich ein Wort, Salome, ein Wort – das mich segnet.«

»Alles Licht meiner Seele falle auf deinen Weg bis an sein Ende«, sagte die Stimme Salomes.

Siebzehntes Kapitel

Die Anklage

Skriba betrat früh durch den Gerichtssaal den Arbeitsraum des Statthalters Pontius Pilatus im Prätorium von Jerusalem. Der Prokurator erkannte schon beim Morgengruß des ihm werten Ratgebers, daß eine ungewöhnliche Botschaft der Anlaß dieser Begegnung war. Er fragte, nur mit den Augen, freundlich erwartungsvoll, jedoch nicht ohne Sorge, denn die überfüllte, ruhelos gärende Stadt, die im Begriff stand, das jüdische Passahfest zu begehen, bedrängte die Römer. Die Stimmung im Volke war schlecht, aufsässig und gereizt, die peinlichen und blutigen Vorfälle bei den Verhandlungen über den Bau und die Kosten der Wasserleitung brannten als Empörung und Trauer in den Gemütern.

»Eine Botschaft vom Tetrarchen Herodes Antipas«, berichtete Skriba. Im Tonfall und in der Haltung des Sprechenden tat sich frohe Überraschung kund, die Freude, in der man eine gute Nachricht gern überbringt.

Pilatus erstaunte, als er nun erfuhr, daß der Fürst ihm am Abend vorher durch eine erlesene Gesandtschaft seines Hofs, von Irenäus geführt, den gefangenen Galiläer Jesus hatte überliefern lassen, der vom jüdischen Synedrion zum Tode verurteilt worden war. Der Herrscher lege das endgültige Richterwort und die Entscheidung über Leben und Tod des Angeklagten in die Hände Roms.

»Da der Bezichtigte Galiläer ist, habe ich vor einigen Tagen keine Einwände erhoben«, berichtete Skriba über die vorangegangenen Ereignisse, »ihn der Gerichtsbarkeit der Priesterschaft und des Herodes Antipas zu überlassen. Nun schickt der Tetrarch den Angeklagten dir. Seine Gründe sind mir noch undurchsichtig, aber die Handlung selbst erscheint mir wichtig und vorteilhaft für uns.«

Pilatus sah angeregt und erfreut auf den Sprechenden. Er erhob sich und entgegnete ohne Zögern, so daß sein fester innerer Entschluß sich klar verriet: »Das ist, seit ich in Judäa bin, das erstemal, daß dieser idumäische Despot und Widersacher sich vor meinem Angesicht freiwillig Rom unterstellt! Seine Gründe sind mir vollkommen gleichgültig, angesichts der Möglichkeit, wie ich seine Handlungsweise anzunehmen und auszudeuten vermag. Dieser Vorgang hat als ein Entgegenkommen sowohl in staatlicher als auch in persönlicher Hinsicht zu gelten.«

»Was soll geschehen?« fragte Skriba bedächtig.

»Ich werde Herodes Antipas unverzüglich eine Dankesbotschaft mit einem ansehnlichen und ehrenvollen Geschenk senden lassen«, antwortete der Statthalter; »mag er meine Gründe zu er-

forschen suchen wie ich die seinen. In jedem Falle wünsche und erreiche ich, daß er sich meine Auffassung dieser seiner Tat zu eigen macht. Mir ist diese Sache sehr willkommen. Skriba.«
»Sie konnte nicht günstiger als in diesem Augenblick kommen; und mit dem Festmantel der Freigebigkeit, den du ihr umlegst, ist ein politischer Erfolg mit ihr eingeleitet.«
»Sorge dafür, daß dieser Mantel dem Tetrarchen wohlgefällt. Dieses Ereignis ist in den Augen aller wie eine freundschaftliche Annäherung hinzustellen und auszulegen, die vom Fürsten ausgegangen ist, nicht von mir.«
Skriba nickte ein paarmal nachdenklich, jedoch überzeugt, ein zustimmendes Lächeln auf den für gewöhnlich unverführbaren, schmalen Lippen.
Der Prokurator schien sich erst jetzt auf den Angeklagten selbst zu besinnen, er fragte: »Und was ist mit diesem Übeltäter?«
»Ich halte ihn eher für einen religiösen Schwärmer und Fanatiker als für einen Staatsverbrecher; freilich kenne ich ihn und seine Proklamationen nicht genau. Was zur Beachtung steht, ist vielleicht weniger das, was wir, sondern vielmehr, was andere von ihm halten oder aus ihm zu machen suchen. Es ist in Betracht zu ziehen, daß er einen weitverbreiteten Anhang im ganzen Volke hat und den Schriftgelehrten und Pharisäern ein Dorn im Auge ist.«
»Etwas der Art erfuhr ich durch den Griechen Dositos. Aus seinem Bericht ging hervor, daß der Beklagte den Pharisäern ihren Rang und Einfluß streitig macht und sie empfindlich angreift, sich aber in unsere staatlichen Maßnahmen nicht einmischt, jedenfalls nicht direkt. Einige Beachtung schien ihm freilich auch der Grieche entgegenzubringen, der im allgemeinen gut unterrichtet ist. Er sagte zwar, der Prophet sei harmlos und politisch ungefährlich; er sagte es aber zu oft. – Laß dir den Mann vorführen, und vermeide dabei nach Möglichkeit jedes Aufsehen.«
Skriba senkte den Kopf.
Pilatus gewahrte, daß diese Neigung zu langsam war, um einzig Zustimmung auszudrücken. »Nun?«
»Was bei dieser Sache nicht unbeachtet bleiben darf, ist die

Frage, ob der Tetrarch Antipas größeren Wert auf die Freisprechung oder auf die Verurteilung des Angeklagten legt.«
»Du sagtest, das Synedrion habe ihn bereits zum Tode verurteilt?«
»Wenn der Tetrarch dieses Urteil nicht bestätigt hat, sondern dir den Gefangenen sendet, so ist sehr wohl möglich, daß seine Entscheidung deshalb unterblieb, weil er sich vor dem Gegenwillen des Volkes fürchtet, wenn er den Richtern zustimmt.«
Pilatus fühlte, daß Skriba die Verantwortung für diesen Fall nicht zu übernehmen wagte. Er wunderte sich ein wenig und fragte erwägend: »Es gilt also zu bedenken, ob man hier besser den Wünschen des Volkes oder denen seines Machthabers entgegenkommt? Das willst du doch sagen.«
»Man hörte in der letzten Zeit von diesem Manne in allen Lagern mehr als zuviel reden. Er hat Anhänger in Samaria und Galiläa, bei Syrern, Griechen und Juden.«
»Das macht die Sache zwiespältig, denn man hat somit in mir nicht nur den Vollstrecker eines schon gefällten Urteils angerufen, sondern das römische Recht.«
»Was könnte dich mehr ehren als diese Unterscheidung?« sagte Skriba mit Nachdruck.
Pilatus sah auf: »So große Worte, Skriba?«
Es entstand eine Stille.
Nach einer Weile brachte der Beamte bedächtig vor: »Wie die Dinge jetzt in Judäa und besonders in diesen jüdischen Festtagen liegen, will es mir klüger erscheinen, dem Willen des Volkes Gewicht beizumessen als den unübersichtlichen Plänen des vorsichtigen Tetrarchen, der schwer von Entschluß ist. Es wird dem Fürsten, der Idumäer ist und für den die Glaubenssatzungen der Juden kaum ernsthaft in Betracht kommen, nicht sonderlich zu Herzen gegangen sein, daß die von ihm gehaßten Pharisäer von unserem Gefangenen angegriffen worden sind.«
Bevor Pontius Pilatus antworten konnte, nahm die Wache am Eingang Haltung an, und Skriba hob fragend den Blick. Es wurde gemeldet: »Der Erzpriester Kaiphas des Hohen Rats von Jerusalem und seine Gefolgschaft bitten um Empfang und Gehör.«

Pilatus und Skriba sahen sich an, als habe der eine den andern aufgerufen. Der Statthalter zögerte, dann erbat eine auffordernde Handbewegung die Stellungnahme des Freundes. Beide waren überrascht und betroffen, denn der Umstand, daß der amtierende Erzpriester selbst – und noch dazu ohne das Zeremoniell einer Verabredung oder Ansage – erschien, war ungewöhnlich und ließ auf einen dringlichen Anlaß schließen. Skriba täuschte sich keinen Augenblick über den Grund dieses Besuchs. Der Statthalter wagte der Erwägung nicht Raum zu geben, daß dieser Aufzug dem Manne gelten sollte, von dem sie eben gesprochen hatten. Er lächelte zweiflerisch und fragend.
»Doch«, sagte Skriba tonlos, »es gilt dem Galiläer«.
Er ließ die Gesandtschaft in den Sitzungs- und Gerichtssaal bitten, der unmittelbar neben dem Arbeitsraum lag, in dem sie sich aufhielten. Er verfügte dies, ohne den Entschluß des Prokurators abgewartet zu haben und fragte deshalb jetzt: »Soll ich mir die Wünsche des Synedrions vortragen lassen?«
»Nein«, antwortete Pilatus erwachten Sinns und entschlossen, »ich werde sie selbst empfangen, aber du wirst an meiner Seite bleiben.«
Skriba verließ den Raum zum Empfang und zur Begrüßung der Gäste und befahl eine Wache in den Ratssaal. Er stellte mit Mißbehagen fest, daß der Vorhof und die Straße weithin von einer Volksmenge belagert wurden, die dem Zug der Priesterschaft gefolgt sein mußte, und schickte einen Boten ins Fort Antonia. Dann ließ er den Vorhof durch Leichtbewaffnete räumen. Es vollzog sich rasch, reibungslos und unheimlich still, kein Widerstand, kein Ruf des Unwillens oder der Bedrängnis wurde laut, die Menge wich wie die Meerflut bei Ebbe.

Der Prokurator zeigte sich beflissen, die Ankömmlinge nicht über Gebühr warten zu lassen; er betrat kurz nach den letzten Ereignissen den Empfangssaal durch die Tür seines Arbeitsraums und nahm den Richterstuhl ein, nachdem er stehend die Abordnung mit erhobener Hand gegrüßt hatte.
Die Schar der Ratsherren des Synedrions, Kaiphas und Ananias

im Vordergrund, erwiderten den Gruß ehrfürchtig durch tiefe Verneigungen, die Hand an der Stirn. Pilatus forderte seine Besucher durch eine Handbewegung auf, die Sessel einzunehmen, die für sie bereitgestellt worden waren, aber die priesterlichen Herren blieben alle stehen, wie Kaiphas und Ananias es taten. Der Statthalter wiederholte seine einladende Bewegung, es war eine jener prachtvollen Gesten zwischen Erlauben und Gebieten, zwischen Einladung und Befehl, wie die Macht sie nur ihren berechtigten Trägern verleiht, und wie sie der anmaßenden Gewalt versagt bleibt. Er wußte nicht, daß es den Hohenpriestern im Ornat nicht erlaubt war, einen Sitz einzunehmen, schloß es aber daraus, daß die Gewährung zu dieser Erleichterung nicht angenommen wurde.
Nun saß er bewegungslos auf dem hochlehnigen Richterstuhl. Zur Rechten und Linken erhoben sich, von Legionären gehalten, die Feldzeichen Roms, die goldenen Adler. Wer ihn eben noch im Gespräch mit seinem Sachwalter gesehen hatte, würde ihn kaum wiedererkannt haben in der Ruhe, Kälte und Entschlußbereitschaft seiner Züge. Es wurde deutlich, daß seine fast erbötige Geneigtheit, in welcher er seinem Ratgeber Raum gegönnt hatte, nicht einer Unsicherheit seiner Natur oder seines Geistes entsprang, sondern seiner Zugetanheit dem Gefährten im Amt gegenüber. Er ließ ihn bereitwillig an seinen Erwägungen teilnehmen, ohne darüber seine endgültige Entschlußkraft einzubüßen.
Seine Blicke gingen gelassen und unverhohlen prüfend über die Gruppe der Ankömmlinge, die seine Anrede erwartete. Neben dem prächtigen farbigen Aufwand der Gewänder der palästinäischen Priester wirkte seine Erscheinung nüchtern und einfach. Er sah mit Hohn und Entzücken, ohne daß von beiden Regungen auch nur ein Hauch erkennbar wurde, auf den orientalischen Farbenzauber der Gewänder.
Die breiten, hyazinthfarbenen Säume an den Kleidern der Hohenpriester wurden von den Enden der Gürtel überschnitten, deren Quasten bis an den Boden niederhingen. Sie trugen ein ärmelloses Oberkleid von saphirblauer Tönung, dessen untere Kante mit weißen Kugeln und Silberplättchen verziert war, und dar-

über einen seitlich offenen Überhang aus kostbar gemustertem Goldstoff. Die steifen spitzen Mützen ließen die Angesichter maskenhaft erscheinen, so daß darin anfänglich nur die dunklen Augen zu leben schienen.

Während der Unterredung, die folgte, ging es dem römischen Landesherrn zuweilen hintergründig und kaum bewußt durch die Gedanken, daß dieser Prunk- und Würdeaufwand ihn zugleich ergriff und traurig stimmte, als sei es möglich, etwas, das zu Bewunderung und Verehrung aufrief, zugleich zu belächeln. Dieser großartige Aufzug war, bei all seinem Glanz, dennoch vergilbt, als trüge längst Gewesenes sich noch einmal im Licht der Sonne in die Schau der Sinne, verlassen von dem Geist, dem es einst zu seiner Verherrlichung gedient hatte. Die Genien der Hochmacht von Glauben und Seelenadel hatten ihr Haupt abgewandt, und was sich einst mit Inbrunst der Gottesbürgschaft zugesellt hatte, war zu Schaustücken einer theatralischen Vorführung herabgesunken.

Sollte der so peinlich Angeklagte und zum Tode Verurteilte auf viel höherer Warte der Einsicht und Forderung, vielleicht von einem ähnlichen Widerspruch, der bei ihm heilige Überzeugung war, dieser Prunkträger eines toten Gottes durch einen neuen lebendigen Geist bestürmt und sich dadurch ihre Feindschaft zugezogen haben?

Inzwischen war der Hohepriester Kaiphas durch Skriba aufgefordert worden, sein Begehr vorzutragen, und er sprach. Es ging in der Tat, wie Skriba angenommen hatte, um den Galiläer Jesus. Pilatus wappnete sich innerlich gegen den wortreichen und mühsam beherrschten Ausbruch des Ratsherrn, den Sinn der Worte nur im großen und ganzen erfassend. Er staunte über die fremdartige Fülle von Dogmen und Riten, von Verbot und Gewähr, von Schuld und Vergehen. Im Grunde war es anscheinend nicht viel, das von ihm gefordert wurde: er möge dem Synedrion die Gunst erweisen, das Todesurteil zu bestätigen, das der Tetrarch Herodes Antipas in seine Hand gelegt habe. Die Ratsversammlung sei durch glaubwürdige Zeugenaussagen von der schweren Schuld des Angeklagten fest überzeugt, und es bestünde kein Zweifel, daß er nach jüdischem Gesetz des Todes schuldig sei.

Leicht betäubt, wie von einem fremden, berauschenden Wein, den Bild und Rede ihm einflößten, den Zauber fremder Religionsformeln und Gottesverehrung zugleich als Erlebnis und Warnung aufnehmend, mehr neugierig und angeregt noch als schon gesammelt, entgegnete der Römer vortastend und ohne Betonung: »Der Tetrarch hat von mir keine Bestätigung eines schon gefällten Urteils erbeten, sondern einen Richterspruch.«

Skriba an seiner Seite machte eine leise zustimmende Geste der Anerkennung, die Pilatus kaum beachtete, aber doch soweit, daß er sie als eine Bestätigung für die Richtigkeit seines Vorgehens empfand. Unwillkürlich überdachte er seine eigenen Worte noch einmal, und erkannte in ihnen mehr Wappnung und Widerspruch, als er geplant hatte. Wollte er denn diesen Fall weiterführen, statt ihn kurzerhand zu beenden?

Aber lebendiger als die Hindeutung seines Ratgebers weckte ihn die Antwort des Hohenpriesters zur vollen Anteilnahme: »Wie sollte der Vertreter und Freund des Kaisers nicht alsbald zustimmen, damit die Strenge des Gesetzes rasch Ordnung und Ruhe schaffen möge?! Sie allein gewähren dem Volke Halt, dessen Unwillen wir schwer zu bändigen vermögen. Der Gott unserer Väter ist von diesem Menschen gelästert worden, und er hat sich als den Sohn des Hochgelobten bezeichnet.«

Pilatus erkannte, über den schwer verständlichen Sinn der Worte hinaus, jetzt deutlich die beinahe gehässige Inbrunst des Anklägers.

»Fühlst du dich frei von jeder Abneigung gegen diesen Galiläer?« fragte er. »Mir scheint, daß dir am Verderb dieses Menschen mehr gelegen ist als am Buchstaben eures Gesetzes. Das Recht sollte frei von Willkür gehandhabt werden, und ich glaube, daß ein freier Mensch eher gerecht sein wird als ein Sklave seines Unmuts. Zudem mögest du bei deinem Eifer bedenken, daß ich nicht an dieser Stelle stehe, um eure Religionsgesetze zu erforschen. Zum Sittengesetz der Römer, das an dieser Stelle allein Gültigkeit hat, gehört das Gebot der Gerechtigkeit. Soviel mer-

ke, wenn du das römische Recht anrufst. Darüber hinaus sei dir gesagt, mein Hoher Rat, daß du durch deine Eilfertigkeit die persönlichen Rechte des Beklagten, nach meinem Ermessen, unterschätzest, ohne daß ich schon jetzt und endgültig hinzufügen möchte, daß du es auch mit mir so machst.«
Es wurde nach diesen Worten so ruhig im Saal, als sei er leer.
Kaiphas faßte sich mächtig: »So seien die Untaten dieses Menschen, soweit sie unter die Übertretung der Gebote unserer Väter fallen, vorläufig und vor deinem Angesicht hintangestellt. Es sei dem Vertreter des Kaisers dieses vorgetragen: Der Angeklagte hat nicht nur den Glauben unseres Volkes und unseren Gott gelästert und geschmäht, sondern er hat geduldet, daß ihn die Massen, gegen die Gewähr und gegen den Vorteil Roms, zum jüdischen König ausgerufen haben.«
»Ich werde mich nicht darauf einlassen«, entgegnete Pilatus hart, »ein Mittelding zwischen Recht und Vorteil gelten zu lassen, wie du es vorschlägst. Du wirst kein Urteil über diesen Menschen von mir erwirken, bevor ich ihn nicht angehört habe.«
Kaiphas erbleichte; er sah keine Möglichkeit, dieser Verfügung etwas entgegenzuhalten, das Gültigkeit hatte, und verwünschte heimlich aufs neue die Unentschlossenheit des Tetrarchen, das Urteil nicht kurzerhand zu unterzeichnen, und dessen unverständlichen Entschluß, den Übeltäter unter die Gerichtsbarkeit Roms zu stellen. Darüber befiel ihn die dunkle, bedrängende Ahnung, daß hier ein für ihn unübersehbares Zwischenspiel persönlicher oder politischer Machenschaften am Werk sein könnte, und daß die Verhandlung hier jetzt auf einen Weg gedrängt wurde, den er nicht hatte beschreiten wollen. Er fragte: »Bedeutet diese Aussage des kaiserlichen Statthalters, daß ihm der Gefangene vorgeführt werden soll?«
»Ja«, antwortete Pilatus.
Es lag ihm nichts an diesem Verhör, sondern allein daran, dem Hohenpriester auch nicht eine Handbreit der Machtbefugnis zu gönnen, die mit Anmaßung behauptet und gefordert wurde.
»Das Volk ist in Unruhe und Aufruhr«, rief Kaiphas mühsam beherrscht; »die Empörung der Massen nimmt überhand, die

Unseren wissen, daß das Synedrion diesen Lästerer unserer Gottheit zum Tode verurteilt hat. Ich erlaube mir, zum Besten von Stadt und Land, den Rat, daß unser Urteil unverzüglich bestätigt und ausgeführt werde. Der Vertreter des Kaisers möge bedenken, daß sich große Scharen der Gläubigen unserer Stämme und Völker aus aller Welt in Jerusalem eingefunden haben, um unser hohes Fest zu begehen. Der Frevel am Heilsgut und den Glaubenssatzungen unserer Religion, den der Angeklagte begangen hat, wie von vielen Zeugen erwiesen wurde, ist den Volksmassen wohlbekannt. Der Abscheu und die Empörung schlagen hohe Wellen, und ich befürchte...«

»Möchtest du mich zum Teilhaber deiner Furcht machen?« unterbrach ihn Pilatus. »Zeugte solch ein Wunsch nicht von etlicher Unkenntnis meines Charakters?«

Obwohl er diese Frage ohne sonderlichen Nachdruck und beherrscht stellte, kochte er innerlich von einem plötzlich aufsteigenden Zorn über die verschlagene Art, in der der Hohepriester die verwundbarste Stelle seiner Sorge berührte und zum Kampfmittel gegen ihn machte. Freilich strebte er Ordnung und Ruhe unter allen Umständen und vor allem andern an. Die letzten Nachrichten und Briefe, die die Staatsgaleere aus Rom für ihn nach Cäsaräa gebracht hatte, enthielten den dringlichen Befehl des Kaisers nach Beschwichtigung in den Ostprovinzen des Reiches. Fast schien es, als sei er beim Kaiser verklagt worden. Ein wenig beruhigte ihn zwar bei dieser Besorgnis die soeben erfahrene Haltung des Tetrarchen Herodes Antipas, der ihm mit der Überantwortung eines galiläischen Staats- und Religionsverbrechers einen Erweis von Freundschaft und Vertrauen erbracht zu haben schien. Aber wieviel bedeutete bei diesem idumäischen Trugspinner eine solche Handlungsweise, und welche Vorteile versprach sich der Fürst für sich selbst davon? Vielleicht bemäntelte er dadurch nur eine heimtückische Verdächtigung, die er an den Cäsar gesandt hatte.

Er wurde sich darüber klar, daß er zu lange schwieg. So suchte er einen Ausgleich und fand ihn in einer beiläufigen Abschweifung ins allgemeinere, wodurch er den Anschein erweckte, als habe ihn die heraufbeschworene Gefahr in seinen Erwägungen nicht sonderlich bewegt, sondern vielmehr der Gedanke, den er nun aussprach: »Hat das Gericht des jüdischen Hohen Rats diesen Übeltäter zum Tode verurteilt, wie ich hörte, und wie du es mir bestätigt hast, so nimmt mich wunder, daß der Herrscher euer Urteil nicht als gültig oder als endgültig erachtet, sondern euren Gefangenen mir übersandte. Weiß man am Hofe des Fürsten nicht, daß ich Aufgaben zu erfüllen habe, die Rom wichtiger sind?«

Kaiphas sah mit diesen Worten des Prokurators augenblicklich seinen Vorteil und hakte rasch und gierig ein: »Es möge dem Freund des Kaisers aus dieser Handlungsweise des Erlauchten erkennbar werden, daß der Galiläer nicht nur unsere Gebote und Gesetze übertreten hat, sondern auch die Roms.«

»Pontius Pilatus verbarg seinen Unwillen, sagte aber doch mit kaltem Nachdruck: »Es wird mir vielmehr erkennbar, daß der Tetrarch euch nicht so übereilt und leichtgläubig zu Willen ist, wie du vermutet hast, daß ich es sein würde.«

Kaiphas erschrak heftig vor dieser brutalen Offenheit und Kampfansage. Er brachte in einem Tonfall besänftigender Abwehr vor: »Der Sachwalter des Kaisers möge bedenken, daß sich dieser Jesus aus Galiläa vom Volk zum König der Juden hat ausrufen lassen.«

Pilatus ärgerte sich darüber, wie jedesmal die Worte des Erzpriesters von seiner Gefolgschaft hinter ihm wie von einer bunten, beweglichen Echowand aufgenommen und in Mienen und Gebärden bestätigend widergespielt wurden. »Ein Grund mehr für euren Machthaber, den Mann rasch und ohne Gnade steinigen zu lassen.«

»Diese Maßnahme ist uns nach Verfügungen gerade des römischen Herrn, dem ich gegenüberstehe, seit kurzem nicht mehr ohne Zustimmung Roms erlaubt. Der Prokurator und Freund des Kaisers wolle mir seine Beachtung und Gunst nicht entziehen, wenn ich es wage, die Worte zu wiederholen, die ich zu Beginn ausgesprochen habe, als meine schwere Besorgnis mich vor sein Angesicht geführt hat: dieser Volksverderber arbeitet unter

dem Vorwand göttlicher Sendung auf Umwälzung und Aufruhr hin.«
»Ich hätte dem Tetrarchen meine Zustimmung zur Steinigung des Übeltäters nicht verweigert«, sagte Pilatus langsam und betont, »wenn er nur sie von mir gefordert hätte. Er hat sie nicht von mir erbeten, sondern mein Urteil.«
Er wandte sich nach dieser Entgegnung nachlässig an Skriba und flüsterte dem ihm sofort Zugewandten mit veränderter Miene ein paar Worte zu. Dies erweckte den Anschein, als sei mit seinem letzten Ausspruch das Vorliegende beendet, als sei ihm etwas in den Sinn gekommen, das ihm wichtiger war als das hier zur Rede Stehende. Skriba verstand den Grund dieser Hinneigung sofort, lächelte und hob die Hand entschuldigend und beschwichtigend gegen den Hohenpriester, als sei hier in der Tat ein Gegenstand erwähnt worden, der, gleichwohl wichtig, doch nicht zur Sache gehörte.
Pilatus spielte mit dem Siegel an seinem Gürtel. Nach guter Weile schien er sich der Gegenwart des Hohenpriesters wieder zu erinnern, hob mit dem Blick die Brauen und vermerkte, mit unverkennbarem Hohn dem jüdischen Ratsherrn und seinem Gefolge zugewandt: »Ihr rechnet mit meiner Anteilnahme. Ihr wünscht, soweit ich euch durch euren Sprecher verstanden habe, daß ich den hart Verklagten anhöre und unter meinen Richterspruch stellen möchte. – Es wird geschehen.«
Er beugte sich leicht im Stuhl vor, die Hände auf den Seitenlehnen, so daß es wirkte, als beabsichtige er, sich verabschiedend zu erheben. Er tat es aber nicht.
Kaiphas verstand, vor Wut kochend, wagte aber nicht, dem Römer ins Gesicht zu schreien, daß er nicht um ein erneutes Verhör des Verurteilten, sondern um die Bestätigung eines ergangenen Urteils gebeten hatte. Er fühlte, daß er den Mitteln des Römers an dieser Stätte keine von gleicher Gewichtigkeit entgegenzuhalten hatte, und besann sich erbittert auf die Mittel im eigenen Machtbereich. Er war entschlossen, den angesagten Kampf aufzunehmen. Er verneigte sich und verließ mit den Seinen den Raum.

Die Wache am Ausgang des Saals klirrte in Haltung, als hätte sie an Ehererbietung gutzumachen, was ihr Herr versäumt hatte, und als warne sie zugleich die Verabschiedeten vor einer unbedachten Wiederkehr.

ACHTZEHNTES KAPITEL

Der Hort der Verworfenen

In Jerusalem gärte es in Erwartung ungewöhnlicher Ereignisse. Das durchlichtete Gewölk, das über den Menschen lagerte, war gleichermaßen von der Vorfreude auf das große religiöse Volksfest aufgehellt, wie es seine drohenden Schatten warf, die von bevorstehenden Revolten und Aufständen wissen wollten. Die durch den gewaltigen Zuzug übervölkerte Stadt fühlte sich im gleichen Maße mächtig wie gefährdet, aber die wenigsten erkannten, wo die Gefahr lauerte und worin sie bestand.
Der Prokurator war schon früh von seinem Landsitz im Kidrontal aufgebrochen und durchritt die untere Stadt langsam, in ungewöhnlich großer Gefolgschaft von Fußvolk und Reitern. Die Lanzenspitzen und Brustharnische der Schwerbewaffneten funkelten in der Morgensonne. Der erzene Zug bewegte sich klirrend, gefährlich-schön und prachtvoll geschlossen durch das bunte, bewegte Meer der Menschenmenge, die ihn stumm und ehrerbietig vorüberließ, dicht an die Häuser gedrängt.
Als der Reiterzug die Akra durchquert hatte und beim alten Rathaus in die Vorstadt einbog, stieß vom Fort Antonia her, an den Vorhallen des Tempels vorüber, eine Kohorte Leichtbewaffneter zu ihm. Am Platz der Könige, vor dem Palast des großen Herodes, hallten die ersten zustimmenden Rufe auf, und die Hände erhoben sich zum römischen Gruß. Die Züge des Prokurators blieben unbeweglich, er wandte das ernste Angesicht nach keiner Seite, sondern sah unberührt gerade vor sich hin. Es dämpfte jedoch diese völlige Anteillosigkeit das unregelmäßige Aufflattern

der Hände nicht nieder, sondern vermehrte es. Der Centurio, der die Eskorte führte, grüßte zurück, aber unverwandt, als sähe er die Huldigungen vor sich in einem Spiegel.
Zum Prätorium von Jerusalem war einer der Nebenbauten des alten Königspalastes des Herodes umgeformt, und eines der Prunkgemächer zu ebener Erde zum Richt- und Sitzungssaal gewählt worden. Er führte durch eine offene Säulenhalle über vier breite Stufen auf den Platz der Könige nieder, so daß er durch zwei Tore, weit und dem Volke sichtbar, geöffnet werden konnte, womit Rom die Öffentlichkeit seiner Richtsprüche zu betonen trachtete, wenn es ihm genehm war. Auch sprach der Statthalter zuweilen von dieser Stätte aus zum versammelten Volk, wenn er die Vornehmen der Stadt zu einer Ansprache berief oder zu einer entscheidenden Staatsverordnung. –
Als Pilatus seinen Arbeitsraum im Prätorium betrat, empfing ihn Skriba mit bedeutungsvollem Gesicht, so daß der Statthalter erkannte, daß dieser erprobte Gefährte seines schweren Amts in Judäa eine wichtige Nachricht in Bereitschaft hatte. Pilatus lächelte ihm besorgt-spöttisch und zugleich aufmunternd zu, voll einer Vertraulichkeit, die seine Ahnung einer unwillkommenen Nachricht zu erkennen gab, wie etwas nun schon Gewohntes, das man eben in diesem Lande miteinander zu tragen und auszufechten hatte.
Skriba berichtete sachlich und festen Tones: »Der gefürchtete und schwer durch Raub und Mord belastete Straßenräuber und Aufständische Barabbas ist endlich in unsere Hände gefallen. Eine Streife von der Besatzung in Jericho, der sein Aufenthalt verraten worden war, hat ihn bei den Ruinen von Maresa nachts in einer Felshöhle mitsamt seinen Kumpanen umstellt. Ein Teil der Bande ist niedergemacht, da Widerstand geleistet wurde. Barabbas ist lebend eingeliefert worden.«
Pilatus sah mit unverhohlenem Erstaunen auf: »Und …?« fragte er. Er runzelte enttäuscht ein wenig unwillig die Brauen, als habe der wortkarge Skriba seine Erwartung über Gebühr wachgerufen.
Skriba senkte den Blick, sprach aber, ohne erkennbare Bewe-

gung, berichtend weiter: »In Gefolgschaft des Aufständischen Barabbas wurde unter den Toten dein Rosselenker und Berichter, der Grieche Dositos, gefunden.«

Als Pilatus diese Botschaft vernahm, verhüllte er Stirn und Augen mit der Hand. Skriba stand stumm und wartete; ihn betrübte, nachdem die Nachricht aus seinem Herzen gestoßen war, nur die Tatsache, daß dieser junge, schöne und kluge Mann das Licht des Sonnenscheins verlassen hatte und im Totenreich weilte, aber geliebt hatte er ihn nicht, kaum recht gekannt.

Pilatus dagegen berührte der Tod des Dositos schmerzlich. Er hatte ihn geliebt, wie so viele gebildete und hochgesinnte Römer Hellas und seine vornehmsten Gestalten mit Ehrfurcht und Bewunderung liebten, wie man ein im Vergänglichen überwundenes Vorbild hochhält, dessen Schönheit und Lockung im Unvergänglichen fortlebt, als eine Mahnung und als eine Beschämung, um des durch Gewalt errungenen Vorteils willen. Ihm wurde insgeheim vernehmbar, daß Dositos mehr bedeutet haben mußte, als das Bild ergab, das er sich bisher von ihm gemacht hatte.

Für einen Augenblick kam ihm Antonius und mit ihm Kleopatra, die letzte Königin der Ägypter, in den Sinn, wie auch die versinkende Welt, die sie verteidigt hatten, und er verwarf im Gemüt Oktavian, sosehr er ihn als Augustus bewunderte, unter dessen Augen er seine Laufbahn als Hauptmann der germanischen Legion begonnen hatte.

Es fröstelte ihn leicht, als sei die ganze Welt kalt und nüchtern geworden und als sei die Farbenseligkeit der gefährlichen Vielgestalt in Genuß und Vergehen dem Spiel der Göttlichen vertrauter und lieber, als der Triumph der Gewalt. Immer stand am Ende der Tod; jedoch im kühnen Wagnis zwischen holder Schicksalsgunst und freiheitlichem Tun lächelte der Tod den edlen Verschwendern aufmunternd zu und gab sich leicht. –

Erst nachdem Pilatus Herr seines Gefühls geworden war, ermaß er die Zusammenhänge, die die erhaltene Nachricht aufdeckte, und sah Skriba nachdenklich lange an. Dann wiederholte er fragend: »Der Straßenräuber Barabbas ist an der Seite des gefalle-

nen Dositos gefangen worden, in seiner Begleitung und in Kampfgemeinschaft mit ihm? – Was hat er ausgesagt?«
»Verworrene Dinge«, antwortete Skriba, »dieser wilde und knabenhaft-böse Riese ist völlig außer sich, und ich habe noch nicht herausgebracht, ob seiner Gefangenschaft wegen oder durch den Tod des Dositos. Was bisher an Verständlichem aus ihm herauszubringen war, ist im Zusammenhang mit dem Richtfall, der uns heute vorliegt, folgendes: Der Grieche, den er zu verteidigen und zu rechtfertigen trachtet, wo immer er kann, das wurde mir rasch erkennbar, habe ihn und die Seinen vor wenigen Tagen angegangen, ihm bei einer Entführung des verfolgten Galiläers Jesus nach Cäsaräa Philippi behilflich zu sein. Bei der verabredeten Zusammenkunft in Maresa, wo die Einzelheiten dieses Planes augemacht werden sollten, der den Gefährdeten aus dem Machtbereich des Herodes Antipas und der Pharisäer bringen sollte, sei ihre Schar von einer Streife Bewaffneter, die Barabbas auf der Fährte waren, überrascht und überwältigt worden. Dositos sei durch die Geschosse der Bogenschützen getötet worden, ihn selbst aber, Barabbas, habe man gefangen, und zwar nur deshalb, wie er angibt, weil er im Felsgeröll gestürzt sei.«
Skriba lächelte. »Ich habe ihn selbst verhört. Dem Hauptmann hat er jede Auskunft verweigert.«
»Also doch ...« sagte Pilatus, der die letzten Worte nur flüchtig aufnahm, tief in Gedanken.
»Ja, es scheint erwiesen, daß Dositos diesem politischen Raubgesindel der Berge zugehörig gewesen ist oder doch zum mindesten Beziehungen zu den Aufständischen unterhalten hat, obgleich Barabbas beharrlich das Gegenteil versichert. Auch haben sie bestimmte Pläne mit unserem gefangenen Galiläer, um dessen gewaltigen Volkszulaufs willen, gesponnen, denn Barabbas verlangte immer wieder, sofort vor sein Angesicht geführt zu werden.«
»Er wünschte, dem Galiläer Jesus vorgeführt zu werden?« fragte Pilatus erstaunt. »Was ich jetzt zuerst wissen will, ist, wieweit die Beziehung dieses Galiläers zu den Aufständischen erweisbar sein wird. Alles scheint dafür zu sprechen, daß er Gemeinschaft mit

ihnen gehabt hat. Er soll mir vorgeführt werden. Ich will ihn selbst hören.«
»Ich habe den Gefangenen heute morgen unter Bewachung vom Fort Antonia ins Prätorium bringen lassen, um das Aufsehen zu vermeiden, das am Tage bestimmt hervorgerufen worden wäre, denn die letzten Nachrichten, die ich aus der Stadt erhalten habe, zeugen dafür, daß die Priesterschaft, die Pharisäer und ihr Anhang nicht geruht haben. Es scheint ihnen gelungen zu sein, die Volksmenge in bedrohlichem Ausmaß gegen den Angeklagten aufzubringen. Ich begreife jetzt besser als gestern, daß uns der Tetrarch diesen Übeltäter auf den Hals geschickt hat.«
Pilatus antwortete nicht, sondern erhob nur in Gedanken versunken die Rechte gegen die Tür zum Gerichtssaal. Halb bewußt blieb ihm der Eindruck, als sei Skriba in einem Zustand ungewöhnlicher Anteilnahme und Erregung. Skriba verharrte noch eine Weile, und als keine Antwort und kein Befehl mehr laut wurden, verließ er gemessenen Schritts den Raum.
Pilatus blieb allein zurück, er senkte den Kopf in die Hand. Seine Gedanken weilten bei dem gefallenen Griechen. Es quälte ihn eine unbestimmbare Anklage gegen sich selbst, als habe er diesem Mann Unrecht getan, indem er zu Geringes von ihm gefordert hatte. Er ist von mir mißkannt worden, zog es ihm schmerzlich durch den Sinn, ohne daß es ihm auch nur einen Augenblick zum Bewußtsein kam, in welch verfänglicher Lage und unter welchen Umständen der Tote aufgefunden worden war. Ich habe ihn zu gebrauchen und zu mißbrauchen versucht, indem ich ihm vor mir das menschliche Recht aberkannte, das sein Wert forderte. Er war nicht mein Feind, das ist unmöglich, sondern ich war nicht sein Freund. Hat er nicht freiheitlich und überlegen mit den Kräften gespielt, denen ich unherrlich diene? Er verriet sich mir, als er zuletzt vor mir stand, er gab sich aus Stolz preis und verhöhnte meine Macht, indem er sich vor mir gefährdete. Nun ist er unerreichbar geworden ... aber ich bin erreichbar geblieben; das ist die bitterste Bedrängnis in der Zeitlichkeit für alle, die ihre äußere Pflicht zur Gottheit erheben. Immer lauerte, ohne Furcht, ein spöttisches Lächeln, das nicht ausbrach, hinter seinen Wor-

ten, als wüßte er etwas Entscheidendes von der Unerreichbarkeit der wahrhaft Freien.
Die Büste des Kaisers flammte still und weiß in einem Lichtreflex auf, den der Morgensonnenschein von einer Marmorplatte der Fensterverkleidung warf. Der kühle Raum, fast leer und durch nichts geschmückt als durch das wertvolle Material der Architektur und die Pracht der hohen Türen aus Ebenholz und korinthischem Erz, wirkte in diesem Licht in einer großartigen Geschlossenheit, sachlich und schön, nur seinen Zwecken dienend, wie ihn die Römer durch griechische Hand hatten errichten lassen.
Nun störte Pilatus etwas im Ablauf seiner Gedanken; er wurde sich nicht sogleich darüber klar, woher dieser Widerspruch kam, der ihn bedrängte. Jetzt weckte ihn aus der fernen Welt seiner Besinnung ein anschwellender Lärm, der vom Platz der Könige her in den Raum eindrang.
Das Wohlwollen, wie es gute Gedanken mit sich bringen, wich aus seinem Gesicht, es verfinsterte sich und erstarrte grimmig und kalt. Für einen Augenblick mußte er sich ins Gedächtnis zurückrufen, aus welcher Hölle der Gesinnung dies dunkle Gedröhn von Stimmen aufsteigen möchte, dann besann er sich auf den Besuch der Pharisäer am Tage vorher und auf die anberaumte Verhandlung und erstarkte. Er trat an das halb verhangene seitlich angebrachte Fenster und sah hinaus.
Der Platz brandete von einer Volksmenge, die ihn deckte. Pilatus' Gesicht rötete sich vor Zorn. Der erste Gedanke war, den Auflauf vor dem Prätorium von Bewaffneten auseinandertreiben zu lassen; da gewahrte er in der Menge die Trachten der jüdischen Priester und Ratsherren und erkannte, daß er es nicht allein mit zusammengelaufenen Rotten des Pöbels zu tun hatte, sondern mit dem aufgerufenen Volk und der Tempelmacht der Pharisäer.
Die erste Befangenheit, die ihm einzig der jähe Wechsel seiner Einstellung beigebracht hatte, wich seiner Tatbereitschaft. Nun lachte er ingrimmig auf und empfand etwas wie Dank gegen den kalten Zorn, den er brauchte und beherrschte. –
Skriba hatte bei den Vorbereitungen für das Verhör des Galiläers

die Zulassung von Anklägern und Zeugen unerbittlich verweigert, er drang damit bei allen durch, weil die Priesterschaft ohnehin des bevorstehenden hohes Festes wegen drei Tage vorher das Haus eines Andersgläubigen nicht betreten durfte; ein solches Unterfangen galt bei den Juden als Verunreinigung. Auch kannte er Pilatus gut genug, um zu wissen, daß es ihm vor allem daran lag, ungestört einen persönlichen Eindruck vom Angeklagten zu gewinnen, und daß er ein Verhör ohne den Aufwand erneuter Anschuldigungen wünschte, um so mehr, als die Nachricht vom Tode des Dositos ihn verwundet hatte und der Grieche in die Sache verwickelt gewesen war. Jede laute und gehässige Feindschaft der Gegnerschaft, die eine öffentliche und allgemeine Verhandlung mit sich gebracht hätte, mußte den Prokurator erbittern, und es stand zu befürchten, daß er sich dann brutal an seinen Widersachern für seinen Schmerz rächen und böse statt weise entscheiden würde.

Mochten sie draußen lärmen! Ein Wink, nicht vernehmbarer als ein nachlässiger Gruß, ein kurzes Befehlswort genügten, die eherne Mauer der Bewaffneten gegen das Gedränge, Gewürge und Gekreische dort draußen vorzutreiben. Und wehe den Widersetzlichen! Man kannte ihr Schicksal aus jüngster Erfahrung. – Skriba liebte die Erregung des Kampfes, den hartherzigen Triumph der Gewalt mehr als Pilatus, wenn er auch vorsichtiger als der Herr des Landes war und schwerer entflammbar. Wieder und wieder staunte er über die Halsstarrigkeit und den Eigensinn der Juden.

Er betrat das Amtszimmer des Statthalters, nachdem er den Befehl erteilt hatte, den Gefangenen in den Gerichtssaal zu führen. Er befand Pilatus noch an dem Fenster stehend, das von der einen Seite her einen Blick auf den Platz der Könige zuließ.

Mit rascher Wendung sagte der Prokurator: »Ich würde die dort draußen mit Knüppeln auseinandertreiben lassen, wenn ich solche Maßnahmen nicht scheute.« Zu Skribas Erstaunen fuhr er fort: »Je mehr ich die Soldaten zu Bütteln und Schergen erniedrige, um so unbrauchbarer werden sie für die Feldschlacht.«

Er sprach ruhig und wirklich mit dieser Erwägung beschäftigt.

Sein Ausspruch entstammte kühler Besinnung und war kein Vorwand, um Gelassenheit kundzutun; Skriba fühlte es sofort und atmete auf.
»Es handelt sich dort um keinen Aufstand, der politischer Natur ist«, entgegnete er, »diese Massen sind durch die Priesterschaft aufgewiegelt und hergetrieben worden.«
»Das macht den Aufruhr nicht zur Huldigung«, bemerkte Pilatus veränderten Tones. »Ich nehme das dort draußen nicht leicht. Spricht aus diesem Lärm kein gerechter Zorn des Volkes gegen den Galiläer, so erhebt er sich nichtsdestoweniger vor dem Prätorium.«
Er brach ab und hob fragend die Hand auf die Tür zu, Skriba öffnete sie und schritt voran.
Als der Prokurator im Ratssaal erschien und neben dem Richtstuhl auftauchte, trat im fast leeren, großen Raum eine unheimliche Stille ein. Die Tore zur Terrasse waren geschlossen und die wenigen Anwesenden hoben nur die Hand zum Gruß. Pilatus nahm den hohen Sessel ein, ohne Pose oder falsche Feierlichkeit. Das Tuch der weißen Toga fiel an seinen Knien zur Seite nieder, so daß seine gedrungene Gestalt, das unbedeckte Haupt und der freie Hals ein schönes Bild von ruhender Kraft und natürlicher Würde boten. Skriba verließ den Saal, als der Angeklagte hereingeführt wurde.
Pilatus war überrascht, als er den Galiläer erblickte, über dessen Charakter und Wirkung so vieles abgehandelt worden war und um dessen willen der Tetrarch Herodes Antipas, der Hohe Rat der jüdischen Priesterschaft und das Volk von Jerusalem sich erhoben hatten.
Er wartete nach seiner Gewohnheit lange in unbewegter Haltung und betrachtete den Mann vor sich ruhig und aufmerksam. Der erste Eindruck, den ein Unbekannter auf ihn machte, bedeutete ihm mehr als die aufschlußreichste Rede und Gegenrede in Streit und Widerstreit. Er verließ sich auf solchen Eindruck mehr als auf Worte.
Der Mann vor ihm war nach galiläischer Sitte gekleidet, in ein ärmelloses Gewand aus einem Stück, das über die Schulter ge-

schlagen und in der Mitte durch einen Gurt zusammengehalten wurde. Pilatus schätzte das Alter des Angeklagten auf etwa vierzig Jahre ein. Das dunkle Haar fiel rauh und lang bis auf die Schultern nieder, der schwarze Kinn- und Backenbart war kurz gehalten. Pilatus liebte diese Haartracht der Männer nicht sehr, hatte sich aber im Lande soweit daran gewöhnt, daß er sie nicht mehr kritisch mit römischer Sitte verglich. Das sehr bleiche, offenkundig elende und abgemagerte Gesicht strafte den Eindruck Lügen, den der Haarfall hervorrief, denn die Züge boten sich auffällig hart und leidenschaftlich dar, jedoch keinesfalls fanatisch. Sie verliehen dem Angesicht etwas Unduldsames und Entschlossenes, wenigstens erschien es Pilatus anfänglich so, da sie sein Mitleid verbannten und jede Herablassung ausschalteten. Der Gefangene war an den Händen mit einem Strick gefesselt.

Der Schreiber verkündete trockenen Tones, wer vorgeführt und welche Anklage erhoben worden war. Pilatus winkte ab, ohne es zu wissen. Das Geplärr beschämte ihn angesichts des Mannes vor ihm, wie auch sein eigenes langes Schweigen. Er befahl, daß die Fesseln gelöst würden.

»Du wirst die Anklage kennen, die man gegen dich erhoben hat«, begann er sodann ohne Härte. »Man wirft dir vor, daß du die religiösen Satzungen des Judentums mißachtest und übertreten hast. Darüber zu entscheiden, obläge allein der Priesterschaft und nicht mir. Jedoch darüber hinaus hat euer Gericht erwiesen, daß du einen Aufruhr angezettelt und dich zum König der Juden hast ausrufen lassen.«

Pilatus stockte. Er erwartete kaum eine Antwort. Es kam ihm lächerlich und absurd vor, daß er vor diesem Menschen eine so ungeheuerliche Anklage wiederholen mußte. Das Wort, das Dositos ihm einst bei ihrer letzten Zwiesprache über den Galiläer gesagt hatte, kam ihm in den Sinn: »Ein Schwert in der Hand dieses Menschen ist unausdenkbar.«

Er sah Jesus an. Am liebsten hätte er gelächelt. Er begriff den erbarmungslosen Aufwand nicht, den man um dieses Mannes willen getrieben hatte, aber dumpf und bedrohlich tönte es von außen her in den Richtsaal.

»Hältst du dich für gesandt und berufen, das hohe Amt eines Königs der Juden zu erringen, und hast du es angestrebt?« fragte der Statthalter. Sein Tonfall tat einen freundlich herausfordernden Zweifel kund, er warb mit ihm um Zustimmung, als müßte nun eine vernünftige Antwort beide der weiteren Sorge um die Glaubwürdigkeit oder Unglaubwürdigkeit solcher Anmaßung entheben. Darüber gewahrte er, daß seine innere Einstellung den herb verschlossenen Gesichtsausdruck des Gefangenen verwandelte und erschloß, als sei es jenem unmöglich, das Wohlwollen, dem er begegnete, unbeachtet zu lassen. Pilatus entdeckte mit diesem Wechsel in den Zügen des Beklagten einen völlig unerwarteten Wesenszug, eine vom Gefühl her beratene großartige und einfältige Gläubigkeit, ganz ohne Falsch, und jählings wußte er im Grunde seiner tiefsten Einsicht, dort, wo kein Gedanke das Herz beschattet, daß dieser Mensch unschuldig war. Es handelte sich freilich um eine ganz andere Unschuld, als die Gesetze der Weltlichkeit und irdischen Gerichtsbarkeit sie forderten oder feststellen mußten. Sehr wohl konnte dieser Mann unschuldig-schuldig in einem weit höheren Sinne sein. Es ging daneben dem richterlichen Herrn warnend durch die Gedanken: Er ist viel gefährlicher, als ich angenommen habe.
»Du antwortest mir nicht?« fragte er milde.
Jesus hob die Augen, und als die Blicke sich trafen, befiel Pilatus unabweisbar die Empfindung, als habe er alles, was ihn in seinen Gedanken bewegt hatte, Wort für Wort ausgesprochen.
Jesus antwortete ihm: »Mein Reich ist nicht von dieser Welt.«
»Also glaubst du doch, ein König zu sein?« fragte Pilatus rasch. Ohne daß sich List oder Hinterhältigkeit in dieser Frage bargen, verriet sie doch seine Wißbegier, wenn auch jetzt nicht auf ein politisches Ziel gerichtet; wohl aber war sie von dem Wunsch getragen, der Gefragte möchte ihm Aufschluß über jenes Reich und über diese Welt geben, deren Dasein und Gegensätzlichkeit er so einfach und zuversichtlich aussprach, als seien sie ein Bestand der allgemeinen Kenntnis. Er fürchtete, es möchte sich nun mit der kommenden Antwort ein phantastischer Schwärmer und re-

ligiöser Fanatiker verraten, wie es hierzulande viele gab, und er gestand sich ein, daß solche Erfahrung ihn enttäuscht und betrübt hätte.
Da klang in harter Stimme die Antwort auf: »Wäre mein Reich von dieser Welt, so würden meine Diener darum kämpfen, und sie hätten nicht zugelassen, daß ich den Juden überantwortet worden wäre.«
Pilatus sah in das Angesicht und auf die Gestalt vor sich wie auf eine Erscheinung, und zum ersten Male seit all seinen Arbeits- und Kampfestagen in Judäa befiel ihn ein Anflug von Furcht. Furcht war ihm so wesensfremd von Natur und Art, daß ihm ein feiner kalter Schauer über die Glieder lief, denn diese Aussage, obgleich keine Drohung, wurde von einem so weltgebietenden Kraftbewußtsein getragen und erfolgte in so übermenschlicher Ruhe, daß auch nicht der kleinste Zweifel daran möglich wurde, daß dieser Mann vor ihm die Gewalt, von der er sprach, heraufbeschwören könnte, wenn er willens gewesen wäre es zu tun. Die Wundertaten, von denen der Statthalter gehört hatte, durchfuhren seinen Sinn, ein unheimliches Geistgewirr unübersehbarer Mächtewaltung.
Er fragte ein zweites Mal, nur mit den Lippen, und wußte nicht, daß er es tat: »So bist du dennoch ein König?«
Die Frage wurde zu einer Aussage, so befangen und ungestaltet vom Bewußtsein klang sie auf.
Jesus hob wieder den Blick und antwortete: »Du sagst es. Ich bin dazu geboren und in die Welt gekommen, daß ich die Wahrheit zeuge.«
Pilatus hörte seine eigene Stimme aufklingen: »Was ist Wahrheit ...« Er sprach auch dies nicht als Frage aus, nicht spöttisch, noch eine rasche Lösung erheischend, sondern er sagte es in die Welt, wie diese Worte über alle Zeiten dahin den Lippen der Sterblichen entfahren sind, ratlos und traurig. Wohl war kein Zweifel, daß diesem Ausspruch ein Begehren zugrunde lag, es möchte eine Stimme aufhallen, die für alle Zeit diese Sehnsuchtsfrage der Menschen beantworten könnte, aber er glaubte nicht daran, daß es möglich wäre.

Jesus sagte, Pilatus ruhig im großen Blick, als habe ihm sein Gegenüber seine verborgenen Zweifel offenbart: »Wer aus der Wahrheit ist, der hört meine Stimme.«
»So läßt sich leicht antworten«, meinte Pilatus, beruhigter nun, da die vermeintliche Anmaßung in diesen Worten ihm das Bild trübte, das soeben noch Gewalt über ihn gehabt hatte. »So wäre die Wahrheit nach deiner Auffassung kein Gut der Erkenntnis, bestimmt für das Heil aller, nichts Erforschbares, nach dem zu trachten wäre, sondern ein gegebenes Urgut der Beschaffenheit einzelner, ohne Prägung. Was hieße es anders, daß jemand, wie du sagst, ›aus der Wahrheit‹ sein solle? Nun begreife ich, Galiläer, daß du den Schriftgelehrten der jüdischen Religion eher die Hölle heiß gemacht hast als den Himmel hell. Da könnte jeder kommen ...«
Jesus antwortete nicht. Auch als der Statthalter ihn nun, ernüchtert und den Tatsachen zugewandt, befragte, ob er Umgang mit den Aufständischen gehabt habe und vieles mehr, schwieg der Angeklagte.
Pilatus erhob sich, winkte der Wache, den Gefangenen abzuführen, und rief nach Skriba. »Laß die Tore zum Platz der Könige öffnen«, befahl er, als spräche er nicht zu einem Befreundeten, sondern zu einem Knecht.
Skriba begriff sofort, daß hier kein Rat und keine Warnung mehr Wirkung tun könnten. Er gehorchte wortlos, winkte aber, als der Statthalter die Freitreppe betrat, den Hauptmann der Besatzung zu einem eindeutigen Befehl an seine Seite. Er schloß: »Nicht der Prokurator gibt dir das Zeichen, sondern ich.«
Als Pontius Pilatus unter den Rundbogen der Vorhalle auf der Freitreppe erschien, brandete das Geschrei der Volksmenge gewaltig auf, er stand wie in einem Sturm der Empörung und Nötigung. Er hörte und verstand aus diesem Toben nur immer wieder die eine herausgeheulte Verdammung: »Kreuzige ihn! Kreuzige ihn!«
Je ärger diese Forderung als Aufstand gegen seinen eigenen Willensentschluß und gegen sein Urteil stand, um so ruhiger und fester wurde sein Vorsatz, auszusagen und zu behaupten, was er

für richtig hielt, und der anstürmende Widerpart dieser Pöbel- und Priesterwillkür fachte die Kräfte seiner Natur zu einem wunderbaren und freien Gefühl eines Glücks an, wie die Gefahr es dem Mutigen verleiht.

Bei aller zornigen Anteilnahme gingen seine Gedanken klar und bestimmt. Er wußte, daß er das lichtlose, böse Feuer dort unten ausschwelen lassen mußte, und daß eine einhaltgebietende Hand es in diesem Augenblick nur entfachen würde. So wartete er unbeweglich, und ohne daß er seinen Zügen und seiner Haltung einen anderen Ausdruck beibrachte, als den einer beinahe höflich wirkenden, abwartenden Neugier. Dabei beobachtete er kühl und scharf. Die zusammengelaufenen Massen waren ihm gleichgültig, er achtete nur auf die Anführer und Aufrührer, auf die frechen und unbotmäßigen Herausforderer seiner Macht, sich dessen kaum bewußt, daß er sie, wann er wollte, mühelos durch Gewalt in eine Niederlage treiben könnte. Nichts lag ihm in diesem Augenblick ferner, er genoß aus tiefster Seele das Vorrecht des einen gegen die vielen.

Später in seinem Leben, als längst die erinnerungsreichen Beschwichtigungen des Alters ihn freundlich auf seinen Lebensabschied vorbereiteten, gedachte er dieses Augenblicks als einen der stolzesten seines Lebens.

Nach kurzer Weile sah er, daß die Priesterschaft sich beflissen zeigte, das Volk zu beschwichtigen. Da es ihr gelang, erhob er gebieterisch die Rechte. Es trat beinahe augenblicklich eine lautlose Stille ein. Wieder wartete er. Dann begann er langsam und herausfordernd mit weithin hallender Stimme: »Ich finde keine Schuld an diesem Menschen ...«

Es war ihm unmöglich fortzufahren, die gereizte Stimme des Hohenpriesters Ananias bellte unmittelbar vor ihm auf. Pilatus verstand über dem Tumult, den sie über den ganzen Platz auslöste, kaum die ersten Worte.

Er war aufs höchste erstaunt. Niemals hätte er für möglich gehalten, obgleich er reich genug an peinlichen Erfahrungen war, daß dieses Volk unter Führung seiner Priesterschaft um eines einzigen Menschen willen in einem so blindwütigen und boshaften

Eigensinn verharren konnte. Das war, angesichts Roms, Zerstörungswille und Blutdurst bis an die Grenzen der Selbstvernichtung.
Wieder gellten durch den Höllenlärm die Schreie: »Kreuzige ihn! Kreuzige ihn!«
Die Lage wurde bedrohlich. Da die Menge im Hintergrund ungestüm nach vorne strebte, wurden die Nahestehenden gegen die Stufen der Freitreppe und an die beiden Wachen herangedrängt, die dort aufgestellt waren. Da die Legionäre auf solchem Posten weder weichen noch die geringste Berührung dulden durften, kamen sie in eine verzweifelte Lage.
In diesem Augenblick öffneten sich die hohen Torflügel der Kaserne zur Rechten des Prätoriums, und die glitzernde Mauer der Schwerbewaffneten setzte sich gegen die Volksmenge in Bewegung. Das Entsetzen war grenzenlos, und es begann eine wilde, von lautem Angst- und Wehgeschrei begleitete Flucht in die Straßen. Da die Führerschaft, soweit sie den Vortrupp gebildet hatte, abgeschnitten wurde und dadurch unbehelligt blieb, behaupteten sich einzelne wider Willen vor der Freitreppe. Die meisten von ihnen warfen sich vor Pilatus zu Boden mit lautem Flehen. Der Platz hinter ihnen war rasch, wie durch einen Zauber, menschenleer. Nur bunte Fetzen von Kleidungsstücken lagen umher, zwischen Überrannten und Niedergetretenen. Die Straßen wurden abgesperrt.
Pilatus sah einen Augenblick auf die niedergesunkenen Gestalten vor sich, wandte sich ab und schritt wortlos durch die Vorhalle in den Ratssaal zurück. Er nahm den Richtstuhl ein und befahl, daß ihm der Gefangene nochmals vorgeführt werde.
Was ihm soeben zugestoßen war, ließ sich von politischen und staatlichen Dingen nicht trennen; was ihn jedoch daran am meisten entsetzte, war dieser an Wahnsinn grenzende religiöse Fanatismus, den er jetzt ein zweites Mal erlebte. Die Vorgänge erschütterten ihn über Gefahr und Gebot hinaus. Die blinde Gier, diesem Jahve zu dienen, erschien ihm seelenlos-versklavt und keiner Regung der Menschlichkeit, ja auch nur der Vernunft mehr zugänglich, sie erregte ihm Grauen und Abscheu. Er dachte

an die Zeit seines Regierungsantritts in Judäa, als er die Büsten des Kaisers im Bereich des Tempels hatte aufstellen lassen, und die Juden tagelang, das Angesicht am Boden, unverwandt verharrt und lieber den Tod erduldet hatten als die vermeintliche Schändung ihres Heiligtums. Er hatte damals, ergriffen von solcher Inbrunst der religiösen Überzeugung, nachgegeben und sich, auf die Gefahr der Ungnade hin, beim Kaiser für die Bittenden verwandt, nachdem er die Standbilder hatte entfernen lassen. – Als er nun den Galiläer Jesus wieder vor sich sah, ging ihm durch den Sinn: Ich werde ihn den Juden nicht überantworten.

»Du hast Ärgeres angerichtet, als du, wie ich zu erkennen vermeine, gewollt haben magst. Aber ich habe dem Rechnung zu tragen, was sich als Folge deines Verhaltens zeigt. Es ist nicht meines Amtes, nachzuprüfen, wie weit du die Gesetze der Landesreligion übertreten und den jüdischen Gott beleidigt hast, wohl aber bist du mir die Antwort darauf schuldig, ob du mit den Aufständischen und Feinden Roms und des Tetrarchen Antipas Gemeinschaft gehabt hast.«

Jesus antwortete nicht.

Pilatus wartete geduldig, obgleich er sich wunderte, und fuhr nach einer Weile ohne Groll ruhig fort: »Ich frage dich, um dir nach dem Rechtswillen des Kaisers Gelegenheit zu geben, dich zu verteidigen. Es gehört nicht zu den Gepflogenheiten der Römer, einen Angeklagten zu verurteilen, ohne ihn gehört zu haben. Aus deinem Schweigen aber muß ich den Schluß ziehen, daß du mir eine Schuld zu verbergen trachtest.«

Jesus antwortete nicht.

Pilatus hob die Stimme: »Weißt du nicht, daß ich Macht habe, dich loszugeben, und Macht habe, dich kreuzigen zu lassen?«

Da hob Jesus den Blick zu ihm. Es strahlte das Licht seiner Augen noch einmal aus einer großen Weltenmüdigkeit auf, als er antwortete: »Du hättest keine Macht über mich, wenn sie dir nicht von oben her gegeben wäre.«

Pilatus verharrte schweigend und sah den Mann vor sich, der den Blick wieder gesenkt hatte, lange an. Für einen Augenblick der Erleuchtung vermeinte er zu erkennen, daß dieser Mensch nicht

nur zu ihm und von ihm gesprochen habe, sondern damit auch von sich selbst. Erinnerte er ihn nicht an die Pflicht, die er als Statthalter Roms zu erfüllen hatte, als offenbarte er ihm gleichzeitig damit seinen eigenen Gehorsam gegen einen höheren Willen, dem er sich unterstellt hatte?
Da hörte er die Stimme des Galiläers, als sei er willens, seinen Richter zu rechtfertigen: »Nicht du trägst die Schuld, sondern die, welche mich dir überliefert haben.«
Wieder bei diesen Worten, die wie ein Freispruch klangen, war Pilatus zumute, als habe seine Seele offen vor den Augen des anderen gelegen.
Er versuchte nach dieser Aussage nicht mehr den Angeklagten zu Geständnissen zu bewegen, die eine äußerliche Handhabe und Gewähr für einen Richterspruch gegeben hätten. Er fühlte, daß es vergeblich sein würde, und erhob sich, mit einem Wink, den Gefangenen abzuführen. Er befahl, daß die Truppe zurückzuziehen und der Platz der Könige dem Volke freizugeben sei, und verließ den Ratssaal. Niemandem wurde Zutritt zu seinem Arbeitszimmer gewährt. Das Gelärm, das sich langsam erneut vor dem Prätorium erhob, berührte ihn nicht. Erst nach einer Stunde befahl er Skriba zu sich.
»Ich habe den Versuch gemacht«, berichtete sein Sachwalter, als habe er das erneute Getümmel draußen zu rechtfertigen, »diesen peinlichen Richtfall mit Hilfe eines alten Brauchs zu lösen, der den Juden das Recht gibt, zum Passahfest einen Verurteilten freizubitten. Sie sind vor die Entscheidung gestellt worden, zwischen diesem Galiläer und dem Räuber Barabbas zu wählen. – Sie haben sich für Barabbas entschieden.«
Er verzog das Gesicht verächtlich und bekümmert, deutlich in Sorge, den Prokurator durch sein eigenmächtiges Vorgehen erzürnt zu haben. Zu seinem Erstaunen begegnete er einem zustimmenden Blick.
»Barabbas war ein Gefährte des Dositos«, antwortete der Statthalter. »Was du in meinem Namen versprochen hast, das habe ich versprochen. Möge sich der Losgebetene jenseits unserer Grenzen seiner Freiheit erfreuen. Er ist grausam gewarnt worden

und wird eine zweite Warnung erleben.« Nun wechselte er den Ton: »Der Galiläer wird den Juden zur Kreuzigung überliefert.«
Da es still blieb und diese Stille Skribas Bedauern kundtat, erklärte Pontius Pilatus sich ihm nach einer Pause mit Nachdruck in diesen Worten: »Was ich jetzt im Lande aufrechtzuerhalten habe, sind Ordnung und Ruhe. Hat dieser Angeklagte so gewirkt, daß, selbst gegen seine Absicht, sein Verhalten die Massen zum Aufruhr reizte, so daß sie ihn zum Führer ihrer Revolte ausgerufen haben, so ist er für den Aufstand verantwortlich. Ich hätte mich morgen zu rechtfertigen, wenn erneut Unruhen ausbrächen, und niemand würde mich fragen, wie sie entstanden, sondern nur, weshalb sie nicht verhindert worden sind.«
Er machte eine Pause, besann sich und zögerte, jedoch nicht zweiflerisch, sondern mit einem beinahe dankbaren Ausdruck heimlicher Erleichterung, und fuhr fort: »Der Verurteilte war klug genug oder, wenn du willst, unklug genug, mich daran zu erinnern, daß ich meine Person auszuschalten hätte und daß meine Macht die Macht Roms sei oder keine. Ähnlich scheint er das Verhältnis zu seinem Gott aufzufassen. Das ist seine Sache. Wenn wir ihn freigeben, so wird er sein Verhalten nicht ändern und seine Worte nicht mäßigen. Es unterliegt für mich keinem Zweifel mehr, daß dieser Mensch auf seiten der Verworfenen, der Rechtlosen und Verfolgten gestanden hat.
Es kommt noch eines hinzu, Skriba, dies unter uns gesagt und unabhängig von meinem Entschluß, dessen Notwendigkeit ich bedaure: Ich habe den Eindruck, daß dieser Mann nicht den Vorsatz hegt, weiterhin zu leben; es ist sein Wille zu sterben. Er hat den Wunsch, seine Überzeugung mit dem Tode zu besiegeln. Ich verstehe das, wenn mir auch eine Opferbereitschaft nicht vernünftig erscheint, die sich ohne Schwert und Harnisch begibt, und deren Lohn und Sinn sich erst im Jenseits erfüllen sollen. Aber auch das ist seine Sache.« Er erhob die Stimme: »Ob die da draußen politisch lärmen oder ob sie nach Vorschriften ihrer Religionslehre revoltieren, hat mir gleichgültig zu sein – sie revoltieren! Um diesen Menschen wird der Kampf nicht enden, solange er lebt.«

Neunzehntes Kapitel
Die Heimat des Wortes

Das Synedrion zeigte sich beflissen, das erwirkte Urteil so rasch als möglich vollstrecken zu lassen, und beraumte die Kreuzigung des Galiläers Jesus ohne Aufschub für den nächsten Morgen an. Die Römer stellten Söldner der Hilfstruppen, und die Kriegsknechte der jüdischen Tempelwache hatten sie zu begleiten. Der Erzpriester Kaiphas verabschiedete die Ratsversammlung und sandte die Botschaft vom Urteilsspruch des römischen Prokurators an den Tetrarchen Herodes Antipas. Der Hohepriester Ananias blieb noch an der Seite des Erzpriesters, Erleichterung und Triumph neben Bangnis im dunklen Blick.
Er sprach die Befürchtung aus, daß der anfänglich so zweifelhafte und nun unerwartet rasche Erfolg, den die Ihren bei den Römern und beim Volk gehabt hatten, jetzt die Anhänger des Verurteilten auf den Plan rufen würde. Aber der Erzbischof Kaiphas schüttelte gereizt und müde den Kopf: »Dieser Verführer des Volkes machte sich unbeliebt, wo immer er konnte, und was ihm nachgelaufen ist, hat mit dem Urteilsspruch der Römer jede Macht verloren. Die Menschen wollten von ihren Gebrechen geheilt sein, das ist alles. Wenn er ihnen geholfen hatte, so kümmerten sie sich nicht mehr um ihn. Hätte er es hierbei bewenden lassen...«
»Es ist besser, ein Mensch sterbe für das Volk, als daß das ganze Volk verderbe«, sagte Ananias mehr zur Bekräftigung seiner selbst und zu seiner Beruhigung. Er sprach es aus, als wiederholte er ein feststehendes, längst bekanntes Gebot.
Jedoch die heimliche Sorge, die ihm verblieb, erfüllte sich nicht, die Stadt verhielt sich ruhig. Die Freunde und Anhänger des Messias, die ihn bei seinen Wanderungen zu Synagogen und Schulen, bei seinen Reden und Heils- und Wundertaten gläubig und voll hoher Erwartungen begleitet hatten, hielten sich verborgen oder waren alle geflohen, ihre Hoffnung war zuschanden geworden. So auch die Erwartung aller, die geglaubt hatten, der Prophet

würde ein Herr über die Massen der Unzufriedenen werden, das Land von der Fremdherrschaft befreien und endlich die alte Herrlichkeit des Reiches erneuern.

Die Totenstille, die um den Geächteten herrschte, erweckte dem Hohepriester Ananias Grauen, er hörte sie tönen, lauschte in sich hinein und verstand ihre Bedeutung nicht. Es bedrückte ihn, daß einer der Anhänger des Propheten, der den Kriegsknechten dessen Aufenthaltsort in der Nacht der Gefangennahme verraten hatte, durch Selbstmord aus dem Leben geschieden war. Es kam hinzu, daß eine kurze übereilte Verhandlung, die er noch mit den Römern eingeleitet hatte, um Einzelheiten zu regeln, die die Hinrichtung selbst betrafen, vom Staatsamt mit Kälte abgebrochen worden war. Die Verfügungen lägen bei Rom und nicht bei den Juden. Der Statthalter hatte befohlen, daß das Kreuz die Inschrift zu tragen habe: »Dies ist der Juden König«. Er hielt strikte daran fest, daß sein Urteilsspruch aus einem politischen Grunde ergangen sei und aus keinem andern, während den Pharisäern daran gelegen war, um des Volkes willen, das Verbrechen des Verurteilten als gegen die Religion gerichtet gebrandmarkt zu sehen. Die Antwort des Statthalters ließ den Widerspruch jäh verstummen: »Was geschrieben worden ist, das habe ich geschrieben.« Der Verurteilte war unerreichbar geworden und ihrer Machtbefugnis entrückt. So erleichtert der Hohepriester die Tatsache hinnahm, daß nun die Verantwortung in den Händen der Römer lag, so ungewiß bohrend quälte ihn der unabwendbare Zustand, daß der Galiläer der Priesterschaft entzogen war, als könnte eine noch verbliebene Gnadenmöglichkeit der Vergebung, selbst beim Entschluß zur Vernichtung, bis zuletzt beschwichtigen und erheben. Ihm war zumute, als sei das Synedrion von souveräner Richterschaft in das Nebenamt entlassener Zeugen herabgewürdigt worden.

Am späten Tag, als seine Unruhe ihn zu Kaiphas trieb, ließ jener sich verleugnen, und als er endlich, nach einem ihm selbst unverständlichen Entschluß, zum ehemaligen Erzpriester Nikodemus ging, wurde er nicht empfangen. Es war, als wollte keiner mit dem anderen zusammen gesehen und bei ihm angetroffen wer-

den. Die Welt verharrte dumpf und tot, angefüllt von der öden Kälte, die der Triumph des Hasses zurückläßt. Ananias erkannte, daß dieser Galiläer nicht nur von seinen Freunden, sondern auch von seinen Feinden aufgegeben worden war, und zum ersten Male in seinem Leben stand das Menschenlos der völligen Verlassenheit wie ein dunkler Genius vor seinem Geiste auf. –
Als Nikodemus die Bestätigung des Todesurteils erfuhr, das über den von ihm geliebten und verehrten Mann verhängt worden war, geriet er in einen qualvollen Zustand von Entsetzen und hoher Erwartung. Niemals in seinem Leben hatten die beiden Mächte der geistigen Kraft und der irdischen Stärke ihn in einen so brennenden Zwiespalt geworfen. Jetzt standen sie zum ersten Male über oft gewählten Benennungen, über Erwägungen und Gerede, wie eherne Gestalten von Licht und Finsternis vor ihm auf, und ließen ihn wehrlos zwischen sich leiden, als spielten sie mit ihm.
Er verbrachte die Nacht schlaflos. Das Licht erlosch nicht in seinem Hause. Er faßte immer aufs neue Entschlüsse und verwarf sie wieder, bis er seine ganze Machtlosigkeit erschöpft und todmüde erkannte, nicht nur diesem Begebnis und seinem unabwendbaren Ablauf gegenüber, sondern überhaupt. Seine Gedanken narrten ihn mehr und mehr. Das Wunder müßte und würde geschehen, auch wenn es für den letzten Augenblick der Not und Todesgefahr aufgehoben wurde, der Erwählte würde sich offenbaren, wie einst in jener Nacht, als der Herr über Leben und Tod, über Zeit und Ewigkeit ihm die Gewißheit vermittelt hatte, daß die Liebeskraft seines Geistes Gottes Erlösungsplan und seine Herrlichkeit dartun würde. –
Er machte sich am Morgen zu unbestimmter Stunde zur Richtstätte auf, ungewiß, ob er dem Leben oder dem Tode entgegenschritt, von Furcht und Hoffnung so bitterlich erniedrigt und erhoben, daß ihm zuletzt nichts mehr durch den Sinn ging, als die Herzensrede in der gequälten Brust: Ich bin ein armer Mensch.
Er wußte nicht, daß er lange umhergeirrt war, denn als er die Richtstätte erreicht hatte, war alles geschehen. Der Hügel leerte sich langsam von Menschen, eine kleine Schar blieb noch zurück,

der Richtpfahl überragte sie kaum, und der Gekreuzigte, der schon völlig widerstandslos in seinen Stricken und Fesseln am Pfahl zusammengesunken war, sah wie ein großer Vogel aus, der sich mit gebrochenen Schwingen mühsam über die Schultern der Umstehenden zu erheben trachtete. Langsam lösten sich jetzt auch umher die letzten Gestalten und schleppten sich fort, als schlichen sie.

Zur Rechten des größeren Kreuzes in der Mitte sah man, hoch und kräftig gegen den Horizont abgezeichnet, die Gestalten zweier Kriegsknechte, deren einer sich auf seine Lanze stützte, die die Faust in der Höhe der Schulter umspannt hielt, während der andere breitbeinig dastand und die lange Waffe waagrecht mit gesenkten Armen hielt, als versperrte er einen Weg zum Horizont. An zwei anderen Kreuzen regten sich die Gerichteten noch. Stöhnen und gekeuchte Flüche drangen, gleichmäßig durch die Ferne gedämpft, mit dem stoßweisen Atem herüber.

Dann gingen Frauen, die von der Hinrichtung kamen, nicht weit an dem abgelegenen Standort des Hohenpriesters vorüber. Sie weinten oder klagten nicht. Der stumme Gang war wie ein Zug von Toten, die das Grauen vor der Finsternis des Unterweltlichen aus ihren Gräbern gescheucht hatte und die sich nicht mehr im Belichteten zurechtzufinden vermochten. Nun erschienen von der Stadtseite her römische Berittene. Sie brachten eine Botschaft für den Wachhabenden an die Richtstätte, nahmen dann unbeteiligt die Pferde wieder herum und trabten den Weg zum Fort Antonia zurück. Ihre Staubmäntel wehten, es sah aus, als hätten die Reiter es eilig, weiße Fahnen zur Burg zu schaffen.

Nikodemus dachte: Er ist es nicht. – Er kann es nicht sein! Ich habe Tag und Stunde versehen, der Mittag ist schon vorüber. Seine Knie zitterten so heftig, daß er sich auf der Mauer eines Steingartens niederlassen mußte, aber es trieb seinen ermatteten Körper wieder empor, und er näherte sich der Richtstätte. Da erblickte er den Sterbenden deutlich, und in dem Augenblick, als er das abgesunkene, graublasse Haupt mit der blutigen Stirn erkannte, hob es sich noch einmal, zugleich mit der gemarterten Brust, zu einem lauten, furchtbaren Schrei. Er hallte in einem rö-

chelnden Seufzer aus, und Nikodemus verstand die gestöhnten Worte: »Mein Gott, mein Gott, warum hast du mich verlassen?«
Es befiel Nikodemus mit diesem Aufschrei eine so abgrundtiefe Trauer, daß er auf seinem einsamen Standort in die Knie brach, als sei es für immer. Er warf sein Gesicht in die Hände und schluchzte tränenlos mit dem ganzen Körper.
Aber wie eine Vision erhob sich über dem verklagten Gott, aus der Hilflosigkeit des Herzens geboren, die Ahnung, daß dort am Pfahl der alte, der gewesene Mensch verlassen worden sei, nicht aber der kommende, lebendige in einem neuen Gott, der Herr über den Tod war.
Dositos, der Verworfene, trat aus freien Fernen vor seine Seele; die wilden, heiligen Behauptungen klangen wieder auf, die ihn einst so tief berührt hatten. Nikodemus vernahm sie wie aus einem Spiegel in dunklen Worten zurückgeworfen, aber, über Verstand und Erkennen hinaus, bewahrte sie sein Herz, die Heimat des Worts. –
Aus tiefer Befangenheit der Sinne langsam erwachend, sah er in seiner Nähe eine verhüllte Frauengestalt, deren Gegenwart er im Unterbewußtsein schon eine Weile wahrgenommen hatte. Er schritt zögernd auf sie zu, als sollte es so sein, als müßte er ihr erleichtern, was von der Richtstätte her auf sie eindrang, und sich selbst seine Verlassenheit von allen Menschen.
Die Fremde stand starr und still auf ihrem entlegenen Platz abseits der Straße und schaute unverwandt zum Hügel hinüber. Jetzt sahen sie, nebeneinander stehend, daß man den Gerichteten vom Pfahl löste, und wie sein Haupt auf die Schulter des einen Helfers sank. Er war tot. Der Blick der Unbekannten löste sich keinen Augenblick von den Geschehnissen auf dem Hügel. Die Gegenwart des Hohenpriesters kam ihr nur als die Nähe eines Menschen an ihrer Seite zum Bewußtsein. Sie erwiderte sein verhaltenes Wort der Teilnahme nicht und sah ihn nicht an. Nikodemus wußte auch nicht, daß er sprach, er fand Worte aus der Torheit seiner Verlassenheit heraus.
»Sie werden ihn nun ins Grab legen«, erklärte die Fremde dem Menschen an ihrer Seite plötzlich mit leiser Stimme. Sie schien zu

fühlen, daß dieser alte, gebeugte Mann trauerte wie sie. Nikodemus gewahrte, daß der Sprechenden nicht voll zum Bewußtsein kam, was ihre Lippen vorbrachten, es war vielmehr, als klängen die Todesbilder als Klagen auf.

»Jetzt wird es ruhiger dort oben, nur der Gerichtete zur Linken – du siehst ihn kaum, so tief ist er gesunken – heult noch wie ein verendendes Tier, aber nur keuchend, denn seine eingeengte Brust vermag keinen Atem mehr einzuholen; das kenne ich, bei den Gefolterten ist es ähnlich, da dringen die Schreie in den Schmerz zurück und verdoppeln ihn. Er ist hilflos, hörst du das, Mensch, da neben mir?

Jetzt legen sie vielleicht den guten Menschen, den sie dort oben mit den andern haben töten müssen, in ein Grab. Er war schuldlos.« –

Sie versank wieder in die Finsternis eines tiefen Grams: »Die Stätte, an der mein Herz schlug, ist so dunkel von Tod. Mein Herz? – Ach, du Mensch da neben mir, ich will dir anvertrauen, daß der schöne, strahlende Sohn Hellas' es bei sich gehabt hat, als man ihn in der Wüste erschlug. Er hat mein Herz und das seine ausgesät in die vergebliche Welt. –«

Sie schwankte langsam hin und her, wie von einem wechselnden Luftstrom gezogen und losgelassen. Als Nikodemus die verhüllte Unbekannte zu stützen trachtete und seinen Arm, der heftig bebte, um ihre Schulter legte, erhoben sich aus dem Buschwerk eines Gehölzes in der Nähe, wie aus dem Boden gewachsen, vier bewaffnete Männer in Mänteln. Er erkannte an den ledernen Helmkappen, daß es arabische Bogenschützen der idumäischen Hofwache waren, und trat zurück. Der Voranschreitende, offenbar der Führer, umfaßte die Fremde zart und fest, hob sie in seine Arme und trug sie davon. Nikodemus blieb allein.

Der Himmel hatte sich verhüllt, aber durch einen Wolkenspalt warf die Sonne einen Schein auf die begrünte Landschaft. Ein ungeheurer Dornbusch in naher Ferne warf seinen Schatten wie ein dunkles Tuch auf die Saat. Es flüchtete eine Schar Ibisse, dicht am Boden dahinfliegend, in die Talgründe des Jordans. –

Das mosaische Passahfest war verklungen und verrauscht, Jerusalem leerte sich langsam wieder von dem gewaltigen Zuzug der Frommen aus aller Herren Länder. Die meisten Abwanderer bewegten sich auf den Straßen nach Norden und Westen. Vom ärmsten Gläubigen, der als Pilgersmann seinen Weg zog, bis zu den gemeinsamen Karawanengruppen der Reichen und Vornehmen aus Antiochia, Tyros und Askalon sah man die Gotteswanderer in vielerlei Gestalten und Trachten die Tore der Stadt verlassen, als rieselte es langsam und bunt von den Höhen der Tempelterrassen, durch Straßen und über Plätze, in die grauen und grünen Täler der Welt zurück. Die Priesterschaft hatte ihre hohe Genugtuung in Würde und Machtbewußtsein genossen, die Wechsler, Händler und Gastwirte zählten ihr Gold und ihre Silberlinge.

Aus den Pilgerzügen, die nach Westen zogen, vor sich die blaue Weite des Meeres, grüßte von den Kuppen der Hochebene her noch mancher rückwärts gerichtete Blick die im Sonnenglanz hoch und herrlich strahlende Gottesburg des Tempels, weiß und gold. In vielen der empfindsamen und berührbaren Herzen der Davonziehenden glommen bei diesem Anblick Unruhe und Trauer auf. Es waltete eine schwer benennbare Ungewähr, deren dunkel bedrohlicher Takt im eigenen Schritt mithallte.

Die römische Besatzung atmete erleichtert auf; ihre Stärke war, verglichen mit dem Völkerstrom der jüdischen Besucher, bei diesen Festen gering, die Hilfstruppen des Tetrarchen, der jetzt Jerusalem verlassen hatte, boten geringen Rückhalt. Der Dienst war anstrengend und aufreibend gewesen, zumal die Gegenwart des Prokurators die Strenge aller Maßnahmen verschärfte.

Die Stimmung der Truppe war unfreundlich und voll gehaltener Gereiztheit gewesen. Denn das Fest isolierte die römischen Herren des Landes, weit mehr als sonst, von der Bevölkerung und schaltete ihr Ansehen, über die militärischen Ordnungsaufgaben hinaus, fast völlig aus.

Glanz und Zauber einer uralten Macht und Herrlichkeit überstrahlten bei diesen Anlässen für kurz den Kräftebereich Roms in ungreifbaren Ermächtigungen. Zwischen östlichem Märchen der Vergangenheit und rauchenden Altarflammen versiegender Hoffnung erhoben ein düsterer Rachegott der Sage und seine Propheten ihre Häupter. Das hohe westliche Ideal der Kultur und Weltbeherrschung, die klaren Tatsächlichkeiten und die nüchternen Befugnisse der Eroberer welkten vor solchen Wahrzeichen unter Aberglauben, Spott und Bewunderung dahin. Man griff in den Feldlagern und Kantinen zu Weibern, Würfeln und Wein, um die Schatten der Vergangenheit zu verscheuchen oder zu vergessen.

Einige Tage nach dem Ausklang der Festlichkeiten gab Pilatus in seinem Hause im Kidrontal einen abendlichen Empfang für seine Freunde in Jerusalem, der seinem Abschied galt, denn er war willens und gehalten, wieder nach Cäsaräa am Meer, seiner Residenz, aufzubrechen. Im wesentlichen hatten seine wichtigsten Pläne Erfolg gehabt, der Bau der Wasserleitung war in die Wege geleitet und gefördert. Die syrischen Hilfstruppen standen vor ihrer Entlassung nach Antiochia, seine Unterhandlungen mit dem Gesandten des Statthalters von Syrien hatten den gewünschten Verlauf genommen.

Roms Bestreben, das alte, viel zu mächtig gewordene Königreich des großen Herodes langsam in Provinzen umzugestalten und die Fürstentümer seiner Erben zu beseitigen, war um so aussichtsreicher geworden, als der Tetrarch Antipas sich in gleichem Maße versöhnlich wie unvorsichtig gezeigt hatte. Es waren ihm kleine Vergünstigungen, mehr zum Schein als zum Vorteil, eingeräumt worden und Hoffnungen erweckt, die Rom unverbindlich einschaltete.

Der Südwest vom Meer her wehte lau und düfteschwer über die Berghänge; die Nacht war mild und wundervoll. Die Gäste des Statthalters hatten sich nach dem Mahl auf den Dachgarten des hochgelegenen Landhauses begeben. Die Lampen brannten und mischten ihr Licht mit dem des Mondes.

Hier und da klang in den Hainen oder von den Gärten her der Anschlag einer Gittith auf, weich und melodisch durch singende Stimmen gebunden.

Skriba sagte zu Pilatus, zu dessen linker Seite er ruhte, mehr viel-

leicht zu Clelia Sophia, der Gattin des Statthalters, als zum Hausherrn selbst: »Es erreichte mich die Nachricht, daß die Prinzessin Salome, das Kind der Herodias und des Tetrarchen Philippus, am Hof des Antipas in Sepphoris gestorben sei. Die Fürstin ließ in letzter Stunde um unseren Arzt bitten, und sein Bericht ist sonderbar. Er vermochte weder eine Krankheit noch irgendwelche Anzeichen, etwa einer Vergiftung, festzustellen und meinte auf seine trockene Art, die du kennst: ›Wenn man wirklich sterben will, so kann man es auch. Sie wollte fort.‹«
»Vermutest du einen Racheakt aus Cäsaräa Philippi?« fragte Pilatus.
»Nein«, antwortete Skriba, »die Prinzessin hatte meines Wissens außer ihrer Schönheit keine gefährlichen Charaktereigenschaften.«
»Sie war sehr schön«, sagte Cleclia Sophia in die Stille hinein, die für eine Weile entstand, als hätten alle, denen die Botschaft zu Ohren gekommen war, Grund zu Trauer oder Bedauern. »Ich sah sie zum letztenmal auf der Tribüne der Rennbahn, als ...«
»Ja«, sagte Pilatus. Er setzte mit diesem Wort einen Punkt hinter den unvollendeten Satz und fragte ablenkend: »Was ist mit Barabbas geschehen?«
»Man hat ihn nach Sydon abgeschoben, was nicht besagt, daß er nicht zurückkommt. Der Bursche hat mir gefallen, obgleich ich ihn mir kein zweites Mal entgehen lassen werde. Im Zusammenhang mit dem Tode der Prinzessin Salome ist übrigens Thekoras, der Hauptmann der Bogenschützen am Hofe des Tetrarchen, ins Gefängnis geworfen worden. Er soll ihr gegen den Willen des Fürsten Freiheiten gewährt haben, die unerwünscht sind. Die Verhaftung gefällt mir nicht.«
»Weshalb nicht?« fragte Pilatus höflich und gleichmütig, eher, um das Gespräch nicht ins Stocken zu bringen, als aus Teilnahme.
»Er war mit dem Griechen Dositos befreundet.«
Pilatus wandte sogleich aufmerksam den Kopf.
Skriba fuhr fort: »Ich möchte nicht, daß man den Mann peinlich

verhört. Man wird es grausam tun. Er wird schweigen. Ich kenne ihn.«
Der Statthalter nickte Gewährung, und sein Sachwalter winkte Martellus an seine Seite, einen jungen Römer, der erst kürzlich dem diplomatischen Stab des Prokurators von Judäa beigeordnet worden war und als Günstling des Cäsars galt.
»Höre, Martellus, ich habe eine Aufgabe für dich. Der Freund des Kaisers, unser verehrter Gastgeber, wünscht, daß der Hauptmann Thekoras von der Leibwache des Tetrarchen Antipas sofort freigegeben wird. Er kann später den syrischen Hilfstruppen in seinem Rang beigeordnet werden, wenn er will. Bewähre dich.«
Der jugendlich-schöne, hochgewachsene und klugäugige Römer nahm mit ehrfürchtigem und dankbarem Gruß Haltung an und varbarg mühsam ein beglücktes Lächeln, nicht ohne sich auch vor Clelia Sophia zu verneigen. Skriba entließ ihn freundlich zu der Jugend auf den Terrassen, aber er verabschiedete sich auch dort sogleich.
Clelia Sophia sagte verhalten: »Der geheimnisvolle Tod der Prinzessin Salome beschäftigt mich. Diese asiatischen Fürstenhöfe sind schillernde Mörderhöhlen und religiöse Giftkammern, alles bleibt dort bei höflich lächelnder Verruchtheit dieser Undurchsichtigen im Halbdunkel.«
Die gelassene Stimme des Statthalters fiel beruhigend ein: »Freilich, ohne einen bestimmten, durch Machtmittel gestützten politischen Plan mischt man sich besser nicht ein. Unsere Wege sind wie unsere Straßen: hochgelegen, gerade und übersichtlich für alle Wohlgesinnten.«
»Die erwiesene Macht hat es leicht, freimütig zu sein und offene Wege zu wählen, mein hoher Gemahl«, sagte Clelia Sophia mit herzlicher Zuneigung, die Hand auf seinem Arm. – »Die Prinzessin Salome war so schön anzuschauen«, fuhr sie fort, »daß ich von allen Gerüchten, die über sie umlaufen, keines glaube. Man erzählt, sie sei das gefügige Werkzeug der Fürstin Herodias gewesen, die Dirne des Tetrarchen, und habe sich nachts mit der arabischen Soldateska in den Gassen und Tavernen herumge-